LA DANZA DE LOS DIOSES

LAS SIETE ISLAS
LIBRO CINCO

A.R. KNIGHT

1

EL BORDE DE HARROW

Eujo despertaba cada día pensando que nunca había sentido tanto frío, pero la mañana siguiente le demostraba lo contrario. Su grupo de cuatro, Eujo, Wax, su hermana Bliss y la ladrona Torny, cruzaban la isla helada de Whent día y noche, gracias a los skars envueltos en su muñeca y colgando de un collar alrededor del cuello de Wax. Las pequeñas gemas la acompañaban cada mañana también, susurrando tonterías teñidas de emoción en su mente, una cháchara que, a estas alturas, Eujo había relegado a un zumbido de fondo.

Bliss dormía a su lado en la cama destartalada, mientras Torny y Wax se desparramaban sobre la paja esparcida por la habitación austera. Madera y piedra se unían para formar la posada mal ajustada en la que se habían alojado durante casi una semana, preparándose y recuperándose a partes iguales. La venta de su trineo robado, los bueyes exhaustos y el equipo Najahn extra que no necesitaban les había comprado la estancia y las comidas, pero el tiempo seguía avanzando y pronto tendrían que moverse también.

Los rumores se extenderían, aunque el Borde de Harrow parecía un pueblo donde todos tenían secretos que guardar.

El personal matutino de la posada, sorbiendo gachas y sopas de harina de huesos a la luz de las antorchas, con el amanecer aún lejos, saludó el descenso de Eujo con nada más que miradas de reojo y asentimientos silenciosos. Vestida con gruesas pieles, cueros cálidos debajo, y suciedad del trabajo duro esparcida sobre su piel, Eujo no se parecía en nada a la reina que era, nada a la Renovación que había sido. Cuando pidió su propio cuenco, el tabernero se lo presentó sin ceremonia, junto con una pequeña taza de piedra llena de nieve recién derretida.

Salva el mundo, salva tu isla. La carga de una reina, o eso le habían dicho a Eujo después de que los Najahn lanzaran la llamada de Renovación. Reúne los skars de cada isla, asciende al trono del Aegis y contén a los demonios hasta que te conviertas en un despojo marchito. Un honor y, durante esas primeras semanas, uno en el que Eujo creyó. El destino supremo para una rata callejera con suficiente suerte para llegar a la cima: la inmortalidad entre los salvadores.

Ahora era tan perseguida como siempre lo había sido. Los Najahn, por razones que Eujo desconocía, pusieron fin a la Renovación. Exigieron los skars y su poder para ellos mismos. Su propia isla, Kance, y su otra reina estaban haciendo lo mismo, intentando acumular las piedras como un baluarte contra criaturas peligrosas. Contra, posible-mente, islas más peligrosas y sus ejércitos.

Lo cual dejaba a Eujo a la deriva, lo cual la dejaba llevándose cucharadas de gachas a la boca, la grasa y el grano calientes deslizándose tan fácilmente ahora como en su infancia. Reconfortante de una manera insípida. Como ver su vieja chabola al pie de las altísimas torres del cielo de

Kance, sabiendo que aún existía, los harapos y las ruinas ofreciendo a alguien más un pequeño respiro de los terrores de la vida.

—¿Te gusta comer sola? —preguntó Wax, el Vis casi irreconocible bajo sus capas. Él también tenía su propio cuenco humeante, sentado frente a ella en la pequeña mesa de madera. Un fuego ardía —siempre ardía, con el frío tan cruel afuera— detrás de ellos, un hogar ennegrecido guiando el calor.

—Pensé que estabas dormido.

—No eres tan sigilosa como crees.

—¿Están todos despiertos?

Wax se encogió de hombros, dejó una leve sonrisa. —Bliss y Torny no estaban listas para levantarse todavía.

No había secreto en lo que eso significaba, ya no. Suficientes peligros, suficiente tiempo juntos, habían encendido una chispa entre la hermana de Wax y la bandida. Aunque aún no lo habían proclamado abiertamente, desde que escaparon de los Najahn en la Grieta Dorada, Bliss y Torny habían sido aún más inseparables que antes. Eujo y Wax habían adivinado qué empujó a la pareja a la intimidad, y la apuesta de Eujo recaía en los días posteriores a la huida, cuando ella y Wax habían estado sumidos en un delirio inconsciente, el esfuerzo robado por los skars para efectuar su escape los había dejado casi sin nada.

Torny y Bliss habían guiado el trineo, habían preparado sus comidas en la tundra, montado campamentos y los habían mantenido en movimiento. Un estrés compartido que debió haber abierto sus corazones.

—Me alegro por ellas —dijo Eujo, volviendo a sumergirse en sus gachas—. Al menos nuestras Guardianas se están divirtiendo.

Wax deslizó su cuchara en una línea perezosa alrededor

de la sala común, que se iba llenando a medida que otros huéspedes y lugareños del Borde de Harrow iban y venían, acercándose el inicio del día. —¿Qué, tú no? ¿En este lugar?

—Tiene su encanto.

—¿Ataques diarios de demonios, cazadores de tesoros, rumores descabellados y todo el mundo pensando en apuñalarte? —Wax se rió, bajo y tranquilo—. Definitivamente tiene algo.

—Al menos a nadie le importamos. —Eujo tomó una respiración profunda, inhaló algo de hollín del hogar y tosió una, dos veces. Se lo sacudió de encima—. Ya deberíamos haber recibido la respuesta, si Deux alguna vez recibió nuestro mensaje. Digo que nos vayamos. Estamos listos.

—¿Listos para hacer algo que ninguno de nosotros ha intentado nunca, quieres decir?

—¿No es la valentía imprudente lo tuyo, Wax?

—Claro que sí. Estoy listo. Corramos sobre el hielo, a ver si llegamos al otro lado.

Eujo se rió. Era difícil no hacerlo, frente a la mirada alegre y brillante de Wax. El Vis tenía un encanto franco, y Eujo no era lo suficientemente tonta como para no ver y sentir sus efectos graduales. Habían estado aventurándose juntos durante casi dos meses, en compañía casi constante, y a pesar de algunas experiencias cercanas a la muerte y algunas preguntas profundas sobre sus vidas y su propósito, ella y Wax se habían ayudado mutuamente a salir adelante. No dudaba que esas preguntas aún persistían detrás de la sonrisa de Wax, pero, si acaso, pasar de ser celebridades a proscritos solo había envalentonado al Vis.

Como si ganar ahora, conseguir todos esos skars y...

—¿Qué vamos a hacer? —preguntó Eujo, no realmente a Wax y no realmente a sí misma. Una pregunta a los dioses, pero una que Wax decidió responder de todos modos.

—¿Después de que los consigamos todos, quieres decir?

Eujo asintió.

—Fácil —dijo Wax, aunque su sonrisa se desvaneció, tornándose en una expresión seria. Una mano alcanzó su collar—. Eujo, sabemos lo que estos skars pueden hacer. Los demonios vienen del Oscuro Abajo. Si no podemos reemplazar el Aegis, entonces propongo que hagamos lo que ella no puede: usar los skars para detener esto, para siempre.

El Filo de Harrow se extendía en la costa este de Whent, en su punta más lejana y en medio de una inhóspita mezcla de montañas, bosques y acantilados escarpados. El pueblo en sí se asentaba sobre el agua, un lugar donde poco más que pequeños botes pesqueros se atreverían a arriesgar entre bancos de arena, rocas ocultas y, en invierno, repentino hielo dentado. Aislado, y no el destino previsto por Eujo tras su frenética huida de la Brecha Dorada. Un lugar que Bliss y Torny eligieron después de captar rumores en el camino desde pequeños pueblos de la tundra, palabras que sugerían que los Najahn los perseguirían, que los puertos más grandes y obvios al sureste estarían repletos de caza-rrecompensas.

Un buen lugar para observar el mundo girar.

Ahora Eujo apartó la mirada de los rumores, de las pequeñas casas y los cazadores que las atendían, hacia un mar fracturado, cuya superficie gris ondulaba como algo vivo. Balanceándose sobre sus olas ondulantes estaban los témpanos, parches blancos que atrapaban la luz del sol aquí y allá como faros. Algunos dominaban enormes exten-siones marinas, casi islas por derecho propio, mientras que otros se movían rápidamente con la más mínima corriente, como insectos en busca de alimento. Tendrían que usarlos todos, hacer saltos precisos, plantar sus picos y ganchos solo para evitar resbalar.

—Al menos aquí tendrás unos segundos antes de morir —dijo Torny, la bandida pareciendo desbordada con la gran mochila en su espalda. Ella y Wax cargarían con las raciones de emergencia. Bliss hacía de exploradora y asistente.

Eujo tiraría del pequeño trineo, con el skar Kance susurrándole todo el camino.

—¿Listos? —preguntó Wax, de pie en la playa, donde el hielo se entremezclaba con arena sucia—. El día no se hace más joven, y no hay manera de que saltemos entre estos témpanos en la oscuridad.

Tres días en los témpanos. Eso es lo que dijeron los cazadores de hielo de Filo de Harrow. Un cruce directo hasta la punta más septentrional de Tamas. Cuánto tendrían que viajar después, y a través de qué, Eujo no lo sabía. A los cazadores de aquí no les importaba.

Tamas no era su tipo de lugar, salvo por la cerveza que llegaba flotando en las dulces marejadas del verano.

«Cuando tú lo estés», signó Bliss, la hermana de Wax. Había negociado otro bastón desgastado y le había colocado un pico puntiagudo en el extremo, dándole un fuerte apoyo para el hielo. Se había asegurado de que puntas afiladas similares cubrieran todas sus botas, listas para agarrarse.

Una preparación que Eujo apreciaba, una preparación sobre la que había aprendido mientras sucedía. Para ser una Reina, había pasado suficiente tiempo en los lugares más oscuros y sucios. Pero las alcantarillas no te enseñan sobre la naturaleza salvaje, sobre el equipo necesario para sobrevivir una noche en un mar congelado.

Sin embargo, si algún temor amenazaba, Eujo lo encontraba bastante fácil de ignorar: Wax captaba su atención, captaba los ojos de todos, y más de unos cuantos observadores de Filo de Harrow, preguntándose qué estaban haciendo estos locos. Wax se inclinó, puso su mano justo sobre el borde del océano que lamía la orilla. El mar se estremeció, las ondas rompiendo contra la corriente, antes de que la superficie se volviera un entramado blanco, patrones de copos de nieve extendiéndose y desapareciendo a su vez mientras el hielo sólido brotaba desde la playa hacia los témpanos. Un camino claro para caminar, lo suficientemente ancho para el trineo.

—Práctica, práctica —dijo Wax, poniéndose de pie—. ¿Quién dice que no se puede enseñar a un skar?

Bliss tomó las palabras de su hermano como una señal, pisó el puente de hielo como lo había hecho con los otros durante los últimos días. Habían salido aquí durante horas, forjando puentes hasta que Wax casi colapsaba. Eujo hizo lo mismo ahora mientras Bliss caminaba, probando el hielo con su bastón. El skar Kance de la Reina captó su deseo, las pieles de Eujo volviéndose casi ingrávidas, el efecto trazándose a lo largo de las correas que fluían desde sus hombros hasta el trineo lleno de alforjas. Lo que había requerido todo el grupo para guiar hasta la playa ahora crujía mientras se elevaba a un pelo de altura sobre la arena.

—Lista —dijo Eujo, el skar Kance zumbando en su oído.

Con Torny ocupando el último lugar en la fila, el cuarteto marchó sobre el hielo, un viaje hecho posible con piedras mágicas, las mismas que habían salvado a Las Siete Islas durante tanto tiempo y que podrían hacerlo de nuevo.

Y sin embargo, mientras Eujo caminaba sobre esas olas, el hielo crujiendo bajo sus pies, la energía del skar flaqueó. Sintió sus primeros tragos, el poder extraído no de la fuerza de algún dios muerto, sino de la propia voluntad de Eujo. Como un ejercicio incesante, devorando sus músculos, su mente, su todo para mantener el trineo a flote, su mochila ligera.

El Aegis murió rápido mientras los skars la agotaban. Mientras la caminata crujiente se extendía ante Eujo, solo podía preguntarse cuán rápido las piedras la agotarían a ella también.

2

LA ISLA DE LA JUNGLA

Su sudor la delataba como extranjera, eso y una piel no tan tocada por el sol. Annalyse observaba el despertar del día desde el centro de la posada, un suelo de bambú en abanico que se extendía varios metros por encima del suelo fangoso del bosque. Llevaba varios días en Kitaye, cambiando sus escasas posesiones por tiempo para pensar. Pescado, fruta y vino dulce le habían comprado horas, miradas suspicaces le robaban minutos, y las ideas repentinas atacaban los segundos solo para ser aplastadas por una extraña desesperación.

Annalyse, hace apenas unas semanas, lo tenía todo. Un laboratorio y asistentes mejores que cualquiera en Las Siete Islas. Recursos casi ilimitados. Incluso los demonios para probar sus ideas podían ser capturados y traídos sin mucho aviso, como si sus caprichos sirvieran de guía para decenas de personas. Al principio, algo embriagador, una posición trascendental, que había moldeado con la ayuda de Glad-dring para lograr una eficiencia que podría salvar al mundo.

Todo eso, ahora, perdido. Lo que pudo salvar, empacado en una bolsa, tras una helada travesía a nado y una fuga secreta a bordo de un barco que entregaba arroz Rana y equipos a Vis. Un viaje corto y miserable, escondida bajo cubierta, y ahora aquí estaba, invisible y completamente inútil.

¿Qué le había dicho Quik? ¿Huir a Vis, reiniciar su trabajo y volver mejor que nunca?

Annalyse, con un café caliente en las manos, calentado sobre las brasas, imaginó al cazador sin mucho esfuerzo. Había estado hablando con su imagen, murmurando preguntas tarde en la noche sobre esta o aquella curiosidad de Vis. Una distracción, una que necesitaba dejar de lado.

Hoy era el día. Había empacado, conseguido comida extra y calzado adecuado para caminar por la húmeda jungla invernal. Incluso un cuchillo, lo suficientemente grande como para ahuyentar a los depredadores curiosos, yacía sobre la mesa frente a ella, afilado y listo. La caminata no sería corta, pero Annalyse tenía un destino, dado a ella, nuevamente, por Quik.

Habían intercambiado historias en la arena, con Quik retenido en su prisión por las duras órdenes de Ami. Annalyse hablaba de Whent, de los soldados de piedra, las escuelas, el aislamiento impuesto por los duros inviernos y las leyes aún más duras sobre hacer, bueno, cualquier cosa por las otras islas sin obtener un beneficio a cambio. Gente dura, los suyos, y que no se preocupaban mucho por el resto del mundo.

Quik le ofreció su propia versión de lo mismo: Vis, tribus de la jungla resplandecientes en su propio lugar perfecto, y tan reacias a dejarlo como los de Whent lo eran de su tundra. Sin embargo, los visitantes no eran rechazados, no eran expulsados por lo que tenían y luego arrojados de vuelta al mar. No, había dicho Quik, una persona podía venir a Vis si quería escapar, empezar de nuevo o simplemente desaparecer.

Svarde lo había hecho. El viejo Guardián. Quik habló sobre la cabaña del bárbaro, en algún lugar del suroeste. Más allá de un gran pantano. Un edificio sólido, y ahora la esperanza de Annalyse. Podría llegar allí, llevar sus herramientas, sus skars, y empezar de nuevo, sin temor a que algún espía de Najahn deslizara una droga en su bebida o una daga en su corazón.

Porque Gladdring había sido un traidor, y Fassle no toleraba a los traidores.

Dos bolsas atadas juntas a su espalda, un odre de agua en su cintura con el cuchillo grande en el lado opuesto, y los skars escondidos en una bolsa a lo largo de su muslo. Annalyse había cambiado su ropa de Najahn, demasiado pesada aquí, por tejidos de Vis, los hilos más finos de plantas descansando ligeramente sobre su piel mientras caminaba hacia el borde sur de la ciudad. Suelta y áspera en comparación con la tela real, la vestimenta de la jungla, sin embargo, alejaba las miradas de Annalyse mientras se movía, miradas casuales confirmando que probablemente no era una comerciante buscando un trato o una viajera lista para que le vendieran algo que desesperadamente no necesitaba.

Esa percepción se mantuvo hasta que Annalyse llegó al límite sur de Kitaye, donde el camino principal se dividía en varios senderos, cada uno ofreciendo publicidad sobre su destino por medio de su mantenimiento. A la izquierda y al oeste yacía el camino más resistente, el suelo acolchado por pasos constantes, surcado aquí y allá por ruedas de carros, y ocupado por los que iban y venían. El del medio, un viaje recto hacia el sur dirigido, según entendía Annalyse, al lago central de Vis y sus lujos circundantes, mostraba cuidado y suficiente tránsito para caminar sin miedo.

El tercero, hacia el Este y doblando hacia el sur, advertía con huellas fangosas y un cazador de pie, apoyado en su lanza y observando a Annalyse con leve interés. Masticaba alguna hoja especiada. Otros se desviaban alrededor de la científica, ignorando los extraños tintineos de sus bolsas mientras los instrumentos de metal chocaban entre sí. Elegían sus caminos, ninguno escogiendo el camino hacia el este.

—¿Por qué? —preguntó Annalyse al cazador cuando la multitud disminuyó—. ¿No hay pueblos en esa dirección?

—Los había —respondió el cazador, dando a Annalyse una mirada que decía que sus perspectivas en esa dirección eran, bueno, sombrías—. Los demonios los destruyeron, o asustaron lo suficiente a la gente como para traerlos de vuelta aquí. Cuando termine la Renovación, los recuperaremos.

—La Renovación ha terminado.

Esa noticia había llegado rápido. Los Najahn declarando que era hora de marchar directamente contra los demonios, una idea convincente echada a perder por su insistencia en que todas las islas debían obedecer las órdenes de Fassle, entregar sus skars y obedecer a los soldados de Najahn. Annalyse imaginó que Whent se reiría de la sugerencia, al igual que los de Vis.

Como este cazador lo estaba haciendo ahora mismo.

—Nuestra Renovación aún está ahí fuera —replicó el cazador, sonriendo—. Él reunirá los skars y tomará el trono, sin importar lo que digan esos huesos débiles en sus torres.

—¿Pero los Najahn controlan la Herida?

—Si no dejan pasar a nuestra Renovación, entonces

Kitaye marchará, y los Najahn verán lo que la jungla puede hacer.

Confiado, este tipo. Aunque, ¿no lo eran todos? Annalyse había notado a los aldeanos desplazados en la ciudad, los que ahora vivían en cobertizos y refugios de paja apresurados en el suelo mientras los residentes de la ciudad mantenían sus hogares en los árboles. Esa ubicación de vivienda era la única diferencia que había encontrado, sin embargo: incluso los que habían perdido familia se comportaban con una vitalidad desafiante, sumergiéndose de nuevo en la jungla para recolectar frutas, cazar presas o fabricar nuevas herramientas. Luchaban contra los giros duros de la vida y no mostraban signos de quebrarse.

Tal vez el cazador tenía razón, tal vez los Najahn se arrepentirían de presionar a Vis.

No es que ella estuviera aquí para verlo.

Dio un paso más allá del cazador, alejándose de la intersección y pisando el suelo más blando. Estaba a punto de dar otro, adentrarse en la mañana y comenzar su viaje, cuando la lanza del cazador se alzó del suelo para bloquearle el paso.

—Este no es el camino para ti —dijo el cazador—. Es peligroso.

—Yo también lo soy.

Los ojos del hombre brillaron, la misma mirada que Annalyse había visto en Quik, una evaluación divertida.

—Entonces, ¿qué buscas, peligrosa? Solo demonios, el pantano y la muerte te esperan por ahí.

—Un nuevo comienzo, para empezar.

—Entonces búscalo en la orilla del lago. O camina hacia las montañas del este hasta Mottilan, esos malditos pescadores. Puedes perder tus años como ellos, lanzando redes y quejándose de nosotros.

Annalyse resopló. —Una opción tentadora.

El cazador dejó que su sonrisa se desvaneciera. —Pero una que no tienes intención de tomar.

—Sé a dónde voy —Annalyse avanzó de nuevo, y esta vez el cazador le permitió pasar su lanza—. Estaré bien.

No dijo nada mientras ella pasaba, no dijo nada mientras ella se tambaleaba en sus primeros pasos embarrados, sus zapatos Vis más ligeros que las botas Whent que Annalyse había usado toda su vida. Solo cuando el camino comenzó a curvarse, invadido por espinas sin nombre y tallos de hierba, el cazador gritó una última vez:

—Mantente lejos del suelo por la noche, bella, si quieres ver la mañana.

Annalyse siguió esa advertencia al final del primer día, una caminata completamente agradable bajo el espeso dosel. Los insectos que podrían haber sido insoportables en el calor del verano la picaron y provocaron con curiosidad desganada. Animales que Annalyse no conocía y apenas alcanzaba a ver la espiaban desde detrás de árboles y helechos. No aparecieron demonios, ni evidencia de ellos. Todavía lo suficientemente cerca de Kitaye para las patrullas regulares, supuso.

Cuánto duraría eso, quién sabía.

El miedo no se filtró cuando el sol se puso. En su lugar, la aventura tomó su lugar, una confianza en sí misma y en sus habilidades, en las herramientas que Annalyse llevaba consigo. Los skars, silenciosos en su bolsa, pero listos para ser agarrados y desplegados. Lejos de estar indefensa, lista para enfrentar las tierras salvajes. Annalyse, la primera Whent en quién sabe cuánto tiempo en abordar la poderosa jungla de Vis.

Podría haber sonreído todo el camino hasta el gran árbol, una escalada que Annalyse logró después de demasiados intentos, después de tallar agarres con el cuchillo cuando las ramas no parecían suficientes. Subió un morral y luego otro, elevándose lo suficiente como para asegurarse de que una caída le rompería algunos huesos, pero probablemente no la mataría. Ató los morrales al árbol —Vis parecía funcionar enteramente con cuerdas—, luego se dispuso a equilibrarse entre dos ramas gruesas, desenvolvió un paquete de pescado ahumado y añadió algunos tubérculos recolectados y un hongo encontrado.

De vuelta en Kitaye, una vez que había decidido su curso, Annalyse había pasado su tiempo aprendiendo lo que podía sobre la jungla. Molestando a cazadores, comerciantes y a cualquiera que pasara por la posada sobre cómo sobrevivir en sus verdes entornos. Como siempre, tenía su pequeña libreta, tomada de la universidad Whent y guardada con ella todo este tiempo, ahora llena de garabatos sobre qué comer, cómo atarse a las ramas por la noche para no caerse.

Cómo sobrevivir sola.

En la oscuridad, una oscuridad muerta con tan poca luz de Sichi fluyendo entre las hojas, Annalyse sacó un skar de su bolsa y escuchó sus susurros. Uno de Rana, esta vez, y recogió el rocío que se formaba mientras la noche se enfriaba. Con un poco de concentración, Annalyse dejó que el skar succionara algo de humedad del aire, la acumulara en su mano y le diera a la científica un sorbo fresco y puro.

—Ahora son mis amigos —susurró Annalyse a la piedra, sintiéndose solo un poco extraña al hacerlo.

Tendría que acostumbrarse a esto.

También tendría que acostumbrarse a los ruidos. Los crujidos, los aullidos de criaturas abriéndose paso. Algunas traqueteaban justo debajo de ella, dando prueba del consejo del cazador. Otras silbaban por encima, ya sea balanceándose o volando. Un ruido extraño, pero no muy diferente de la música urbana que Annalyse conocía, y uno que sirvió para arrullarla hasta dormirla antes de mucho tiempo.

Cuando llegó la mañana, cuando Annalyse se movió solo para descubrir que no podía moverse debido a sus propias cuerdas, la científica se dispuso a desatarse. Se sentó, con la espalda dolorida por su dura cama de ramas, se giró para alcanzar su odre de agua y se detuvo. Sus morrales, tan cuidadosamente atados al árbol, habían desaparecido.

Su rama se dobló, el aire se movió, y Annalyse miró de nuevo hacia adelante. Allí, en equilibrio en el extremo de la rama, un pie delante del otro, sosteniendo una lanza tan emplumada y letal que pertenecía a un mito, estaba una cazadora.

—Bienvenida a mi jungla, Najahn —dijo la mujer—. Cuéntame tu historia, y si es buena, tal vez no te deje para que los demonios te maten.

3
CAZADORES DE LA OSCURIDAD

El giro había ocurrido hace tiempo, aunque Ami no podía precisar cuándo. Los días se habían desvanecido, el tiempo solo se medía por el agotamiento, por sus menguantes provisiones, reforzadas por lo que podían forrajear, por lo que podían matar en la oscuridad. Viajaban guiados por hongos y musgos luminiscentes, por la tenue luz que las cicatrices en el rostro de Ami podían emitir cuando sus susurros se alzaban en la mente de la Guardiana. Los suelos de la cueva empezaron igual, pero a medida que las suelas de sus botas se desgastaban, Ami podía distinguir la diferencia entre las rocas, entre los granos resbaladizos, entre los surcos desgastados por el agua corriente y los grabados por las garras de un demonio.

Ami había llegado a preferir a los monstruos y sus distracciones. Los demonios venían grandes y pequeños, con la pareja humana evitando los más peligrosos y cazando a los menos. Sawi era una cazadora capaz, hábil para escabullirse alrededor de un demonio y ya sea apedrearlo o distraerlo para una emboscada de Ami. La pareja preparaba trampas, atraía a las criaturas hacia picas improvisadas o un ataque desde las sombras.

Después, encendían un fuego parpadeante, lo suficientemente caliente para cocinar cualquier carne de monstruo que hubieran encontrado. En esos momentos, Ami captaba el rostro de Sawi detrás de la carne, sucio pero vibrante, con los ojos siempre distantes pero no ausentes.

—Hogar —decía Sawi cuando Ami le preguntaba en qué pensaba—. Vis.

Al principio, la respuesta llevaba cierta esperanza de que eventualmente encontrarían la isla, que sus habilidades los llevarían infaliblemente hacia el sur, a la isla de la jungla. Un sueño tonto, uno necesario para siquiera emprender la desaparición en la Oscuridad de Abajo. De lo contrario, sus probabilidades habrían sido mejores vagando por Noctia, esperando el deshielo de primavera y un barco secreto. En su lugar, esa ilusión se desvaneció en fragmentos, un tambaleo aquí y allá cada vez que los túneles parecían virar en dirección sur, solo para morir con el siguiente descenso, el siguiente callejón sin salida.

—Estaremos aquí abajo para siempre, ¿verdad? —preguntó Sawi más tarde, mientras caminaban por un tramo retorcido de techos bajos y un hedor moribundo—. ¿Nunca volveremos a ver el sol?

—Si empiezas a hablar así, definitivamente no lo verás.

—¿Qué, la verdad?

—Distorsionarás tu mente.

Foti tenía suficientes historias así. Mineros perdidos en túneles que se adentraban demasiado, encontrados días o semanas después murmurando sobre la oscuridad. Los grupos más inteligentes ahora tendían cuerdas detrás de ellos, una línea fácil de seguir de vuelta a la superficie. Los más baratos, bueno, confiaban en la mano de obra fácil para reemplazar a los perdidos.

No es que alguien fuera a reemplazar a Ami, no es que alguien quisiera hacerlo.

—¿Cómo te mantienes en pie? —preguntó Sawi, con la voz, como la de Ami, reseca.

El agua que encontraban provenía de arroyos subterráneos, líquido que bebían después de hervirlo sobre sus pequeñas fogatas. Si tenían la oportunidad, claro. De lo contrario, ¿qué importaba la enfermedad cuando de todos modos no iban a salir de allí?

—La venganza es un poderoso motivador —respondió Ami.

—¿Eso es todo lo que tienes, venganza? Desde que te conocí, es de lo único que has hablado.

Venganza contra el Círculo por lo que le habían hecho a Catya, el Aegis. Venganza contra Gladdring por encerrar a Ami en su torre. Venganza contra Svarde por abandonarla y su juramento de Guardián para ir a acurrucarse en una cabaña durante diez años... Ami podría seguir.

—Es más fácil que perdonar.

Sawi se rio.

—¿Es eso lo que realmente crees, Ami? —preguntó Sawi—. Porque no creo que te hayas quedado en Noctia tanto tiempo solo porque estés enojada.

—¿No? Por favor, dime, Vis. Tienes la mitad de mi edad, no has visto nada más allá de tus enredaderas y estas oscuras cuevas, pero ¿quieres decirme qué me mantiene en marcha?

—Cualquiera que haya estado enamorado puede verlo en otro.

Ami se detuvo. Tan rápido que Sawi chocó contra su

mochila, sacudiendo su equipo. —¿Qué estás diciendo, Sawi? Habla con cuidado, o podría destriparte aquí mismo.

La Vis se rio de nuevo, la misma risa que había tenido vida real en la torre de Gladdring. Que no tenía nada de eso en la oscuridad.

—Estoy diciendo que todos lo saben —habló Sawi suavemente ahora, dándose cuenta, quizás, de que se había alejado mucho de la fanfarronería aleatoria—. Estoy diciendo que nosotros, Annalyse y yo al menos, te respetamos por ello. Por mantenerte a su lado durante tanto tiempo.

—Hice un juramento.

—Entonces tal vez esa sea tu razón, ¿no?

—¿Por qué te importa, Vis?

—Yo... no lo sé. Lo siento, no debí mencionarlo.

—No lo sientas, y no vuelvas a cuestionarme. Ni aquí, ni en ninguna parte.

Sawi no respondió.

Continuaron.

Los sonidos llegaron después de que se hubieran acomodado para pasar la noche, un silbido ululante rebotando por los túneles, cada ráfaga seguida de rápidos arañazos. Tanto Ami como Sawi se levantaron de sus sacos de dormir, cada una agarrando sus armas. Ami tenía su arpón, Sawi un gran cuchillo de pescador. Sin hablar, se separaron a ambos lados de su estrecha cámara; cada día de caminata terminaba cuando encontraban un lugar de descanso adecuado, uno con una sola entrada y salida. Más fácil de defender, más fácil de asegurar.

Más fácil para atraer a alguna criatura desprevenida a una trampa.

Ami asintió hacia la entrada, el arco dentado. Sawi conocía la señal, no protestó, deslizándose hacia el túnel más allá. Ami se desplazó hacia su derecha, girando para presionar su espalda contra la fría piedra. Púrpuras y azules, resplandores superficiales, se agrupaban alrededor de sus mochilas mientras los hongos y musgos arrancados luchaban por sobrevivir. Se desvanecerían, serían desechados, y otros nuevos recogidos en uno o dos días. Otro ciclo aquí abajo.

Sus guantes, desgastados, dejaron pasar el frío del arpón. Su tacto hizo que las cicatrices de Vis, las dos, en la placa dorada de Ami cobraran vida. Sus curiosos susurros se filtraron, como el toque evanescente de un sueño. Ami no podía entender las palabras, el antiguo lenguaje de los dioses, pero conocía bien sus tonos: ¿qué estupidez estaba tramando ahora?

El ulular se repitió, junto con el arañar, y esta vez el ruido tenía un tono hambriento. Los pasos de Sawi, más ruidosos de lo necesario, resonaron de vuelta hacia Ami. La Vis raspó sus botas contra la roca, pasó su cuchillo por la piedra para atraer más a la criatura. Sawi estaba mejorando en esto, demostrando ser un cebo eficaz.

Ami contuvo la respiración y tensó los músculos. El arañar y el ulular se acercaron. Sin previo aviso, Sawi atravesó la entrada, resbalando un poco en la piedra y arrastrándose hacia sus mochilas. La Vis rodó, se apoyó contra los bultos y desenvainó el cuchillo, con los ojos muy abiertos y la boca entreabierta, un toque extra de terror para atraer completamente a la criatura.

Y el demonio mordió el anzuelo.

Uno que Ami no había visto antes. Un cuerpo poco profundo como un arco, doblado y espumando con garras emplumadas, la cosa parecida a un pájaro ululó su triunfo mientras se lanzaba hacia Sawi, con esos demasiados puntos afilados alcanzando lo que debería haber sido su cena.

El ataque se detuvo rápidamente cuando Ami golpeó. No apuntó a herir con el empuje, sino a matar, un golpe directo a la cintura del monstruo, en la parte inferior del arco donde las garras de la cosa cambiaban su postura y se convertían en talones. El arpón atravesó limpiamente, las plumas del demonio resultaron una pobre defensa contra un golpe bien dirigido. El monstruo se enderezó, su ulular se quebró con sorpresa, con ira, con evidente dolor. Su cabeza, continuando el arco en una línea ininterrumpida, se giró hacia Ami.

Justo a tiempo para que Sawi entrara con la nota de gracia, justo debajo de la ruidosa boca del monstruo.

No emitió otro sonido.

La esperanza menguaba, la esperanza brotaba, la esperanza sobrevivía por las luces más tenues. Sawi y Ami encontraron otra mientras limpiaban la extraña piel del monstruo, arrancando las plumas retorcidas y sucias. La criatura parecía destinada a cielos brillantes, no a los túneles. Un giro desafortunado para encontrarse aquí abajo. Pero afortunado para ellas.

—¿Eso es un virote? —preguntó Ami, más para sí misma que para Sawi, mientras arrancaba las plumas de la espalda de la criatura.

Escondido entre sus frondas grises estaba precisamente eso, un eje corto y estrecho con plumas de cuervo. Se había enterrado en la espalda del demonio y se había quedado allí, ofreciendo una pregunta curiosa.

—¿De dónde habrá salido? —preguntó Sawi, inclinándose sobre la cosa muerta para verlo más de cerca.

—No hay posibilidad de que este demonio haya pasado la red del Aegis —dijo Ami, refiriéndose a la capa protectora que el Aegis lanzaba sobre las islas con sus cicatrices. Un demonio podía atravesarla, y muchos lo hacían, pero se ganarían quemaduras, una dura penitencia por sus esfuerzos. Este parecía demasiado ileso—. Lo que significa que alguien le disparó aquí abajo. —Ami examinó las plumas—. Esto está en buen estado también. La herida debe haber sido reciente.

—¿Quién estaría aquí abajo disparando a demonios al azar?

Ami se echó hacia atrás y negó con la cabeza. Parpadeó. Habían llegado rumores del sur de Whent en las semanas antes de que todo se desmoronara. Un señor de la guerra y un ejército, una expedición a las profundidades. Una dirigida, en parte, por un antiguo Guardián con demasiada bravuconería y no suficiente cerebro.

—Tengo una idea —dijo Ami—. Ve a ver si hay un rastro.

Sawi no necesitó más que eso. La Vis se escabulló mientras Ami continuaba descuartizando. El escuálido demonio no daría para muchas comidas, pero cualquier cosa ayudaba. Su trabajo avanzó más rápido ahora, su mente divagando hacia las posibilidades, las cicatrices de Vis en Ami se iluminaban con su renovado entusiasmo para susurrar emociones.

—Está ahí —dijo Sawi, volviendo cuando Ami terminaba con las últimas plumas—. Gracias a Vis que esta cosa tiene tantas garras. Podemos seguir los arañazos.

Era asombroso lo que una pequeña posibilidad podía inspirar. Por primera vez en mucho tiempo, el par tenía un plan, y con su fuego se movieron rápido, terminaron de cortar y cocinar al demonio, comieron, y habrían partido de inmediato si el sentido común de Ami no hubiera prevalecido. Ya habían caminado durante horas, y el Oscuro Inferior seguía siendo mortal. Sawi, afirmando que las reglas de la jungla eran muy similares, no discutió. Los arañazos eran tanto numerosos como lo suficientemente profundos como para que no desaparecieran rápidamente.

Ami esperaba que el sueño fuera intranquilo, pero llegó rápido, como si alejar la desesperación hiciera más fácil relajarse. Sin embargo, incluso mientras se deslizaba hacia sueños de civilización, una preocupación persistente permanecía: el virote estaba en buenas condiciones, pero el demonio vivía.

¿Qué, entonces, le había sucedido al tirador?

4
EL SEÑOR BANDIDO

Abandonar el barrio Najahn siempre se sentía como cegar mil ojos. Gladdring mantenía la gruesa capucha levantada, las voluminosas pieles de invierno coincidían con la estatura, si no con el púrpura y negro de los Najahn, de alguien que significaba buenos negocios. Cambiar las galas de un Adepto por ropas menos llamativas era una cosa, sacrificar el respeto por un disfraz era otra.

Ninguno de los guardias, con sus relucientes armaduras negras y alabardas apuntando al cielo, le dirigió una mirada. Un éxito, aunque menor. Aun así, campañas como la de Gladdring dependían de victorias menores.

Noctia brillaba en las profundidades del invierno, sus numerosas ventanas de piedra saludaban al mediodía con el parpadeo de un farol. La nieve se acumulaba en las esquinas, apartada, a veces solo con las manos, por aquellos que necesitaban pan, sopa, sobrevivir. Gladdring pasó junto a varios más ahora, picando el hielo con cinceles de piedra. Los muchachos recibirían el pago por su trabajo, suficiente para saciar sus estómagos por una noche, suficiente aceite o leña para mantener sus hogares calientes.

Al menos hasta que llegara el mañana y exigiera todo de nuevo.

El pensamiento dirigió los ojos de Gladdring hacia el cielo. Nubes dispersas, un sol escaso. Sin tormentas en el horizonte. Mala fortuna para los limpiadores de calles, buena para él. Quizás el trabajo pudiera terminarse antes. Quizás...

No, esperar que fuera esta misma noche sería prepararse para la decepción. La prisa indebida significaría arriesgar-

Gladdring frunció el ceño a nada y a nadie, pisando fuerte junto a las mansiones que se elevaban en los acantilados occidentales, dirigiéndose hacia el sur. Guardias privados y grupos bien vestidos se apresuraban a almuerzos de negocios o placer, aunque las comidas de invierno en Noctia carecían del sabor cosmopolita del verano. Frutas y pescados de Vis y Kance, las patatas de Whent que se habían almacenado, bastarían hasta que las cosas se descongelaran. Su paladar dolía ante el pensamiento.

No, prisa. Moverse rápido fue lo que trajo a Gladdring aquí en primer lugar. Demasiada atención prestada a derrocar al irritante líder del Círculo y no suficiente a asegurar su propia posición. Los skars eran armas, Gladdring lo había demostrado ahora, pero los guardias a quienes había confiado mantener sus secretos habían decidido que su lealtad al púrpura y negro estaba por encima de la lealtad hacia él. Un problema que Yarvick solucionaría, entre varios.

Si tan solo Masayo aún viviera. Ella entendía, como lo hacía Gladdring, que el verdadero poder residía en salvar las islas, no en mantenerlas encadenadas.

Una estatua de Demion, el primer Aegis, dominaba la plaza por la que Gladdring caminaba ahora, como si confirmara su propia afirmación. La crueldad y los puños de hierro no creaban leyendas. Lo hacían las hazañas dignas de ser recordadas. Demion había sido la primera en reunir a los skars, en poner todo el mundo detrás de su poder. Gladdring haría algo mejor que ella, reuniría a los skars y a los Najahn juntos para obliterar a los demonios en su mismísima fuente.

Qué curioso que esa idea directa viniera de un Guardián en particular, un Foti perdido en su propia ambición. Gladdring había estado allí ese día cuando Svarde rugió su propuesta al Círculo, declarando que un ataque al Abismo Oscuro era la única opción segura para salvar sus vidas. En ese momento, Gladdring encontró su dirección, un propósito más grande que simplemente deponer a Fassle, un objetivo sutilmente compartido entre todos los Tenets, como lo había sido desde que el Círculo existía.

El argumento, por supuesto, era quién tomaría el control una vez que el reinado de Fassle terminara.

Las escaleras heladas hacia una playa al sur marcaban el camino de un hombre pobre, uno cuyos residentes, tallados en cavernas en el acantilado, no podían permitirse mantenerlas despejadas. En su lugar, como Gladdring notó al pasar por varias, la gente que vivía aquí clavaba clavos en sus botas para tener tracción. Dañar las suelas para salvar la piel. El propio Gladdring recurrió a viejos hábitos, un equilibrio perfecto perfeccionado en una infancia en Tamas donde la habilidad de mantener una pose hacía tanto de la vida de un hombre como su destreza con la espada.

Los ojos lo encontraban ahora, pero Gladdring no sentía los escalofríos que encontraría en el barrio Najahn. Estas eran miradas curiosas, cansadas. Gente que tenía muy poco incentivo para moverse por algo que no prometiera comida o fuego. De estos, las llamas anaranjadas parpadeantes, Gladdring vio muchas, también las olía: no los lujos de madera ardiendo del norte, sino llamas terrosas y humeantes alimentadas por musgos y basura.

Supervivencia.

Gladdring nunca podría olvidar lo que costaba.

Las cuevas más allá de la dura arena congelada no ofrecían más que oscuridad durante las primeras zancadas. Solo una vez que hubo pasado unos cuantos obeliscos negros y dentados, usando de nuevo ojos de bailarín para mantener el rastro mientras la luz del día moría más allá de los salientes rocosos, Gladdring vislumbró el destello de un hogar. Aquí también sentía miradas, había detectado el cambio una vez que sus pies tocaron la playa.

No, Gladdring mismo no lo había hecho. La piedra en su bolsillo, colocada por Annalyse en un anillo en un dedo de la mano izquierda. Eso era lo que le permitía a Gladdring saber las impresiones dirigidas hacia él, y mejor que no lo olvidara, no si quería mantener la cabeza fría.

Porque aquí era un lugar donde se podían perder las manos si la cabeza iba por el camino equivocado.

Lo que parecía ser una cueva marina desgarrada se ensanchaba por esfuerzos antinaturales en una gran cámara, una con plataformas cubiertas de paja escalando los lados. Puentes de cuerda se entrecruzaban sobre el suelo central, donde ardían varios fuegos, algunos cocinando, otros limpiando, otros sirviendo como calentadores para la variedad humana en exhibición.

—Verdaderamente, todas las islas no pueden compararse con lo que tiene aquí, Yarvick —dijo Gladdring mientras se acercaba, sin atraer miradas de la gente dentro, excepto una. Sabían quién era él, probablemente habían sabido que se acercaba desde que Gladdring dejó el barrio Najahn en su torpe disfraz—. Una colección de habilidades que ningún-

—Deja tus halagos —dijo Yarvick, el único que se había girado hacia él. El señor de los bandidos tenía la apariencia de un espectro, como si hubiera surgido de alguna tumba infestada de ratas momentos antes, con la venganza irónica como su única causa—. Ha pasado algún tiempo, Gladdring. Cuando Fassle se enteró de tu pequeño complot, esperaba ver tu cabeza en una alabarda. Qué lástima.

Yarvick sonrió al terminar, mostrando unos dientes resplandecientes que hace mucho habían perdido su blancura natural. En su lugar, brillaban el oro, las esmeraldas y otras gemas, talladas para encajar y afiladas como colmillos relucientes. Una mirada casual podría suponer que era una exhibición de poder, un alarde de fuerza. Gladdring sabía mejor, conocía los susurros que resonaban en la mente del bandido gracias a ese inusual trabajo dental.

—Convencí a Fassle de que mi muerte sería más molesta que otra cosa —Gladdring detuvo su avance al borde de la caverna. Moverse más allá sin una invitación sería... imprudente, decían los susurros—. Espero que mi supervivencia continua pueda resultarte rentable.

—Ya lo ha sido —Yarvick se levantó, sosteniendo en una mano un plato de piedra con restos de pescado mientras se dirigía hacia Gladdring. Larguirucho, con aparentemente más carne en el pescado que en sus propios huesos, Yarvick se movía con un bamboleo serpenteante, Gladdring inseguro de en qué dirección daría el hombre un paso hasta que lo hacía. Uno de los muchos rasgos inquietantes de Yarvick—. Pero me gusta tu forma de pensar. ¿Cómo puedes ayudarme, Gladdring? ¿Cómo ayudarán tus nuevas vestiduras de Adepto a los Dedos Ágiles?

—Fassle no te tiene ningún aprecio.

Una verdad conocida por ambos, pero era mejor establecer los hechos.

—Fassle me tiene usos, y yo a él —replicó Yarvick.

—Pero preferiría verte muerto, a ti y a todos tus ladrones.

El bandido solo amplió su sonrisa ante eso. Que lo intente, brillaron esos dientes, y Gladdring tuvo que estar de acuerdo en que cualquier intento de erradicación probablemente sería una empresa fútil, con demasiados cuchillos en demasiadas espaldas para que valiera la pena.

—Ha anunciado un cambio —continuó Gladdring, tomando el silencio de Yarvick como una invitación para seguir adelante—. Los Najahn están robando todos los skars, porque le he mostrado lo que pueden hacer.

—Lo sabemos.

—Entonces también deberías saber que no pasará mucho tiempo antes de que esté rodeado de las piedras del dios, y una vez que obtenga ese poder, no podremos detenerlo. Con suficientes skars de Vis, el hombre podría vivir durante siglos.

—Con suficientes skars de Vis, también podrías tú. O yo.

—Mejor nosotros, entonces, que él —dijo Gladdring, manteniendo las manos en los bolsillos. Los susurros sugerían que Yarvick era receptivo al argumento de Gladdring, un hecho que Gladdring preferiría mantener para sí mismo —. Tú prosperas con el secreto y el poder entre bastidores. Yo te daría ambos.

—Fallaste, Gladdring.

—Fallé hacia arriba, Yarvick. Estoy más cerca de Fassle ahora que nunca.

—Más fácil para él vigilar tus pasos.

Gladdring inclinó la cabeza, reconociendo la verdad—. Aun así, estoy aquí porque hay una oportunidad. No puedo empuñar el cuchillo, pero puedo llevar a Fassle donde tú puedas hacerlo.

Gladdring dudó, Yarvick mantuvo su brillante sonrisa.

No era un no.

—Antes de continuar, necesito tu palabra. Tu palabra vinculante.

—¿Cuánto vale la palabra de un bandido, Gladdring? —La voz de Yarvick, áspera como cenizas, resonó por la caverna, y Gladdring se dio cuenta de que todas las demás conversaciones habían cesado—. Un traidor viene a un ladrón para pedir un favor, ¿quién puede confiar en quién?

—Beneficio y poder, Yarvick. Las únicas monedas que a ti y a mí nos importan. Una promesa sobre esas.

—Bien, entonces, suelta tu secreto, Gladdring, y veremos si te queda algún poder para negociar.

El skar de Tamas en el dedo de Gladdring zumbó. Palabras en un idioma más allá de la comprensión de Gladdring, pero rebosantes de tonos que conocía bien. Había fallado en su primer intento de derrocar a Fassle, una rebelión apresurada impulsada por skars que fue sofocada con sombría autoridad. Eso había sido demasiado abierto, demasiado amable.

En Yarvick, en los ladrones del hombre y sus muchos cuchillos, sus ballestas, sus venenos, Gladdring tenía una herramienta diferente, y un plan para acompañarla. Yarvick, mientras Gladdring daba los detalles, mantuvo su sonrisa, no dijo nada cuando Gladdring terminó salvo pedir que se fuera.

Un mensaje, de una forma u otra, encontraría su camino hacia el Adepto pronto.

—Hasta entonces —llamó Yarvick tras los pasos de retirada de Gladdring sobre la arena helada—, mantente vivo, Adepto. Eres mucho más divertido que ese Círculo al que sirves.

¿Mantenerse vivo? Por una vez, la sonrisa de Gladdring igualó a la de Yarvick.

Planeaba hacerlo, y mucho más además.

5
SALTANDO ENTRE LOS TÉMPANOS

Saltar entre los témpanos se volvió familiar rápidamente, incluso con los skars ayudando en la aventura. Eujo, criada en los callejones de Kance, había pasado más días de los que quería admitir correteando por líneas estrechas, saltando entre edificios e islas flotantes en el cielo, y esa destreza demostró sus beneficios a medida que las horas, y luego los primeros dos días, se consumían en un borrón gris sobre el hielo. Las nubes y los vientos cortantes completaban la escena, con olas espumosas inclinando los témpanos más pequeños mientras el cuarteto corría sobre las superficies resbaladizas por la nieve. Cuando la energía flaqueaba o la luz se atenuaba, buscaban el bloque de hielo más grande, cincelaban picos para asegurar los gruesos sacos de dormir y se acurrucaban todos juntos.

Perdieron su tienda la primera noche, arrancada por una ráfaga aullante. Después, se apiñaron juntos, renunciando a las imposibles fogatas en favor del calor corporal y los skars de Foti.

Los borrachos que bebían a morro en Harrow's Edge

calcularon cuatro o cinco días sobre el hielo para llegar a la punta de Tamas, y a mitad del tercer día, Bliss creyó ver una mancha en el lejano horizonte, una línea visible al acercarse el crepúsculo gracias a que el cielo se despejaba y el viento amainaba. Un respiro, como si el propio Tamas quisiera extenderles una bienvenida. La rapidez tenía sentido con los skars aumentando su velocidad, y Eujo se permitió un poco de optimismo en lugar de la certeza absoluta de que sus vidas se perderían para siempre entre el hielo.

Así que, por supuesto, las cosas salieron mal.

Cincelar su refugio nocturno fue tan rápido como siempre, el cuarteto se dividió las tareas de martilleo aceleradas por la esperanza de estar cerca de la salvación. Eujo, con el skar de Foti aprovechando la oportunidad, chisporroteó un poco de pescado salado en la única olla, ella misma incrustada de sal desde hacía tiempo. Las piedras divinas se nutrieron de la propia energía agotada de Eujo, pero pronto el pescado chisporroteó y, acompañado de restos de patata y un pan desmigajado, compartieron una comida al ponerse el sol.

Torny contó otra historia de sus robos que salieron bien y mal a la vez, un hurto digno de risa en una mansión de Noctia y a sus dueños después de una borrachera. Había huido de una patrulla Najahn que tuvo la mala suerte de cruzarse en su camino, llevando a los guardias maldicientes por un almacén del muelle tras otro antes de eludirlos aferrándose a la parte inferior de un embarcadero, solo para perder lo robado cuando un pez curioso le arrancó de un mordisco la bolsa que colgaba de sus caderas.

—Así es la vida del ladrón —dijo Eujo cuando Torny concluyó su historia, con un suspiro dramático escapando de sus labios—. Incluso cuando crees que lo has hecho todo bien, sale mal.

—¿Alguna vez intentaste algo así? —preguntó Torny a Eujo, el veneno que había marcado el inicio de su relación se había desvanecido con su vínculo de bribones.

—Yo robaba para comer, no como profesión —Eujo sonrió para que las palabras no sonaran cortantes—. Si hubiera tenido la oportunidad de conseguir algo mejor que peras mohosas, lo habría hecho. En Kance, no es tan fácil.

Torny pareció sopesar la declaración, como si decidiera si alardear de su propia destreza, pero las manos de Bliss chasqueando atrajeron su atención.

"En Vis, no guardamos objetos de valor para nosotros mismos. No hay ladrones".

Wax tosió.

—Bueno, al menos no buenos. Los que lo intentan acaban en los peores trabajos, así que nadie se molesta.

—Suena genial —dijo Torny—, pero espera, acabo de recordar que ustedes viven en árboles.

"Mejor que esto".

—¿Qué no lo sería? —añadió Eujo.

Mientras la comida llegaba a su fin, las estrellas emergieron, formando una manta tan clara como Eujo jamás había visto cubriendo el cielo nocturno. Normalmente, al menos la luz de una fogata disfrazaría parte de la belleza, pero aquí, envueltos en sus gruesas ropas, con el viento invernal besando sus narices, nada se interponía entre Eujo y el resplandor de arriba. Hermoso, impresionante y un poco aterrador.

—¿Crees que los dioses también hicieron todo eso? —preguntó Wax.

Estaba acostado junto a ella, Bliss a su lado, y Torny en el extremo opuesto a Eujo. El sutil emparejamiento era obvio para todos, pero permanecía sin mencionar, como si reconocer la forma en que Torny y Bliss se mantenían cerca la una de la otra, sus miradas suaves, sus bromas en señas, fuera a arruinar alguna delicia recién descubierta.

En cuanto a Wax, bueno, Eujo no estaba segura de qué pensar.

—Si lo hicieron, ¿entonces qué salió mal con nosotros? —La respuesta susurrada de Eujo se elevó por encima del viento y las olas que rozaban el hielo.

Ella y Wax mantenían un skar de Foti entre ellos, el otro pasado a Bliss y Torny. La pequeña piedra contribuía a la mezcla, obligando a ambos Renovados a mantener sus manos en su bolsa para absorber el calor del skar. Las puntas de los dedos se tocaban, una sensación ignorada con la supervivencia en juego, pero ahora, con su éxito aparentemente asegurado...

—¿Mal? —preguntó Wax, devolviendo a Eujo a sus propias palabras.

—Se mataron entre ellos aquí. ¿Por qué? ¿Qué tenía de diferente este lugar?

—Nosotros, probablemente.

Eujo parpadeó, dirigió los ojos hacia Wax para verlo aún escudriñando las estrellas.

—¿Somos tan malos como para enfrentar a los dioses entre sí?

—O demasiado perfectos. Tal vez todos querían quedarse con nosotros. No pudieron compartir, y ahora mira.

—¿Así que cada una de esas luces es un mundo roto que los dioses dejaron atrás? ¿Un experimento que salió mal?

Wax soltó una suave risa nasal.

—Mejor que la alternativa, ¿no?

—¿Cuál es?

—Que somos los peores de todos, y por eso murieron.

—Wax, conociéndote, eso es absolutamente cierto.

Él se rio, ella sonrió, y temblaron bajo las gruesas mantas mientras las estrellas parpadeaban en lo alto.

Hasta que el maldito témpano se sacudió. Los ojos de Eujo se abrieron de golpe cuando el bloque de hielo se inclinó hacia un lado, poniendo a prueba las estacas que habían tallado. Wax, Bliss y Torny rodaron entre sus mantas, gritando y maldiciendo por igual, hasta chocar contra Eujo mientras su vista pasaba del cielo nocturno al mar espumoso, que ya no era solo oleaje sino que tenía una innegable presencia extraña.

Un demonio.

No, Eujo cambió su evaluación una fracción de segundo después, cuando el témpano se sacudió en la dirección opuesta, aterrizando con un chapoteo sobre las olas. No era un demonio. Eran muchos. Y estaban abordando.

Como una masa gelatinosa, las formas agitadas surgieron por los costados del témpano, trepando con demasiadas patas diminutas. Bajo la luz plateada de las estrellas —Sichi no se veía por ninguna parte a pesar del cielo despejado—, las criaturas, que parecían bultos sin ojos, se acercaban al cuarteto por todos lados. Las pequeñas patas arañaban el hielo, produciendo un roce rasposo que seguramente atormentaría las pesadillas de Eujo de ahora en adelante.

Si es que sobrevivía, claro está.

—¡Skars! —gritó Wax, una orden obvia que Eujo decidió no cuestionar, optando en cambio por alcanzar su antebrazo y la piedra Kance que la esperaba allí.

Sus susurros, ligeros y caprichosos, fueron los primeros que escuchó, escoltada a los picos de Kance por su Guardia Real que pronto la traicionaría. Ellos habían elegido la piedra, con Najahn observando, y le hicieron una reverencia educada cuando Eujo la insertó en el brazalete, fluyendo la primera mezcolanza en su mente. Las palabras del skar seguían siendo incomprensibles ahora, pero sus acciones eran fáciles de entender cuando Eujo le dio una orden desesperada.

Los demonios más cercanos, con sus formas tintineantes de un púrpura apagado, salieron volando cuando Eujo se puso de pie. Rodaron y se voltearon, salpicando en un mar que sin duda los devolvería pronto. Sin embargo, el tiempo ganado era tiempo aprovechado, y Eujo alcanzó su mochila estacada y sacó el estoque que había llevado consigo desde su ascensión real.

La delgada hoja era un arma pobre para ejecutar pequeñas masas, pero el skar Kance continuó desempeñando su papel estelar, cambiando su ímpetu de una ráfaga soplante a una arremolinada, levantando a los demonios alrededor de Eujo para que flotaran, indefensos, en el aire. Un simple ensartado, uno tras otro, la sorpresa desvaneciéndose con cada estocada.

—¡Muerden! —advirtió Wax de nuevo, y Eujo se giró de su última estocada para ver al Vis Renewal agitando su espada más gruesa en una danza torpe, sus pies acercándose al borde del témpano, con más demonios similares a ácaros subiendo detrás de él.

La principal preocupación del Vis parecía ser el ácaro que atacaba su bota, envolviendo su cuerpo alrededor de los dedos del pie como una tela adherente. Wax lo golpeó con su espada, raspando la cáscara pero dejando al monstruo retorciéndose debajo. Maldijo y Eujo se abalanzó, ensartando al bicho y arrancándolo. La cosa rebotó contra varios de sus compañeros, lanzándolos de vuelta al agua.

Bliss, al menos, tenía más éxito: ella y Torny giraban en un extraño concierto, la Vis barriendo a los demonios con su grueso bastón mientras Torny apuñalaba a cualquiera que se acercara. Manteniendo su posición, por ahora.

—Tenemos que movernos —dijo Eujo, confiando en otra ráfaga Kance para darse tiempo de ponerse la mochila —. ¡Agarrad vuestras cosas y vámonos!

—¿Qué hay de las mantas? —preguntó Wax, cambiando la espada a su mano no dominante mientras agarraba su propio morral—. No podemos...

—Podemos y lo haremos. Ahora.

La máscara de la Reina cayó sobre ella, un hábito que había cultivado rápidamente una vez que colocaron la tiara de diamantes celestiales sobre su cabeza. Dar órdenes, esperar que fueran obedecidas, una calma de comandante se apoderó de Eujo mientras repetía la orden, mientras guiaba a Wax hacia sus dos Guardianes. Bliss y Torny no cuestionaron la idea, uniéndose rápidamente mientras saltaban a otro témpano.

Los demonios los siguieron.

—Aquí —dijo Wax mientras corrían por una estrecha línea de hielo, sus bordes un borrón contra el agua oscura —. Déjame ir último.

Eujo, ya jadeando mientras el skar Kance absorbía su energía, estaba lo suficientemente contenta de intercambiar lugares con Wax, rozándolo al pasar sobre el hielo. Solo para detenerse ante la mirada preocupada de Bliss hacia su hermano. Torny, más adelante, seguía corriendo, como debía.

—Ve —dijo Eujo—. Él estará bien.

Bliss hizo un gesto que Eujo no captó, dejándola pasar. Lealtad al hermano y al Renewal. Admirable, pero innecesario. Wax tenía una idea, mejor dejarlo...

El destello la hizo tropezar, un resplandor repentino que hizo que Eujo cayera de bruces sobre el delgado dedo de hielo. Se deslizó, giró, vio a Wax haciendo lo que el Renewal siempre parecía hacer: lanzando fuego hacia el hielo detrás de ellos, los demonios que los seguían encendiéndose como pequeños petardos en la oscuridad, sus formas rodando desde el témpano hacia el mar. Bliss tiraba de su hermano, sus siluetas solo sombras contra la luz del skar Foti.

Demasiado, y no suficiente. Eujo plantó sus manos, empezó a levantarse, sintió el agarre de ayuda de Torny en su hombro, pero esa no era la preocupación: Wax, su gran momento terminado, casi se derrumbó en los brazos de Bliss, su hermana girando para ayudar al Renewal a lo largo del hielo.

No habían dormido mucho, los skars no se habían recargado después de un día aprovechado para correr sobre el hielo. Peor aún, los demonios tampoco habían terminado. La masa agitada, sus muchas patas pareciendo trabajar al unísono mientras se mecían como uno solo en las oscuras olas, se movió alrededor de la llama, rodeando el témpano, cortando el paso del cuarteto hacia su próximo salto.

—Rodeados —escupió Torny, desenvainando sus dagas de nuevo—. ¿Supongo que moriremos luchando?

—No vamos a morir en ninguna parte —gruñó Eujo, girando el brazalete, activando un susurro diferente y resbaladizo—. Agarraos.

—¿A qué? ¡Esto es un témpano de hielo!

—Agarraos a mí, entonces.

Si Torny hizo otra broma al respecto, Eujo no la escuchó. En cambio, le dijo al skar plateado qué hacer, y la piedra respondió, saltó ante la idea, ante el lejano horizonte que sostenía la mirada de Eujo.

Y el témpano, rodeado de demonios, comenzó a moverse.

6

LA EXIGENCIA DEL GUERRERO

Asombroso cómo una lanza en la garganta saca a relucir la verdad. La academia Whent no era muy dada a la tortura o los interrogatorios; tales cosas, en la rocosa isla del norte, se dejaban mejor a los Fosos y su chusma hambrienta y enfurecida. En su lugar, Annalyse y sus amigos hacían preguntas, llevaban a cabo experimentos, buscaban la verdad mediante ensayo y error. Conocimientos adquiridos a lo largo de años, y que Vis obtenía ahora en cuestión de momentos sobre una rama de árbol.

—Así que por eso quieren las cicatrices —dijo Deshiva, mientras ambas se sentaban en un claro suave tras una noche inundada de conversación, ligeras amenazas y fáciles giros.

Annalyse les dio a los cazadores lo que querían y más.

¿Qué le debía a su antiguo hogar, que la había expulsado?

—Hay poder —convino Annalyse—, pero esa no es la única razón. También control. El Círculo siempre teme lo que las islas puedan hacer. Gladdring me lo dijo.

Había revelado el juego del Precepto, explicado todo su plan: derrocar a Fassle, unir las islas con las cicatrices y trabajar juntos para destruir a los demonios. Annalyse no tenía respuesta para el escepticismo de Deshiva ante la idea: los motivos de Gladdring siempre le habían parecido sinceros a la científica.

—Al menos en eso tienes razón —replicó Deshiva. El café recién hecho, hervido sobre la hoguera del campamento, se enfriaba en pequeñas tazas de madera en sus manos. Las sombras se movían a su alrededor, los cazadores de Deshiva manteniendo un perímetro—. A los Najahn solo les interesa el control.

Deshiva parecía encarnar a la perfección la imagen salvaje que los rumores de Vis contaban sobre la isla, luciendo un vestido que Annalyse no había visto mucho durante su breve estancia en Kitaye. Ropas de tejido ajustado se extendían sobre piel tatuada, con símbolos que Annalyse habría adorado aprender, interrumpidos por fundas y correas para un arco, flechas y más artilugios de los que Annalyse se atrevía a imaginar. El cabello de Deshiva se dividía en dos apretadas trenzas, atadas con una fina cinta que hacía juego con el limpio azul del océano veraniego.

Decir que Annalyse se sentía un poco fuera de lugar con sus nuevos tejidos, su escueta bolsa —devuelta después de que los cazadores la limpiaran de herramientas y tesoros— y su total falta de armas mortales sería quedarse corto.

Que a Deshiva no le importara en absoluto era igualmente evidente.

—Las cicatrices de Vis nos pertenecen —dijo Deshiva a continuación, sin que se lo preguntaran, sobresaltando a Annalyse de su café—. Hemos dejado que los Najahn las conserven para la Renovación durante demasiado tiempo. No pueden tenerlas para sus propios deseos.

Annalyse parpadeó.

—¿Qué tiene eso que ver conmigo?

—Vas a ayudarnos.

—¿Ayudar? —Annalyse miró a izquierda y derecha, esperando que algún cazador estuviera allí, listo para disuadir a Deshiva de la idea de que esta mujer de Whent, tan lejos de casa, pudiera ser de alguna ayuda—. No soy una luchadora.

—Ahora eres tú la que miente. —Deshiva sonrió—. Has pasado las últimas horas contándome, con detalle, cómo Gladdring te hizo trabajar con las cicatrices para desarrollar armas, para convertir la armadura en algo más que una simple pared de metal. Harás lo mismo para nosotros.

Otro parpadeo. Una sorda falta de sorpresa se apoderó de ella. Gladdring sonaba muy parecido, aunque sin las amenazas, cuando llegó por primera vez a Whent, la encontró entre las pocas cicatrices en los almacenes de la Academia y le preguntó si creía que las piedras solo pertenecían al Aegis. Esa conversación, su demostración de lo que las cicatrices podían hacer, la había traído aquí, un punto de inflexión que volvía a ver surgir sobre las brasas menguantes de la hoguera.

¿Sumergirse en la refriega de nuevo? ¿Dejarse usar por alguien otra vez?

Quik apareció en su mente. Su conversación en el muelle, en el puerto Najahn mientras se secaban. Escapar, sobrevivir y tal vez salvar el mundo. ¿Optimismo en una situación desesperada? Tal vez, pero ¿no era esa la razón por la que había dejado su cálido taller en el acantilado de Whent?

La marcha no regresó directamente a Kitaye, los cazadores desviándose hacia el este del camino principal, encontrando una ruta a través de árboles y plantas espesos que Annalyse no sabía que existían hasta que el suelo plano del bosque, cubierto de hojas, apareció ante su próximo paso. Dos días pasaron borrosos, con Deshiva monopolizando las mañanas y las noches entre las largas caminatas para exprimir la mente de la científica en busca de más información.

Annalyse, eventualmente, hizo lo mismo a su vez. Hizo que Deshiva y los cazadores le mostraran sus métodos, cómo rastreaban y luchaban, cómo convertían el ataque de un demonio o un hanoko en una emboscada. Cómo sostenían sus armas y dónde una cicatriz podría encontrar su mejor lugar. Los viejos hábitos tardaban en morir, y Annalyse garabateó página tras página en su bloc de carboncillo, diagramando ideas, presentándoselas a Deshiva, y cuando llegaron al lago del sur, todos los pensamientos sobre el exilio de Svarde en el acantilado habían muerto una muerte simple: enterrados por la posibilidad.

Las casas en los árboles rodeaban el lago, muchas comenzando bajas en un tronco grueso antes de extenderse a través de las ramas hacia los árboles vecinos. Puentes de cuerda como telarañas mantenían a los Vis fuera del suelo, haciendo que Annalyse casi se sintiera como si estuviera de vuelta en Noctia, donde la gente siempre estaba arriba y abajo. Frondas y helechos reemplazaban las piedras y la pizarra, el canto de los pájaros tropicales se equiparaba al graznido de las gaviotas, aunque el aire carecía del hollín interminable de Noctia, un sabor industrial que Annalyse no echaba de menos en absoluto.

—Esta es la tuya —dijo Deshiva, escoltando personalmente a Annalyse hasta un árbol achaparrado y ancho cerca del extremo este del lago. El agua lamía un borde exuberante, una única playa mantenida despejada por los asistentes Vis, y los peces retozaban, saltando, salpicando y siendo llevados por felices rapaces. Un milagro natural puesto en pausa cuando Deshiva abrió la delgada puerta de bambú—. La construimos según lo que dijiste.

—¿Lo que dije? ¿Te refieres a cuando te conté lo que Gladdring tenía para mí?

Annalyse hizo la pregunta, pero la respuesta era obvia. Al igual que en Noctia, una losa central, esta vez un pesado tocón cortado y limpiado, dominaba el espacio. Mesas más pequeñas lo rodeaban, cada una con un pequeño cofre encima. Una escalera de cuerda conducía a una cama en el altillo. Ventanas con red espaciaban los suelos y paredes de madera, dejando entrar mucha más luz de la que Annalyse jamás tuvo en la sombría torre de Gladdring.

—¿Esto es lo que tenías, lo que necesitas, verdad? —preguntó Deshiva, su tono arriesgándose a la frustración por un detalle pasado por alto y esperando lo contrario—. Queda poco tiempo. Los Najahn ya se están fortificando.

Annalyse no dio un paso adentro. Aún no. Si el paseo, si las discusiones habían llenado su cuaderno, todo eso había sido teoría. Todo para Gladdring había sido ciencia, pruebas para aplicación práctica, pero aún no una fabricación para la guerra, para la muerte. Y eso, también, había sido para usarse contra demonios.

—Yo... —comenzó Annalyse, titubeando.

Deshiva agarró el hombro de Annalyse, la giró para que la científica viera a la líder de los Vis. El sol descendía a su espalda, dando a los tatuajes de Deshiva un brillo ardiente, sus ojos una intensidad que robaba lo que quedaba del pensamiento de Annalyse.

—Esto no es una elección, Annalyse —dijo Deshiva, masticando cada sílaba. Una promesa y una amenaza—. Lo harás. Sin esto, los Najahn nos superarán. Tomarán esta isla y subyugarán a todos en ella para sus fines.

—Lo cual podría ser noble. Ellos podrían...

—Si el Círculo quisiera nuestra cooperación, la pedirían. No la han pedido. No lo harán. Sabes esto. Elige un bando.

Deshiva dijo las palabras como si Annalyse tuviera una opción, pero las miradas sombrías, tanto de Deshiva como de dos cazadores que esperaban, decían lo contrario.

—¿Siquiera tienes skars? —preguntó Annalyse, y Deshiva al fin esbozó una ligera sonrisa, asintiendo más allá de la científica hacia la casa del árbol.

—Tenemos los tuyos —La sonrisa se desvaneció en un ceño fruncido—. Tus skars y las primeras piezas para ellos están adentro. Trabajarás esta noche. Partiremos mañana.

—¿Partir? ¿Acabamos de llegar?

—Un viaje corto —dijo Deshiva—. Un barco Najahn ha atracado en Kitaye. Van a llevarse los skars. No se lo permitiremos.

—No soy una luchadora, yo no...

Una sonrisa burlona ahora, —Eso no es cierto. Demonios, los Najahn. Si aún no eres una luchadora, lo eres ahora. Ponte a trabajar, Annalyse. Esto es. Para lo que estabas destinada.

Esas palabras se quedaron con Annalyse mientras entraba en el taller de la casa del árbol, observando el espacio. Los cofres contenían sus bolsas, los skars que la propia Annalyse había traído para empezar. Apenas suficiente para equipar un ejército, o suficiente para luchar contra los Najahn. Annalyse fue de una piedra a otra, las levantó, escuchó sus susurros. Lo que una vez fue tan maravilloso ahora sonaba diferente, casi siniestro. No un nuevo universo para explorar, sino uno para explotar.

Sus colegas estarían avergonzados, en shock o decepcionados. Como lo estuvieron cuando Annalyse anunció por primera vez que se iba con Gladdring. Su primer paso alejándose de la ciencia hacia algo práctico. Esto era solo el siguiente.

Para lo que estaba destinada.

Los Vis eran asaltantes, sigilosos y rápidos. Nada como los Najahn, como los masivos ejércitos Whent de su hogar. Unos pocos skars, bien utilizados, podrían cambiarlo todo. La científica miró las lanzas, los tejidos apilados dentro de la puerta de la casa del árbol. Las primeras cosas con las que debía trabajar, para transformarlas en algo especial.

No servirían.

Los cazadores hicieron lo que ella pidió, corriendo hacia el crepúsculo. Si encontraban lo que ella había pedido, entonces tal vez, tal vez, la isla hace tiempo descartada por el resto del mundo tendría una oportunidad.

O Deshiva, Annalyse y todos los cazadores se encontrarían empalados en la punta de una voulge.

7
EL REY DE LAS PROFUNDIDADES

No pasó mucho tiempo siguiendo el rastro de sangre del perno antes de que Sawi admitiera que no era cazadora. Al menos, no en el sentido formal de los Vis. No era una de esas peligrosas rastreadoras que habían ayudado a guiar a Ami, Svarde y Catya por los senderos de la jungla hacia el Gran Sana hacía diez años.

En cambio, apenas era una adulta, una que se había dedicado a recolectar frutas y ver pasar los días sin amenazas.

—Podrías haberlo mencionado antes —dijo Ami mientras se deslizaban por una estrecha grieta, una desviación de su túnel pero que aún estaba pegajosa con la sangre azulada y seca del demonio.

No es que la sangre en sí brillara de ese color, pero los musgos que cubrían las mochilas de ambas viajeras la pintaban así. El reflejo de la sangre ayudaba, pero Ami encontró que el fuerte olor a hierro era una mejor guía mientras avanzaban lenta y cuidadosamente entre los numerosos giros y vueltas de la Oscuridad de Abajo.

—Lo habrías sabido ya si alguna vez me hubieras preguntado sobre mí.

—Dejé de hacer eso cuando mis amigos seguían muriendo.

Sawi, un par de agarres por debajo de Ami en la grieta descendente, se detuvo y la miró con el ceño fruncido, sus ojos brillando intensamente mientras Ami vacilaba.

—Deja de actuar como una mártir. Estoy harta de tu actuación, Ami. Lo siento por Catya, pero ella sabía lo que hacía cuando se convirtió en la Égida. ¿Amigos que murieron? ¿Quiénes? Ciertamente no parecías deprimida cuando trabajábamos con Annalyse. Cada mañana, ladrando órdenes, exigiendo esto y...

—Sigue moviéndote. Sigue hablando si quieres, pero no dejes de avanzar.

Sawi captó los dos puntos de Ami. Continuó parloteando, un torrente de furia que obviamente se había estado acumulando durante algún tiempo. ¿Qué provocó este arrebato ahora? ¿El comentario despreocupado de Ami, una frase teñida de verdad que simplemente sonaba bien en el momento?

¿O la Vis estaba acosada por más problemas que su compañera de viaje?

Atraída lejos de casa por Gladdring, metida en un experimento y luego en un intento de derrocamiento. Obligada a ignorar a una amiga cercana. ¿Dejada para pudrirse en una celda con la muerte segura como único desenlace hasta que Ami apareció por casualidad?

Eso podría torcer el estado mental de alguien hasta un punto de quiebre.

—He estado ahí —dijo Ami cuando el parloteo de Sawi disminuyó, cuando las dos llegaron al fondo de la grieta.

Una última caída, lo suficientemente alta como para

que Ami cayera a cuatro patas, con el arpón clavándose en su espalda. Rasguños y cortes palpitaron, picaron y fueron ignorados. El skar Vis incrustado en la placa frontal de Ami susurró. Pronto lo sacaría, se lo daría a Sawi al final del camino para animar a la Vis, y soportaría unas dolorosas horas. Una especie de penitencia.

¿Por qué?

—Sí, has estado en todas partes —murmuró Sawi, agachándose frente a Ami hasta que la Vis localizó el rastro de sangre—. Has experimentado todo lo que hay que ver. Todos somos solo repeticiones para ti.

—Estoy tratando de decir que no sirve de nada la autocompasión.

—¿Quién se está compadeciendo? Te estoy diciendo que tendremos que trabajar juntas para rastrear esta cosa, ¿y tú hablas de autocompasión?

Ami se rió una vez. Sawi tenía razón. La Guardiana se había metido en otro agujero mental sin razón aparente.

—La oscuridad hace cosas extrañas —dijo finalmente Ami mientras reanudaban la marcha.

—Te juro, Ami, que si pierdes la cabeza aquí abajo, no esperes que te cargue de vuelta a casa.

—Como si pudieras encontrarla, recolectora.

Sawi se encogió de hombros, una sombra azul plateada en medio de la oscuridad musgosa que se acercaba. Siguieron avanzando. Más horas pasaron. La conversación se reanudó y se mantuvo, bajando a susurros si alguna oía otro ruido, pero los demonios se habían vuelto silenciosos. O bien escuchaban a la pareja tropezar por su territorio o, como el que Sawi y Ami habían matado, se estaban yendo. A dónde y por qué, quién sabía.

Con suerte, el dueño del perno era la razón, y con suerte sería amistoso, porque Ami hacía tiempo que había decidido que ella y Sawi no tenían camino, ni plan, ni posibilidad de salir por su cuenta.

—Termina aquí —dijo Sawi, deteniéndose encorvada en una pequeña cámara. Varios túneles se interconectaban, llevando en diferentes direcciones—. Hay una marca donde golpeó el perno. Luego nada.

La pareja examinó bien la cámara, sin encontrar otras marcas. Ami estaba a punto de declarar el lugar lo suficientemente bueno para pasar la noche —las múltiples entradas no eran ideales, pero los túneles pequeños dispersaban el sonido. Tendrían advertencia y un espacio cerrado para defenderse, mejor contra números mayores. Sin embargo, justo cuando Ami se quitaba la mochila para dejarla en el suelo, Sawi silbó.

Suave, bajo y curioso.

—Mira la salpicadura —dijo Sawi cuando Ami preguntó—. El perno golpeó, hay un rocío hacia atrás en esta dirección, la mayor parte. Quien disparó la cosa habría estado de pie en este túnel.

—Entonces ese es el camino que seguiremos. —Ami se volvió a echar la mochila al hombro—. Buen trabajo, Vis.

Sawi le lanzó una mirada escéptica de reojo.

—Gracias, pero eso era bastante obvio.

—No para un minero Foti.

Sawi resopló, pero Ami juró que vio una pequeña sonrisa juguetear en ese rostro. Sawi, también, inició la caminata con más energía que antes. Ami comenzó a racionalizarlo, a buscar una razón secundaria por la que le había dado el cumplido a Sawi, pero luego se detuvo. Sacudió su propia cabeza en la penumbra púrpura-azulada.

A veces, una palabra amable podía ser solo eso. El hecho de que Gladdring intentara convertir todo en capas manipuladoras no significaba que Ami tuviera que hacerlo.

Como si recompensara los esfuerzos de Sawi, el túnel elegido no se ramificó durante mucho tiempo, sino que serpenteaba en una danza sinuosa sin opciones. Descendía —por supuesto que descendía—, pero al menos la pareja podía creer que seguían el camino correcto, continuando hasta que sus piernas se sintieron pesadas, sus ojos estaban medio cerrados y Sawi comenzó a rebotar contra las paredes mientras sus pasos se desviaban.

Un estado perfecto para una emboscada, y una comenzó cuando el túnel se ensanchó, dividiéndose en una bifurcación. A la izquierda, oscuridad y más profundidad. A la derecha, como anunció el jadeo de Sawi, una ballesta y una mirada curiosa detrás de ella. Sin linternas, pero cuando el musgo de la pareja proyectó su luz, Ami reconoció el atuendo: una colección de pieles y cuero, aunque más ligera a medida que el Oscuro Inferior se asentaba en un calor más acogedor que el frío invierno de arriba.

—Whent —dijo Ami, avanzando junto a Sawi y manteniendo las manos libres. Sin arma desenfundada, sin muerte decisiva, o eso esperaba Ami—. Estás muy lejos de casa.

—Al igual que tú, Foti —respondió la exploradora, con el tono de una mujer curtida emergiendo de la gruesa capa —. No reconozco a la otra, lo que significa que debe ser una Vis. Una pareja peculiar.

—Con una historia aún más extraña. —Ami dejó que su mano izquierda se deslizara hacia la de Sawi, colocándola en un lugar para agarrar a la Vis antes de que pudiera hacer algo estúpido—. Sin embargo, apuesto a que la tuya igualaría la nuestra.

—Podría ser.

Un largo silencio. Ambos bandos evaluándose mutuamente. Ami intentó imaginar qué podría estar haciendo una expedición Whent tan abajo. Demasiado profundo para la minería, pero tal vez no para la exploración. ¿Algún pequeño grupo cuyas ilusiones de tesoros ocultos los habían llevado muy lejos de su ruta? O...

—Estamos perdidas y desesperadas, maldita sea —dijo Sawi, rompiendo el punto muerto—. Estábamos tratando de llegar a Vis a través de estas malditas cuevas y necesitamos ayuda.

—¿A Vis? ¿A través de las cuevas?

Con Sawi abriéndose, Ami no intentó detener a la Vis. Lo soltó todo, excepto que los Najahn las habían tachado de traidoras. Al menos fue lo suficientemente astuta para eso. Sin el equipo ni la disposición para pagar el alto precio del viaje invernal hacia el sur, Sawi dijo que habían intentado ser emprendedoras y en su lugar se habían condenado, y cuando la exploradora señaló sus armas, el hecho de que aún estuvieran vivas, Ami aprovechó la oportunidad.

—Somos buenas luchadoras, cazadoras —dijo Ami—. Y estaríamos encantadas de posponer nuestro viaje si necesitas nuestras habilidades.

Eso provocó una mirada diferente de Sawi, más curiosa que enojada. Un giro en sus planes previstos, pero si Ami estaba juzgando bien a la exploradora, por el odre de agua bien lleno, la bolsa, la linterna y el equipo en perfecto estado, entonces pertenecía a un grupo Whent con buenos suministros. Suministros que Ami y Sawi podrían usar.

Y, aunque nunca lo diría en voz alta, Ami estaba lista para terminar, al menos por un tiempo, con el caminar a ciegas por la oscuridad.

—Entonces haced un juramento —dijo la exploradora—. Ahora mismo. Prometed que no lastimaréis, robaréis ni obstaculizaréis nuestros esfuerzos de ninguna manera.

Hacedlo, y mantened las manos alejadas de vuestras armas, y podréis venir conmigo.

—¿Obstaculizar vuestros esfuerzos? —preguntó Sawi.

—Habéis encontrado la expedición de Jochi. Mi nombre es Olgata y, aquí abajo, vamos a salvar Las Siete Islas.

Una declaración así merecía algo de respaldo, y Olgata lo proporcionó, aunque después de dos días de viaje. La exploradora, tras un lento deshielo de confianza ganado a través de cenas y historias compartidas, aunque Ami y Sawi seguían reservándose su estatus Najahn, reveló todo el plan de Jochi. El señor de la guerra había construido una red durante el último mes, estableciendo puestos avanzados en el Oscuro Inferior desde la superficie de Whent. Exploradores reclutados de toda la isla patrullaban los túneles vecinos, alejando a los demonios errantes y cartografiando cámaras en busca de minerales, pozas y plantas útiles. Mientras tanto, el propio Jochi había establecido un campamento cerca de la base de la Herida, en un lugar que ahora llamaban Fortaleza de los Sueños —un nombre básico, admitió Olgata, pero lo suficientemente claro en su propósito como para atraer a los aventureros—, donde buscaba una forma de cerrar las puertas.

—¿Las puertas? —preguntó Ami.

—Por donde llegan los demonios —respondió Olgata—. Hay siete, que coinciden con nuestras islas, y a través de ellas vienen todos los monstruos. Nuestro problema, ahora, es cómo destruirlas.

Los túneles por los que caminaban se volvieron más brillantes a medida que se acercaban a la Fortaleza de los Sueños, con linternas colgantes y señales, ya, de ingenieros puliendo los bordes más ásperos. El aire ya no olía a musgo, sino que crepitaba con ceniza e industria. Palabras, indistintas pero aún así palabras reales, flotaban entre martillos, taladros y sierras. A Ami le resultaba difícil mantener una sonrisa fuera de su rostro medio cubierto. De alguna manera, iban a sobrevivir. De alguna manera, iban a...

El túnel desembocó en uno más grande, un tubo masivo superpuesto con producción, con carros rodantes. Gente, desde soldados de Whent hasta mineros, pasando por los comerciantes que los apoyaban a todos, se agitaba, y la mayoría en una dirección. Ami se detuvo, atónita ante la gran cantidad.

—¿Cómo? —le preguntó a Olgata—. ¿Cómo hay tantos tan abajo?

—El invierno en Whent normalmente significa esconderse, esperar a que pase el frío con cerveza y aburrimiento. Ahora, nuestra isla tiene posibilidades en su lugar. Una oportunidad de hacer algo nuevo, algo increíble. —Olgata miró a la pareja, examinándolas de nuevo, buscando algo que no encontró—. Una oportunidad, también, de gloria, de recursos más allá de lo que Noctia y los Najahn podrían esperar igualar.

—¿Pensé que esto era sobre los demonios? —preguntó Sawi.

—Los demonios, y librarnos de la opresión del Círculo. Esto es más que una oportunidad para salvar las islas, Vis. Es la forma de romper las cadenas que las atan.

Cualesquiera que fueran los sentimientos de Ami sobre esas cadenas —los Najahn parecían imposiblemente distantes aquí abajo en este mundo subterráneo—, los olvidó poco después, cuando Olgata las condujo a través de otra cámara masiva, esta sellada a lo largo de un lado con fortificaciones de hierro brillante y puntiagudo, y hacia una extraña ciudad. Las casas y edificios parecían opresivos, paredes planas y ventanas vacías que apenas comenzaban a adornarse con reparaciones.

Sawi lo notó primero, la experiencia de la Vis evitando que un grito escapara de sus labios: muchos de los que hacían el trabajo tenían la piel manchada, los ojos apagados o extremidades faltantes. No hablaban, no tenían bolsas con comida o agua cerca, y se tambaleaban con un propósito indudable. Sin embargo, la gente de Whent no les prestaba una segunda mirada, o trabajaba junto a los extraños tambaleantes.

—¿Qué son? —preguntó Ami, siguiendo el descubrimiento de Sawi.

—Esa respuesta —dijo Olgata— espera donde nos dirigimos.

En cuanto a quién se lo dio, el giro más imposible hasta ahora. Estaba sentado en una extraña silla de piedra en el centro del templo más grande, y único, de la ciudad, arriba por las escaleras y detrás de paredes lisas. Una espada gigantesca y dentada descansaba en una de sus manos, con la punta clavada en las losas limpias a sus pies. Cerca, como si lo estuvieran esperando, había otras dos personas observando cómo Ami y Sawi se acercaban. Una, una mujer de aspecto salvaje con ojos grandes y una sonrisa feroz, casi amenazante, y el otro, tan cargado de pieles y con una barba tan grande que solo podía ser Jochi y nadie más.

Sin embargo, Ami centró su atención en el hombre de la silla, aquel que no tenía derecho a estar vivo, cuyo cuerpo parecía más gris y cubierto de cicatrices que nunca, pero en cuyos ojos brillantes y sonrisa decidida persistía una esperanza real.

—Ami —dijo Svarde cuando la pareja entró en la cámara—. ¿Estás lista?

8

LO QUE LAS REINAS DESEAN

Una visita a las cámaras privadas del Círculo nunca era fácil. Incluso ahora, vistiendo las ropas doradas de un Adepto, Gladdring bajaba los escalones alfombrados lentamente y con el ceño fruncido. El amplio pasillo se estrechaba en su descenso más allá de la sala principal, donde la gran mesa redonda servía como lugar de reunión para cualquiera que buscara ayuda del mayor poder de las islas. Las linternas ardían, los retratos espaciados en las paredes mostraban los rostros adustos de los líderes pasados del Círculo. Sus ojos no parecían seguir a Gladdring, sino más bien mirar fijamente a una dura lejanía, como si sus luchas contra los demonios y contra las islas hostiles continuaran mucho después de que la vida los hubiera dejado atrás.

Una perspectiva halagüeña para su propio futuro, pero entonces, nadie que buscara el verdadero poder era ciego a sus consecuencias.

O, al menos, él no lo era.

Tampoco lo era Fassle, al parecer.

El hombre esperaba solo en una habitación circular con

una mesa central y tres sillas, todas lujosas e inmaculadas en su marco púrpura de Noctia. El mismo Fassle llevaba una sencilla túnica negra, un collar de plata que desaparecía bajo su alto cuello. Sin oro, sin medallas, sin ceremonia. Una tetera humeante desprendía vapor en el centro de la mesa, con dos tazas ya servidas. No había guardias cerca. Los únicos observadores eran un par de retratos, Demion y su Guardián perdido hace mucho tiempo, dibujados de oídas, los óleos dándoles una postura decidida y valiente contra sus enemigos invisibles.

Ojalá Gladdring pudiera encontrar el mismo coraje. Al menos, con los cuchillos de Yarvick a su espalda, Gladdring no se preocuparía por las armas.

—Tres veces —dijo Fassle a modo de saludo, señalando con la cabeza la silla frente a él—. Tres veces te he convocado a estas cámaras, y sin embargo esta será la primera en la que, espero, podamos trabajar juntos.

Gladdring no necesitaba que le recordaran las dos primeras. Una, una simple serie de amenazas que detallaban la inminente perdición de Gladdring, seguida de despojarlo de su rango de Tenet y arrojarlo a la prisión más secreta y desolada del Círculo. La segunda, cuando Fassle decidió que los skars podían ser más que simple propaganda, que podían provocar una revolución, había sido para sacar a Gladdring de los despojos y ofrecerle en su lugar una capa de Adepto. El trato de la lealtad.

Uno fácil de aceptar. Mucho más fácil derrocar a Fassle desde su lado que en una celda profunda de una mazmorra.

—Me sorprendió recibir la convocatoria —dijo Gladdring, sentándose—. Pensé que íbamos por buen camino.

—Cualquier gran plan se encuentra con problemas. —Fassle levantó el té y bebió. Gladdring tuvo que imitarlo, saboreó el anís de Tamas, con un poco de canela añadida para darle sabor. Caliente y perfecto para el invierno—. Tu reputación como Tenet de Comercio, y no como traidor, te trae aquí.

—¿En qué puedo servir?

Un ceño fruncido.

—No te hagas el tonto conmigo, Gladdring. Sé que cada palabra que sale de tu boca que no sea para maldecirme te causa algún dolor, así que déjame apelar a algo que, espero, tenga algún sentido para ti: la causa de los Najahn.

—¿Y cuál sería esa causa?

—Los skars, Gladdring. Los malditos skars. La clave para mantener nuestro poder.

—Y detener a los demonios.

—Sí, por supuesto —Fassle desechó las palabras, sacudiendo la cabeza—. No todas las Islas ven nuestro enfoque como bienvenido. —El ceño fruncido trazó líneas más duras—. No es sorpresa. Los demonios permanecen. Se aferran a las armas que pueden encontrar.

—Como deberían.

—No. Si tu pequeño espectáculo prueba algo, es que los skars no pueden ser manejados por aquellos que no saben lo que están haciendo. Ya el puesto avanzado de Whent ha enviado palabra de Renovaciones usando las piedras para destruir sus edificios, arruinar el camino hacia los skars de la isla. Un solo necio. ¿Puedes imaginar lo mismo en todas partes?

—Puedo. Un desastre.

Un asentimiento brusco.

—Entonces sabes que no podemos permitir que eso suceda. Debemos controlar los skars, y debemos traerlos aquí. Foti, Rana y Tamas ya son nuestros.

Gladdring se inclinó hacia adelante.

—¿Foti? Pensé que...

—No tienen líderes. Solo comerciantes y mineros. Aplastamos su mezquino intento y volvieron rápidamente a sus forjas. —Otro giro y sorbo del té, su calor pareciendo devolver a Fassle al momento—. Whent está en reparación, pero la Grieta Dorada sigue siendo nuestra mientras los comedores de rocas envían a todos sus guerreros al Abismo Oscuro.

—Un esfuerzo condenado, sin duda.

—Uno afortunado para nosotros. Para cuando alguno, si es que alguno, regrese, controlaremos cada ciudad. Sus poderes restantes quieren seguridad, y se la he proporcionado. Pero no es por eso que estás aquí.

—¿Ah, no? ¿No me llamaste solo para quejarte? —Gladdring dejó que una ceja levantada permaneciera así.

—Te llamé aquí para darte una tarea. Una digna de tus habilidades.

—Entonces dímela.

Fassle resopló. Gladdring movió su mano derecha, la metió en el bolsillo de su túnica donde estaba anidado el skar de Tamas. Los susurros de la piedra rozaron los pensamientos de Gladdring, captaron a Fassle y sugirieron la verdad. Lo que el Círculo estaba a punto de pedir sería genuino, no alguna trampa.

—Vis y Kance son las únicas dos islas que aún tienen alguna duda —dijo Fassle—. Estoy enviando más fuerzas al Sur. Las rutas marítimas permanecen libres de hielo, así que aplastaremos a esos habitantes de la jungla si protestan. Kance... es un asunto diferente.

Ah. Invadir la isla del cielo sería un desastre. Aparte de Noctia, Kance era la única isla con líderes reales, con habilidades marciales más allá de asaltantes aleatorios y señores de la guerra improvisados. Las dos Reinas comandaban lealtad y tropas letales, suficientes para hacer que una incursión Najahn fuera sangrienta y prolongada, si no imposible.

—Han retirado a nuestros soldados del puesto avanzado —continuó Fassle—, los han despojado de sus armas y los han enviado a casa. Ya no tenemos presencia allí. Ninguna.

—¿Kance no comerciará sus skars?

—¿Comerciar? Gladdring, pensé que lo habías entendido. Esto no se trata de comercio. Tomamos, porque si no lo hacemos, solo habrá caos. Debes convencer a la Reina de esto. Debes romper su resistencia. Ofrece lo que sea, excepto las piedras. Cambia su opinión, y serás recompensado, no solo por mí, sino por todas estas islas que dices servir.

—¿Y si ella no acepta un trato?

Fassle rellenó su copa, hizo lo mismo con la de Gladdring. —Tienen dos Reinas, ¿verdad? Si la que viene aquí no juega su papel, quizás la otra lo haga.

En cuanto a lo que podría sucederle a la Reina que se negara, Gladdring no se hacía ilusiones.

El Adepto ignoró la nieve mientras esperaba junto a los muelles privados de Najahn. Silencioso en invierno, con el hielo bloqueando la mayoría de las islas, ahora se encontraba en medio de una multitud de púrpura y negro. Algunos con voúlges y los afilados discos chakram, otros listos con nada más que cuerdas y la disposición de atracar un barco. Y vaya barco que era.

La Reina de Kance llegó en un navío que parecía flotar sobre las aguas grises, deslizándose sobre las crestas de las olas, sin descender nunca a los valles agitados, en su lugar izando sus velas con tal precisión como para descansar junto al muelle de roca negra sin tocarlo ni una sola vez. Anclas, teñidas de plata, cayeron de ambos lados para asegurar la embarcación de tres pisos y sus cabinas inclinadas en su lugar. Los trabajadores se apresuraron, las rampas descendieron y el séquito desembarcó a toda velocidad: un escuadrón completo de diez soldados de la Guardia Real de Kance, su armadura reluciente la versión perfecta del frío armado, el doble de sirvientes cargando cofres, equipo y cabezas cubiertas. Varios consejeros vinieron después, todos acercándose a Gladdring con bienvenidas y recibiéndolas a su vez.

Y por último, por supuesto, la Reina misma. En algún punto al norte de la edad de Gladdring y escarchada con el clásico porte de Kance. Bajó por la rampa con gruesas botas bajo una capa igualmente robusta, ribeteada con plumas plateadas en sus bordes, como si de repente pudiera decidir echar a volar.

Aunque bien pensado, con un skar de Kance, tal movimiento no era una total imposibilidad.

Algún asistente Najahn sin nombre susurró indicaciones al oído de Gladdring, desde las cosechas de Kance y los socios comerciales notables durante el verano hasta las comidas preferidas de la Reina, sus hábitos diarios y su aparente amor por las flores lelune que llenaban el cráter de la Herida. Gladdring solo retuvo esto último, guardándolo como un posible destino nocturno.

La mejor diplomacia ocurría al aire libre y lejos de oídos indiscretos.

La Reina tenía sus propias fuentes, mientras marchaba por el muelle sin mirar a nadie más que a Gladdring. Si estaba impresionada por su atuendo, nada se mostraba en su rostro, cubierto como sus diversos subordinados por una capucha de seda azul plateada. Debajo, mientras se enfrentaba a Gladdring —esas botas ponían sus alturas lo suficientemente cerca como para coincidir miradas—,

Gladdring no vio a la asesina que Fassle describía a la gobernante de Kance, sino a alguien curiosa, convincente y lista con una pregunta.

—¿Eres el perro faldero de Fassle, o tienes mente propia? —preguntó la Reina, lo suficientemente alto como para que el asistente tímido al lado de Gladdring la oyera. Su voz tenía la claridad de un cristal, cada sílaba anunciada como el golpe de un dardo en las gruesas tablas que adornaban tantas tabernas de Noctia.

—Hago lo que el Círculo desea —respondió Gladdring, su tradicional lengua de miel una pobre comparación.

—¿Y eso es todo lo que Kance posee?

—Si usted lo diera. —Gladdring sonrió. La Reina no correspondió a sus labios. No había bromas que encontrar aquí entonces. Sus dedos frotaron el anillo, el skar, pero apartó su consejo ofrecido. Demasiada dependencia del skar embotaría sus propios instintos, y las piedras podían ser robadas en cualquier momento—. Si no, entonces espero que podamos encontrar una manera de mantener seguras tanto nuestras Islas como todas las demás.

Si las palabras conmovieron a la Reina, no lo demostró. En cambio, pareció trazar una línea alrededor y a través de Gladdring, midiéndolo en todos los sentidos. Gladdring había hecho lo mismo muchas veces antes, a un compañero en el escenario de Tamas antes de un ensayo, una actuación, una audición. La dejó hacerlo, no ocultó nada.

—Fassle me invitó aquí —comenzó la Reina—, con una carta. Decía que los Najahn necesitaban ayuda, que tenía que dejarles tomar todos nuestros skars. Rellenó sus líneas con palabras sin sentido sobre unidad, demonios y tonterías.

—Pero aun así vino.

Por fin, una fracción de sonrisa. —Vine porque el verdadero poder no se esconde en su castillo o detrás de una puerta cerrada. Vine a decirle a Fassle a la cara que los días de la supremacía Najahn han terminado. Las islas no son suyas para reclamar. Pueden tener su comercio, pero no obtendrán nada más de nosotros. Nunca más.

Por primera vez en demasiado tiempo, Gladdring sintió un temblor en su corazón. Una sonrisa se elevó mientras hacía una leve reverencia a la Reina. El mundo podría estar bajo asalto, los Najahn podrían estar destruyendo tradiciones centenarias, y las consecuencias podrían significar el fin de todo, pero esto, esto sería divertido.

9
ESPINAS

Manos enguantadas se aferraban a cuerdas, entre sí, a cualquier cosa sobre el hielo para evitar caer. Caer al oscuro océano no solo significaría empaparse, sino que garantizaría un enjambre de demonios, un rápido entumecimiento y una lenta muerte bajo las olas.

Ese hecho terrible zumbaba en la periferia de Eujo mientras dejaba que el skar Kance corriera con su propio viento, empujando el largo témpano de hielo que sostenía a su afligido cuarteto a través del agitado mar. En algún momento después de su brusco inicio, Torny se derrumbó sobre Eujo, inmovilizando a la Reina contra el hielo con su propio cuerpo y un desesperado agarre de cincel. Las maldiciones brotaban de la bandida, aumentando solo cuando los demonios con aspecto de insectos continuaban trepando por los bordes del témpano.

Pero no tantos: las olas llenas de demonios se rompían mientras el témpano avanzaba, dejando atrás a aquellos monstruos asquerosos que aún no habían logrado subir, mientras el deseo de Eujo alimentado por el skar destrozaba su balsa creada por las criaturas. Detrás, según los momentos más lúcidos de Torny, se aferraban Wax y Bliss, el par de hermanos cabalgando en el borde trasero del témpano después de que la bomba Foti de Wax no lograra más que iluminar el cielo.

Los skars, como los dioses que los crearon, eran amigos caprichosos.

El skar plateado de Eujo cantaba, una melodía que se elevaba como un nuevo amanecer, aunque la noche a su alrededor solo contenía estrellas. Fuerte y alegre, Eujo se encontró haciendo una mueca por el volumen, la canción del skar aumentando la velocidad junto con el témpano. El hielo se inclinó, amenazando con hundir su parte delantera bajo la superficie solo para emerger libre, un cambio narrado por los gritos frenéticos de Torny a Wax y Bliss para que se mantuvieran en la parte trasera del témpano.

—No es un barco que yo elegiría, pero lo acepto —gruñó Torny cerca del oído de Eujo, cambiando el agarre del cincel a su mano izquierda y sacando un cuchillo. Adelante, dos demonios con garras y caparazón avanzaban por el hielo—. ¿No puedes reducir la velocidad de este viaje un segundo, Eujo? ¿Darme tiempo para acabar con estos bichos?

La Reina analizó las palabras, quiso encontrar una respuesta, pero el skar se la llevó, un frenesí loco drenando el aire de Eujo. Sus labios se aflojaron, sus ojos se cerraron casi por completo, y Eujo encontró sus manos y pies entumecidos. El movimiento parecía imposible, improbable, una locura contra la continua canción de los skars.

—Supongo que eso es un no —murmuró Torny—. No me culpes si te muerden, entonces.

Los demonios se separaron, cada uno deslizándose, abriéndose camino hacia Eujo desde cada hombro. La Reina no podía encontrar la energía para moverse: intentarlo se sentía como tratar de empujar un barco entero a la orilla ella sola.

Pánico.

Un miedo palpitante la invadió, borrando la canción del skar mientras los demonios se acercaban. No podía hacer nada, ni una maldita cosa para salvarse. Durante toda su vida, desde que podía recordar, Eujo siempre había podido, siempre había dependido de sus habilidades para robar comida, para escapar de la persecución y, si era necesario, para convertir esa persecución en aliados cuando la atrapaban. Ahora su destino dependía de una bandida, una ladrona caprichosa que-

Torny se movió, subiendo y presionando los hombros de Eujo. Su daga, un destello a la derecha de Eujo, se lanzó y atravesó al primer demonio. Un líquido amarillo salió volando, salpicando el témpano, las manos de Eujo, su cara, y ella no podía hacer nada al respecto. Con un movimiento rápido, Torny envió al demonio volando, cambiando para ir por su compañero.

Demasiado tarde.

Eujo quería gritar, la melodía del skar se sacudió, enviando el hielo a la izquierda. Un dolor punzante irradió desde su muñeca izquierda, Eujo girando los ojos en esa dirección para ver a Torny apuñalando al segundo demonio, empujándolo lejos con otra maldición, de alguna manera diferente.

—Lo siento —siseó Torny, moviéndose de nuevo para presionar el líquido rojo que salía de la manga del abrigo de Eujo, manchando su guante y el hielo debajo en un rosa intenso—. Los bichos se mueven rápido. ¿Qué tan malo es?

Eujo ni siquiera intentó responder. Con el despacho del demonio, su último destello de concentración se disipó, sus ojos vagando de vuelta hacia el horizonte y la línea velada de Tamas. El skar cantó, y su canción, como el viento cortando a través del palacio entre las islas flotantes, se la llevó.

—Inténtalo tú, entonces —la voz de Torny volvió a entrar en el mundo silencioso de Eujo, tranquilo, oscuro y húmedo—. No es como si yo fuera una especie de forzuda.

—Entonces quítate del medio.

¿Wax? Al menos sonaba vivo. Mejor que Eujo, quien parecía incapaz de abrir los ojos, de hacer mucho más que respirar. Cada uno de sus músculos se estremecía en un agotamiento total, incapaz de reunir siquiera el más mínimo movimiento.

El skar Vis, ahora, lideraba los susurros, todos los demás apenas un murmullo. El feroz murmullo de la piedra de la jungla le dijo a Eujo todo lo que necesitaba saber: dondequiera que estuvieran, como sea que hubieran sobrevivido, el esfuerzo para llegar allí casi había matado a la Reina.

Algo tiraba de sus hombros. Eujo se sintió deslizar, la tierra o arena debajo de ella se movía mientras alguien —Wax, probablemente— arrastraba a la Reina por alguna pendiente. Las preguntas se desvanecieron, Eujo demasiado cansada para aferrarse a una sola, se entregó a la frustración en su lugar. Era más fácil estar enojada por lo que no podía hacer que ser racional al respecto, especialmente ahora.

Cuando ni siquiera podía ver.

El skar Vis reaccionó, elevándose en un curioso borboteo. Los ojos de Eujo picaban, un repentino florecimiento, como si se estuviera limpiando una costra.

—Mírate. El largo de una espada. Tan fuerte.

Torny de nuevo.

—Al menos ya está fuera del hielo —Wax, la respuesta.

Silencio, luego una risa de Torny.

—Tu hermana tiene razón, Wax. Si quieres ser el Aegis, mejor que te pongas más fuerte. Así habrá más de ti para desperdiciarse, porque ahora mismo me imagino que serás solo huesos en una semana o dos.

—Tal vez te entregue todos los skars una vez que los consigamos, a ver cómo te gusta.

—Claro, entonces se los venderé de vuelta a Fassle para su estúpida guerra.

La broma de Torny no surtió efecto, y el grupo se sumió en un silencio más incómodo que el anterior. Eujo, a punto de abrir los ojos, podía adivinar el porqué: siempre es difícil reírse de un desastre real.

Tamas apareció en un abrir y cerrar de ojos, pasando de un negro absoluto a una belleza deslumbrante. Naranjas y púrpuras que le habrían quitado el aliento a Eujo si le quedara alguno. La parte inferior de su visión era solo la playa, sus granos negros contrastando con la arena blanca y marrón de otros lugares. Más arriba, donde las pequeñas dunas se fundían con Tamas propiamente dicho, había vida vibrante: hojas ondulantes colgando de arbustos retorcidos, árboles achaparrados salpicados de flores índigo con espinas, todo teñido por el beso helado del invierno. Las raíces se extendían por el suelo, lo suficientemente altas como para, según calculó Eujo, golpearle la rodilla con un paso descuidado. Un espeso mantillo se mezclaba con la sal del océano, lo suficientemente extraño como para provocar una tos, que Eujo convirtió en un gruñido entrecortado.

—Oye, está despertando —dijo Torny, inclinándose y mirando a Eujo directamente a los ojos. La bandida, por su parte, parecía desgastada pero bien, como si hubiera sobrevivido a una ardua caminata—. Parece que no se mató después de todo —la bandida apartó la mirada del rostro de Eujo, por encima de la espalda de la Reina, y frunció el ceño —. Sé que estaba respirando, pero que el cuerpo funcione no significa que quede algo arriba.

—Estoy aquí —dijo Eujo, con las palabras convertidas en un mero susurro.

Torny suspiró y chasqueó la lengua.

—Qué lástima. Podríamos haber conseguido un buen precio por esos skars. Supongo que tendremos que hacer las cosas por las malas.

El camino difícil, tal como era, tendría que esperar. Mientras Eujo volvía a la vida, una emergencia paso a paso ayudada por devorar lo poco que quedaba de sus reservas (Wax y Bliss habían perdido sus alforjas en el vuelo del demonio), se dieron cuenta de que llegar a Tamas no era lo mismo que, bueno, llegar a Tamas. Su punto de aterrizaje, marcado por el crujiente encallamiento del témpano en la arena negra, parecía remoto, sin que ni siquiera el humo de una chimenea marcara el cielo azul y frío de la mañana. Ningún sendero se hizo visible para Bliss y Wax cuando la pareja Vis realizó un reconocimiento inicial, regresando para informar que las gruesas raíces se extendían en todas direcciones excepto una: un paseo por la costa.

Eso les dio una oportunidad a primera hora de la tarde, cuando, con el hombro de Wax como apoyo, Eujo se obligó a poner un pie delante del otro en una marcha entrecortada. Sin embargo, el témpano de hielo ni siquiera había desaparecido de su vista cuando su caminata por la playa comenzó a desvanecerse.

—La marea nos va a cortar el paso —dijo Wax.

El Vis había estado lanzando miradas de preocupación a Eujo toda la mañana, pero había mantenido su atención donde debía: mantener a Eujo en pie. Ahora se detuvieron, y Bliss subió por la arena hacia la gruñona combinación de raíces y plantas, negando con la cabeza.

"Será peor que la nieve ahí dentro", señaló Bliss. "Cada paso es una trampa".

—¿Por qué nuestros amigos mágicos no lo queman? —preguntó Torny—. Despejar un camino, enviar una señal y darnos algo de calor. Tres cosas con las que estaría feliz ahora mismo.

—No sé si alguno de nosotros tiene la energía para eso —respondió Wax, mientras las olas ya besaban sus botas con cada salpicadura—. ¿Esperamos a que baje la marea?

"Moriremos de hambre antes de que eso pase".

—O nos volveremos caníbales —añadió Torny, acercándose para ayudar a Wax a caminar con Eujo por la playa—. Apuesto a que estás bastante correoso, Wax, pero te daría una oportunidad.

—Gracias.

—Torny tiene razón —dijo Eujo mientras se unían a Bliss, mirando las raíces. Gruesas, marrones y constantes—. Nos queda poca comida y agua. Cualquier pueblo podría estar a días de distancia. No podemos esperar, y no podemos luchar contra esto —mientras terminaba las palabras, su voz se redujo a un susurro apenas audible—. No deberíamos necesitar mucho.

Wax suspiró y buscó bajo su abrigo el collar Najahn. Sus ranuras, ahora más llenas que vacías, brillaron bajo la tenue luz del sol.

—Un poco —dijo Wax—. Eso es todo. Nada de explosiones.

—Nada de explosiones —concordó Torny, como si tuviera algo que decir al respecto.

La bandida y Bliss ayudaron a Eujo a alejarse, dejando a

Wax mirando las plantas, con una mano envuelta alrededor del collar y la otra extendida como si fuera a acariciar las plantas. Al principio, no pasó nada, sin más sonido que las olas y algunos cantos de pájaros lejanos que Eujo no pudo identificar. Luego el aire tembló, una mancha borrosa entre Wax y las raíces más cercanas. Wax comenzó a respirar con dificultad y las raíces se ennegrecieron, elevándose el humo antes de que el primer débil destello naranja estallara. Varios más se unieron rápidamente, encendiendo un pequeño fuego antes de que Wax tropezara hacia atrás, cayendo de rodillas en la oscura orilla.

—Vaya, mira eso —dijo Torny, solo para que el fuego chisporroteara y se apagara—. Oh.

"Están vivas y húmedas", señaló Bliss, yendo al lado de su hermano. "Quemarlas no funcionará".

Eujo miró a su derecha, esperando una oportunidad y encontrando una, aunque no exactamente como esperaba. Cuando el océano llenó su vista, el skar Rana en su muñeca emitió una nueva nota. Una posibilidad, si tan solo Eujo quisiera nadar. El skar empujaría el agua a su alrededor, propulsando a Eujo hasta donde quisiera ir, un impulso indefinido derrotado por el agotamiento de Eujo y el hecho de que tenían dos personas sin skar con ellos.

—Pero —murmuró Eujo, atrayendo una mirada curiosa de Torny—, tal vez no necesitemos nadar.

—Tienes razón, no necesitamos nadar —dijo Torny—. No voy a volver a meterme en ese líquido, Aegis o no.

—Si estoy en lo cierto, no tendremos que hacerlo.

Eujo dio un paso hacia la marea que se acercaba, y Torny captó la idea y la ayudó a avanzar. El skar Rana captó la idea de la Reina y saltó sobre ella como un perro a su cena. Más allá, como si alguien hubiera tomado una cuchara para la ola entrante, el agua se dividió, la ola subiendo alrededor de Eujo y Torny pero sin tocarlas. Una especie de burbuja, y temporal.

—Nos turnaremos —dijo Eujo, alcanzando a Wax y Bliss—. Mantendremos las olas alejadas, seguiremos caminando, todo lo que podamos.

10

GOLPE DE VIDA

A través de propiedades desconocidas, un portador podía sentir el poder de un skar a través de un mango, una banda de joyería o simplemente sosteniendo la piedra. Annalyse no había encontrado ningún metal, madera u otro material que bloqueara los susurros del skar, mientras que al mismo tiempo no había encontrado ninguna forma de conducir los skars excepto por el tacto. En otras palabras, no importaba cuán cerca mantuviera su mano sobre los skars Vis apilados frente a ella en la casa del árbol, permanecían en silencio.

Al igual que la pequeña colección dispuesta en cajas alrededor de la habitación, una vez tomada y ahora devuelta a ella por Deshiva, armas para los cazadores que irían a la batalla contra los Najahn al día siguiente. Se le había encomendado la tarea de colocar todas estas piedras en lanzas, dagas y cualquier otro artefacto que Annalyse pudiera idear.

Annalyse no estaba segura de cómo manejarían los Vis los skars repentinamente en sus mentes, sus susurros instándolos a hacer esto y aquello, así que planeaba actuar de la manera más segura posible.

Solo skars Vis, por ahora. Envueltos en tejidos, insertados en brazales. Un impulso para mantener vivos a los guerreros de Deshiva sin causar una catástrofe desenfrenada. Una ventaja que podría permitir a los Vis ganar la batalla sin carbonizar la selva, causar que un río inundara una aldea o simplemente robar las almas de todos.

Los ópalos, los tres, yacían separados de los otros skars. Annalyse los contempló mientras la noche avanzaba, el skar Vis en un simple collar ayudaba a mantener despierta a la científica. Entre todas las pruebas que había realizado con Ami, Sawi y Quik, había mantenido alejados los skars Noctia. Los había guardado para más tarde, un más tarde que Annalyse nunca quiso realmente que llegara, un plan con el que Ami había estado de acuerdo.

El poder sobre la muerte era demasiado complicado, demasiado aterrador, demasiado extraño para arriesgarse hasta que las otras piedras hubieran sido dominadas.

—Y definitivamente no os voy a entregar a ellos —murmuró Annalyse a las piedras negras.

Mantuvo la voz baja, dado que había dos cazadores vigilando la puerta de la casa del árbol. El refugio de bambú no era exactamente a prueba de sonido; el ruido de la multitud del lago seguía siendo fuerte, música, gritos de júbilo, risas y canciones resonando en dura oposición a la metódica preparación para la guerra que se llevaba a cabo aquí. Annalyse esperaba que esos guardias informaran de todo lo que oían y veían a Deshiva, quien probablemente aprovecharía la oportunidad de lanzar cualquier muerte que esas piedras negras pudieran infligir a los Najahn.

Los Najahn que, Annalyse tenía que recordarse a sí misma, estaban compuestos principalmente por los pobres y desesperados de la Isla. Reclutados y empujados a roles, endurecidos tanto por promesas como por la seguridad que venía de comidas calientes y camas suaves. Armas y el entrenamiento para usarlas. No eran malvados, solo tenían intereses opuestos.

Por eso Annalyse había estado metiendo skars en vendas de muñeca y hombro también. Le propondría el plan a Deshiva: cualquiera que recibiera una herida grave podría tener uno de estos alrededor hasta que llegara la ayuda. Mantener a los Najahn con vida, y tal vez Vis no se vería aplastado en una guerra brutal. Tal vez Annalyse no tendría pesadillas esperándola cada vez que se dispusiera a dormir.

Sus ojos se desviaron hacia la cama, una estera de hojas extendida a la derecha. Una ligera concesión a la realidad: Annalyse tendría que dormir en algún momento y, a pesar de los mejores esfuerzos del skar Vis, la marcha del día y sus subsiguientes horas quemadas aquí habían cobrado su precio. Un colapso parecía inminente. Ya había preparado una docena de tejidos, la mitad más de bandas. Más del doble de skars Vis aún esperaban, pero la propia gente de Deshiva podría copiar rápidamente los esfuerzos de Annalyse.

La científica merecía un descanso.

El pinchazo la despertó. Agudo, en su hombro. Annalyse parpadeó en la oscuridad, el skar Vis aún en su pecho elevándose en una furia escupidora, galimatías lleno de esfuerzo. Giró la cabeza hacia la izquierda, parpadeó de nuevo. Había apagado las linternas antes de acostarse —parecía una tontería dejar un fuego encendido, sin vigilancia, en una casa del árbol— así que la única luz que entraba provenía del resplandor rosado de Sichi y de antorchas distantes, pequeños rayos bailando a través de diminutos huecos en las lamas de bambú. Suficiente, justo lo suficiente, para que Annalyse viera el dardo sobresaliendo de su hombro, plumas negras y púrpuras visibles.

Un arma Noctia.

La realización, junto con el ardor que se extendía, hizo que Annalyse se sentara y se quitara la manta de musgo. Sus ojos recorrieron el espacio, sin ver nada en las sombras. Hasta que una figura aterrizó, encapuchada y silenciosa, en cuclillas frente a ella. Una mano se metió dentro de las túnicas, el rostro de la persona irreconocible bajo la capucha.

Annalyse abrió la boca, intentó gritar, y solo balbuceó en su lugar. Su garganta se contrajo, croó mientras el veneno del dardo se filtraba más. El asesino —¿quién más podría ser, la Tercera Mano de Masayo siguiendo las órdenes de Fassle— sacó un cuchillo delgado, lo dirigió hacia la científica. Una sola puñalada sería suficiente. El asesino clavó la hoja, y Annalyse lanzó su brazo a través, interceptando el golpe, atrapando el cuchillo en su mano.

El dolor ardió, la palma derecha de Annalyse ardiendo mientras la primera sangre goteaba, pero el cuchillo pasó más allá de su cuello y se clavó en la madera detrás de su cabeza. El asesino soltó la empuñadura, alcanzó de nuevo dentro de la túnica con una maldición suave.

Annalyse no lo hizo. El skar Vis rugió, el veneno ardió, y ella liberó el cuchillo aun cuando se cortó más profundamente. Su golpe de revés tenía poca habilidad, tenía desesperación, y cortó a través del rostro sombreado del asesino. Un chorro caliente le dijo a Annalyse que había acertado, y el asesino tropezó hacia atrás, abandonando el segundo intento de sacar un arma para sostenerse en la mesa central de la casa del árbol, la que sostenía todos esos skars.

Ningún sonido salvo los más ligeros crujidos mientras

los suaves zapatos del asesino golpeaban la madera. Nada que atrajera a esos guardias.

Si Ami le había enseñado algo a Annalyse durante todas esas sesiones de entrenamiento, era que nunca debía rendirse. Que debía presionar hasta encontrar el éxito o fallar lo suficiente como para morir o no tener otra opción que cambiar. Annalyse se aferró al fuego del Guardián mientras se levantaba de la cama, dejando que su agarre en el cuchillo se deslizara hasta la empuñadura, húmeda con su propia sangre. Notó, con no poca satisfacción, que la punta de la hoja estaba roja, pero no con su sangre.

Annalyse intentó de nuevo encontrar su voz, pero solo logró emitir un graznido, un suave susurro.

—Ya deberías estar muerta —gruñó el asesino, empujándose desde la mesa central en una rápida carga.

Annalyse blandió el cuchillo para enfrentarlo, pero su mano fue bloqueada por el brazo izquierdo del asesino en una simple parada. Un nuevo dolor contundente estalló en el estómago de Annalyse cuando la otra mano del asesino golpeó, empujándola al suelo, con la espalda contra su propia cama. El asesino siguió el puñetazo, inmovilizando el brazo de Annalyse con el cuchillo contra el suelo y llevando su mano derecha para agarrarle la garganta. El tenso cuero najahn presionó, robándole el aliento a la científica.

No había forma de que Annalyse pudiera luchar contra esa fuerza, ni de que pudiera superar en habilidad a un asesino de la Tercera Mano.

No sola.

Annalyse movió su mano derecha, un gesto rápido —todo lo que podía hacer con el asesino inmovilizándola— que envió el cuchillo robado deslizándose por el suelo de la casa del árbol, con el metal resonando donde golpeó las tablas. El asesino desvió su mirada hacia allí, manteniendo su agarre en la garganta de Annalyse.

Y los guardias de Deshiva demostraron su valía.

La puerta de madera se abrió de golpe, las cuerdas crujieron y una pregunta salió volando de la boca del primer guardia, que se convirtió en un grito de guerra sin palabras cuando el guardia encontró la escena y se cruzó con los ojos de Annalyse.

El asesino maldijo de nuevo, su agarre se volvió de acero, como si decidiera que un estrangulamiento silencioso ya no era lo suficientemente rápido. Annalyse, con cada uno de sus nervios ardiendo, el skar Vis manteniendo su silbido frustrado, se sacudió. Levantó las rodillas, agitó su brazo izquierdo en un empujón contra la cara del asesino, y aflojó el agarre por solo un segundo.

El tiempo suficiente para que llegara la lanza.

El asesino saltó hacia atrás cuando el cazador Vis atacó entre ellos y Annalyse, la lanza emplumada cortando como una línea rosada entre la pareja. De sus ropas —Annalyse todavía no podía ver bien quién se ocultaba bajo esa capucha— el asesino sacó una espada corta, usándola para desviar la estocada del segundo guardia. El asesino saltó sobre la mesa central, esparciendo skars por el suelo.

Por un momento, los cuatro parecían atrapados en el tiempo, Annalyse en el suelo, tratando de recuperar el aliento, los dos guardias apuntando sus próximos golpes al asesino justo encima de ellos. Una danza congelada que volvió a ponerse en movimiento cuando el asesino arremetió contra el segundo guardia, lanzando un skar atrapado a la cabeza del guardia. El cazador movió su hombro, desvió la piedra y falló al intentar apuñalar al asesino mientras este saltaba, dirigiéndose hacia la puerta.

Con otro grito de guerra, respondido ahora por los

refuerzos que se acercaban, el primer guardia salió tras el asesino. El segundo se volvió hacia Annalyse, la preocupación se mezclaba con la frustración en el rostro de la cazadora.

—¿Está viva? —preguntó la cazadora.

Annalyse asintió, el veneno comenzaba a ceder, una sensación de frescor seguía a la propagación del ácido. El skar Vis haciendo su trabajo.

—Noctia —dijo Annalyse, las palabras eran una lucha.

El agotamiento siguió a sus palabras, repentino y confuso. ¿Cómo podía Annalyse estar lista para colapsar tan rápidamente después de una lucha por su vida, con su mano aún sangrando sobre la madera a su lado?

La única respuesta parecía ser las palabras que fluían en su mente, el skar Vis llenando a Annalyse casi hasta el punto de estallar con su ininteligible divagación. Trabajando para mantenerla con vida, y al mismo tiempo... ¿drenándola?

La cazadora estaba hablando de nuevo, se dio cuenta Annalyse, un parpadeo lento llevando su atención de vuelta a la guardia mientras el Vis envolvía el corte en su mano. Ya otro par de cazadores había entrado en la casa del árbol, estaban encendiendo las linternas y registrando el lugar en busca de más asesinos ocultos. Encontraron la entrada lo suficientemente rápido, un corte delgado en el techo de paja. Más gritos resonaron afuera, la persecución continuaba.

—Lo atraparán —dijo la cazadora—, sea hombre o mujer. No importará. Estas son nuestras selvas, no las de ellos.

A Annalyse le hubiera gustado creer eso, le hubiera gustado poner su fe en los Vis, pero la Tercera Mano no enviaba novatos en misiones como esta. Gladdring los mencionaba lo suficiente como otra arma en su arsenal del Principio de Comercio, dispuestos y capaces de poner un final fatal, o la amenaza de un final fatal, a cualquiera que se interpusiera en el camino de Noctia. El hombre no había temido al grupo de Masayo, pero los había respetado, un hecho que ponía a Annalyse aún más nerviosa.

¿Que los najahn se preocuparan tanto como para enviar a uno de sus asesinos tras ella?

—Estás viva —la voz de Deshiva, que de alguna manera no sonaba cansada en lo más mínimo, rompió el sopor de Annalyse. El guardia había levantado a la científica de vuelta a su cama en algún momento, y le había subido la manta—. No necesito preguntar por qué, o cómo ese veneno no te mató.

Deshiva se cernía sobre ella, tocó el collar que Annalyse aún llevaba y el skar dentro de él.

—Lo llevarás puesto en todo momento. Y haremos los nuestros para mis cazadores. —Deshiva miró de nuevo la casa del árbol, con una mirada seria, como si juzgara el ataque solo por los hechos—. Noctia no quiere dejarte ir, lo que significa que eres aún más valiosa de lo que pensábamos. Tu guardia se duplicará. Uno se quedará aquí contigo en todo momento. —Deshiva se volvió hacia Annalyse, se inclinó y le subió la manta—. Aún no hemos encontrado al asesino, pero seguiremos buscando. —Ahora se arrodilló, sus palabras cayeron a un susurro—. Hemos recogido los skars, pero faltan algunos. Las piedras negras. ¿Qué pueden hacer?

Annalyse no dijo nada, el sueño se la llevó, pero no antes de que el frío pinchazo del miedo prometiera las propias pesadillas de la muerte.

11

DOMANDO A LOS MUERTOS

¿Qué son esas cosas? —preguntó Ami mientras ella y Svarde, agachados, miraban a través de un estrecho agujero hacia un brillante abismo.

Siete círculos giraban en la profunda piscina de abajo, un pozo tan ancho como una pequeña ciudad y bordeado por roca inclinada. El agua ondulaba, espumaba en su superficie, una señal de que no había paz esperando debajo. Cada círculo tenía su propio color, el tono coincidía con un skar en particular. Era, como Svarde había dicho durante el camino, fácil relacionar esos discos giratorios con las islas y los dioses que las crearon. Lo más difícil, sin embargo, era entender por qué existían aquí, en las profundidades bajo las escarpadas costas de Noctia.

—Solo tenemos ideas, no respuestas —dijo Svarde y Ami contuvo el sobresalto esta vez. La voz de su viejo amigo había perdido su timbre, sonando ahora áspera y hueca, como si le hubieran arrancado la vida. Lo cual, supuso Ami, había sucedido—. El Rey Muerto y Demion con él nunca descubrieron qué eran, solo que los demonios vienen de ellos. Puertas, portales, elige la palabra, pero se abren a lugares más allá de nuestro mundo.

—O al otro lado de él.

Su túnel, una pequeña ramificación que salía de la cámara del campo de batalla, donde los secuaces muertos de Jochi y Svarde continuaban construyendo y mejorando las fortificaciones, había sido ampliado por los ingenieros Whent. Pequeñas linternas globulares parpadeaban cada pocos pasos, reforzadas por parches de musgo púrpura-azul plantados. El objetivo final, logrado apenas un día antes de que Ami y Sawi llegaran, había sido observar a los demonios, ver qué planeaba el enemigo.

Y lo que planeaban era una invasión.

Los monstruos de obsidiana ardiente lanzaban sus construcciones desde la piscina aparentemente cada minuto, máquinas pequeñas y grandes que murmuraban trepaban por la piedra, a veces empujadas, otras veces royendo el suelo para encontrar un acantilado o una nueva plataforma construida para descansar. Obras de metal entrelazaban ahora el espacio sobre las aguas negras, trabajadas continuamente por los demonios relampagueantes. Edificios desconocidos y extraños, algunos meros esqueletos que marcaban actividades mientras otros se convertían en bulbos cerrados, salpicaban los lados rocosos grises de la enorme cámara.

Jochi mantenía la rejilla por la que Ami miraba ahora ocupada a todas horas, espías observando, aprendiendo, preguntándose qué podrían hacer los demonios. Lo que habían aprendido había sido transmitido de Svarde a Ami durante el camino hasta aquí, una lista que definía el día de las actividades de los demonios, desde sus patrones de sueño —los demonios parecían enfriarse, su piel ardiente reduciéndose a un suave naranja mientras permanecían inmóviles durante horas— hasta lo que los monstruos hacían por diversión: lanzarse piedras ardientes entre sí solo para que su objetivo golpeara la roca abrasadora con un bate de metal, el proyectil ardiente lanzándose sobre la oscura piscina para aterrizar con humo chisporrotante. Luego el siguiente se acercaba, un concurso para ver qué tan lejos podían llegar sus explosiones.

—Incluso si estas puertas se abrieran al otro lado del océano, eso no respondería por qué ahora, por qué en absoluto —dijo Svarde. La gran hoja dentada que nunca dejaba su lado se sacudió contra el suelo de piedra mientras Svarde se movía, lanzando una mirada curiosa a Ami, una que ella se obligó a sostener, el rostro gris del hombre tan inquietante como su voz—. Los demonios atacan con más frecuencia ahora, en mayor número y con más desesperación. Incluso estas criaturas ardientes están trayendo más de lo que pueden manejar, más rápido. Mira.

Los demonios tenían familias, aunque la única dinámica que Ami podía distinguir estaba en el tamaño: versiones más pequeñas y chispeantes corrían por los bordes de la piscina en grupos. La crianza parecía ser compartida entre los monstruos trabajadores más grandes, con supervisión rotativa, un hecho necesario dado que los otros portales no habían cesado.

Incluso mientras Ami observaba a los cinco niños —apenas pequeños, todos igualaban a Ami en tamaño, sus cuatro brazos, dos piernas y cabezas de piedra oscura reluciente tan alienígenas como siempre— la piscina se agitó cerca de su campo de roca despejado. El juego, patear un mineral formado en una pelota tosca, se detuvo con las primeras salpicaduras. Un demonio adulto bajó pisoteando desde su percha de observación, desenvainando su mayal mientras el grupo más pequeño trepaba por escaleras de metal, chispas siguiendo cada uno de sus pasos.

Dos demonios más familiares, criaturas del color de la carne, con dientes y garras, se arrastraron sobre la roca y gruñeron al gran caminante de fuego opuesto. No hubo negociación, ni discusión sobre el propósito compartido de invadir las islas. El demonio de obsidiana balanceó su mayal, la cadena y el hierro silbando en el aire para golpear al primer perro y enviarlo volando de vuelta sobre la piscina, salpicando en su centro profundo.

—Se ahogará antes de volver a la orilla —murmuró Svarde—. Veamos si el otro puede hacerlo mejor.

Mientras hablaba, los dos exploradores que Jochi había apostado en la rejilla susurraban apuestas laterales entre ellos. Ami frunció el ceño, no se oponía a las apuestas, pero ¿uno de estos pequeños demonios contra un caminante de fuego de tamaño completo?

El perro no escuchó las dudas de Ami, en su lugar ladrando una tormenta jadeante y llena de saliva y cargando contra el caminante de fuego. El gran demonio tiró hacia atrás el mayal, barriendo el retorno a lo largo del suelo para atrapar los pies del demonio que cargaba.

Demasiado lento.

Un salto, con las cuatro garras extendidas, los dientes abiertos, parecía destinado a golpear al caminante de fuego mientras el mayal se deslizaba inofensivo por debajo. Destinado, pero negado.

Una roca ardiente golpeó al demonio saltarín desde arriba, impactando contra el hombro delantero izquierdo de la criatura y haciéndola girar. El atacante arremetió contra el caminante de fuego con su derecha desnuda, provocando un rebote salvaje contra el suelo, mientras el demonio humeaba por la piel del caminante de fuego. La conmoción solo duró un instante antes de que el caminante de fuego atacara con sus otros tres brazos, un triple golpe que derribó a su enemigo contra el suelo, uno de varios que-

Ami apartó la mirada, volviendo a observar el túnel. Ya había visto suficiente muerte.

—¿Podemos volver? —le preguntó a Svarde, quien esperó hasta que los golpes cesaron, observando cada uno de ellos.

—Lo intento —dijo Svarde mientras caminaban por el estrecho túnel de regreso a casa—. Lo intento cada vez para encontrar una conexión. El Rey Muerto nunca pudo, pero creo que es posible. Lo he intentado con los caminantes de fuego que han muerto, pero sus cuerpos se convierten en cenizas. Queman a todos los demás.

Otra historia se sumaba a todas las demás en el corto tiempo desde que Ami había llegado. La Espada de la Tumba, o así había llegado a llamarla Svarde. Cómo las cicatrices de Noctia se fusionaban con la daga que Vis forjó hace tanto tiempo para vincular a su portador con los cuerpos perdidos a su alrededor. Al principio, la conexión llegaba por instinto, una sensación espasmódica como un sueño persistente, una sensación de estar en algún lugar *distinto* a uno mismo.

—Como entender las cicatrices —respondió Ami—. Todas tienen su propio lenguaje, y una vez que lo aprendes, o al menos lo suficiente, se entregarán a ti.

—Y tomarán.

Ami asintió. Si Svarde tenía historias que contar, también las tenían ella y Sawi. Las piedras divinas y sus poderes parecían estar detrás de casi todo lo que distorsionaba sus vidas, y aceptar que las cicatrices incrustadas en su rostro no eran herramientas sino amigos peligrosos y caprichosos, tenía más sentido. Así como los propios dioses habían sido obviamente imperfectos, también lo eran sus creaciones.

—Pero si puedo atravesar esa barrera, entonces tendremos una oportunidad —dijo Svarde—. Podremos alejar a los caminantes de fuego y hacer lo que el Rey Muerto nunca pudo: fortificar y contener las piscinas, todos los demonios.

—¿Para siempre?

—Hasta que encontremos una forma de cerrar las puertas de Noctia.

—Así que nos quedamos quietos mientras juegas con tu espada, ¿es eso lo que estoy escuchando? —preguntó Ami.

—Ni siquiera Jochi tiene una mejor idea. Los caminantes de fuego tienen demasiadas construcciones. Cualquier avance por el túnel terminaría en una masacre. Tampoco son estúpidos. Han tanteado lo que hemos construido, perdieron a sus demonios en el proceso. No lo intentarán de nuevo hasta que estén listos para destruirnos.

—Así que es una carrera, entonces. Tú contra ellos, con nosotros atrapados en medio.

Svarde sonrió. —Una vez más, me necesitas.

—Nah —replicó Ami—. Catya y yo siempre podríamos encontrar otra manera.

—Ella no está aquí esta vez.

—Pero Sawi sí.

Svarde no siguió a Ami hasta la casa sencilla que les habían proporcionado a la pareja como una especie de vivienda. Situada frente a la catedral hueca y sombría de Svarde y su trono, el severo bloque del edificio se elevaba varios pisos, rozando el techo colgante de la cueva con su tejado. La construcción tosca, con losas aparentemente arrancadas a golpes interminables por cuerpos que no conocían fin a su resistencia, hacía que el edificio pareciera un rompecabezas infantil apretujado: tócalo con fuerza suficiente en el punto correcto y toda la estructura podría venirse abajo, golpéalo en el lugar equivocado y podría resistir el impacto de un martillo gigante.

Predominaban los tonos grises y negros, interrumpidos aquí y allá por linternas Whent y el musgo omnipresente. El humo y las cenizas se filtraban, abrumando los aromas naturales a tierra del subterráneo con hongos cocinados, carnes de demonios y cualquier otra cosa que los exploradores Whent lograran extraer de la oscuridad.

Sawi tenía algo de sopa ahora, vertida en un cuenco de barro y llevada a su boca con una roca cóncava. La Vis, mientras Ami entraba por la entrada sin puerta, parecía mirar a la nada mientras comía. No en silencio —los artesanos Whent y sus ayudantes muertos trabajaban demasiado duro y constante como para que las cuevas alguna vez estuvieran libres de sonidos metálicos, crujidos y golpes— pero en relativa paz.

No contenta, no. Ami percibió la tensión en la mandíbula apretada de Sawi, en la forma en que se sentaba rígida en el banco de piedra, la losa de la mesa baja frente a ella. El cabello y la piel de Sawi acumulaban suciedad al igual que los de Ami, pero la Vis no había hecho un viaje a uno de los lugares acuáticos cercanos, donde arroyos y pequeñas piscinas ofrecían la oportunidad de limpiarse. Tampoco se había aventurado Sawi a ninguna hoguera de cocina Whent para hablar, bueno, de cualquier cosa con los guerreros y trabajadores que compartían su espacio.

Ami había encontrado que la fuerza resistente de Jochi era un cambio refrescante de la población política de Noctia. Todos aquí parecían más preocupados por aplastar a los demonios y encontrar su próxima jarra de cerveza que por quién podría apuñalar a Fassle por la espalda. Mejor aún, las cicatrices Vis significaban que emborracharse no traía consecuencias duras a la mañana siguiente.

—Tengo un trabajo para ti —dijo Ami, anunciando su entrada y atrayendo una mirada lenta.

—No quiero un trabajo —dijo Sawi, con un poco de sopa goteando de sus labios—. Quiero ir a casa.

Una risa corta. —Vis, si crees que esa es una opción, entonces ya has olvidado nuestro vagabundeo.

—No necesitas venir conmigo.

—Si quieres morir, Sawi, adelante. Pero no lo hagas inútilmente.

Sawi se estremeció. La acción repentina la hizo enfocarse, y cuando Ami se sentó frente a la cazadora de la jungla, recolectora, o lo que fuera que Sawi quisiera llamarse a sí misma, la joven ya no parecía tan perdida.

La ira siempre era la cura para la desesperación.

—¿Qué quieres, Ami?

—Quiero tu mente y tu ambición —respondió Ami, inclinándose hacia adelante, juntando sus manos sobre la mesa. Justo como lo hacía Gladdring cuando quería manipular a alguien—. Svarde tiene un plan de combustión lenta. Quiero acelerarlo.

—¿Cómo?

—Necesito que nos encuentres algunos demonios.

12

UNA NOTA AL FINAL

La petición llegó dos días después, tras el banquete de bienvenida de la Reina Kance y su primera reunión con Fassle. Gladdring estuvo atento a cualquier noticia y la encontró a través de los canales habituales: guardias de lengua suelta con demasiada cerveza, quienes a su vez escucharon los resultados de los furiosos murmullos de la Reina o de Fassle. Una negativa, sin alianza, sin acceso fácil a los skars Kance y sus poderes para manipular el viento. Los planes para crear ballestas capaces de lanzar proyectiles reforzados por la fuerza de un vendaval quedaron anulados antes siquiera de comenzar.

Una tragedia.

Gladdring meditó sobre los informes entregados en su habitación cada mañana, el privilegio de un Adepto. Describían una fuerza Najahn en movimiento a través de las islas, consolidando su dominio sobre Foti, Rana, Tamas y Whent, mientras luchaban con Kance y Vis. Todo encajaba con su reputación: a Rana le importaba más saquear y beber que su propio gobierno, Foti quería forjar y apostar, Tamas estaba más obsesionada con el escenario que con la estrategia, y Whent... bueno, la mayoría de Whent parecía haber desaparecido, sumida en la Oscuridad de Abajo durante semanas y semanas sin señales de regreso. Fassle ya estaba salivando ante la idea de trasladar a los ciudadanos más miserables de Noctia hacia el Norte, expulsándolos a las aldeas y granjas desiertas y llamándolo un regalo. Una expansión leal.

Y, por una vez, Gladdring no pudo encontrar mucha falta en el argumento del hombre: las tierras valiosas deberían ser utilizadas, y si Whent enviaba a su gente a la matanza de los demonios, ¿por qué no sacar a los miserables de la pobreza?

Sin embargo, una mejor oportunidad en su juego de poder político llegó esa misma mañana: una invitación de la Reina Kance para llevarla a la Herida, una última visita antes de que partiera hacia su hogar mañana.

¿Por qué Gladdring y no Fassle? La carta sugería que la Reina quería a alguien con una lengua más interesante y objetivos menos evidentes. Ya había rechazado al líder del Círculo, mejor hablar sobre flores, demonios y el futuro de las islas con alguien menos codicioso.

Si tan solo ella conociera a Gladdring.

No obstante, se puso sus túnicas doradas de color púrpura y negro, esta vez sobre una acogedora camisa de lana para mantener a Gladdring caliente en medio del continuo abrazo del invierno. La manta de nieve de Noctia había alcanzado ya la etapa de diluvio, donde las calles anchas se convertían en carriles únicos mientras los montones de nieve sobrepasaban la capacidad de la isla para deshacerse de los gruesos copos. Los témpanos de hielo obstruían el puerto, un tablero blanco y gris visible a través de la ventana de la torre de Gladdring. Barcos rompehielos, con sus proas reforzadas con rompedores forjados en Foti, despejaban carriles para el comercio esencial, yendo y viniendo como insectos frenéticos. El humo se elevaba en espiral hacia el cielo gris desde mil chimeneas, sus olores acres mostrando cómo Noctia cambiaba a musgos, carbón extraído de los acantilados y cualquier otra cosa que sirviera para calentarse.

El barrio Najahn no era inmune al cambio, y Gladdring se unió a las multitudes que tosían mientras caminaba por las plazas en dirección al sendero del acantilado. Eruditos y soldados por igual se apresuraban, el tintineo de las armaduras y las botas se mezclaba con conversaciones despreocupadas, una energía emocionada siempre presente desde el anuncio de Fassle. Un mundo que por fin iba a la guerra contra su monstruosa oposición exigía entusiasmo, y si esa guerra requería cierta subyugación de islas menores, bueno, ese era solo un pequeño precio a pagar.

Los héroes tenían que continuar.

La Reina lo esperaba, de pie tan sola que Gladdring no la reconoció al principio. El manto plateado y azul y el porte regio deberían haberlo delatado, pero contra las piedras nevadas y sin la armadura reluciente habitual de sus guardias, Gladdring pasó de largo, deteniéndose solo cuando ella habló.

—¿No tan agudo esta mañana como de costumbre, Gladdring? —comenzó la Reina, con el tono altivo que siempre acompañaba sus palabras.

¿Alguna vez había pronunciado una frase con amor?

Gladdring no apostaría por ello.

—La distracción es constante estos días —dijo Gladdring, girando tan bien como le permitía su cuerpo y haciendo una reverencia—. Mi mente siempre está en otra parte.

—Entonces tráela de vuelta. No solicité tu compañía para aburrirme con ella.

—Haré lo mejor que pueda, Su Majestad.

La Reina, con la cabeza envuelta en un volante índigo a lo largo de su manto plateado, le dio a Gladdring un asentimiento helado, luego miró hacia el sendero.

—Vine aquí una vez. Cuando se instaló el Aegis. Mi madre aún era Reina.

—¿Y usted estaba...?

—Horrorizada —La Reina comenzó a caminar, liderando con pasos fuertes, confiada a pesar del suelo duro y los guijarros escarchados—. Nunca había visto a un hombre tan demacrado. Casi murió en el momento en que dejó ese terrible trono.

—Menos de un año para la mayoría, cuando su tiempo termina —reconoció Gladdring—. Un honor terrible.

—Uno fácil de dejar para alguien más.

Una cosa atrevida para decir en voz alta, sin importar cuán real o común fuera el sentimiento, o que Gladdring estuviera de acuerdo con ella. La Reina no dejó que esas palabras permanecieran en el aire, en su lugar se lanzó a relatar los últimos dos días, de cómo Fassle la había acosado, lanzando una oferta tras otra para la capitulación de Kance.

—Seguramente no con esas palabras —dijo Gladdring.

—Seguramente ese era su significado —replicó la Reina.

Ser agasajada y devolver el favor era, por supuesto, un estribillo familiar para la reina de Kance, y ella rechazó los avances del Círculo con la fría lógica que había mostrado durante todo su reinado: los Najahn no podían prescindir del comercio de Kance, y si querían los skars de la Isla del

Cielo, podían comprarlos a un precio adecuado. No habría rendición, ni más puestos avanzados Najahn.

—Entonces vinieron las otras ofertas —dijo la reina mientras se acercaban al puesto de guardia fuera del túnel de la Herida—. Barcos y espadas, comida y medicinas de todas las islas, todo entregado en nuestras costas por el púrpura y el negro.

—¿No se dejó persuadir?

—Fassle parece pensar que no puedo hacer mis propios tratos. Él, usted y esta isla no son el centro de todo.

El skar de Gladdring, el topacio que descansaba en el anillo de su mano, tembló ante eso. Un susurro se cernía en su mente, sugiriendo que la certeza de la reina flaqueaba allí. Noctia sí se encontraba en el centro literal de Las Siete Islas, pero Gladdring supuso que el skar tenía algo más profundo en mente. La reina preocupándose, quizás, de que Fassle pudiera hacer pasar hambre a su gente.

Siguió esa conexión mientras la reina continuaba hablando de sus numerosas alianzas con otros líderes de las Islas. Había venido aquí para decirle que no a Fassle en su cara, algo que podría haberse hecho por carta, o incluso a través del embajador que cada isla enviaba a esta. No, había venido en persona porque el rechazo no pretendía ser tan brusco. Una negativa suavizada, destinada a abrir tantas puertas como cerraba.

—¿No la está escuchando? —preguntó Gladdring, interrumpiendo lo que se había convertido en una diatriba casi vergonzosa, las palabras ardientes de la reina exhalando vapor en la fría mañana.

—Fassle solo se escucha a sí mismo. Usted lo sabe.

Gladdring dejó que una leve sonrisa tocara su rostro, un asentimiento aún más sutil. Solidaridad, empezando a allanar el camino para lo que vendría, para lo que Yarvick había transmitido la noche anterior. Sus ladrones, escuchando en cada esquina, leyendo cada misiva, habían descubierto el verdadero plan de Fassle, y ahora Gladdring tenía esa misma revelación en el bolsillo opuesto a su skar, esperando el momento adecuado.

Fassle moriría por una puñalada en la espalda como muchos otros hombres, pero ascender a su posición y asegurar la seguridad de las islas significaría contar con aliados. Pocos tendrían más influencia que la reina de Kance. Con su respaldo, los otros Tenets se alinearían, y la posición de Gladdring estaría asegurada.

—He dicho que se quede aquí —espetó la reina cuando llegaron al puesto avanzado—. Está soñando despierto otra vez.

—No puede esperar que escuche todo esto sin considerar lo que significa.

—¿Lo que significa? Ya se lo he dicho. Fassle no se calla. No puedo esperar para irme de esta isla miserable y sus estúpidos juegos.

—Quédese un poco más y podría descubrir que sus juegos no son tan estúpidos.

Los guardias de servicio saludaron con la cabeza a la pareja mientras Gladdring y la reina pasaban bajo el arco de piedra, entrando en un túnel flanqueado a ambos lados por bustos de líderes del Círculo y Aegises de años pasados. La luz de las antorchas —sin linternas aquí, por mandato de la tradición— reemplazaba la luz del día, el techo sombrío cerrándose a su alrededor, ambos bajando sus voces hasta casi susurrar bajo los ojos sin vida de piedra.

—No me diga que está planeando otra fiesta, Gladdring. Es de mal gusto, con tanta gente sufriendo —soltó la reina las palabras con un suspiro.

—Una fiesta, no. Pero su asistencia será requerida de todos modos.

—Cuénteme más.

Gladdring ralentizó su paso, manteniéndolos en el túnel, solos. La reina igualó su andar arrastrado, su rostro tan plácido como siempre. Una lectura imposible sin el skar en su bolsillo detectando la curiosidad.

Así que la satisfizo. Pidió una socia en un plan fatal. Una petición audaz que Gladdring quizás nunca habría hecho de no ser por la noche en que Fassle frustró sus movimientos anteriores, dejando a Gladdring a un paso de la muerte. Una vez que casi habías besado ese adiós final, invitar a la fatalidad a otro baile llegaba, si no fácilmente, al menos sin los sudores, los temblores, las dudas de otra vida que lo habían visitado la primera vez.

El juego se desarrolló bien al principio, el skar Tamas animando a Gladdring a continuar. La reina estaba absorta, decía, y sus ojos ciertamente permanecían fijos en los suyos, absorbiendo cada palabra. Encontró su confianza, declaró que una vez que Fassle fuera removido, sus aliados pondrían a Gladdring en la cima, con su ayuda, y juntos podrían-

Un dolor agudo detuvo a Gladdring a media frase. No un dardo, una puñalada, sino el skar, advirtiéndole que el escenario había cambiado. La expresión de la reina seguía siendo la misma, pasando ahora a un ceño fruncido mientras Gladdring guardaba silencio, pero ya no era una socia dispuesta. En su lugar, el skar hablaba de tristeza, decepción y miedo.

—¿He dicho algo malo? —preguntó Gladdring, poniendo su mejor sonrisa fúnebre, aduladora y a la vez triste.

—¿Malo? —el ceño de la reina se profundizó, formando

surcos inquisitivos en una frente por lo demás perfecta. Un resoplido, entonces, mientras respondía a su propia pregunta—. Por supuesto. Un skar. Nadie más podría leerme, y usted tampoco, sin esas malditas gemas. —Inclinó la cabeza—. ¿Cuál es? ¿El dios de qué isla le da la mente de otro para leer?

—Mi pregunta primero.

La reina levantó una sola mano, un solo dedo. El guante blanco que lo envolvía dio un destello dorado contra las antorchas, una señal, y Gladdring no se sorprendió cuando las aberturas del túnel a ambos lados encontraron nuevas sombras.

—No se lo tome personalmente, Gladdring —dijo la reina mientras las sombras, Najahn púrpura y negro, avanzaban—. Fassle prometió que dejaría mi isla en paz si yo podía probar su lealtad, de una manera u otra.

Un gesto vacío, demostrado por la nota en su bolsillo. La reina aferrándose a una esperanza cuando no había ninguna a la que aferrarse.

—Fassle no cumplirá su palabra —suspiró Gladdring—. Nunca lo hace a menos que sea lo mejor para él.

—Por mi isla y mi gente, tengo que intentarlo.

Los guardias se acercaron. Solo un momento más. El skar Tamas continuaba susurrando sus advertencias y posibilidades. La reina aún no se había cerrado a él: el skar raspaba su tristeza, y Gladdring la usó. Cayó hacia adelante, como si resbalara en los escombros, sobre la reina. Ella jadeó, trató de separarse y lo logró cuando los guardias que se apresuraban arrastraron a Gladdring lejos de ella. Los rudos y preparados guerreros dictaron allí mismo la sentencia de traidor a Gladdring, la reina respaldando sus acusaciones, declarando que tenía un testimonio listo.

Pero mientras los soldados se llevaban a Gladdring hacia lo que sería una celda fría y solitaria, este vio a la Reina meter la mano en sus propios bolsillos para buscar la carta, y con ella, la esperanza de Gladdring.

13

EL PRIMER ACTO

Solo había caminado de verdad una vez en su vida: cuando Eujo llegó por primera vez a Vis, desembarcó del *Filo de la Tormenta* y pisó las costas de Mottilan, bajo aquellos imponentes acantilados y miradas suspicaces. Después de que su llegada sin mercancías provocara poco más que burlas —Wax aclararía más tarde que toda la ciudad aún estaba resentida por su ascensión como Renovador—, Eujo, sus guardias y varios ayudantes contratados que cargaban sus mochilas caminaron por los pasos de montaña hasta el Gran Sana.

Esa había sido la única vez que sus pies se habían llenado de ampollas, sus piernas se habían sentido pesadas por la fatiga, y cada respiración llegaba en un jadeo entrecortado tras el anterior. Y, sin embargo, incluso entonces, las sensaciones eran pasajeras, sabiendo que el descanso estaba cerca, que tenía suministros en abundancia y que no había nada que temer.

Caminar por la costa de Tamas no ofrecía ninguno de esos consuelos para aliviar la carga agotadora que llevaba Eujo, y que los demás llevaban más ligeramente. La arena suave era a la vez hipnótica y una lucha, los granos se movían bajo su peso y arrastraban sus pies, un truco más difícil de manejar con el skar Rana agotando sus fuerzas. Cuando Eujo intercambiaba con Wax, un cambio desencadenado cuando uno u otro inevitablemente tropezaba, sus hombros se aligeraban, sus pies saltaban de un paso al siguiente, y esas respiraciones pesadas se convertían en agradables bocanadas de brisa marina.

Al principio.

Al final del día, sus piernas cansadas encontraban poco alivio incluso cuando los skars estaban en silencio. Para cuando Bliss y Torny encendieron un pequeño fuego con las raíces y ramas escarchadas que pudieron cortar, y que Wax pudo avivar con un skar, Eujo no deseaba nada más que dormir. O comer. O darse un baño.

Mil pequeños lujos que la costa de Tamas les prohibía.

Bliss y Torny acordaron dividirse la guardia, dando a sus Renovadores una noche sin interrupciones, y Eujo la aprovechó, caminando tan arriba en la playa como pudieron antes de acostarse, el amanecer hueco del invierno trayendo consigo dolores olvidados en sueños dichosos.

¿De qué habían tratado esos sueños?

Eujo no podía recordarlo, pero si se parecían en algo a lo que vieron en la tarde de su segundo día, no se habría sorprendido.

Torny reconoció los destellos que se veían al Sur, sus arcos saltando sobre los brillantes arbustos y sus hojas de tonos carmesí. También agujas, aunque con puntas de ángulos extraños y colores más extraños aún, amarillos y azules mezclados con toques carmesí, perforaban el cielo nublado. Dudas, preguntas y esperanzas viajaron con ellos después de eso, la energía agotada se restauró ante la visión de la salvación.

La playa les brindó algo de buena fortuna al llegar justo hasta el borde de las agujas, un final poco ceremonioso de lo salvaje que venía con un claro tallado, voces, canciones, música y olores tan ricos que hicieron gruñir el estómago de Eujo. Se tomaron de las manos, los cuatro, cada uno ayudando al otro a lo largo de la arena oscura hasta los primeros cuerpos, los observadores, las extrañas figuras con atuendos demasiado extranjeros para que Eujo los reconociera.

—¿No has estado en Tamas? —murmuró Torny mientras se acercaban a las media docena de formas agrupadas alrededor de un muelle que se adentraba en el océano, salpicado de lanzas de pesca, redes y cañas—. ¿Siempre se ve así?

—Solo la costa sur —respondió Eujo—. Allí no es tan diferente de Noctia. Mejor cerveza, más agua, gente más amigable. Eso es todo.

Amigables o no, la luz del día envolvía a las figuras eclécticas en un resplandor místico. A pesar del frío, cuando Eujo y los demás se acercaron, el grupo se volvió hacia ellos y reveló atuendos ondulantes, bandas de tela entrelazadas unas con otras en seda deslumbrante, en lino ondulado, lo transparente mezclándose con lo opaco, y todo llevando a zapatos extensos o esbeltos, todos los cuales parecían flotar sobre la arena.

—¿Nuevos amigos? —llegó la primera bienvenida, de la figura más grande en el centro del grupo, cuyo traje amarillo y rojo cereza se inflaba a su alrededor como el velo de una medusa—. ¿Del Norte? ¡Ha pasado algún tiempo!

El hombre concluyó su bienvenida con una profunda reverencia, completa con un movimiento de brazo, y los otros imitaron el gesto, todo mientras se deslizaban por la arena con pasos laterales. Un movimiento distractor cuando se mezclaba con sus colores, y lo suficientemente rápido como para que Eujo no notara lo que habían hecho hasta que Bliss movió sus dedos.

"Estamos rodeados".

Torny respondió primero, dejando caer las manos en los pliegues de su abrigo para encontrar lo que Eujo sospechaba que eran empuñaduras de dagas. La propia Eujo podría haber agarrado su estoque, la espada que colgaba a lo largo de su muslo, pero en su lugar puso su mano izquierda sobre el brazalete en su derecha. Innecesario invocar los skars —siempre estaban allí, siempre susurrando—, pero cubrir las piedras podría mantener su secreto un momento más, preservar la sorpresa. Wax, con su collar, imitó a su hermana en su evaluación con las manos libres.

El Vis hablaría en un momento, haría alguna presentación trillada. Mejor no dejar que eso sucediera.

—Cruzamos los témpanos de hielo entre Tamas y Whent —comenzó Eujo, dando medio paso delante de Torny, Wax y Bliss. Estableciendo liderazgo—. En el camino, nos atacaron demonios, así que tenemos pocos suministros, estamos cansados y necesitamos comida.

—Una historia ardua, estoy seguro —respondió el hombre, levantándose para sacar un pequeño cuerno plateado de algún lugar oculto en su persona. Se lo llevó a los labios, sopló varias notas claras, fuertes y lejanas, antes de bajar el instrumento para revelar la sonrisa de un showman, del tipo que Eujo había visto demasiado a menudo en la corte del Palacio del Cielo—. Pero somos un hogar para los necesitados, y a menudo una absolución para los mismos. Alegraos de haber encontrado nuestro pequeño rincón de las islas, porque aquí podréis encontrar todo lo que jamás necesitaréis.

—¿Le das ese discurso a todos los que vienen aquí? —intervino Torny antes de que Eujo pudiera encontrar una respuesta más diplomática—. Estamos pidiendo un poco de sopa, no que nos salves el alma.

—A veces ambas cosas pueden ir juntas, si encuentras el lugar adecuado —la sonrisa del hombre no flaqueó. Un brillo en sus ojos, rodeados de maquillaje negro, atrapó los últimos rayos del sol y centelleó—. Y sin duda habéis encontrado el lugar adecuado, amigos míos.

Se giró al pronunciar sus propias palabras y les hizo un gesto para que lo siguieran playa arriba, donde aguardaban aquellas agujas y destellos arremolinados.

—Venid, seguidme, y encontraréis lo que necesitáis y mucho más.

—Espera —dijo Eujo cuando el hombre dio su primer paso. Demasiada sospecha, demasiados giros equivocados hacían que una caminata a ciegas, incluso aquí, incluso con cada uno de sus huesos deseando tumbarse y devorar la cena, fuera una elección imposible—. ¿Qué es este lugar y qué estabais haciendo?

—Ensayando, por supuesto —respondió el hombre, y los cascabeles repicaron cuando el resto del grupo asintió, aplaudió o dio un pequeño salto, haciendo que sus diversas joyas capturasen sonido y luz—. ¿Qué otra cosa harías aquí al final del día? El océano, después de todo, es el público más respetuoso.

—Este tipo ha perdido la cabeza —murmuró Torny.

—En cuanto al Animas, es el lugar donde Tamas encuentra su propósito. El ritual de todos los rituales, el escenario donde el artista se encuentra con su creador y su significado.

—Yo voto por seguir caminando —continuó Torny, mientras el hombre o no la oía o no le importaba lo que decía. Siguió subiendo por la playa, haciendo gestos con ambos brazos, mientras sus amigos permanecían donde estaban, formando un círculo poco profundo alrededor del cuarteto.

—Parece que tenemos una opción —dijo Wax, mirando los rostros brillantes, demasiado silenciosos y demasiado felices a su alrededor—. O seguimos a ese tipo, o encontramos una forma de pasar entre esta gente.

—¿Encontrar una forma de ir a dónde? —dijo una, una mujer delgada que casi estaba de pie en las olas del océano.

—No hay ningún otro lugar al que ir, a menos que viajéis por el camino principal —continuó un segundo, y Eujo cerró los ojos, respiró hondo mientras lo obvio seguía su curso.

En frases alternas, como, de hecho, las pocas representaciones de Tamas que Eujo había visto en Kance, los actores relataron el predicamento del cuarteto: la playa se convertiría en acantilados en unas pocas horas de marcha, mientras que la única forma de atravesar las plantas y arbustos gruñones estaba justo aquí. Y, por supuesto, si decidían entrar en el Animas, encontrarían calor, posibilidades, felicidad.

—Más bien nos cortarán el cuello y nos robarán los skars —dijo Torny mientras seguían las huellas del primer hombre playa arriba—. Noctia tiene su cuota de arañas tendiendo trampas, pero preferiría cualquiera de ellas a estos locos.

—Una elección que no tenemos —dijo Eujo, y agradeció el asentimiento de Wax—. Estamos hambrientos, perdidos y sin amigos. Aceptamos su oferta de comida, una cama, e intentamos seguir nuestro camino por la mañana.

Ante ese plan, la bandida, por fin, no tuvo nada que añadir.

El Animas se desplegaba de manera muy similar a los trajes de sus actores: si Eujo vio primero las agujas, con sus delgadas puntas elevándose, entonces cada paso por la playa revelaba tanto más como menos. El sentido común dictaba cómo deberían construirse las casas, pero el Animas rechazaba esa guía, enviando sus edificios, enmarcados por las mismas raíces que se encontraban en todas partes y separados por lonas rígidas, hacia formas frenéticas. Las estructuras esqueléticas se alzaban, sobresalían en ángulos, su andamiaje de raíces pintado en todos los colores, a menudo una mezcla de varios, pero siempre con blanco conectándolos. La piel entre los huesos. Las escaleras se aferraban a varios lados, escalones grandes y pequeños ocupados por actores que iban y venían, a veces otros trabajadores, con sonrisas igual de grandes, llevando decorados, accesorios y personas de un lugar a otro.

Tiendas y carretas, carruajes y fogatas de cocina espaciaban los terrenos entre los edificios de lona del Animas, mostrando una vida más comprensible: una de comida, comercio, supervivencia en medio de las Islas. La conversación viajaba como en cualquier otro pueblo, aunque sus tonos aquí diferían, a menudo llevándose a cabo en el sabor de líneas memorizadas, discursos pronunciados o respuestas ingeniosas ofrecidas entre aplausos.

En general, como Torny, Eujo se encontraba cada vez más inquieta y tuvo que aplacar la preocupación con fría lógica: el hecho de que un lugar fuera diferente no significaba que fuera mortal.

Daklin, su guía y el mismo hombre que les había dado la bienvenida en la playa, condujo a los Renewals y sus Guardianes a una amplia tienda llena de mesas bordeadas de bancos. Al pasar por las anchas solapas ondulantes, Eujo encontró la fuente de aquellos destellos: tubos de vidrio tallado, que serpenteaban desde pequeños pozos en el suelo para elevarse hacia la tienda y más allá, hacia el propio Animas.

—¿Qué son esas? —preguntó Torny, nuevamente salvando a la Reina de abrir la boca—. ¿Algún tipo de decoración?

La población de la tienda, más del triple de su número compartiendo la misma cena temprana que Eujo quería en ese mismo momento, detuvo sus palabras y se volvió, escuchando mientras Daklin daba una explicación rápida y orgullosa: Tamas, una isla arenosa, ofrecía vidrio en abundancia, y cavando un poco bajo su superficie temblorosa, se podían encontrar gases y encenderlos, enviando calor por todo el Animas para mantenerlos calientes cuando los fuegos por sí solos no bastaban.

—¿Veis grandes árboles aquí para quemar? —preguntó Daklin, girando para abarcar la tienda mientras lo hacía, las cabezas negando a su vista—. ¿Algún carbón de Noctia, para que podamos calentarnos en su suciedad? —De nuevo cabezas negando, y Eujo se encontró entre ellas, para su propia molestia. Aun así, el hombre tenía una forma de hablar, de atraparte en su giro que te empujaba a su reino, a jugar su juego—. Tampoco tenemos pieles como Whent, lava como Foti. Nuestro dios nos dio el gas y el vidrio, y eso es suficiente para nosotros.

Aparentemente, Tamas también daba al Animas suficiente comida, con pescado y tubérculos en abundancia, cocinados en un caldo humeante y servidos en su mesa en cuencos de cerámica, cada uno pintado con una serie de figuras. Cuando Wax preguntó, Daklin dijo que los cuencos representaban escenas de una de sus obras.

—Porque eso es lo que hacemos aquí en el Animas —continuó Daklin, su sonrisa ampliándose aún más incluso cuando su gorra afectada se hundía sobre su cabeza inclinada—, entretenemos, iluminamos y traemos a la gente la felicidad que se merecen.

—Genial —dijo Torny, la sopa desapareciendo rápidamente con sus cucharadas veloces—, buena suerte con todo eso. Lástima que no nos quedaremos, sin embargo. Cosas que hacer, islas que salvar y todo eso.

El hombre asintió, pareciendo casi triste. —Vuestra búsqueda puede esperar hasta la mañana. Esta noche, al menos, asistid a un espectáculo. Ved lo que habéis encontrado. —De nuevo ese brillo, ese destello—. Puede que incluso decidáis que os gustaría quedaros.

14

PRIMEROS FUEGOS

Caminar sola por la jungla de Vis había sido una experiencia relajante, casi trascendental. La música, incluso en invierno, de pájaros, insectos y la brisa eliminaba el esfuerzo del viaje y lo reemplazaba con un asombro reconfortante. Annalyse podría haber caminado bajo aquellas ramas durante meses, años, una vida entera en felicidad.

Correr con los cazadores de Deshiva al amanecer, después de un sueño escaso, poco tenía que ver con aquella caminata aunque los árboles siguieran siendo los mismos. Incluso con un skar de Vis apoyado contra su pecho, el mismo que la había mantenido con vida a través del veneno del asesino, manteniendo a Annalyse energizada, la carrera agotaba su espíritu, robaba el encanto. En parte por las lanzas, las plumas, los rostros serios que se deslizaban entre las ramas a su alrededor.

En parte porque corrían hacia la guerra.

Las islas existían en un frágil equilibrio entre sí, cada una tan reflejo del dios que la había creado que dependían unas de otras. La guerra abierta bloqueaba el comercio, condenaba a demasiada gente a la miseria, así que aparte de los asaltantes de Rana y las escaramuzas ocasionales de bandidos revoltosos o almas rotas, Annalyse no oía hablar de guerra. Ahora estaba en una.

La carrera duró la mayor parte de la mañana, llevándolos hacia el este desde el lago en dirección al puesto avanzado de Najahn. Incluso desde lejos, el Gran Sana se elevaba sobre el horizonte, vislumbrado entre las hojas mientras Annalyse corría a través de los árboles, siempre consciente de que Deshiva y su lanza esprintaban tras sus pasos.

La cazadora líder no hablaba mucho, salvo cuando apareció en la casa del árbol de Annalyse por la mañana, exigiendo las armaduras incrustadas y la participación de Annalyse. No había sido una pregunta. Solo una orden, y una que la científica siguió sin protestar.

Gladdring le había enseñado eso: no tenía sentido hacer enemigos cuando no había opciones.

Casi chocó contra el cazador de delante, deteniéndose a trompicones a través de un grueso helecho justo antes de su espalda tatuada. Líneas naranjas y moradas, formando frutas, animales y símbolos que Annalyse desconocía, proporcionaban la última barrera antes de los campos despejados de Najahn. Su mano extendida, con la palma hacia ella, servía de freno, uno que Annalyse no necesitaba.

—Lo has hecho bien —dijo Deshiva, acercándose por detrás de Annalyse, tan silenciosa como el resto de su grupo —. La mayoría de los Vis tendrían dificultades en una carrera así. —Deshiva, con su propio rostro marcado y el cabello recogido apretadamente contra su cabeza, asintió hacia la piedra—. Aunque, claro, la mayoría de los Vis corren solos.

—Ese es su problema, no el mío.

Una ligera sonrisa. —Bien. Necesitarás ese espíritu hoy. —Deshiva asintió hacia adelante—. ¿Estás lista?

—¿Para qué? No soy una luchadora.

—Hoy, observas. Aprendes. Usa lo que veas para hacernos mejores mañana.

—¿Qué debo observar?

Deshiva miró a su derecha e izquierda, inclinándose para ver alrededor de Annalyse. El cazador a la derecha de la científica se movió, tensando un arco estrecho. El tamaño del arma indicaba que no estaba construido para disparar a larga distancia, pero entonces, disparar lejos en una jungla densa probablemente no era necesario. El carcaj delgado sugería, también, que los Vis raramente-

—Estúdianos más tarde —interrumpió Deshiva—. Necesito que tus ojos estén en los Najahn. Dime si ves algo extraño. De lo contrario, aprende.

Deshiva llevó sus dedos a los labios y sopló. No era un silbido humano franco, sino un sonido agudo y corto, como un pájaro saludando al sol. Demasiado silencioso para llegar lejos, pero no necesitaba hacerlo: la señal de Deshiva encontró repetidores alrededor, toda la jungla pareciendo despertar con los pitidos.

Más allá, en los campos, los animales, cerdos y vacas importados de otras islas, se pusieron alerta. Los pollos Tamas, agitando sus plumas marrones, daban vueltas en sus delgados corrales. Pilas de leña, ordenadamente apiladas en filas, esperaban las inmolaciones de la hora de la comida. Cuatro o cinco Najahn deambulaban por la escena, haciendo el trabajo del día sin prestar mucha aten-ción a los alrededores.

Abundante orden.

Objetivos fáciles.

Las flechas volaron, el zumbido de las cuerdas de los

arcos anunciando las líneas ardientes mientras describían un arco en el aire y aterrizaban en esas pilas de leña, en cobertizos de paja. No muchas -Annalyse habría descartado el asalto si el deseo hubiera sido causar bajas Najahn. Solo un par de flechas parecían haber prendido en la madera humedecida por la lluvia invernal.

Pero los disparos atrajeron la atención, y por el sombrío asentimiento de Deshiva, ese era el objetivo.

Los Najahn se arremolinaron como abejas perezosas, del tipo que Annalyse solía ver deambulando por las flores de la tundra de Whent en otoño. Gritos torpes, asombro y tropiezos desde los edificios centrales del puesto avanzado. Las armaduras resonaban mientras los soldados Najahn se apresuraban a ponérselas. Alguien encontró un cuerno y emitió una señal de tres toques. Deshiva señaló una segunda andanada, y ahora tres pilas de leña ardían, y con esas chispas, la cazadora comenzó la siguiente jugada.

Con un segundo silbido, siete cazadores Vis, vestidos con tejidos oscuros, se lanzaron desde el borde de la jungla hacia los corrales de animales. Todos desenvainaron largos cuchillos, sus extremos curvos mostrando la intención original de descuartizar carne. Esta vez, mientras los Najahn formaban sus líneas, los primeros empuñando voulges, encontrando ballestas y los virotes necesarios, los Vis usaron esos cuchillos para cortar las ataduras que mantenían cerradas las puertas de los cercados. Los cazadores gritaron, graznaron y acuchillaron, asustando a los animales para que huyeran de sus corrales en una huida frenética. A medida que cada uno se vaciaba, los cazadores perseguían a sus presas emancipadas, conduciéndolas hacia la jungla, el camino, lejos de los Najahn.

—¿Te diviertes? —preguntó Deshiva mientras los guerreros acorazados finalmente daban alguna persecución, disparando tiros infructuosos a los cazadores, enviando soldados pesados en una defensa demasiado tardía.

—Nunca he visto una pelea así.

Cuando los señores de la guerra de Whent decidían luchar por el territorio, sus batallas eran enfrentamientos frontales y ebrios. Las masas se encontraban en las llanuras y se golpeaban mutuamente hasta que un lado se rendía, se abrían nuevos barriles, y los perdedores eran aceptados en su nuevo redil sin rencor. Un señor de la guerra eventualmente engulliría la mayor parte de la isla, como había hecho Jochi, hasta que, viejo y frágil, su pequeño imperio se desmoronaría.

—Con Vis de nuestro lado, nadie morirá hoy —dijo Deshiva—. Podemos persuadir a los najahn de que no tienen poder aquí, y se irán en paz.

—Si usted cree eso...

La repentina mirada fulminante de Deshiva cortó las palabras.

—No dejes que tu cinismo asesine la esperanza.

—Yo lo llamaría realidad.

—Entonces necesitas cambiar tu realidad.

Annalyse sacudió la cabeza y observó cómo los najahn ralentizaban y detenían su torpe persecución. Casi treinta soldados armados y con armadura estaban ahora en el campo, un capitán de rostro afilado los organizaba en formaciones. Deshiva emitió otro silbido bajo, repetido de nuevo a través de los árboles, y las fuerzas de Vis se hundieron más profundamente en la jungla, varios pasos. Annalyse solo tropezó dos veces, todo un logro.

—¿Estamos huyendo? —dijo Annalyse, alcanzando a Deshiva y agachándose junto a la cazadora. Los insectos hicieron amistad con su cabello, los helechos le hacían cosquillas en los brazos. Una espina se enganchó en su zapato. La jungla no era muy espaciosa—. ¿Ya?

—Será difícil probar que esto fue más que ladrones —dijo Deshiva—, si no atrapan al resto de nosotros. Sin embargo, si nos persiguen, los sorprenderemos.

—Directo al grano.

De nuevo la mirada ceñuda.

—¿Acaso está usted tan poco versada en el combate?

Antes de que Annalyse pudiera responder con lo obvio, Deshiva entrecerró los ojos mirando a los najahn y luego maldijo. Los soldados, más difíciles de ver a esta profundidad, pero aún inconfundibles, se habían dado la vuelta. Marchaban de regreso detrás de sus empalizadas. Renunciando a sus campos y sus criaturas. Annalyse habría vitoreado: ¿una victoria sin pérdidas, sin una sola herida?

Deshiva, sin embargo, parecía haber tragado un limón.

—La peor respuesta —dijo Deshiva mientras la tarde consumía el día, Annalyse y varios otros líderes se unieron a ella alrededor de una fogata en un claro.

Los vis se habían retirado a un campamento improvisado a treinta minutos del puesto avanzado najahn. Los grupos de cazadores continuaban reuniendo el ganado liberado, con la intención de devolver a los animales al lago donde se podría restaurar su antiguo destino. Los que no pudieran guiar serían abandonados a su suerte, probablemente alimento para hanokos.

—¿Por qué? —Annalyse agitó su cuchara de madera hacia el campamento festivo—. ¿Nadie herido? ¿Objetivo logrado?

—La victoria más fácil, con los menores beneficios. No probamos tus skars para saber si funcionarán. No castigamos realmente a los najahn. Y ahora se esconderán detrás de sus muros hasta que lleguen refuerzos, demasiados para que luchemos todos a la vez.

—No sabe eso.

—Lo dice la científica —pero Deshiva asintió mientras hablaba—. Tiene razón, sin embargo. No sé qué podrían hacer los najahn, qué podría suceder. No puedo controlar sus acciones, así como usted no puede saber cuándo un hanoko podría atacar. En cambio, debemos centrarnos en lo que podemos controlar.

—¿Que es?

—Sus skars.

Annalyse alcanzó el collar por instinto. Ahora tenía cuatro allí, una piedra Vis, Foti, Rana y Tamas. Sus murmullos burbujeaban. La de Tamas daba alguna pista sobre los estados de ánimo de Deshiva, pero su pensativa ambición era obvia incluso sin las emociones susurradas.

—¿Qué hay con ellos? Necesitaremos que alguien entre en una pelea para ver cómo se desempeñan. —Annalyse esbozó una sonrisa burlona, notando que se formaba un círculo donde los cazadores parecían estar luchando entre sí—. Quién sabe, tal vez tengamos suerte allá.

—No los skars vis. Los otros. —Deshiva se estiró, recogió un palo del suelo y lo metió en el fuego de cocina, ahora vacío con la cena agotada—. Los najahn se esconden detrás de sus muros de madera. Sus skars foti pueden romperlos.

—O destruir a quien lo intente.

Otra mirada penetrante, y esta vez Annalyse escuchó el skar tamas, encontró en la severidad de Deshiva un cansancio tenso, alguien que había sido presionada durante mucho tiempo y que ya no estaba atada por la timidez. Deshiva presionaría y presionaría hasta lograr la victoria para su isla.

—Su gente podría morir. Morirá. E incluso si tienen éxito, ¿qué hará entonces? ¿Correr de vuelta a los árboles como hicimos hoy? Los najahn prepararán el hoyo.

—Pero estarán asustados. Sabrán que podemos hacer cosas que ellos no pueden.

—¿Nosotros? ¿Se refiere a sus cazadores? Ahora mismo, los skars siguen siendo en su mayoría un secreto, Deshiva. Durante cientos de años, solo unos pocos han intentado usarlos para algo más que el Aegis. Si abre esa puerta aquí, los najahn responderán. Tienen más skars que usted, y más mortíferos.

—La científica de nuevo busca aconsejarme en asuntos de guerra —respondió Deshiva. Su palo se prendió fuego y lo retiró, una antorcha en la oscuridad—. Los najahn nos controlan a través del orden, pero ¿no lo ha notado? Los demonios han dejado de venir en grandes cantidades. Es como si el Aegis hubiera sido restaurado, pero ninguna nueva Renovación ganó la Herida. Ya no hay razón para temer, ni razón para darles a los najahn su control. Si quieren llevarse nuestros recursos más valiosos, tendrán que luchar por ello.

—¿Incluso si eso significa dejar que las islas se vuelvan salvajes?

Deshiva sonrió.

—A menos que esas piedras sean más poderosas de lo que ha dejado entrever, Annalyse, una simple lanza matará a alguien con un skar tan bien como a usted y a mí. La justicia se hará como siempre se ha hecho, a través de la fuerza de quienes la imparten. —Arrojó el palo de vuelta al fuego—. Ya he enviado mensajeros para reunir el resto de sus skars. Tendré voluntarios por la mañana. Mañana por la noche, pondremos el miedo de Vis en sus negros corazones.

15
MISTERIO

Viviendo en Noctia, entre los Najahn, Ami podía elegir cuándo preocuparse por los demonios. Ver a Catya en la Herida traería a los monstruos y su peligro mortal a una luz fresca, pero esa tensión disminuiría al regresar a la comida, las fogatas y la cultura en medio de una ciudad cómodamente defendida. Bajar a través de la Oscuridad de Abajo con Sawi había cambiado ese interruptor, poniendo a Ami en guardia constante, y encontrar la ciudad llena de muertos de Svarde y la banda de guerra de Jochi no lo había vuelto a cambiar. Los objetivos ya no eran experimentos confusos, lealtad oblicua a un Aegis ya rodeado de protectores.

Aquí, el objetivo era claro: encontrar una manera de destruir a los caminantes de fuego y luego cerrar las puertas. Detener a los demonios, salvar las islas.

Repitió ese mantra a Sawi mientras caminaban por los túneles hacia el Sur, siguiendo a Olgata hasta los límites controlados. Los ingenieros y soldados de Jochi, un grupo gruñón y bebedor de cerveza, sin embargo, reclamaban el territorio con entusiasmo, cavando puestos de control y matando a cualquier monstruo que deambulara por allí. Esos demonios, hasta ahora, no ayudarían a Svarde a conectarse con sus cuerpos, dado que habían sido despedazados y añadidos a la próxima comida del ejército.

—Hace un par de semanas, habría dicho que eso es asqueroso —dijo Sawi mientras pasaban junto al último, dando sus primeros pasos sin Olgata a su lado—. Pero considera mis ojos abiertos.

—Algunos de ellos son incluso sabrosos —Ami se relamió los labios, un gesto perdido dado que Sawi miraba fijamente hacia adelante y la tenue luz de sus musgos recolectados.

Su lengua también captó el sabor metálico, la placa dorada y la quemadura debajo, curada en una zona áspera por su skar de Vis. Luchó contra una mueca amenazante. No tenía sentido obsesionarse con algo que no podía controlar ni cambiar. Sin los skars y el rápido pensamiento de Annalyse, habría muerto. Una carrera luchando contra demonios y ladrones había asegurado que Ami ya tuviera suficiente daño como para convertir cualquier belleza en una imagen sombría de posibilidades perdidas.

Sawi se detuvo, y Ami se liberó de sus propios pensamientos.

—¿Qué? —susurró Ami, bajando la voz mientras Sawi sostenía un cuchillo de cazador en su mano. También llevaba una lanza colgada a la espalda, pero este túnel se cerraba lo suficiente como para hacer de un arma larga una elección tonta.

—¿No oíste eso? Escucha.

Un arañazo. Un forcejeo. No era grande y se dirigía hacia ellas. Ami tocó el hombro de Sawi, asintió hacia el cuchillo. La Vis devolvió el gesto y Ami retrocedió varios pasos, levantando algo de tierra de la cueva y manteniendo la antorcha baja. Sawi se quitó sus musgos y los arrojó al lado opuesto del túnel, ocultándose. Un riesgo: el demonio podría ser capaz de ver en la oscuridad total, pero incluso entonces, Ami podría cargar con su nueva hoja Whent y ofrecer un ataque sorpresa.

Además, después de tanto tiempo, ambas se sentían cómodas matando en la penumbra.

El ruido se acercaba, aumentando la velocidad. Ami sonrió. Un depredador oliendo comida. ¿Qué se necesitaba para atravesar esas puertas, nadar desde la piscina y trepar a estos túneles?

Sin duda no era un trabajo ligero, y ansiaba alguna recompensa. El tipo de recompensa que haría que este demonio terminara muerto.

Sawi atacó sin hacer ruido. Ami solo supo que había golpeado porque la criatura anunció su herida con un grito borboteante, como un pájaro al que golpean a mitad de un graznido. Ami se lanzó hacia adelante, antorcha en la izquierda y hoja Whent en la derecha, para descubrir que sus esfuerzos eran innecesarios. Sawi tenía al demonio ensartado en su cuchillo, un dardo más que suficiente, dado que el monstruo apenas superaba la longitud de su hoja. Sin embargo, el demonio capturaba sus orígenes sobrenaturales, con una piel arremolinada aparentemente compuesta de gusanos rosados retorciéndose. La masa se estremeció en el cuchillo de Sawi, sostenida a distancia por la cazadora con el ceño fruncido.

—Un espécimen encantador —dijo Ami, arrugando la nariz en una sonrisa desagradable—. Los dioses realmente tienen imaginaciones terribles.

—¿Los dioses?

—Por supuesto, los dioses. ¿Quién más habría creado estas cosas?

—Yo... —Sawi se estremeció—. Supongo que no lo había pensado. Los demonios, los dioses.

—¿Pensabas que estos monstruos simplemente aparecieron del éter, listos para devorarnos? —Ami se arrodilló, examinó más de cerca al demonio mientras su piel se asentaba en una fría muerte. La sangre de la criatura, de un azul pálido, se filtraba formando un charco a sus pies. Al menos tenía sangre. Algunos demonios...— Aunque supongo que, si te sientes fantasiosa, podrías decir que los demonios provienen de otros dioses que buscan meterse con los nuestros.

—¿Importa eso? —Sawi dejó el cuchillo y su presa en el suelo, volvió a colocar el musgo que había arrojado en su bolsa—. De cualquier manera, aún tenemos que detenerlos. No hace ninguna diferencia cómo fueron creados.

—Esa manera es menos divertida.

—Eres rara, Ami.

—¿Qué te dio la pista? ¿La placa facial? —Ami se enderezó, mirando fijamente el túnel—. Pero podrías tener una buena idea ahí.

—Vaya, ¿un cumplido? ¿De ti?

—Ya me estoy arrepintiendo —Ami comenzó a caminar por el túnel, no de vuelta hacia el campamento de Jochi.

—¿No es esa la dirección equivocada?

—Depende de lo que quieras.

Sawi siseó, un ruido que le dijo a Ami que había hecho algo bien, y la Guardiana siguió caminando. Cuando la Vis la alcanzó, con el cuchillo y su demonio adjunto sostenidos detrás de ella muy parecido a la antorcha que Ami aún llevaba, la Guardiana reveló su nuevo destino: la gran cámara y las puertas en su interior.

La Vis lanzó preguntas, como solía hacer, pero esta vez Ami no la calló con sombría certeza. En su lugar, como Ami a menudo había hecho con Svarde y Catya en su viaje de Renovación, la Guardiana incorporó las preguntas de Sawi a sus propios planes, desarrollando los detalles y construyendo confianza. La propia Sawi solo se volvía más desconcertada, pero eso no importaba: Ami vería las puertas de cerca, haría lo que ni Svarde, el Rey Muerto ahora bajo el control de Svarde, ni los exploradores de Jochi habían hecho. Y cuando viera esas luces arremolinadas clara y limpiamente, Ami descubriría cómo apagarlas.

—La esperanza ciega no es tu estilo habitual —murmuró Sawi cuando Ami rechazó su última pregunta—. Estás arriesgándonos a una emboscada, a que nos corten el paso o a que nos perdamos.

—¿Preferirías poner tu fe en que Svarde de alguna manera levante un ejército de monstruos muertos para luchar contra otros demonios, por los siglos de los siglos?

—Bueno, es un comienzo, ¿no?

El túnel siguió retorciéndose y girando un rato más, con bifurcaciones y pequeñas cámaras que se ramificaban aquí y allá, aunque el pasaje correcto siempre era obvio: pies de demonios, garras y quién sabe qué más habían desgastado el camino que conducía a la cámara, y Ami se desviaba en esa dirección sin detenerse.

Incluso si realizara un milagro y cerrara las puertas ahora mismo, el camino de regreso sería largo, y sus piernas ya estaban pesadas. Lo mejor era hacerlo rápido, volver al campamento de Svarde para tomar algo de horrible cerveza Whent y más sopa de harina de huesos y hongos.

Otro gesto de dolor. Después de regresar a la superficie, Ami nunca volvería a tomar sopa.

La cámara apareció sin ceremonia. El túnel, oscuro y constante, se detuvo sin preámbulos, arrojando a Ami y Sawi a un amplio acantilado de roca gris. Piedras, iguales a las del lado de Jochi, yacían esparcidas en tamaños que iban desde guijarros hasta peñascos. Muchas tenían arañazos, manchas de sangre y cosas peores. Huesos. Un cementerio natural pero sin tierra para el entierro.

El agua negra lamía los bordes debajo de ellas, a una distancia considerable pero más cerca que el mirador que habían usado para espiar a los caminantes de fuego ayer. El recordatorio elevó los ojos de Ami a través de la gran cámara: un resplandor se elevaba desde lo que habría sido el horizonte en la superficie, extendiendo sus débiles líneas a través de las paredes y el techo en su dirección. Demasiado lejos para ver a alguien claramente, demasiado lejos para disparar, para patrullar.

—Al menos estamos solas —dijo Sawi, sacando su lanza y sosteniéndola sin mucha confianza.

Ami había entrenado mejor a la Vis que eso. Tal vez otra lección cuando regresaran. Sin lapsos ahora, no aquí.

De nuevo, sin embargo, Sawi tenía razón: sin un demonio en los acantilados, era hora de inspeccionar las puertas.

Las luces arremolinadas parecían muy similares desde este lado, como si su tamaño y forma se mantuvieran sin importar cómo las mirara Ami. Mientras bajaba, Ami tomó nota de sus colores, sus puntos brillantes girando, corriendo, atravesando el agua. Los vigilantes de Jochi decían que nunca cambiaban, ni siquiera cuando emergían los demonios.

Constantes hermosas, y una para cada dios.

El naranja-rojo de Foti ardía en el lado izquierdo de la cámara, aparentemente equidistante de los dos extremos menos profundos de la cámara, los que los demonios solían preferir. ¿Por qué, entonces, los caminantes de fuego siempre se dirigían hacia Fortaleza de los Sueños? ¿Por qué la mayoría de los demonios elegían ese lado?

Ami miró hacia atrás por donde habían venido, no vio indicios cerca de la entrada de su pequeño túnel. El estrecho camino podría disuadir a los monstruos más grandes, aunque el Rey Muerto insistía en que los pasajes más grandes yacían bajo las aguas. Aun así, algo debía atraerlos-

—La Herida —dijo Sawi, siguiendo los ojos de Ami a través de la cámara—. La Herida está de vuelta por donde estamos. Tal vez por eso hay menos demonios por este camino.

—¿Cómo podría eso importar?

—Dijiste que todo esto se trata de los dioses, ¿verdad? Todas nuestras historias dicen que los monstruos llegaron cuando Vis y Noctia lucharon, cuando él la apuñaló. Si eso es cierto, entonces eso podría ser lo que creó estas puertas y causó todo esto.

—Tal vez, Sawi, deberías escribir estas ideas. Eres bastante observadora, para alguien destinada a recoger fruta todo el día.

Sawi frunció el ceño, Ami se rio y se dirigió al borde del agua. Se agachó, pasó sus dedos por las ondas. Frío, pero por lo demás igual que cualquier otro estanque, lago o río en el que Ami hubiera puesto el pie. No era salada, sin embargo. No como el océano. Al menos Ami no moriría si bebiera un sorbo, al menos los exploradores de Jochi podrían venir aquí, recoger más agua para hervirla para el ejército.

Sus dedos, tampoco, no se quemaron. No salieron cubiertos de algún limo monstruoso ni se mancharon con algún parásito.

Ami metió todo el brazo, empapando su camisa de lino. Lo retiró, observó con la antorcha cerca.

—¿Algo? —preguntó Sawi.

—Como un baño limpio, aunque frío.

Cuando el agua trató su brazo como lo había hecho con la mano de Ami, empezó a quitarse el resto de la ropa, salvo lo más básico debajo. Ami le entregó la antorcha a Sawi, quien preguntó qué creía que estaba haciendo, y solo suspiró ante la respuesta de Ami.

Pero la Vis no detuvo a la Guardiana cuando Ami, con la hoja en su mano derecha, se zambulló en las aguas y pataleó hacia abajo, abajo hacia esas luces arremolinadas y las únicas respuestas que importaban.

16

AJUSTE DE CUENTAS Y RECOMPENSA

Fassle no podría haber pedido una mejor noche para matar. Las nubes bloqueaban el resplandor rosado de Sichi, la nieve impulsada por el viento cubría las piedras y mantenía a la gente en el interior. El aullido del viento se mezclaba con el oleaje para ocultar cualquier grito desafortunado.

Si los dioses estuvieran vivos, Gladdring podría tomar el clima como una señal de que se habían vuelto en su contra.

De hecho, vestía poco más que un harapo andrajoso, su cuerpo magullado y maltratado se entumecía rápidamente mientras sus asesinos lo arrastraban por estrechos pasillos entre torres, bajando escaleras descuidadas y, resbalando, sangrando, tropezando, hacia un acantilado en particular. Uno que el propio Gladdring conocía bien, y que había usado para este mismo propósito más de una vez.

Entre los Principios, circulaban ciertos consejos, como dónde y cuándo era más fácil deshacerse de un erudito molesto, un soldado fastidioso o un mercader cuya autoestima había crecido demasiado. En mejores circunstancias, Gladdring podría haberse reído, señalando la coincidencia a los asesinos mudos que lo conducían. En cambio, mantuvo la boca cerrada y la mente abierta.

Fassle vino a verlo rápidamente después de que sus guardias arrojaran a Gladdring en la celda de la torre, despojando al Adepto —aunque, ¿ya habría perdido ese título?— de sus túnicas, ornamentos regios y los varios skars escondidos en sus bolsillos. El harapo los había reemplazado, y en su sencillez enfermiza, Gladdring no pudo reunir la mirada fulminante que Fassle merecía.

—¿Ya me estás espiando? —preguntó primero Gladdring, negándole a Fassle el movimiento de apertura.

El líder Najahn se quedó más allá de los barrotes y convirtió lo que estaba a punto de decir en un suspiro sin palabras. A diferencia de Gladdring, el hombre mantenía sus vestimentas, luciendo como si estuviera a punto de pronunciar alguna gran visión ante una masa reunida en lugar de merodear por una torre de prisión desaliñada. Y no la bonita, reservada para aquellas almas afortunadas que los Najahn rescatarían por un trato u otro de sus islas natales.

—Nunca dejé de hacerlo —dijo Fassle, su voz asentándose como huesos de comadreja entre las linternas, las risas y los gritos de guardias y prisioneros—. ¿Dejarías que un animal peligroso deambulara libremente por tu casa?

—Si solo mordiera a mis enemigos, lo haría.

Fassle se rio.

—Gladdring, tú eres mi único verdadero enemigo.

—Hay más cuchillos en tu cuello que en el mío, algunos aún más mortales.

—Todos esos serán desarraigados a su debido tiempo —Fassle metió la mano en sus ropas y sacó un anillo, uno familiar—. Estoy aprendiendo más cada día. Útil para descubrir las verdaderas intenciones, tanto para mí como para unos pocos en quienes realmente confío.

Gladdring no podía apartar la mirada del skar. Conocía las crestas de la piedra, cómo el extremo puntiagudo le cortaría el dedo si lo agarraba mal. Años y años, desde la última Renovación, habían compartido cada minuto. Un robo fácil del puesto avanzado de Tamas donde había estado estacionado, esa gente adicta a la cerveza, los suyos propios, fáciles de engañar porque no se molestaban en, bueno, preocuparse.

Podrían hacerlo si las fuerzas púrpura y negra de Fassle impusieran su orden en cada teatro de Tamas.

—Los skars no te dicen todo —dijo Gladdring, viendo que Fassle esperaba que hablara. ¿Dejaba una puerta abierta para que Gladdring salvara su propia vida, o solo pescaba más información? ¿Importaba acaso?—. No te dirán por qué queremos que te vayas.

—Entonces es bueno que esté aquí. Preferiría que me lo dijeras tú —una sonrisa reluciente. Gladdring distinguió restos de cena, trozos de pescado, en los dientes del hombre —. ¿Es solo el poder lo que te empuja a estos movimientos terribles? ¿O algo más grandioso? ¿Delirios sobre salvar las islas?

—Es tu insufrible olor.

Fassle, tomando aire para lanzarse a más divagaciones que Gladdring no quería oír, se detuvo con una mezcla de trago y gruñido. Luego vino la mirada fulminante, que Gladdring encontró con agotamiento asentado, retirándose para descansar en el delgado banco en la parte trasera de la celda. No se habían molestado en cubrirlo con una sábana. Significaba que Gladdring no se quedaría aquí mucho tiempo.

Ahora, si Gladdring pudiera adivinar, acababa de elegir cómo saldría de este lugar.

—¿Eso es todo? —preguntó Fassle con los labios apretados—. ¿Después de todo esto, después de que te he dado una última oportunidad de absolución, ofreces una broma?

—No es una broma. Estás podrido, Fassle. No puedo respirar cuando estoy cerca de ti.

El rojo subió a esas mejillas amarillentas. Un hombre marchitado por su propia vanidad, corrompido por interminables aduladores y falta de desafíos. Fassle no podía hacer frente. Había tenido suerte de llegar tan lejos. A Gladdring le habría encantado clavar él mismo la daga en el corazón del hombre y despejar el camino hacia un mundo mejor.

Ahora alguien más tendría que hacerlo.

—No estarás respirando en absoluto en unas pocas horas —siseó Fassle, enviando algo de saliva con ello para rematar—. Podrías haber sido mucho mejor, Gladdring. En cambio, morirás sabiendo que estaré cosechando las recompensas de todo tu trabajo. Los Najahn finalmente controlarán todas las islas, y tú no verás nada de ello.

Fassle lanzó una última mueca de desprecio mientras se giraba, pero a pesar de toda su fanfarronería, las manos apretadas sobre sus ropas le dieron a Gladdring la verdadera sonrisa. Fassle podría tener miles listos para librar su guerra, tripular sus fortalezas y aplastar a sus enemigos, pero Gladdring había penetrado las defensas del hombre de todos modos.

Esa buena sensación no sirvió de mucho contra el frío. Al llegar al acantilado, Gladdring se dio cuenta de que había perdido toda sensación en los brazos y las piernas. Sus dientes castañeteaban como una máquina loca, con espasmos recorriendo cada músculo. Sus ojos dolían, abrasados por la nieve y el viento. La caída y el rápido final que vendría con ella casi parecían valer la pena.

—Camina hasta el borde y salta —dijo la voz sin tono, uno de los asesinos. Gladdring miró, con un giro lento, para ver que ambos habían desenvainado espadas Foti—. Una oportunidad de mantener tu dignidad, o te destripamos y te empujamos.

Una oportunidad de hacer que esto pareciera su propia elección. El hombre no lo dijo así, pero Gladdring sabía lo que sucedería si, cuando su cuerpo apareciera cerca del puerto. Fassle emitiría un aviso por la mañana, declararía a Gladdring desaparecido, y cuando su cadáver ahogado llegara a la deriva, habría toda una tragedia y ningún tumulto.

Menos dolor, también, para él. Al final, ¿por qué querría Gladdring sentir una espada atravesando su piel?

Dio un paso hacia la roca saliente, apenas más ancha que el propio Gladdring. El hielo se extendía por la piedra. La nieve se acumulaba en las mismas líneas, moviéndose cuando Gladdring plantó sus pies, mientras el viento arrastraba los copos.

—Más rápido.

¿Se había estado demorando? Gladdring no podía estar seguro. Delante solo veía nieve arremolinada y oscuridad. El frío penetraba en su mundo. Un corazón tronante se apoderó de él, y una vez más Gladdring deseó los susurros de su skar. Su amigo, con él hasta el final.

Dos pasos más temblorosos y Gladdring alcanzó el borde. Miró hacia abajo, vio los remolinos más tenues donde las olas golpeaban las piedras de Noctia. Extendió la mano, tomó un último aliento helado.

—Deténgase ahí mismo —dijo el verdugo—. Dese la

vuelta. Despacio, para que no resbale con sus dedos congelados.

La extraña petición penetró en el alma entumecida de Gladdring y logró dar un giro lento y arrastrado, raspando sus suelas contra la roca. Al final, ambos asesinos estaban de pie frente a Gladdring, pero sin ballestas ni espadas desenvainadas. Las luces detrás les daban a sus siluetas una apariencia paciente, esperando, sin forzar la acción.

—Suéltelo —dijo el mismo hablante—. Yarvick quiere saber cómo va a pagar sus deudas.

Gladdring se habría reído, habría llorado de no ser por el pensamiento de las lágrimas, de respirar más aire helado que lanzaba demasiado horror para contemplarlo. En su lugar, solo se quedó boquiabierto, encontró una pregunta y la hizo.

—¿Qué deudas?

—Las que está incurriendo ahora mismo por seguir de pie, todo gracias a su buena voluntad.

—Entonces Yarvick sabe lo que haría. Lo que pretendo...

—Las intenciones están muy bien, pero no mantienen encendidos los fuegos. Tampoco nos consiguen más skars —el asesino dio un paso hacia Gladdring, metiendo las manos en los pliegues de su capa—. Yarvick está pidiendo más que una promesa, Gladdring. Una comprada con su vida.

—Dígalo, entonces —Gladdring odiaba que sus dientes castañetearan, que sus piernas temblaran—. Lo pagaré. No tengo elección.

—No es suficiente —el hombre igualaba ahora a Gladdring, hasta su pecho, y el aliento del asesino apestaba a pescado viejo y cerveza más vieja aún—. Después de esta noche, usted le pertenece. Lo que él pida, usted lo hace. Lo que él quiera, usted lo consigue. Y cuando llegue el momento de dar lo que ahora no puede imaginar, lo hará, por lo de esta noche. ¿Está de acuerdo?

—¿Qué elección tengo?

—Dígalo. Prométalo por su maldito skar.

—Un skar que no tengo.

Las palabras apenas fueron un susurro. El viento chasqueó. Sin embargo, el calor vino de la mano izquierda de Gladdring, donde la palma enguantada de su asesino se retiró, dejando dos piedras delicadas. Un topacio, brillante, familiar, y despojado de su anillo. Junto a él, una reluciente roca plateada.

—Prométalo.

Gladdring no podía apartar los ojos del par de skars, pero dijo la palabra. Le dio al asesino lo que quería. Apenas la palabra había salido de sus labios cuando el asesino le dio un fuerte empujón a Gladdring, sus pies entumecidos resbalando en la dura piedra. Gladdring cayó hacia atrás, el viento tirando de su camisa, el acantilado de repente pasando velozmente.

Aun así, Gladdring no sintió terror. Su viejo amigo había regresado, y con compañía.

17
CAMPAMENTO DE TEATRO

El teatro superaba a la actuación. Bancos cubiertos de suaves musgos negros y azules, faroles globo encendidos con largas varas colgando de las vigas, músicos que abrazaban el frío nocturno para tocar lo suficientemente bien como para transportar a Eujo de vuelta a la corte de Kance y sus numerosos, demasiados, lujos. Todo esto para un pequeño público, apenas una sección de tres con alguna concurrencia, y la mayoría ofreciendo poco más que aplausos corteses.

Torny se unió a Eujo en preocuparse menos por lo que ocurría en el escenario que por lo que les rodeaba, abordando su situación como una prisionera que busca escapar. Porque eso es lo que eran, prisioneras, y ninguna de ellas lo consideraba de otra manera.

Su rápida cena había terminado cuando Daklin regresó, de alguna manera más arreglado que antes, con la piel brillando por los polvos para complementar un atuendo con más volantes que otra cosa. Ofreció una reverencia y un gesto, declarando que el último espectáculo de los Animas de la noche comenzaría en breve. Esta aparentemente asombrosa experiencia no atrajo la atención de los demás en la carpa del comedor, todos los cuales habían pasado el tiempo lanzando miradas curiosas a los recién llegados sin ofrecer nada más. Sin presentaciones, solo miradas inquisitivas que se desviaban cada vez que Eujo las encontraba.

Daklin tomó la excusa de agotamiento de Torny y la descartó, diciendo que todo lo que tendrían que hacer era sentarse. Y si se quedaban dormidas, bueno, eso sería juicio suficiente sobre el entretenimiento. Todo declarado con una sonrisa que ocultaba hierro debajo, lo suficientemente dura como para que Eujo anulara la réplica de Torny y las pusiera en movimiento. Ni Wax ni Bliss se molestaron en protestar, su inocencia internacional les daba una dichosa oportunidad de disfrutar la velada.

—Tendremos una oportunidad después del último acto —señaló Torny, sentada a la derecha de Eujo. La Reina de Kance tenía el pasillo, con escalones de madera esterillada que descendían hacia el escenario. Wax y Bliss se sentaron al otro lado de Torny, por turnos fascinados y confundidos por la mezcolanza que ocurría frente a ellos—. Estarán demasiado ocupados felicitándose unos a otros como para notarnos.

—¿Y a dónde iríamos? —respondió Eujo, con los dedos chasqueando en el lenguaje de señas Vis adoptado—. ¿Huir en la noche?

—No queremos estar aquí. No es bueno.

La forma en que Torny se mordía el labio sugería que la bandida no era una completa novata en las trampas de Tamas. La isla tenía su reputación como un juguete flexible, produciendo cerveza y buena conversación, pero nada peligroso. Lo que muy pocos se molestaban en preguntar, lo que Eujo había aprendido poco después de ascender a la realeza, era por qué nadie, ni Whent, Rana, Kance, o incluso los Najahn, habían intentado tomar la isla para sus propios fines.

La turbia verdad era que las personas que iban a Tamas con malas intenciones, o que se ganaban la ira de su gente, no solían regresar. Al menos, no como ellos mismos.

—No lastimarán a los Renovados —dijo Eujo, desviando su atención de vuelta al escenario para calcular el tiempo mientras estallaban aplausos dispersos ante algunas reverencias.

Pasando al tercer acto, entonces, si Eujo lo tenía bien. La obra era una farsa de identidad equivocada, pero los actores no estaban en su mejor momento, forzando líneas y perdiendo puntos en el escenario. El vestuario sostenía la producción, todas versiones emplumadas y filigranas de la armadura Najahn. Alguien debió haber pasado innumerables horas desplumando, tiñendo y ensartando las plumas, y el efecto de las formas brillantes y parecidas a pájaros bailando y debatiendo alrededor del escenario debería haber sido cautivador.

Pero la presencia constante de Daklin amortiguaba las cosas.

Su acompañante rara vez abandonaba el banco dos filas detrás de ellas. Su mirada sonriente mantenía a Eujo y Torny limitadas al chasquido de dedos, e incluso eso lo hacían con sus cuerpos bloqueando cualquier espionaje desde abajo.

—Lo dices como si todavía fuéramos Renovados. Todo eso se acabó, ¿recuerdas? Ahora solo somos vagabundos buscando piedras —Torny hizo una mueca cuando comenzó el tercer acto y un actor tropezó con sus absurdas polainas de plumas—. No somos nada y no tenemos nada.

—Tenemos los skars.

—¿Ah, sí? ¿Vas a hacer que Wax incendie este lugar también?

Eujo giró la cabeza para ganar tiempo. A Torny le gustaba entrar en espiral, envolverse en un manto sombrío para justificar algún acto tonto y temerario. Al menos, eso es lo que Eujo veía, y lo que tendría que evitar ahora mismo.

Se puso de pie, se retorció desde el banco y caminó por los escalones hasta la fila de Daklin. Los ojos de sus amigos siguieron a Eujo, pero ella los ignoró mientras asentía junto a Daklin. Su guía frunció el ceño por un momento, pero se movió, dejando que Eujo se sentara con pulcritud. Los modales de una Reina no se olvidaban fácilmente, a pesar de que su viaje a menudo prefería la postura de una campesina.

—¿Por qué nos mantienes aquí? —preguntó Eujo, deslizando el susurro entre las líneas de lo que parecía ser un discurso desesperadamente dramático sobre la Herida, los demonios y el destino en el escenario—. ¿Qué somos para ti?

Daklin no se volvió para mirarla, no dijo nada mientras el discurso se apagaba con un final angustioso. Algún amor perdido, alguna esperanza muerta. Eujo no podía fingir que prestaba atención.

—Son una oportunidad —susurró Daklin en respuesta—. No solo para nosotros, sino para ustedes mismos.

—¿Oportunidad para qué?

—Buscan nuestros skars, ¿verdad?

—Es lo que hacen los Renovados, Daklin.

—Entonces esta es su prueba. Trabajen conmigo y les concederé sus almas.

La palabra, como un rayo, como la sensación de una brisa rígida, desencadenó un recuerdo. Lo que los diplomáticos de Tamas seguían ofreciendo a cambio de diamantes del cielo, de hierbas y minerales necesarios para sus vinos, sus interminables producciones teatrales. Una moneda de élite, prueba de que entendías los valores de Tamas. Consigue un alma y podrías obtener lo mejor de lo mejor. Las puertas se abrirían, los escenarios se iluminarían y, tal vez, se podría obtener un skar.

La inclinación en la sonrisa de Daklin, los ojos y la piel demasiado suave hablaban de un trato peligroso. Un hombre acostumbrado a salirse con la suya mientras hacía que otros pensaran que se salían con la suya. Eujo, de vuelta en Kance, habría echado al hombre, lo habría hecho vigilar. Aquí, con su propósito destruido por los Najahn, sus posesiones escasas y su conocimiento aún más, Eujo solo veía un camino.

—¿Qué necesitas?

Las líneas llegaban rápido, lanzadas a Eujo para que las repitiera con el mismo tempo y tono. Ella y su compañera, una mujer rechoncha que se hacía llamar Bayan, estaban de pie entre las raíces retorcidas y los árboles descarnados más allá del Animus. Estaban ensayando, como lo llamaba Bayan. Los otros tres hacían lo mismo: intercambiando sus líneas, aprendiendo sus lugares e intentando hacer algo que nunca antes habían hecho.

Al menos Eujo y Torny podían recurrir un poco a su pasado de bandidas: el subterfugio era solo un tipo diferente de escenario.

Por ahora, Eujo llevaba las mismas túnicas que había traído consigo desde Whent, aunque Bayan prometió que vendría un vestuario. En dos días, comenzarían los ensayos completos. En cuatro, un espectáculo de práctica. A los seis, la primera actuación en vivo para audiencias anunciadas.

Daklin había desglosado el horario esa mañana en un despertar casi al amanecer, prácticamente arrojando té y pan al cuarteto en su tienda poco profunda. Despcés de pasar una noche sobre heno apelmazado con su ropa por cobijas, Eujo aprovechó el paseo con Bayan hasta su lugar de ensayo entre las raíces para estirar sus músculos adoloridos y despejar su mente para lo que se convertiría en una línea tras otra que le provocaba vergüenza ajena.

—No soy muy buena para la farsa —dijo Eujo después de que Bayan terminara una crítica mordaz—. No es lo mío.

—Oh, lo siento, haremos que escriban otra obra solo para usted, algo que sea lo suyo —Bayan hablaba en rápidos chasquidos, como un pájaro que graznaba unas notas antes de cerrar el pico de golpe—. Hágalo de nuevo. Métase en el personaje.

Una música que había roto su última cuerda de laúd y que estaba en busca de más, lo que desencadena una búsqueda bizarra donde se une a otros tres amantes de la música desafortunados, todos artistas solistas que llegan a darse cuenta de que, juntos, pueden formar una banda y ser mejores que cualquiera de ellos por separado. Bayan le había leído la sinopsis a Eujo durante su caminata, y incluso en la niebla de la madrugada, Eujo había sentido que algo moría con la descripción.

Las mejores obras de Tamas eran una maravilla, una escapada de las islas y su existencia a menudo miserable. ¿Esto? Esto *era* esa existencia miserable, solo que puesta en un escenario. Aun así, si le ganaba a Eujo y a Wax las almas para conseguir el skar, ella lo superaría.

La Reina Kance leyó las líneas de nuevo. Luego otra vez. Finalmente, en la cuarta vez, Bayan, con un suspiro y un encogimiento de hombros, las declaró lo suficientemente buenas.

—¿Cuántas más? —preguntó Eujo, alcanzando el odre de agua y tratando de no temblar. Un día frío y despejado.

—Esa era solo la primera escena —respondió Bayan, hojeando el rígido pergamino, otra producción de Tamas. Que ese papel, tan raro y útil, se desperdiciara en esto... Eujo luchó contra la mueca—. Otras cinco en el primer acto. Esté lista.

Los pasos vinieron después. Movimientos a través de su arboleda retorcida, Bayan ladrándole a Eujo que se parara aquí, se moviera allá, añadiera algo de ostentación al movimiento. Una artista descontenta no se movía como una reina, una ladrona. El público tenía que creer.

—No puedo creer esto yo misma —dijo Eujo, las cicatrices en su brazalete captando su frustración y murmurando en su oído, sugiriendo algo peligroso—. Esto no soy yo.

Bayan se suavizó, dejando que el guion colgara a su lado y extendiendo una mano hacia el hombro de Eujo, uno que la Reina evadió con un paso atrás y una mirada fulminante. Si el viento no se volvió más frío, ciertamente se sintió así.

—Usted está aquí, por casualidad o por destino —comenzó Bayan, su tono cortante persistiendo—. Puede irse en cualquier momento. Daklin no pondrá a alguien en el escenario que no quiera intentarlo. No nos importa si sabe actuar. Nos importa que esté dispuesta a hacer el esfuerzo.

—¿Todo esto mientras la gente muere en las islas? ¿Mientras los demonios hacen estragos? ¿Quieren que Wax y yo bailemos?

Anoche, en el Animas, Eujo había aceptado la determinación, había estado de acuerdo con la absurda oferta de Daklin. Acorta la distancia entre esas palabras y las acciones que exigían, sin embargo, y Eujo encontró que su paciencia escaseaba, empujada por la comida escasa y el agotamiento.

No había dejado Kance para juegos.

—Si no puede encontrar alegría en esto, ¿entonces por qué molestarse en luchar contra los demonios?

—Encuentro alegría en el buen vino y un fuego cálido.

—Entonces piense en eso cuando esté en el escenario, y quizás encuentre su alma. Si no lo hace, le diré a Daklin que la despida. Tal vez otra compañía le dé una mejor oportunidad.

Impasible ante la difícil situación de miles. Típico de un Tamas. Eujo reunió algo de saliva —el skar Rana solo demasiado feliz de sacar agua del aire— y la escupió a un lado. La siguió con una maldición Kance.

—Muéstreme los pasos de nuevo —espetó Eujo—. Y hágalo despacio esta vez.

18

PODER DESATADO

Pesadillas despiertas. Algo que Annalyse nunca había experimentado hasta que pasó las horas después de la incursión de Deshiva acostada en un campamento improvisado. Unas cuerdas ataban a la científica a una gruesa rama bien por encima del suelo, cuerdas que no hacían nada para aliviar su incomodidad anidada entre hojas e insectos. Otros Vis, aquellos que habían pasado la noche corriendo como lo había hecho Annalyse, parecían conciliar el sueño rápidamente entre los helechos y la corteza, con la luz del sol fragmentada en sombras danzantes.

Esas sombras engendraron los horrores que mantenían a Annalyse tensa, con los ojos revoloteando entre cerrados y abiertos mientras sonidos extraños añadían sus propias sorpresas. Un ulular podía provocar una mirada a una rama crujiente, una penumbra detrás de esas hojas donde alguien podría acechar. Annalyse mantenía una mano aferrada al skar Vis que llevaba en el collar, sus susurros calmantes atendiendo la letanía de picaduras de insectos que la cubrían.

Demasiado tarde, Deshiva le había ofrecido aceites para prevenir las picaduras, alegando después que no se había dado cuenta de que Annalyse no sabía cómo protegerse en la isla.

Una fugitiva no tenía tiempo para estudiar.

El corredor llegó balanceándose en lianas a principios de la tarde, con una bolsa colgada al hombro que contenía los skars dejados atrás en la expedición. Unos pocos de cada isla, excepto las piedras Vis ya incorporadas y las Noctia faltantes. Annalyse tomó la bolsa y rechazó otra petición de Deshiva para dar una lección a sus propios guerreros sobre las rocas susurrantes.

—No voy a ser responsable de matarlos —respondió Annalyse.

En su lugar, bebió más café Vis, cuya amargura la mantenía despierta alrededor de una hoguera en el suelo del bosque. Sus manos se deslizaban de un skar Foti al siguiente, captando sus tonos y comparándolos. Los skars no eran todos iguales, sus personalidades se manifestaban en efusiones ansiosas o suspiros silenciosos. Separados del mismo dios, Annalyse no estaba segura de cómo los skars tenían esas diferencias, relegándolo a futuras investigaciones.

Suponiendo que viviera tanto tiempo.

Cuando Deshiva trajo la cena, mango fresco y carne aún más fresca de alguna bestia de la selva que Annalyse no conocía, la cazadora confirmó que los Najahn no habían abandonado su prisión de empalizada autoimpuesta.

—Están esperando detrás de esas lanzas a que vayamos —dijo Deshiva—. Es hora de darles una razón para que salgan.

—Ha pasado solo un día, Deshiva. ¿No podemos esperar un poco más?

Si Annalyse había hecho una pregunta que Deshiva no anticipaba, la científica aún no la había visto. En cambio, la cazadora, vestida con un tejido más oscuro, su lanza desprovista de plumas, mantuvo su mirada paciente, su postura firme. Una negociación donde un lado no cedería.

—Los Najahn no están tratando de decidir —dijo Deshiva—. Están esperando refuerzos. Una vez que lleguen desde la Ciudad Anillada, con sus armaduras, sus voulgues y chakrams, perderemos cualquier oportunidad. No estoy haciendo una pregunta, Annalyse. Estoy haciendo una petición.

Gladdring había hecho lo mismo después de haber llevado a Annalyse a Noctia. Las preguntas corteses se convirtieron en sugerencias que se convirtieron en directivas, muchas dadas en el mismo tono que Deshiva acababa de usar: presentadas como una elección, en realidad una orden.

—Lo haré, pero nunca he hecho algo así antes.

Deshiva asintió para sí misma. —Por eso voy contigo.

El riesgo explosivo con los skars Foti puso a Annalyse y Deshiva solas en la misión nocturna. De nuevo Annalyse se encontró al borde de la selva, mirando a través de corrales vacíos y cobertizos medio quemados hacia el puesto avanzado Najahn. Sichi brillaba clara, el suave rosa cubriéndolo todo. Otros cazadores trepaban a los árboles a su alrededor, acomodándose con arcos, dardos y lanzas ansiosas en caso de que los Najahn decidieran hacer algo imprudente.

Si algún contraataque podría salvarla, Annalyse no lo consideró. Se concentró en poco más que el skar Foti en su mano izquierda, el más razonable del grupo y aun así urgiendo a la científica a seguir adelante. Destrucción, fuego y furia latían junto con sus pensamientos.

Deshiva tocó el codo de Annalyse. La señal. La cazadora

comenzó primero, agachada y arrastrándose con su lanza en la mano izquierda, la derecha apartando helechos mientras avanzaba. Annalyse la siguió, el tejido oscuro y fresco se adhería con fuerza, todo para minimizar formas y sombras. Zapatos especiales, que Deshiva afirmaba que pertenecían a los Lira de Vis —quienesquiera que fueran—, se amoldaban a los pies de Annalyse, permitiéndole rebotar en el suelo cubierto de hojas con poco más que un susurro.

El sigilo estrechaba las cosas. Los pensamientos sobre Noctia, Whent, los skars y su investigación desaparecieron mientras la científica se concentraba en plantar sus pies en el rastro de Deshiva. La cazadora se movía como un animal, cada zancada llevando a la siguiente, inclinándose a un lado o al otro para permanecer entre las hierbas más altas, para serpentear detrás de los postes de las vallas o en la sombra de un cobertizo. Cuando Sichi las golpeó de lleno, Deshiva aceleró, obligando a Annalyse a hacer lo mismo.

Sus dedos de los pies golpearon un enredo, alguna maleza que hizo que Annalyse tropezara. Su mano derecha se extendió, lista para atraparla, solo para que la lanza de Deshiva se deslizara en su camino en su lugar. Annalyse atrapó su pecho en el asta, miró hacia arriba para ver a Deshiva ya tirando de ella, hacia la sombra del siguiente corral. La mirada de la cazadora no transmitía juicio, sino una calma aceptación.

Habría errores. No serían fatales.

La última carrera hasta la empalizada era un tramo despejado, un camino de tierra que ofrecía algunas piedras escasas y nada más. Los resplandores de las linternas se elevaban sobre la pared de madera tan cerca. Annalyse no podía distinguir una guardia desde donde estaban sentadas, escondidas detrás de un cobertizo de almacenamiento lleno de pienso para el invierno. El techo de paja había sido chamuscado el día anterior, su olor carbonizado mezclándose con el aire brillante. Una conversación, demasiado apagada para entenderla, flotaba con la brisa.

—No nos han visto —dijo Deshiva, las palabras apenas un susurro—. Es hora.

El skar Foti escuchó tan bien como Annalyse y respondió con un rugido, exigiendo que la científica dejara fluir el poder del dios del fuego. Annalyse cerró los ojos, empujó hacia atrás, de la misma manera que podría resistir un dolor de estómago, un mal calambre. Después de un largo momento, el skar se calmó, se redujo a una mera ira hirviente.

—¿Todo bien? —preguntó Deshiva, y Annalyse asintió —. ¿Lista?

Otro asentimiento. Esta vez, el corazón de Annalyse se aceleró, superando al skar en velocidad, como un trueno.

Cuando Deshiva salió de su escondite, la científica la siguió de cerca. Avanzaron sigilosamente por la tierra, dos puntos oscuros en movimiento. Annalyse esperaba un grito, pero no se escuchó ninguno. ¿Hubris ciego, no establecer vigilancia el día después de un ataque?

¿Estaban los Najahn tan seguros de sí mismos?

El skar Foti lanzó una pulla al respecto, una con la que Annalyse coincidía. La Ciudad Anillada pagaría por su arrogancia. Con suerte, sin embargo, no con vidas perdidas. Nunca eso. Nunca la muerte.

Deshiva llegó primero a la puerta, dando la espalda al muro y asentando la base de su lanza en el suelo. Annalyse se colocó a su lado, de cara a aquellos robustos troncos unidos por cuerdas y metal. Una puerta que debía haber resistido años y años. Ahora le tocaba a ella destruirla.

El skar le suplicaba la oportunidad.

—Será rápido —murmuró Annalyse—. Aléjate.

Deshiva retrocedió un paso, giró y apuntó con la lanza, lista para empalar cualquier carga repentina. Annalyse extendió su mano derecha, presionando la palma contra la madera. El skar gruñó, casi ladró su sinsentido. La científica respiró hondo. Todo había sucedido tan rápido. Tan silencioso. Sin resistencia.

Ahora el mundo conocería lo que un skar podía hacer en la guerra.

Annalyse guió al skar, habló a la piedra en impresiones, visiones imaginadas y deseos directos, justo como ella, Ami y Sawi habían hecho todos esos días bajo la torre de Gladdring. El skar Foti no pidió aclaraciones, no respondió, salvo para desatarse.

Como un mal sofoco, Annalyse se acaloró de pies a cabeza, la sensación nadando hasta sus dedos y saliendo hacia la madera. En el rosa, el tronco oscuro chisporroteó, un naranja extendiéndose mientras las primeras partes exteriores captaban la energía del skar. Annalyse quería que quemara un agujero, que incendiara la puerta, y en los primeros segundos, con el primer lengüetazo, el skar parecía estar haciendo precisamente eso.

Pero una probada no hace una comida, y el skar se abalanzó.

El primer lengüetazo explotó hacia afuera, un anillo llameante tras otro pulsando desde la mano de Annalyse y volando sobre la puerta. Ondas abrasadoras, que provocaron gritos desde el interior mientras sobrepasaban la parte superior de la puerta y seguían avanzando, dejando llamas a su paso. Annalyse quería retirar la mano, pero el skar la presionaba contra la madera, exigía que mantuviera la conexión, que el skar haría lo que ella quería, si solo Annalyse pudiera darle todo a cambio.

¿Qué otra opción tenía?

—¿Annalyse? —La voz de Deshiva, fuerte, sobre los gritos.

La científica sintió una mano en su hombro. Sintió al skar superar su última resistencia.

La puerta estalló. Explotó hacia adentro, esas ondas estrechándose hasta convertirse en una avalancha sólida, hirviendo y quemando la barrera en una oleada abrasadora. Annalyse cerró los ojos ante esa nova, los abrió para ver sombras encendidas en llamas. Cuatro soldados Najahn, esas tristes almas curiosas, corrieron, tropezaron, cayeron mientras el metal que cubría sus cuerpos ardía, se derretía, piras verdes y azules. Otros, no tan cerca, simplemente recibieron fragmentos abrasadores en caras, brazos, piernas. Los pastos secos del invierno y las tiendas cercanas se encendieron, completando el caos.

La mano de Deshiva apartó a Annalyse, girando a la científica lejos del fuego. El agarre de Deshiva solo se apretó mientras Annalyse intentaba mantener el equilibrio, trataba de encontrar un pensamiento, palabras más allá del pulso de poder del skar Foti.

La piedra quería más. El skar, como si Annalyse estuviera corriendo, levantando algo demasiado pesado, la agotaba y enviaba energía a través de la piedra, a través de sus dedos y pies, el fuego ahora sin dirección, chorros ardientes elevándose en la noche. Deshiva, un halo detrás de los ojos envueltos en llamas de Annalyse, la soltó, sacudiendo fragmentos ardientes de su propia mano.

Annalyse quería gritar, lo intentó, pero encontró su garganta y voz tan ausentes como el resto de ella. Sin la mano de Deshiva, la científica cayó al suelo, el impacto lanzando chispas en todas direcciones. El olor a cabello quemado, gritos moribundos y la sombra de Deshiva, todo superado por la furia del skar.

Extendió la mano, volcó lo poco que pudo de ese poder del skar en su mano derecha y la tendió hacia Deshiva. La sombra danzante de la cazadora se movió rápidamente, saltando y esquivando llamas, una línea negra retorciéndose en las manos de Deshiva.

Ayúdame.

Las palabras, si es que Annalyse las dijo en absoluto, se desvanecieron en el crepitar del skar. Lo que no lo hizo, lo que se mantuvo firme hasta el final, fue la línea negra de Deshiva, lanzándose hacia ella.

19
EL OTRO LADO

Nadar era mejor con escamas de Rana. Ami lo sabía antes de meterse en el agua fresca —no fría, todo el Oscuro Inferior parecía mantener un calor constante a esta profundidad— y lo confirmó después de sumergir la cabeza, su rostro dorado y su cuerpo maltrecho bajo la calma del vasto estanque.

En Foti, solo los marineros se molestaban en tratar el agua como un lugar para estar. En cualquier otro sitio, era más probable que te zambulleras en lava o en un arroyo tan hirviente que te cocinarías a fuego lento. Ami no había aprendido lo contrario hasta que llegaron a Rana, cuando Catya, que se había criado en Smythe y chapoteaba entre las rocas, declaró que no perdería a una Guardiana por la corriente de un río. Habían pasado el largo viaje en balsa hacia el norte sumergiéndose en las aguas veraniegas cada noche, aprendiendo las brazadas, patadas y la respiración contenida que ahora llevaban a Ami hacia las motas arremolinadas.

Bajo el agua, los siete grupos se esparcían. Sus tamaños parecían similares, con las motas oscilando en órbitas locas alrededor de objetos centrales que Ami no podía ver. Se extendían por toda la cámara, manteniendo espacio entre ellos, como si hubieran sido colocados en sus puntos precisos por algún cuidador.

¿Noctia, la diosa?

La diosa muerta, se recordó Ami mientras seguía pataleando, sumergiéndose más profundo hacia el destello más cercano. Las motas color turquesa danzaban, con un color similar al equipo de los asaltantes de Rana, destacando entre el agua sombría. No había hongos ni musgo luminoso debajo.

Sus pulmones emitieron su primera punzada. Una advertencia, nada más.

La primera mota se acercó mientras Ami seguía pataleando. La Guardiana atacó con su espada Whent, apuntando a apuñalar la luz, y la mota esquivó la estocada, deslizándose por debajo como un pequeño insecto podría evadir un manotazo descuidado. ¿Inteligente, entonces, o instintivo?

Cualquiera de las dos opciones significaba que estaba viva, o más viva que el resplandor de una antorcha o la chispa de un fuego; lo más cercano que Ami podía comparar con estas luces arremolinadas.

Continuó adelante.

Las motas rodearon a Ami rápidamente. Se deslizaban alrededor de la Guardiana, cruzando sus ojos, por encima y por debajo de su cuerpo, sin detenerse ni un instante mientras seguían sus veloces círculos. Ami apuñaló de nuevo a una, luego a otra, tratando de ver si podía atraparlas, pero su experiencia no era rival para su suave facilidad.

Hasta que fue por la más profunda, la más cercana al centro alrededor del cual rotaban las luces. Ami falló la mota —sus pulmones dolían de nuevo, un estrés más fuerte esta vez— pero la hoja mordió algo más. Las luces turquesa le daban visión a Ami, el agua de la piscina lo suficientemente limpia como para permitir que la Guardiana mantuviera los ojos abiertos, y vio la punta de la espada desaparecer en un pliegue.

No, no un pliegue: piel.

Ami tiró. Encontró la espada atascada, su tirón solo llevó a la Guardiana aún más profundo. Tan cerca, Ami esperaba ver un cuerpo, ver, quizás, alguna extraña criatura eructadora de demonios esperando bajo las aguas lista para invocar más horrores. En cambio, nada más que oscuridad encontró sus ojos. El objetivo del arma mantenía su invisibilidad.

Pero no podía esconderse de su tacto.

Cambiando la hoja a su mano izquierda, Ami extendió la mano hacia el punto perforado. Sintió una superficie acanalada y con hilos. No la piel rocosa de un ferrita, pero no muy lejos de la de un lagarto menos fundido. Sintió, también, cómo sus dedos se hundían, como en una fruta vieja. Casi sin intentarlo, su mano desapareció entre las escamas, hundiéndose con poca presión.

Sus pulmones dolían ahora. Tendría que patear hacia arriba pronto si...

La piel se separó, desprendiéndose alrededor de la muñeca de Ami como una flor que se abre. La espada se liberó de su agarre, girando lejos mientras las oscuras aguas desaparecían ante ella. Lo que había sido negro y borroso se transformó en un instante en un gris nebuloso, las formas resolviéndose lo mejor que podían a través de un brillo acuoso en cosas que Ami reconocía: colinas, salpicadas de árboles de aspecto extraño. Un cielo nublado. Una llanura fangosa que se extendía ante ella.

Y estaba bajo ataque.

El cielo no solo estaba nublado, se partía y se hacía añicos con rayos. Los relámpagos llovían sobre el suelo y se disparaban entre las nubes. Esos árboles extraños se veían tan diferentes porque estaban doblados casi por la mitad por algún viento impetuoso. Las pocas rocas que Ami podía ver, suavizadas y grandes, temblaban y se partían, la tierra sacudiéndose. Algo de humo en la distancia sugería un incendio, incluso mientras el agua azul clara arrasaba sobre el barro. Un mundo en ruinas, un mundo en guerra consigo mismo.

Manchas nublaron su visión. El aliento de Ami se agotaba. Intentó retirar su mano, la encontró apretada. Ami cruzó su mano izquierda, agarró la derecha, tiró. Esta vez su mano cedió, esta vez, mientras el dolor le partía el cráneo, mientras sus pulmones exigían aire en ese mismo instante, su mano se liberó, hilos de ese mundo maldito viniendo con ella. Las líneas se derramaron en el agua negra, disipándose alrededor de las motas.

Ami pateó una vez, encontró el movimiento difícil, encontró sus ojos aún atraídos por la locura más allá de la cortina líquida. Vio una nueva sombra abrirse paso, manchando la vista. Ojos amarillos, incrustados en algún cráneo profundo, se encontraron con los de Ami.

De repente, como un amigo que se zambulle, Ami sintió que el agua la empujaba a un lado. Se estaba ahogando, sus patadas débiles, su corazón latiendo con fuerza, sus pulmones gritando, y ya no estaba sola.

El borde pedregoso de la piscina cortó la piel de Ami. Gloriosos rasguños y arena, ninguno de ellos asociado con el dolor de tos y jadeo que enmarcaba sus pulmones. Abrió los ojos parpadeando, alejando la oscuridad para ver no a su esperada salvadora —Sawi— sino a una cosa serpenteante y chasqueante. Garras palmeadas, anchas, moteadas de blanco y descolorido, se apresuraban sobre los guijarros. Ami se sintió moverse con la criatura, dándose cuenta entonces de que el demonio tenía su pierna izquierda atrapada en una boca en forma de media luna.

Una pierna, se dio cuenta Ami, que no sangraba, que no estaba rota.

—¡Ami!

El grito, tanto aliviado como demasiado tardío, provino de Sawi, que acababa de ponerse en pie más arriba entre las piedras.

—¿Qué es eso?

Ami intentó responder, una maldición escupida que le habría mostrado a Sawi cuánto apreciaba la Guardiana que la hubieran dejado ahogarse —el hecho de que todo esto fuera consecuencia de las propias acciones de Ami era demasiado fácil de ignorar— y terminó escupiendo más agua. Su cabeza golpeó un guijarro más grande en su trayecto ascendente por la pendiente de la cámara, un destello punzante interrumpido por susurros familiares.

Los skars de Vis, que se negaban a rendirse.

Ella tampoco lo haría.

Ami tiró de su pierna atrapada. La sintió moverse dentro de la boca del monstruo. El ser se detuvo en su avance, las seis garras palmeadas se congelaron, extendiendo talones más largos y afilados para asegurar su posición. Esos ojos amarillos se inclinaron hacia Ami, revelando un rostro completamente escamoso, aunque con mechones de pelo ocre brotando en las articulaciones. La Guardiana no vio malicia en esa mirada, solo curiosidad mezclada con miedo, los restos del pánico desvaneciéndose lentamente.

Más allá del rostro del ser, Ami vio a Sawi moverse, recogiendo una piedra afilada y levantándola para atacar. Un movimiento bienvenido, excepto que el maldito ser no parecía estar matando a Ami en ese momento, y un golpe de roca podría cambiar su humor.

—¡Detente! —gorgoteó Ami, la quietud de la piscina ayudando a que las palabras ahogadas se propagaran. Sawi vaciló, su ceño fruncido poco más que una línea borrosa mientras los ojos de Ami seguían recuperándose de la casi muerte—. No me está haciendo daño.

Sin embargo, tiró de esa pierna otra vez. Lo suficientemente fuerte como para acercar un poco más la cabeza del ser hacia ella.

—Suéltame —dijo Ami, tratando de poner toda la fuerza que su yo balbuceante podía reunir, mientras intentaba, intentaba con todas sus fuerzas, no parecer amenazante—. Por favor.

El ser se estremeció, un encogimiento de hombros continuo que envió agua salpicando de su forma escamosa. Los ojos amenazantes parpadearon, y al hacerlo, Ami vio que se dividían por la mitad, separándose en ocho pupilas, cada una apuntando en una dirección diferente. Ahora todas se enfocaban en la Guardiana, su forma maltrecha desnuda sobre las piedras, sangrando, enmarañada.

Quizás encontró lástima, quizás decidió que Ami no era la comida que necesitaba, quizás solo quería irse y arrastrar a un humano con él no era una buena idea, pero el ser encontró su razón y abrió su boca masiva y bulbosa.

Ami recuperó su pierna de un tirón, recibió una patada de una garra palmeada al momento siguiente, el ser se arrastró más allá de ella, más allá de Sawi, y, golpeando su cuerpo ancho contra el lado del túnel, desapareció.

Explicar lo que vio fue la parte fácil. Responder qué significaba resultó más difícil, pero Ami y Sawi tuvieron tiempo durante la larga y lenta caminata por el túnel hacia Dreamhold. Tenían suficientes vendajes, suficiente comida para devolver a Ami a cierta comodidad mientras los skars de Vis hacían el resto. Esas pequeñas piedras milagrosas robaban la energía de Ami, obligando a Sawi a dejar que la Guardiana se apoyara nuevamente en sus hombros mientras viajaban.

—¿Esto se está convirtiendo en un hábito? —preguntó Sawi cuando Ami cayó contra ella por primera vez, una pregunta que rompió el silencio que había caído después del relato de Ami.

—Simplemente disfruta de ser útil.

—Lo haré —Sawi rodeó la cintura de Ami con su brazo, las dos cayendo en un paso acompasado—. Lo disfrutaría más si no fueras una imbécil todo el tiempo.

—Si quieres que esté feliz, encuentra una respuesta para lo que acabo de ver.

—Me suena a un sueño. Estabas a punto de ahogarte, empezaste a imaginar...

Ami maldijo, interrumpiendo a Sawi.

—No. Ese ser no salió de un sueño. Nunca había visto un lugar así antes, y he estado en todas las islas. Era algún otro lugar, y estaba en problemas.

—Vis a veces tiene tormentas fuertes. Como lo que describiste.

—No. No como esto. No terremotos, inundaciones, relámpagos, todo en uno. Sawi, esto era aniquilación. Apocalipsis.

Sawi se rio, una risita desesperada y confusa que Ami se encontró imitando.

—Ami, no lo sé —dijo Sawi cuando la risa murió, sus ecos rebotando delante y detrás de ellas—. Ya no sé qué está pasando. Todo lo que puedo hacer, todo lo que estoy haciendo, es tratar de sobrevivir, y tal vez mantener vivos a mis amigos también.

Por ahora, eso podría ser suficiente. Ami, sin embargo, repasó lo que había visto, una y otra vez mientras pasaban las horas profundas. El ser que había atravesado estaba asustado, había agarrado a Ami en lo que podría haber sido puro pánico, y, dado lo que Ami había visto, el monstruo tenía todo el derecho a sentirse así.

Destruye el hogar de alguien, y huirán de cualquier manera que puedan.

20

ATANDO CABOS

Las sombras rescataron a Gladdring del agua, empapado, calado hasta los huesos y seguramente muerto de no ser por el skar de Rana. Su viejo topacio Tamas también estaba allí, aplastado en su palma, un agarre entumecido y lo único de lo que Gladdring estaba seguro. Lo único en lo que se concentraba mientras los remos golpeaban el mar, manteniendo el esbelto bote lo suficientemente cerca de las rocas para evadir miradas indiscretas.

Aunque no habría ninguna en una noche tan fría y azotada como esta.

Gladdring no intentó hablar y las sombras, contó tres, no le hicieron cambiar de opinión. Tampoco hablaban entre ellas, mensajeros silenciosos para los condenados. Su ruta llevó a Gladdring hacia el norte, bordeando el barrio Najahn y alejándose de la Ciudad Amurallada, lejos de cualquier mirada indiscreta.

Las sombras, sin embargo, ofrecieron a Gladdring un pequeño frasco, cuyo fuerte líquido interior trajo un fuego bienvenido a sus labios temblorosos. Otra deuda que Yarvick añadiría a la lista, que reclamaría.

Aunque lo que Gladdring podría ofrecer ahora parecía una pregunta abierta.

Yarvick, sin embargo, lo sabría. El pensamiento no le trajo ningún consuelo a Gladdring.

Al cabo de un rato, de un largo y frío rato, el bote se deslizó en una estrecha brecha entre acantilados. Lo suficientemente escarpada como para tener un origen natural, la brecha, no obstante, mostraba signos del toque de Yarvick: salientes donde los espías podían vigilar, jaulas y cajas flotando justo fuera de la vista desde el exterior, esperando ser recogidas y llevadas. Trabajos realizados, premios ganados y tratos cumplidos.

En general, no muy diferente de los de Gladdring, y con los mismos riesgos.

Aun así, ambas profesiones tenían otra cosa en común: ser audaz era clave para el éxito.

Gladdring pasó los últimos minutos en el bote escurriendo sus túnicas, alisando su cabello enmarañado y reuniendo toda la confianza que pudo, una torre normalmente sólida que se tambaleó cuando las sombras lo ayudaron —con poco más que la luz de una vela— a subir a un delgado muelle. Las rocas se curvaban hacia arriba y a su alrededor, la gruta lavada por las olas que golpeaban la piedra.

—Camina —dijo una sombra. Gladdring intentó distinguir algunos detalles, algunas características en la penumbra, pero el trío siempre parecía evadir la luz, inclinando sus cabezas de tal manera que solo sus ojos brillaban.

Al menos, hacia dónde caminar estaba claro: el muelle daba paso a una estrecha línea que corría a lo largo de la pared rocosa. Húmedo y traicionero, Gladdring dio cada paso lentamente, equilibrándose con una mano en la piedra. La oscuridad se hizo más profunda. Al oír los remos golpear detrás de él, Gladdring se arriesgó a echar un vistazo y vio el bote alejándose, con las tres sombras a bordo.

Solo con un único lugar al que ir.

Yarvick ciertamente tenía un don para estas cosas.

Reflexionar sobre el señor bandido y sus Dedos Ágiles le hizo compañía a Gladdring durante el gélido paseo. Yarvick simplemente siempre había estado allí, una presencia que se cernía sobre la Ciudad Amurallada desde que Gladdring llegó en algún día bochornoso de una juventud borrosa. Se habían encontrado por accidente, Gladdring acompañando como un prometedor erudito a su predecesor en el Precepto Comercial. Su antiguo maestro había planeado contratar a los Dedos Ágiles para robar un raro vino Tamas del último cargamento. La jugada debilitaría a un comerciante Tamas lo suficiente como para obligarlo a cumplir con las exigencias del Precepto.

Gladdring observó a su mentor negociar un precio con un desaliñado bebedor de cerveza en la esquina de una taberna, cada momento más surrealista que el anterior, hasta que el Precepto intentó con demasiada insistencia exigir un trato más barato. Un objeto punzante se clavó en el vientre de Gladdring cuando el Precepto terminó, el jadeo del propio Gladdring señalando el cambio de estatus. Cuando Yarvick se acercó despreocupadamente desde la barra un momento después, sus bandidos tenían tanto a Gladdring como al Precepto bajo control letal.

El Precepto aceptó el precio de Yarvick entonces, esperando, sin duda, que Gladdring olvidara el sudor, el miedo, el tartamudeo de ese momento. Gladdring nunca lo olvidó, sin embargo, había terminado, ahora, en el mismo lugar que su antiguo maestro.

¿Cuán misericordioso sería Yarvick?

Resbalando, maldiciendo y dejando completamente claro a cualquier observador que Gladdring pertenecía a salas cálidas y cómodas, el ex Precepto llegó al final de la línea para encontrar una pared rocosa festoneada. El agua corría por debajo, brotando de algún manantial profundo para encontrarse con las olas del océano. Gladdring miró, pero el tenue resplandor rosado no daba pistas.

¿Era este el truco, entonces? ¿Una broma cruel destinada a dejar a Gladdring aquí, abandonado, solo para pudrirse? La idea engendró mil otras, caminos donde la astucia de Yarvick podría sostener a un Gladdring escapado, manipular a Fassle para que pensara que su adversario vivía, que aún conspiraba contra él, y en algún futuro mercurial hacer que Fassle enloqueciera...

—Pareces tan muerto como cualquiera que haya visto jamás —la áspera voz de Yarvick, toda aguardiente y whisky, vino desde atrás.

Gladdring se giró lentamente, manteniendo el equilibrio y apoyando su espalda contra la roca. Allí, de pie en la línea que acababa de recorrer, estaba Yarvick. El líder bandido tenía un atuendo mejor para una noche helada que Gladdring, y parecía seco, casi enterrado en el gran abrigo de piel Whent y botas de cuero. Yarvick sostenía una alegre antorcha en una mano, la otra metida dentro del bolsillo del abrigo. Donde Gladdring tenía que vigilar sus pies, Yarvick se mantenía como si estuviera sobre adoquines sólidos y secos.

Si vivía, Gladdring se prometió, intentaría volver a

familiarizarse con alguna destreza física. Todo esto era una debilidad demasiado grande para dejarla pasar.

—Todo parte del plan —fanfarroneó Gladdring, irguiéndose lo más posible.

—¿Qué plan?

—El que estoy improvisando sobre la marcha.

Yarvick soltó una risa burlona. —Eso es evidente. Has caído demasiado bajo para que sea intencional. Especialmente para un amante del lujo como tú.

—Prefiero pensar que tengo buen gusto.

—¿Y qué tal sabía el mar? Eres libre de beber más.

El skar de Tamas chispeó un susurro. Gladdring estuvo de acuerdo. Ahora estaban en el juego, él y Yarvick. La delicada danza de las palabras.

—Me has salvado. ¿Por qué?

Mejor sentar las bases. Establecer los hechos, para que esas mismas verdades pudieran ser negociadas.

—Estoy tratando de averiguarlo. —Yarvick dio un paso más cerca, la antorcha se balanceó con el movimiento. Las sombras del agua se retorcían a su alrededor—. Y yo que pensaba que había hecho un trato con alguien útil. Un trato que ya no creo que puedas cumplir.

—Por el momento.

De cerca, la barba gris y negra de Yarvick, manchada y dispersa, brotaba como las patas de una araña de su barbilla marchita. La piel alrededor de sus ojos y rostro carecía de flacidez, tensa y descolorida. Gladdring habría pensado que el hombre estaba casi muerto. La razón por la que no lo estaba, según creían algunos, incluido Gladdring, yacía en el ojo izquierdo de Yarvick: una piedra negra, un skar de Noctia.

La Diosa de la Muerte podía ser generosa.

—Entonces dime cómo ves que termine este momento —dijo Yarvick—, y te diré si estoy de acuerdo.

Talento. Gladdring y Yarvick sobrevivían gracias a tenerlo, y a saber si otros también lo tenían. El señor bandido no habría pasado por todo esto por nada, y ahora Yarvick estaba jugando un juego particular. Podría simplemente ordenar a Gladdring que hiciera su voluntad, exigir alguna promesa de deuda de vida aquí en el borde fracturado, pero Yarvick quería más.

El skar de Tamas revoloteó, cálido. Acuerdo, y con él un salto a lo único que Yarvick podría querer pero aún no tener.

—Un títere —dijo Gladdring, sin odiar las palabras tanto como esperaba—. Quieres un títere dirigiendo el Najahn. Y quieres que ese títere sea yo.

Yarvick respondió con una leve sonrisa y un breve asentimiento. Aún en silencio. Gladdring había comenzado por el camino correcto, ¿podría continuar?

—Fassle ha rechazado tus ofertas y sigue atrapando a tus ladrones —habló Gladdring con mesura, equilibrando cada afirmación con las pistas del skar de Tamas, con las sutiles insinuaciones de Yarvick. El antiguo Tenet corría a lo largo de las esperanzas de Yarvick, sus planes viles y sueños más oscuros, todos posibles con un aliado controlando el Círculo—. Y cuando esté hecho, cuando cada Tenet, los Adeptos, los consejeros sean tuyos, ¿qué entonces?

Yarvick mantuvo su sonrisa macilenta. —Tuyo para preguntarte, mío para saber, títere. Conoces los términos. Los has dicho tú mismo. ¿Aceptas?

—¿Hay alguna alternativa?

Yarvick hizo un gesto hacia el agua. —Ya nadaste en esas olas una vez. Puedes hacerlo de nuevo.

Esta vez no habría bote de rescate.

—Entonces tendrás tu títere. —Gladdring hizo una reverencia profunda—. ¿Qué es lo primero?

—Tu rebelión, por supuesto. Es hora de limpiarte y prepararte para encender algo de caos. —Yarvick rió secamente—. Las islas necesitan sangre nueva al mando. Hoy, cortaremos lo viejo.

Con eso, al menos, el títere estuvo de acuerdo.

21

LADRONES UNIDOS

Era una verdad aceptada por tres de los cuatro: actuar era una tortura que debía infligirse a sus peores enemigos. Solo Wax discrepaba, recostado en la mesa mientras avanzaba la noche después de su tercer día de ensayos. Habían presenciado otra actuación de prueba, esta vez abierta al público, y habían hecho muecas al ver a otro grupo similar al suyo olvidando líneas, moviéndose torpemente por el escenario y convirtiendo una tragedia en una farsa. Eso inspiró a Wax a declarar que él y sus amigos podrían hacerlo mejor.

Eujo no estaba tan segura.

Tres días quemados golpeándose a sí misma con el guion, murmurando y gritando líneas alternativamente, siendo instruida para susurrar aquello, suavizar esto, para no mover las manos en absoluto o como si estuviera tratando de llamar la atención de un barco que pasaba. Cualquier experiencia que hubiera aprendido ocultando sus emociones en la corte de Kance se desvaneció entre las raíces y las duras miradas de su maestra.

Algunas personas vivían para el escenario. Eujo prefería los asientos baratos.

—Oh, no es tan malo —dijo Wax—. Solo tienes que relajarte, eso es todo. Meterte en el papel. Ser quien el guion dice que eres. No te lo tomes tan en serio.

"Dice el hombre que nunca ha sido serio en su vida", firmó Bliss, ya dos jarras de la admitidamente buena cerveza de Tamas. "¿Sabes lo que me tienen haciendo? Comedia. Se supone que debo caerme o señalar a la gente y fingir que me río".

—¿Qué, preferirías dar un discurso?

Bliss le lanzó una mirada fulminante bien merecida.

—Al menos no tienes que intentar los estúpidos acentos —dijo Torny. Hizo girar un cuchillo sobre la mesa, la punta de la hoja haciendo un pequeño agujero mientras giraba—. Nunca he hablado como una Rana y no voy a empezar ahora.

La afirmación desafiante de la ladrona parecía desafiada por la mezcla de voces a su alrededor, las diversas compañías tomando su cena entre las mesas. La mayoría recitaba líneas o las criticaba. Se habían colgado cintas por todo el lugar, dando un aire festivo para los invitados que presenciaban los espectáculos. Habría uno nuevo cada día, culminando con la actuación de Eujo, Wax y sus Guardianes.

Los folletos distribuidos anunciaban un raro evento dual de Renovación. Que las imágenes de Eujo y Wax en el papel tostado se parecieran poco a ellos no parecía preocupar a Daklin, a quien solo le importaba que, por fin, el arte tendría un gran público.

—Superemos este espectáculo, conseguimos nuestros pases y nunca más tendremos que hacerlo —dijo Eujo. Apenas había tocado su propia cerveza, la jarra fría burlándose de ella con la promesa de una noche divertida y un mañana miserable. Leer líneas con resaca se clasificaba entre las peores realidades—. Si yo puedo hacerlo, ustedes también.

—Tú eres la Renovación. Es tu trabajo. No veo dónde dice que los Guardianes tengan que unirse a esta tontería.

Wax sonrió con suficiencia. —Un buen Guardián apoya a su Renovación en todo.

Torny agitó su propia jarra, como si estuviera a punto de empapar a Wax con su contenido. —Esta Guardiana podría reconsiderar su juramento.

—Demasiado tarde para eso. —Wax dejó morir su sonrisa—. Considerando que los Najahn y los asesinos de Kance quieren nuestras tripas, no creo que sea buena idea separarnos de todos modos.

—¿Crees que nos matarán en el escenario?

Tanto Eujo como Wax habían protestado contra los folletos, la publicidad, que Daklin rechazó sin un segundo de debate. Se revisaría al público en busca de ballestas y, además, interrumpir una actuación era un delito grave en Tamas. Cualquier asesinato y agresión esperaría hasta después del espectáculo, cuando el cuarteto, con las almas recibidas, ya no fuera parte del grupo de Animas. Apenas un consuelo, pero Daklin nuevamente se negó a ceder.

Las amenazas contra sus vidas no eran su problema, siempre y cuando el espectáculo continuara.

—Daklin nos aseguró que no —dijo Eujo.

—Ah, sí, creamos al actor. —Torny hizo girar el cuchillo de nuevo—. ¿De qué sirve conseguir esas almas si nos secuestran y matan justo después?

—No conseguir esas almas significa que estamos atrapados —respondió Wax—. Es un mal trato, lo sé, pero escapamos antes. Podemos hacerlo de nuevo.

—Pero esta vez sabrán a dónde vamos. Nos seguirán

directamente hasta el skar de Tamas. Luego a Kance. No podemos huir de ellos para siempre.

Wax metió la mano en su túnica con volantes —los trajes que llevaban eran todos cosas extravagantes y absurdas que cubrían ropas de lana abrigadas debajo— y ajustó su collar skar. Los colores salvajes amarillos, naranjas y rojos en el encaje, las mangas exageradas los marcaban como actores de Animas y eran, según Daklin, un requisito mientras se realizaban los espectáculos públicos.

—Podríamos, con estos —dijo el Vis.

—Los skars solo dan por un tiempo —dijo Eujo, reflexionando mientras hablaba—. Torny tiene razón. Si esperamos, estamos atrapados. Si, en cambio, nos vamos ahora, podríamos tener una ventaja.

Torny asintió. —Vendrán en unos días, esperando una actuación, pero para entonces podríamos estar lejos.

"¿Pero no tendríamos las almas?"

Eujo captó los ojos brillantes de Torny, la ligera sonrisa de la ladrona.

—Lo que se puede dar, se puede robar.

Wax y Bliss no protestaron mucho ante la idea, especialmente cuando Torny la suavizó, diciendo que ella y Eujo solo echarían un vistazo. Si las almas, fueran lo que fueran, no podían ser robadas, entonces encontrarían otra manera.

Escabullirse de la carpa del comedor llevó a la pareja de ladrones a la fría noche de Tamas. Lejos de ser silenciosa u oscura, con linternas brillantes colgando de postes que iluminaban a músicos practicando, actores ensayando, o al público que lo absorbía todo con cerveza y bebidas más fuertes en manos o pipas. Un resplandor brumoso se extendía desde las raíces invasoras y los árboles achaparrados. Hojas tardías buscaban hogar en la brisa.

—¿Tienes idea de dónde está Daklin? —dijo Torny

mientras deambulaban hacia el teatro más grande, un objetivo fácil situado en el centro del Animas—. ¿O deberíamos empezar a preguntar?

—No importa dónde esté —Eujo señaló con la cabeza el gran teatro—. Es donde guardarán las cosas más importantes que poseen.

—¿En el teatro?

—Tan buen lugar para empezar como cualquier otro.

La suposición no era tan aleatoria como Eujo la hacía sonar. Por un lado, los grandes teatros tenían habitaciones, pasillos y niveles invisibles desde el escenario y los asientos. Muchos lugares para almacenar cosas. Por otro, si los alojamientos donde Eujo y los demás habían sido escondidos eran una indicación, la rotación era frecuente y la seguridad laxa.

Ni ella ni Wax se habían quitado los skars desde su llegada, y Eujo no se quitaría el brazalete de la muñeca hasta que dejaran este extraño lugar muy atrás.

El teatro principal del Animas se alzaba de la tierra como un sueño fabuloso, con sus varios arcos de entrada espaciados por piedra tallada traída de Whent y parcheada con grueso mortero. Murales activos cubrían los bloques, algunos pintados de manera combinada para mezclar escenas nuevas con antiguas, bailarines brillantes atravesando sombras rígidas, disfraces de animales retozando con reyes y reinas descoloridos. Durante el día, con toda la acción, el arte desaparecía. Ahora, con la luz de las linternas y poco más cerca, Eujo aminoró el paso para observarlo.

—No está mal —dijo Torny, a su lado.

—Es hermoso.

—¿Te gusta esto? —resopló la bandida—. Nunca tuve tiempo para ello.

—Un lujo que aprendí a apreciar —Eujo se sintió

atraída por una mujer afligida sentada a un lado, mirando algún suelo invisible, cubierta con un ropaje blanquecino. Extendió la mano y pasó un dedo por el rostro solemne—. Cuando estás encerrada en un papel todo el día, empiezas a buscar la verdad donde puedas encontrarla.

—¿Y la verdad es esta dama triste?

—Creo que está intentando averiguar qué hacer.

Otro resoplido. —¿Intentas decirme que estás confundida, Eujo? Porque pensé que teníamos un plan bastante claro aquí.

Eujo retrocedió. Señaló hacia el arco más cercano, con un gran número tres dorado falso pegado en el medio. —Lo tenemos. Conseguir este skar, obtener la piedra Kance de Wax, y luego marchar directamente a Noctia y que nos arresten. Que nos ejecuten. Lo que sea.

—Bueno, si lo pones así, tal vez deberíamos reevaluar —Torny sacó su cuchillo, lo lanzó y lo atrapó—. Apuesto a que Yarvick nos aceptaría a todos, ya que tengo el diario. Podríamos ser todos ladrones entonces.

—Nunca voy a volver a eso.

Caminaron bajo el arco, un túnel corto que se dividía a los lados para rodear el edificio. Yendo a la izquierda, las linternas más esporádicas bajo un teatro que no esperaba vagabundos, las dos echaron un vistazo a los carteles colgados. Nombres que nunca habían oído dominaban con un sabor llamativo. Como el arte exterior, los créditos tenían un aire de inmortalidad inútil.

—Ah, ¿entonces volverás con la Reina que quiere matarte? —bromeó Torny después de unos segundos de silencio, la bandida quizás esperando que Eujo diera una mejor respuesta que simplemente no tenía—. ¿O sigues empeñada en tu idea original de pudrirte en una celda de Najahn hasta que alguien decida ahorcarte?

—Encontraremos otra manera.

—La esperanza es un mal plan, Eujo.

—Mejor que planear fracasar.

Torny se estremeció, de nuevo quedó en silencio. ¿Había Eujo dado una estocada personal con esa última frase?

De cualquier manera, no importaba. Habían llegado al final del túnel, una puerta marcada con el sigilo sonriente del Animas indicando que el backstage estaba más allá. Torny probó el simple pomo, encontró la puerta atascada. Probablemente barrada.

—¿Otra manera? —preguntó la ladrona.

Cuanto más tiempo se escabulleran por el teatro, más probable era que alguien las atrapara. Eujo se acercó a la puerta, dio varios golpes secos, y casi se cae: con cada toque, el skar de Whent saltaba en su mente, un grito exigiendo que Eujo lo liberara.

—¿Estás bien? —ofreció Torny—. No creo que nadie vaya a responder.

—Entonces es seguro entrar.

—No estoy segura de que-

Torny se detuvo cuando Eujo puso la palma plana contra la puerta. Los skars eran peligrosos, pero, si pudiera manipular este de la manera correcta...

La puerta se sacudió, al principio un temblor traqueteante que se redujo a un zumbido apretado y crujiente justo cerca del pomo. Torny sintió el calor del skar correr por sus dedos hacia la madera de la puerta, trazar una línea hasta el cerrojo que mantenía el portal cerrado, y con un chasquido agudo, que resonó más de lo que a Eujo le gustó por el pasillo de piedra detrás de ellas, el cerrojo se partió. Con un gemido, la puerta se abrió hacia ellas.

—Ese sí que es un buen truco —dijo Torny, abriendo

más la puerta y echando un vistazo dentro—. Habría sido una mierda si hubieras derribado el lugar sobre nosotras.

Eujo, respirando con dificultad, como si hubiera estado corriendo, encontró su voz, —Me escuchó. Lo justo.

—Debe sentirse bien que alguien te escuche —Torny empujó la puerta para abrirla—. Suerte la nuestra, creo que tienes razón.

Al principio, Eujo no vio a qué se refería Torny. El área tras bastidores se extendía ante ellas, abarrotada de decorados y disfraces colgantes. Baratijas y falsificaciones yacían amontonadas aquí y allá, algún sistema misterioso, o ninguno en absoluto, usado para guiar su colocación. Eujo siguió a la bandida dentro de la habitación, Torny caminando con determinación, y después de tres pasos cuidadosos, Eujo vio hacia dónde se dirigía la bandida: otra puerta, esta escondida, con un llamativo cartel polvoriento púrpura y dorado que la declaraba prohibida. Una verdadera cerradura de llave, enmoheciéndose de negro a verde, coronaba el pomo.

Eujo ni siquiera tuvo tiempo de sugerir el skar de nuevo antes de que Torny sacara sus herramientas, trabajando en la cerradura con una fina lima de metal y una compañera más gruesa.

—Solo vigila —murmuró Torny mientras Eujo miraba por encima de su hombro—. Esto no es nada por lo que preocuparse.

—¿Qué?

—La cerradura. Es barata. Se usa el mismo tipo en todo Noctia también. Y puedo adivinar por qué.

Antes de que Eujo pudiera lograr que Torny se explicara, la puerta hizo clic. Más allá no había tanto una habitación como un armario, solo que con un único cofre, abierto, en el suelo. En su interior había apiladas tabletas negras, cada una con una sonriente máscara de teatro cincelada y rellenada con tinte dorado.

Las almas. ¿Qué más podrían ser?

Por primera vez desde que bebieron hasta la estupefacción en el trineo de Whent, tanto la bandida como la Reina compartieron una sonrisa honesta, una victoria deshonesta.

22

FORJADO POR EL FUEGO

La tierra le abrasaba la boca. Los granos le quemaban los dientes. Esa fue la primera y única sensación que Annalyse experimentó al despertar bruscamente, el dolor dejando paso gradualmente al resto de su ser. Brazos y piernas intactos, tendida en el suelo junto con su pecho y cabeza. Boca abajo. Una caída dura, a juzgar por el sabor metálico que se extendía por su frente, mezclándose con la arena en sus labios.

Los susurros en su mente.

Los skars estaban frenéticos. Vis, como siempre, revoloteando y soltando tonterías, sus heridas picando mientras el Dios de la Vida enviaba su esencia tras ellas. Foti, aún en la mano izquierda de Annalyse, rugía, buscando objetivos y frustrado por la tierra negra frente a ellos. El rubí también murmuraba satisfecho entre los forcejeos, por una tarea más que completada. Lo que fuera, Annalyse no necesitaba recordarlo.

Los sonidos, los que no se susurraban en su mente, contaban esa historia lo suficientemente bien.

Crepitaciones, chasquidos y gritos narraban la historia de un fuerte en llamas. Silbidos, del tipo recién disparado mientras plumas y madera pasaban junto a su oído, indicaban que una batalla aún se libraba. El choque de metales lo confirmaba, al igual que Najahn ladrando órdenes a sus tropas en el campo de batalla. Vivir en Noctia había expuesto lo suficiente a Annalyse a esos ejercicios como para reconocer las órdenes cortas y concisas.

Los gobernantes blindados de Las Siete Islas no lo estaban haciendo muy bien.

Con un empujón, Annalyse levantó la cabeza, el cabello desgarrado y enmarañado cayendo sobre sus ojos mientras echaba su primera mirada real hacia la suave colina. Hubo una vez una puerta, ahora solo una ruina carbonizada, una hoja colgando de un hilo astillado, la otra no más que cenizas nevadas sobre el suelo. A través de la abertura y por encima de ella, las flechas volaban en destellos dispersos, sus pequeñas formas captando el rosa de Sichi por instantes. Sus objetivos yacían más allá, ocultos en el humo. Annalyse observó durante un largo segundo, pero no escuchó chasquidos de ballestas ni fuego de respuesta.

O los Najahn ya estaban muertos, o no veían las flechas Vis como una amenaza.

Annalyse apartó las estrategias, las teorías. Ya no era una jugadora en la lucha. Las órdenes de Deshiva habían sido volar la puerta y correr, habían sido...

La científica se retorció, la razón de su beso con la tierra atravesando una bruma exhausta. Allí, no más de uno o dos pasos colina abajo, yacía la líder Vis. La causa no era difícil de identificar, ya que un anillo ardiente marcaba el lugar, una línea negra chamuscada que iba directamente desde Annalyse hasta la cazadora. La larga lanza de Deshiva, cuyo asta debió haber derribado a Annalyse, yacía en pedazos, todo menos la punta de piedra ardiendo lentamente.

—No —tosió Annalyse, arrastrándose al lado de Deshiva. Plantó las palmas en la hierba caliente, apartó a patadas palos humeantes. El skar Vis protestó.

Y Deshiva vivía. Los ojos de la cazadora estaban cerrados, pero su pecho subía y bajaba. Su boca abierta respiraba cuando Annalyse sostuvo su mano contra ella. Un pequeño milagro, uno que Annalyse podía atribuir al skar Vis en la pulsera de Deshiva.

Ambas estaban vivas, entonces, por el momento. Annalyse ralentizó su propia respiración, dejó que el pánico se desvaneciera. Las flechas no eran para ella. Las órdenes de Najahn, que ahora llegaban más rápido, más fuerte, no eran para ella. Las tácticas de campo de batalla, un tema obligatorio para cualquiera que ascendiera en la escala académica de Whent —los asaltantes de Rana y los señores de la guerra facciosos exigían tales cosas— decían que ella y Deshiva, ya bajas, serían ignoradas hasta las secuelas de la lucha.

Lo cual, si los Najahn triunfaban, significaría cosas oscuras para ambas.

Annalyse miró a Deshiva, bajando la larga colina y sus corrales desordenados, cobertizos quemados, todo el camino hasta la línea de la jungla. Las sombras revoloteaban. Cazadores Vis se detenían para tensar arcos y lanzar flechas sobre la empalizada en llamas. Era imposible que pudieran ver algún objetivo Najahn, las flechas probablemente caerían en la tierra, así que por qué...

La segunda parte del plan. Cubrir la retirada, si era necesario. Deshiva no le había dicho eso a Annalyse, pero el movimiento tenía sentido. No buscar matar, sino mantener a los Najahn atrás. Asustarlos, ralentizarlos hasta que Deshiva y Annalyse pudieran volver a casa.

Tácticas de campo de batalla.

Deshiva siseó. Sus ojos aún cerrados. Su cuerpo demasiado pesado para que Annalyse lo arrastrara. No sin ayuda.

Annalyse levantó la cabeza, agitó un brazo. Contra la luz del fuego, parecería una mancha negra, pero los cazadores Vis eran agudos. Con suerte entenderían.

—Conseguiremos ayuda —le dijo Annalyse a Deshiva. Quién sabe si las palabras penetrarían, pero tal vez. Incluso si no lo hacían, el solo hecho de hablar, su voz rasposa desgarrando las palabras, ayudaba a mantener a la científica en su lugar. Centrada en el plan—. Los Najahn no están saliendo. Estaremos bien, Deshiva.

La cazadora no se movió.

Las voces de Najahn se elevaron de nuevo. Una sola palabra repetida. Su significado no era un misterio.

Annalyse se inclinó, deslizó sus brazos contra el costado de Deshiva. Trató de ignorar el calor que irradiaba de la piel de la cazadora, la armadura carbonizada, y empujó. Deshiva, con su equipo y músculos tonificados, no se movió. Un segundo intento no dio un resultado diferente, salvo que Annalyse maldijo una vida llevada en gran parte entre confines académicos. Unos pocos años en las junglas Vis, y podría haber sido capaz de...

¡Allí!

Annalyse levantó la mano de nuevo cuando una sombra, un cazador, se acercó corriendo. Bien dentro del alcance del arco y moviéndose rápidamente hacia ellas. Entre las dos, Annalyse calculó que al menos podrían arrastrar... espera. La sombra se ralentizó, comenzó a quitarse el arco de la espalda. Annalyse frunció el ceño, agitó el brazo.

—¡No hay tiempo para eso! —intentó gritar la científica, un ruido ronco que podría haber llegado a los oídos de Deshiva y no más lejos.

Bueno, si no iban a ayudar, entonces Annalyse tendría que hacerlo ella misma. Alcanzando su collar, Annalyse liberó el skar Vis, dejándolo caer de sus manos temblorosas. Dolores, punzadas y una garganta muy, muy seca corrieron hacia sus nervios, cortándole la respiración. Se calmaron por un momento, los susurros del skar Vis iluminándose, cuando Annalyse recogió la piedra turquesa del suelo, solo para volver cuando Annalyse presionó la gema en la mano izquierda escaldada de Deshiva.

Su investigación en Noctia había sido abundantemente clara en este punto: los skars se amplificarían entre sí, y dos piedras Vis juntas podrían hacer mucho más que una sola.

Una flecha silbó sobre el hombro de Annalyse, lo suficientemente cerca como para mover su cabello quemado. El sonido la hizo estremecerse, el que siguió la hizo moverse.

Un agudo sonido metálico, tan cercano que pareció estar justo encima de ellas. Annalyse intentó lanzarse al suelo y cayó de costado, otra brisa rozando su piel cuando la punta curva de una voulge se clavó en el espacio donde había estado. Empuñándola, con una armadura negra y púrpura cubierta de copos blancos de ceniza, el rostro oculto tras una visera metálica, se erguía un soldado de Najahn. Detrás, más se desplegaban, dividiéndose en unidades de tres hombres en carreras desordenadas hacia la hierba.

Si el soldado de Najahn estaba interesado en la rendición, no dijo una palabra. Solo retrajo la voulge, esta vez para un ensarte libre. Annalyse no tenía escudo ni arma.

Al menos, no una que el soldado de Najahn pudiera ver.

El skar Foti rugió y Annalyse lo liberó, usando la mano derecha que había extendido como inútil protección como conducto. El aire entre la científica y el soldado tembló antes de estallar en un deslumbrante destello. El calor la golpeó, se estrelló contra el soldado, desviando el arma y haciéndole trastabillar hacia atrás.

Pero no siguió ninguna llama abrasadora, ningún infierno devastador, aunque Annalyse lo deseara. El skar pareció jadear, como si le faltara el aliento, y en su lucha Annalyse sintió su propio agotamiento. Había sido quemada, herida, había corrido y gastado su energía dejando que el skar Foti incendiara todo un puesto de avanzada. Cualquier esfuerzo más significaría un largo descanso, comida y tiempo.

No tenía nada de eso.

El soldado de Najahn recuperó el equilibrio. Levantó la voulge, pero no se acercó.

—Da un paso más y morirás en esa armadura —dijo Annalyse, su voz ronca perdiéndose de nuevo en el viento —. ¿Sabes qué le pasa al metal cuando se calienta?

—¿Sabes qué le pasa a un cuerpo cuando una voulge da en el blanco? —respondió el soldado, el casco distorsionando las palabras, revelando a Annalyse que dentro de la armadura esperaba una mujer, cansada y asustada además —. Lo he visto. Tus amigos lo están viendo ahora mismo. La punta curva forma un gancho. Y cuando tiro, vienes conmigo. —Afianzó la voulge en un agarre con ambas manos—. Ríndete, o morirás como los demás.

Annalyse no se había dado cuenta, no había podido concentrarse más allá del aquí y ahora, pero la amenaza del soldado de Najahn, como si corriera una cortina, trajo el resto de la batalla, la batalla que no debía librarse. Aún se oían gritos, pero su tono había cambiado. Menos la agonía de los quemados, más los gritos agudos y cortos de vidas que terminaban. Ante el gesto del soldado de Najahn,

Annalyse miró atrás y vio las sombras enfrentándose a los soldados.

Los Vis tenían lanzas y flechas, armas capaces de derribar a la mayoría de los enemigos, a la mayoría de las bestias. Los soldados de Najahn que marchaban contra ellos tenían corpulencia, metal y entrenamiento para la guerra. Los chakrams, esos discos con filo, se deslizaban de sus espaldas y se lanzaban en la noche, cortando el camino de cazadores que huían o cargaban. Incluso los lanzamientos fallidos rozaban bordes y giraban, rodando por los caminos equivocados. Cualquier Vis que lograba pasar los discos se enfrentaba a voulges tan largas como sus lanzas, y a tríos de soldados de Najahn trabajando al unísono para dividir, atrapar y destruir.

Annalyse no necesitó más que unos segundos para ver la dirección que tomaría el grupo de Deshiva si la lucha continuaba. No necesitó más que unos segundos para saber el rápido final al que se enfrentaría si hacía algo que no fuera rendirse.

—Suelta el skar —ordenó el soldado de Najahn cuando Annalyse se volvió, con los hombros caídos—. Supongo que hay más en esa bolsa, ¿no?

Annalyse asintió. Detrás de ella, Deshiva murmuró de nuevo, un gemido de dolor.

—Entonces comprarán tu vida. La de ella también. —El soldado de Najahn golpeó el suelo a sus pies con la voulge —. Lanza los skars aquí.

—Me matarás cuando lo haga.

Gladdring le había enseñado a Annalyse eso: nunca renuncies a tu única ventaja.

—Esto no es una negociación. —El soldado de Najahn dio un paso más cerca, desplazó la voulge sobre su pecho. Los gritos más allá continuaban. Los silbatos, por fin, llamaban a la retirada—. Hazlo, o morirás y los tomaré de todos modos.

Annalyse miró a Deshiva, que tenía los ojos fuertemente cerrados y la boca en una mueca feroz. No vendría ayuda. Alcanzó la bolsa. En la muerte, ella y Deshiva no salvarían a nadie.

En la vida, en la vida siempre había una oportunidad.

23
HABLAR A TRAVÉS DE LOS MUNDOS

El cadáver del demonio no se movía. No lo había hecho en todo el tiempo que Ami llevaba allí de pie, bebiendo a sorbos un insípido té de hongos — todos los tés aquí abajo eran insípidos. Observaba cómo Svarde caminaba de un lado a otro alrededor de su silla de piedra en la gran sala del templo. La luz se filtraba desde arriba, desde una distancia tan lejana, colándose a través de la Herida hasta este lugar. A veces Ami miraba hacia arriba, hacia esa pequeña abertura, y se preguntaba cuánto tiempo le llevaría, si pusiera una mano tras otra, escalar todo el camino de vuelta a Catya. ¿Un día, dos, tres?

¿Y qué tan cerca llegaría Ami antes de que un chakram o un virote de ballesta la derribara?

—Sigo sin conexión —refunfuñó Svarde—. No es que sea invisible del todo. Es como mi pie, mi dedo está dormido. Está ahí pero no responde.

—Inténtalo con más fuerza —sugirió Ami.

Svarde gruñó.

—Esto no es algo que se pueda "intentar con más fuerza". O funciona o no funciona. Les digo a esos huesos de ahí fuera que se muevan y lo hacen.

—Tal vez no estés hablando su idioma.

—¿Ah, sí? ¿Te importaría decirme cómo hablar con una rata muerta como esta, entonces?

—Eso tendrás que aprenderlo por tu cuenta.

Ami removió su té. Sopló para alejar el vapor. Al menos era mejor tener la bebida caliente. Así se deslizaba suavemente y le lavaba la garganta del constante polvo y suciedad de aquí abajo. El resto de su cuerpo no estaba tan sucio, al menos: los arroyos y manantiales de las cuevas eran opciones convenientes para bañarse y refrescarse. El ejército de Jochi ni siquiera se molestaba con letrinas, una bendición que mantenía el hedor del ejército en un nivel soportable.

En general, Ami tenía que admitir que los Whent llevaban bien la campaña. Las líneas de suministro de Jochi funcionaban de manera constante, con cerveza fresca, comida y equipo que llegaban desde la superficie todos los días. Los puestos avanzados se expandían, se fortificaban y planeaban un mayor crecimiento hacia ciudades subterráneas con cada hora que pasaba. Según contaba Jochi, ya se habían enviado mensajeros a todas las islas anunciando una vida barata y protección a cambio de trabajo. El hielo del invierno ralentizaría cualquier migración, pero Ami supuso que más de un pordiosero aceptaría la oferta de Jochi.

Dentro de unas generaciones, el Oscuro Abajo podría ser simplemente otra tierra por la que viajar como todas las demás, con pueblos, posadas e industrias trabajando sin descanso. Eso sí, si los demonios no lo destruían todo primero.

—Míranos, Ami —dijo Svarde, volviendo a su trono y

sentándose en él. A ojos de Ami, la silla carecía de cualquier comodidad con su asiento duro, respaldo rígido y bordes afilados. Svarde, sin embargo, no había pedido un cambio —. Por derecho, los dos deberíamos estar muertos. Yo soy una sombra de lo que fui, dependiente de esta maldita espada, y tú tienes media cara, exiliada de todas partes. No es la forma en que esperaba que acabáramos.

—Si hubieras predicho esto, Svarde, yo habría bebido mucha más cerveza.

—Ya bebimos bastante como estaba.

Cierto. Aquel primer año con Catya en el trono había sido una nebulosa de borrachera. Claro, las islas celebraron una nueva Égida como debían, pero Ami y Svarde lo llevaron a otro nivel, disfrutando de su celebridad y su total falta de responsabilidades con una juerga tras otra. En aquel momento, Ami cabalgaba sobre los elogios, se despertaba en cien camas diferentes y recordaba pocas de ellas. Svarde hacía lo mismo, y a menudo ambos se tropezaban en el mismo café najahn hechos un desastre, sin mirarse a los ojos mientras gemían durante un desayuno, un día evitando lo que Catya realmente significaba para cualquiera de ellos.

—Ella lo pasó peor —dijo Ami.

—Desde el principio —coincidió Svarde—. Siempre fingía ser tan estoica, pero se le notaba. Cada vez que la visitábamos, se podía ver que odiaba estar atrapada en esa silla.

—Fue peor después de que te fueras.

Svarde no respondió a eso, no hizo que Ami describiera cómo Catya se fue retrayendo más y más con el paso de los años. Cómo empezó a soportar los entretenimientos en lugar de disfrutarlos. Más de una vez, los guardias najahn tuvieron que apartar a Catya de la Herida, de dar un paso al borde. Ami recibía un mensaje diciéndole que viniera rápido, y para cuando llegaba, Catya volvía a estar plácida, persuadida a la cordura por las mejores drogas de Noctia: cerveza y varias plantas que enviaban a la Égida a una felicidad entumecedora.

—Cuando la vi por última vez, parecía ella misma —dijo Svarde—. Al menos mentalmente.

—Porque se rindió hace dos años —respondió Ami—. Me dijo que cualquier posibilidad de una vida normal, de una muerte normal, se había esfumado. Que quería sentirlo todo ahora hasta el final.

—Es fuerte.

—No. Es débil, igual que tú y yo, igual que todos. —Ami se terminó su té, hizo ademán de arrojar la taza hasta que recordó que no había un número infinito de esas malditas cosas aquí abajo—. Catya no pudo hacer el esfuerzo de cambiar su vida y por eso va a morir en esa silla. Nosotros tampoco hemos podido salvarla, y el resto de las islas ni siquiera lo está intentando.

Svarde miró a Ami.

—Estás más sombría de lo habitual hoy.

—¿Tengo alguna razón para no estarlo? No sé si te has dado cuenta, Svarde, pero estamos atrapados bajo tierra, rodeados de un montón de demonios y cadáveres...

—Te olvidas de Jochi.

—¿El señor de la guerra? Incluso si encuentra una forma de cerrar esas puertas, simplemente tomará el control. Allanará el camino para su imperio.

—¿Mi imperio?

El señor de la guerra Whent, flanqueado por los guardaespaldas que siempre lo acompañaban con sus enormes cueros y barbas aparentemente interminables, estaba en la entrada del templo. El señor de la guerra tenía las manos entrelazadas y una sonrisa paciente. Ninguno de los guardias compartía su expresión, dando una mejor idea del verdadero estado de ánimo del hombre.

—Una preocupación para otro momento —dijo Svarde, sabiendo lo suficiente como para no lanzar una mirada de advertencia a Ami.

Ella podía ser amable. Durante un minuto o dos.

—Bien, porque tengo una preocupación para ahora. —Jochi entró en la sala y le hizo un gesto con la cabeza a Ami—. Nuestros amigos continúan fortificándose, pero han sufrido un revés. Surgió un demonio grande. Una cosa que me alegro de que no tuviéramos que enfrentar, y que causó suficiente daño como para que crea que tenemos una oportunidad. —Las manos entrelazadas se soltaron y se abrieron con las palmas hacia Svarde—. Con tus cuerpos y mis soldados, una fuerte ofensiva ahora podría ser suficiente para hacer retroceder a los demonios ardientes. Tal vez destruirlos.

—¿Retroceder hacia dónde? —preguntó Ami—. ¿Al agua?

—Su hogar. Esas puertas.

La tormenta arremolinada, la tierra temblorosa, mares agitados. Un mundo que se derrumba.

—¿Sabemos si pueden regresar? —Ami no esperaba una respuesta y no recibió ninguna, solo un ceño fruncido de Jochi y una leve sonrisa de Svarde. El bárbaro había encontrado una nueva paciencia en su extraña vida-muerte, algo que Ami quizás investigaría más tarde—. ¿Sabemos por qué vienen aquí en absoluto?

Ante la confusión persistente de Jochi, Ami relató lo que había visto. La conclusión obvia, que los demonios estaban huyendo de un hogar destrozado, fue recibida con un encogimiento de hombros por parte del señor de la guerra Whent.

—Lo que importa es que están aquí y nos están combatiendo —dijo Jochi—. Tenemos que destruirlos.

—O —sugirió Svarde.

—¿O qué, negociar? —Jochi se rio—. ¿Intentar convencerlos de hacer las paces?

—El Rey Muerto dice que han estado aquí abajo durante siglos, luchando todo el tiempo. Estos demonios no son animales. Podrían estar tan agotados como nosotros. Si podemos encontrar una manera de superar esto, si podemos...

—¿Darles la bienvenida a nuestro hogar? ¿Monstruos ardientes? —Jochi puso su rostro en una máscara, mirando tanto a Ami como a Svarde mientras hablaba—. Incluso si, incluso si encuentran alguna manera de llegar a un acuerdo, ¿cómo podrían vivir entre nosotros? ¿A dónde irían? ¿Qué isla les cedería tierras?

Ami resopló.

—Foti los recibiría. Apuesto a que ese calor podría ser útil para mantener las forjas calientes.

—No estaría exento de desafíos, pero salvaríamos vidas —añadió Svarde.

—¿Un bárbaro y una Guardiana sugiriendo la paz? —Jochi habló, luego se detuvo—. Estoy esperando que digan que es una broma, pero no lo están haciendo. —Un suspiro profundo—. No podemos permitirnos luchar aquí abajo. Si quieren intentar hablar con estas malditas criaturas, háganlo. No los detendré. Pero cuando decidan asarlos en una estaca, tampoco los salvaré.

Ami pasó el camino por el túnel hacia los demonios, con Svarde y el Rey Muerto caminando a su lado, preguntándose por qué había hecho la tontería de cambiar su espada por su boca. Aparte de la espada de Svarde, ni siquiera tenían armas. Tampoco tenían un plan más allá de intentarlo.

Cuando le había contado a Sawi, la Vis se había reído igual que Jochi, deseándole buena suerte a Ami. Sawi dijo que estaba pasando más tiempo con los exploradores, tratando de encontrar el mejor camino de vuelta a su isla selvática a través de los túneles. Ami quiso llamar cobarde a Sawi cuando la Vis habló, pero en su lugar le dijo que lo hiciera, que escapara mientras aún pudiera.

El final del túnel, su amplia abertura, se cernía como un sol naciente. Metal fundido de una composición que Ami desconocía colgaba alrededor de los bordes, perforado en la roca para formar una rejilla, soportes para el techo y placas para el suelo. Tal vez era más fácil mover esas construcciones. No había linternas ni antorchas, salvo la que llevaba el Rey Muerto. Innecesarias para los demonios ardientes. El calor aumentaba, el sudor ya empapaba a Ami, aunque notó que ni Svarde ni el Rey Muerto goteaban.

Ventajas de la muerte.

—Déjame ir primero —dijo Svarde cuando quedaban solo unos pasos—. Me conocen. Me respetarán.

—O te matarán en cuanto te vean. —Ami puso una mano en el brazo izquierdo de Svarde—. Yo soy quien debería ir primero. Nunca me han visto antes. Soy neutral.

—Eres la única de nosotros que puede morir.

—Eso significa que tengo algo que perder.

El ceño fruncido de Svarde indicaba que no se creía ese argumento, pero Ami no esperó. Moviéndose más rápido, evitando tocar el metal abrasador a su alrededor, Ami llegó al borde del túnel. Miró hacia afuera y se cubrió los ojos.

A medida que el intenso brillo se desvanecía, las noticias de Jochi sobre la devastación resultaron ser un eufemismo. Las extrañas casas de hierro que los demonios habían construido a lo largo de las orillas de la cámara yacían en ruinas, con barras dobladas o completamente destrozadas. Las monstruosas construcciones habían abandonado el túnel, apuntando sus ballestas y torretas que escupían fuego hacia la piscina, hacia la amenaza mayor. Cuerpos fríos y blancos como ceniza yacían en montones mientras otros demonios excavaban en los lados de grava, tratando de hacer agujeros en un suelo demasiado duro para ello. Aún más se apiñaban alrededor de forjas improvisadas, calentando y dando forma a nuevo metal para reemplazar el viejo dañado.

Un pulso frenético subrayaba el movimiento borroso por el calor.

Sin embargo, uno se puso de pie cuando Ami se acercó, un demonio más grande se erguía en el acantilado sobresaliente, sosteniendo un mayal en uno de sus cuatro brazos. Una cota de malla dañada cubría su pecho y piernas. Nada coronaba su cráneo de obsidiana, la forma triangular parecía flotar sobre una llama interminable. El monstruo levantó el mayal como si fuera a golpear, pero debió notar los brazos extendidos y vacíos de Ami, su falta de un ejército que la siguiera.

En su lugar, la criatura se enfrentó a Ami de frente, aunque le sacaba casi el doble de altura. La piedra negra comenzó a chispear, y Ami se dio cuenta de que no tenía idea de qué decir.

24
CERVEZAS Y ALIANZAS

Las prisiones de Najahn tenían varias ventajas clave sobre el escondite de bandidos de Yarvick: el calor y una cama decente eran las dos primeras, siendo el saneamiento una tercera fundamental. Mientras Gladdring imaginaba que los Dedos Ágiles usaban el océano como su baño personal, al igual que todos en cada isla, las opciones de duchas y lavandería parecían inexistentes. El olor que impregnaba la red de cuevas en el extremo sur de la ciudad dominaba la exhausta percepción de Gladdring al llegar, guiado primero por Yarvick y luego, después de que el señor bandido desapareciera, por varios subordinados a través de callejones laterales, más cuevas y almacenes con trampillas para terminar aquí.

—Duerme —dijo el delgado ladrón que dejó a Gladdring en una paja húmeda bien lejos de los fuegos chisporroteantes de la cueva—. No conseguirás mucho.

Los sueños llegaron más rápido de lo que Gladdring habría esperado, debido, supuso más tarde, a las largas y terribles aventuras de la noche y al extraño silencio de la cueva de los bandidos. Este último misterio se resolvió con un despertar agitado, cerca del mediodía. Gladdring y sus harapos rodaron de la paja con una sacudida borrosa para encontrar todos los nichos vacíos ocupados por ladrones dormidos.

Por supuesto, una industria que se desarrolla mejor en la oscuridad tendría las primeras horas de la mañana como sus horas más activas.

Pero no Gladdring. Aunque el propio Yarvick no presentó una misión ni dejó caer pistas sobre su objetivo final, los lacayos tomaron el lugar del señor y encargaron a Gladdring un simple comienzo para su nueva vida de marioneta: sentarse, beber y cobrar deudas.

El Tenet se encontró guiado a un viejo restaurante favorito dentro de los barrios de clase alta de la Ciudad Amurallada. En lo alto de los acantilados y desafiando el frío invernal con calles bien despejadas, banderas brillantes con emblemas de las casas y el constante traqueteo de las entregas haciendo sus rondas, el cambio vertiginoso desde el campamento sórdido de Yarvick, y a sólo unas pocas horas de distancia de un chapuzón en los mares helados, sumió a Gladdring en una mezcla de miasma surreal.

Si alguien le dijera, ahora, que esto era el verdadero sueño, Gladdring no habría discutido.

En cambio, el restaurante honró su aparición y su petición, amablemente presentada en su nombre por el guardaespaldas bandido asignado por Yarvick, una mujer curtida con la lengua afilada de una Rana, de ocupar una sala trasera normalmente reservada para fiestas especiales y pequeñas. La mayoría de los restaurantes de Noctia en este nivel adinerado tenían espacios similares donde se podían compartir secretos y proteger la privacidad.

Nunca antes había usado Gladdring uno para socavar la misma fuerza que gobernaba la ciudad.

Sin embargo, con café recién hecho y una tortilla humeante frente a él, Gladdring se encontró enumerando quién le debía qué y cuánto al guardaespaldas, que preguntaba aquí y allá por una repetición, pero por lo demás no escribía nada. Cuando terminó, el bandido dejó escapar una leve sonrisa.

—Creo que eso debería ser suficiente por un día —dijo ella—. Te traeré otro café.

Apenas había dado un sorbo, y estaba a punto de preguntar qué quería decir con "un día", cuando el bandido salió de la habitación. La puerta de salida no tenía cerradura, pero Gladdring no intentó levantarse. La silla tenía un buen cojín, y Yarvick había ordenado nuevas túnicas, un afeitado fresco para el ex Tenet que hacía que Gladdring se sintiera en cierta medida como su antiguo yo. El skar Tamas -el Rana había desaparecido cuando Gladdring despertó- añadía su propio calor, sus susurros dispuestos.

El juego, según dijo el bandido a su regreso unos minutos más tarde, mucho después de que Gladdring hubiera terminado la tortilla y empezado con su segunda taza de café, era simple: Gladdring cobraría esas deudas, y cuando cada persona se inclinara ante su orden, Gladdring ofrecería un plan sencillo: cuando Fassle cayera, sus torres, sus negocios, sus familias jurarían lealtad a él.

—Eso es demasiado descarado para funcionar —dijo Gladdring cuando el bandido terminó—. Nadie habla tan abiertamente de traición.

—Tú lo haces, ahora.

Gladdring entrecerró los ojos mirando al bandido, tratando de decidir si era demasiado inexperta en los caminos de la política del poder, o tenía alguna otra razón para creer que Gladdring podría salirse con la suya declarando el fin del Círculo. El skar Tamas solo susurraba confianza por su parte, sugiriendo lo segundo.

—¿Yarvick cree que será tan fácil? —preguntó Gladdring.

—No es una creencia. Es un hecho. El tiempo de Fassle está llegando a un rápido final. Tú te asegurarás de estar listo para tomar su lugar.

—Si Yarvick pudiera derrocar a Fassle tan fácilmente, ¿por qué esperar hasta ahora?

De nuevo la sonrisa del bandido. —No me corresponde decirlo. Supongo que a ti te toca averiguarlo, si no lo estropeas todo.

Estropearlo todo habría sido difícil. La ausencia previa del bandido debió haber sido para enviar mensajeros por toda la ciudad, reuniendo a los deudores de Gladdring como los Najahn buscaban soldados potenciales. Cada uno de ellos, desde capitanes de la industria hasta eruditos Najahn, embajadores y almirantes, se encontraron frente a Gladdring. La mayoría miraba a Gladdring como si fuera un fantasma que hubiera vuelto a la vida, un misterio que se aclaró cuando uno mencionó que el propio Fassle había proclamado la desafortunada muerte de Gladdring.

Gladdring trató la sorpresa como cualquiera debería: una herramienta.

La conmoción y la sutil manipulación, cortesía del skar Tamas, convirtieron a los escépticos en subordinados sumisos, cada uno aceptando el mandato de Gladdring con una mezcla de duda y alivio. Si Gladdring se preguntaba por el apoyo de Fassle en todo el Najahn, las reuniones del día confirmaron que el líder del Círculo se estaba extralimitando. La mayoría de los Najahn provenían de islas más allá de Noctia, y oír a su supuesto líder declarar una ocupación efectiva de sus hogares dañaba lealtades antes prístinas.

Fassle podría pensar que reunir todos los skars, terminando las Renovaciones, ayudaría a detener la marea de demonios, pero el movimiento parecía estar erosionando el apoyo Najahn en su lugar. Más de uno se ofreció voluntariamente diciendo que ya se habrían ido de no ser por el invierno, si las islas no tuvieran ningún otro medio de derrotar los grandes ataques de demonios.

A través de todas y cada una de las reuniones, además, Gladdring notó que el bandido lo observaba. Nunca se movía, no sonreía, tosía ni ofrecía comentario alguno. Solo abría la puerta para dejar salir a una forma intimidada y escoltar a la siguiente.

Yarvick no confiaba en su marioneta. No del todo.

Gladdring tampoco lo haría.

Al final del día, alcanzado con más café del que Gladdring quería contemplar, la cabeza del antiguo Tenet pulsaba con un agudo dolor, su garganta estaba seca de tanto hablar, y había empezado a caminar alrededor de la mesa para insuflar algo de vida a sus músculos agarrotados. Cuando la bandida anunció el fin del desfile, Gladdring solo pudo asentir y murmurar una pregunta sobre lo que vendría después.

—Eso depende de ti —dijo la bandida—. Lo has hecho bien hoy, según lo que Yarvick me dijo que buscara. Y como lo has hecho, te mereces un premio.

Gladdring le lanzó una mirada escéptica.

—¿Un premio?

—Elige un lugar. Este sirve, pero apuesto a que ya has visto suficiente comida aquí para un día. Una taberna. Iremos. Las bebidas corren por mi cuenta hasta que te emborraches, luego volveremos a las cuevas. Lo haremos de nuevo mañana hasta que tu lista esté completa.

—¿Ese es mi destino?

La bandida se cruzó de brazos.

—Difícilmente un destino del que quejarse. Sentado aquí, comiendo, bebiendo, parloteando todo el día. Tienes una vida de lujo.

—Con un cuchillo en la garganta.

—¿En qué somos diferentes? Yo doy un paso en falso y es una celda de Najahn o la garra de un demonio. Haz tu elección. Si tengo que cuidarte, prefiero hacerlo con una jarra en la mano.

Cualquier residente de la Ciudad Anillada armaba su propia lista de establecimientos según su código moral. Podías visitar solo los lugares más limpios, aquellos que escondían la suciedad en la parte trasera y ofrecían una felicidad brillante y lujosa en la que sumergirte. El grupo intermedio, restaurantes y pubs que prestaban atención a su comida, estaba dominado por aquellos que apenas empezaban a subir en la escala social y querían demostrárselo a sí mismos, a sus parejas, a sus padres.

Gladdring prefería los de abajo, los lugares que no escondían nada y cobraban solo un poco más. Su escolta bandida arrojó algunas joyas sueltas sobre el mostrador y tuvieron cerveza, oscura y fresca, frente a ellos en un momento. El *Descanso del Ancla*, a pesar del nombre, no estaba cerca del puerto. En su lugar, atendía a los marineros que habían abandonado el oficio por el escritorio pero no querían perder el espíritu. Anclas literales colgaban por todo el lugar, usadas como soportes para mesas, linternas y asientos. Todo lo que se ofrecía venía importado, y todas las bebidas de Tamas.

La bandida no usó el alcohol como excusa para hablar. Rechazó los intentos de Gladdring de charlar, dejándolo escuchar a un solitario músico que desgranaba melancólicas melodías marineras sobre conversaciones murmuradas. Más sosegado de lo habitual.

¿La proclamación de Fassle, o solo la lentitud estacional?

De cualquier manera, Gladdring dejó que la bandida los abasteciera a ambos con rondas. Ella vaciaba cada jarra, queriendo igualar a Gladdring, que debía ser tres veces su tamaño. Una jugada audaz, y una que terminó con Gladdring, no la bandida, guiando a la pareja hacia afuera.

Cerca de la medianoche, un cielo despejado dejaba que Sichi inundara la ciudad de rosa. Gladdring dejó que el frío disipara la bruma de la bebida, la bandida apoyándose en su hombro, murmurando algo sobre cómo Yarvick estaría tan molesto de que ambos se hubieran quedado fuera hasta tan tarde.

—No te preocupes, no le importará —dijo Gladdring, luego dirigió a la bandida hacia un barril cercano. Giró a la ladrona para que su cabeza pudiera descansar sobre otro, los vacíos apilados esperando que un barco los llevara a casa—. Volveré enseguida. Necesito ocuparme de mí mismo antes de que caminemos.

La bandida podría haber respondido, pero cualquier palabra se desvaneció cuando su cabeza se hundió contra su brazo. El skar de Tamas susurró su grasienta confirmación de que la ladrona no estaba fingiendo. Menos mal, ya que cuando Gladdring dobló por el callejón junto al *Descanso del Ancla*, dos personas estaban esperando.

—Recibiste mi mensaje —afirmó Gladdring sin emoción a la Reina de Kance de ojos claros. A su lado, luciendo no menos confundido, había un fornido cazador de Vis, un hombre que Gladdring nunca había conocido hasta ese momento—. Como aún estoy vivo, asumo que están de acuerdo.

La Reina miró al Vis.

—Él me dice que lo mantuviste cautivo en una jaula. Que realizaste experimentos con él.

—Habría matado a la Reina esta noche —dijo el Vis, descartando los comentarios de la Reina—, por lo que intentó hacerle a mi hermano y a nuestros amigos. Lo habría hecho, excepto que tu advertencia prometía algo más importante. Así que habla, y salva su vida.

El ceño fruncido del Vis igualaba sus ojos duros. Gladdring los roció a ambos con una sonrisa.

—Esos experimentos salvarán las islas. Más importante que tu inútil venganza. Annalyse habló muy bien de ti, y espero que tuviera razón. —Gladdring le dio un asentimiento al Vis, luego se volvió hacia la Reina—. Tus disputas reales son igualmente inútiles frente a lo que podemos hacer juntos. Retira a tus sabuesos, si es que aún cazan. —Juntó las manos frente a él—. Fassle va a caer. Necesitamos asegurarnos de que yo tome su lugar. La alternativa, te lo aseguro, es mucho, mucho peor.

Cuando ninguno de los dos hizo un movimiento para huir, llamar a los guardias o destripar a Gladdring como a un pez, la revolución verdaderamente comenzó.

25
SALIDA POR LA IZQUIERDA

La victoria engendró impulso. Escabulléndose de los Animas con las almas en mano, hacia un campamento más tardío pero bullicioso, Torny y Eujo ocultaron su éxito con líneas ensayadas. Las dos intercambiaban tonterías, soltando ocurrencias memorizadas cada vez que alguien se acercaba. ¿Una precaución innecesaria? Quizás, pero ni la ladrona actual ni la antigua querían arriesgarse.

No ahora, no con la escapada tan cerca.

La ubicación elevada de Sichi significaba que el tiempo se acercaba a la medianoche, cambiando el tono de uno festivo a uno de travesuras ebrias, mientras los asistentes de lugares lejanos y los actores aliviados se entregaban a las cervezas, las hierbas y entre sí para disfrutar de un día bien aprovechado. Canciones improvisadas acompañaban su caminata, vítores y alegres charlas rebotaban entre grupos vestidos desde disfraces hasta abrigos floridos y gruesos. Toda la escena tenía un aire tan encantado que Eujo casi dudó de sus razones para huir.

Si Eujo se quedaba, podría tomar unos tragos y quizás contagiarse de esta misma diversión.

Si Eujo se quedaba, encontraría una daga entre sus costillas o una gota envenenada en su bebida.

Bastante fácil ignorar a los idiotas felices, entonces.

Al regresar a su tienda acuartelada, Eujo y Torny atravesaron la solapa para encontrar el lugar casi vacío. Las mesas de la cena limpias y abandonadas, ninguno de los estrechos catres ocupados. Una noche para uno mismo no era una opción, aparentemente, salvo para Wax y Bliss. Los hermanos ni siquiera notaron las llegadas al principio, Wax inmerso en una escena divagante, su personaje alardeando sobre algún logro asombroso. Eujo lo reconoció: ella entraría en otro minuto, lista para poner al personaje de Wax en su lugar.

Bien podría interpretar el papel.

—Veo que estás listo para irte —dijo Eujo, tanto directa como sin la fuerza que normalmente añadiría. Mantener los planes en silencio tenía que ser el juego aquí.

"¿Conseguisteis las almas?", señaló Bliss rápidamente mientras Wax interrumpía su discurso. Por la esperanza en los ojos de la chica Vis, no compartía la pasión de su hermano por el escenario. "Por favor, di que sí. Su acento es terrible".

—Oye —protestó Wax, cambiando a un silbido cuando Torny abrió su propio abrigo, revelando las cuatro tablillas metidas dentro—. Buen trabajo.

—Te lo dije, soy buena en esto —dijo Torny, dirigiéndose hacia su catre y la mochila apoyada contra él—. Vámonos. Hay una fiesta lo suficientemente grande allá afuera como para que ni siquiera noten que nos vamos.

El recordatorio del propósito empujó al cuarteto a una acción rápida. Wax y Bliss no habían sido inútiles mientras

Eujo y Torny estaban fuera robando los pases: habían llenado odres de agua y escondido refrigerios en las mochilas. Ropa de repuesto, cortesía de sus disfraces, metida en el espacio restante. Ver las absurdas fruslerías provocó en la Reina de Kance el deseo de tener sus mejores atuendos de aventurera, la mayoría esperándola en el Storm's Edge, dondequiera que Deux tuviera el barco estos días.

¿Volvería a Kance, abandonaría el juego si Eujo no podía hacerle llegar noticias pronto?

Otra preocupación que dejar de lado. No podía hacer nada al respecto ahora.

Se marcharon después de unos minutos, con Wax liderando el camino desde la tienda. Con las mochilas colgadas sobre sus hombros, el grupo no parecía listo para la fiesta, y las miradas los encontraron rápidamente. Miradas curiosas sembraron dudas en el plan, desmantelando la idea de que se escabullirían sin ser notados en cuestión de segundos. Un carro de comercio que pasaba, tirado por dos peludos ponis Tamas, incluso redujo la velocidad mientras su conductor les daba una larga mirada.

—Bueno, esto fue estúpido —dijo Torny, mientras Wax se dirigía hacia el borde sur del enorme campamento—. Daklin nos atrapará antes de que pasemos esta tienda.

Una exageración, pero no por mucho. Era hora de algo diferente, una idea inspirada por esos ponis trotando.

—Dejad las mochilas —dijo Eujo—. Ahora.

—Pero... —comenzó Wax, solo para que Eujo siseara repitiendo la orden—. Está bien.

Cuatro mochilas golpearon el suelo, Torny forzando una risa en el aire.

—Te dije que estas serían demasiado pesadas para llevar en el escenario, Wax. Idiota.

Levantando los brazos, sacudiendo la cabeza, Torny se

volvió hacia Eujo, sus dedos destellando. "Dime que tienes una mejor idea".

—Creo que es hora de celebrar esa mala idea con una mejor bebida —dijo Eujo, mientras sus manos hablaban algo diferente. "Nosotras distraemos. Tú y Bliss conseguid un carro".

La cabeza de Torny se inclinó mientras Wax corría a buscar jarras. Barriles de cerveza y tazas apiladas yacían por todas partes, asegurando que sin importar dónde pudieras pisar, la embriaguez estaba a mano. Mientras él iba, Torny, Eujo y Bliss trazaron un plan con chasquidos de dedos, uno que Eujo odiaba, aunque fuera su propia idea.

Esta gente quería un espectáculo, bien podrían dárselo.

Wax regresó con cuatro jarras llenas para encontrar solo a Eujo de pie alrededor de las mochilas. A pesar del extraño comienzo, ninguna acción real aburría a la improvisada audiencia, que había vuelto a sus grupos, sus ensayos, cantos y todas las cosas que uno podría hacer cuando no estaba intentando una escapada desesperada.

—¿Entonces cuál es el plan ahora? —dijo Wax—. ¿Beber estas? ¿Actuar como idiotas?

—Eso sería demasiado fácil para ti.

—Auch.

Eujo solo le sonrió.

—No, este es el verdadero plan. Empezamos nuestra escena. Justo como en el ensayo, solo que mejor. Actúa como si lo sintieras de verdad.

—¿Como si lo sintiera de verdad? Nunca finjo, Eujo. Nunca. —Wax tomó la primera jarra, tragó el contenido. Ofreció la segunda a Eujo, quien hizo lo mismo—. Conoces la escena. ¿Lista?

La cerveza adquirió un sabor diferente, sazonada con anticipación, con urgencia, con el temor de hacer algo que nunca había imaginado y la creencia, la maldita certeza, de que lo haría bien. Eujo era una Reina de Kance. Se había elevado desde las alcantarillas hasta la sala del trono e iría aún más lejos. Salvaría las islas, ella...

—Dame la otra —dijo Eujo, agarrando la tercera y bebiéndola de un trago. Wax se rio, vació la cuarta y se limpió algunas salpicaduras de la barbilla—. Bien, ahora estoy lista.

A pesar de su declaración, pocas miradas curiosas se posaron sobre la pareja y sus alforjas. Los instrumentos seguían compitiendo con la conversación, el canto y los gritos alegres en la fría noche. Lo suficiente como para hacer que Eujo se preguntara si ella y Wax realmente necesitaban llamar la atención. Tal vez podrían escabullirse con un carro sin necesidad de...

—¡Ajá! —anunció Wax, apartándose de Eujo, con los ojos muy abiertos, la boca abierta y los brazos agitándose, haciendo todo lo posible por destruir los sueños de sigilo de Eujo—. Por fin te he encontrado a solas —Wax fingió mirar a su alrededor, colocando una mano sobre sus ojos—. ¿No hay sirvientes cerca, ni oídos atentos esperando atraparnos?

Eujo buscó torpemente la línea. Recordar el lugar, la trama, el punto. Algunas personas curiosas se volvieron hacia ellos, y sus miradas la llevaron directamente a las palabras.

—Esta vez no —dijo Eujo—. Los han engañado. Creen que me estoy preparando para la boda.

—Ah, astuta como siempre.

—Si tan solo tú lo fueras también.

Wax inclinó la cabeza y se llevó una mano a la barbilla. El Vis realmente se entregaba, poniendo todo su ímpetu en los movimientos. Eujo luchó contra un sonrojo y en su lugar encontró un ceño fruncido de hierro.

—¿Qué quieres decir? ¿No es esto lo que querías? —preguntó Wax—. ¡Este es el momento, donde decidimos el plan para llevarnos al poder!

—¿Nosotros? Oh, querido, creo que has dejado que la esperanza se te suba a la cabeza de nuevo —Eujo comenzó a caminar lentamente alrededor de Wax, negando con la cabeza hacia el creciente público todo el tiempo. Las miradas que le devolvían eran en su mayoría confusas, lo que no era sorprendente dado que habían empezado en medio de la obra—. Yo tendré el poder, y tú tendrás el placer de servirme.

Wax mostró un ceño fruncido por un momento, luego se encogió de hombros y sonrió.

—¡Hay destinos peores! Entonces, ¿cómo deberíamos hacerlo? ¿Veneno? ¿Un golpe en la cabeza? ¿Una puñalada entre las costillas?

—Todo demasiado obvio.

Eujo volvió a mirar hacia su público. Puso los ojos en blanco. Ganó algunas risitas. Intentó ver más allá, buscar dónde estarían Torny y Bliss con el carro para salvarla de esta tontería y vio una figura deslizándose por detrás. Alguien gritó, pero el público no prestó mucha atención.

—En cambio —dijo Eujo, poniendo una mano en el hombro de Wax y haciéndolo girar para que la mirara—, creo que deberíamos optar por un accidente. Un pequeño empujón por una pequeña ventana.

—¿Qué ventana? ¿Y cuándo?

Invocar una sonrisa hambrienta de poder no costó mucho. Eso, al menos, Eujo lo había hecho bastante en la sala del trono de Kance, una de las primeras lecciones impartidas después de su ascensión. Siempre hacer que los comerciantes y visitantes de otras islas pensaran que harías cualquier cosa para obtener y mantener tu posición y sus beneficios. Sin embargo, sus líneas estarían llegando a su fin pronto.

—¿Alguna vez has usado un vestido? —preguntó Eujo, provocando más risitas.

—¿Un vestido? Yo...

—Porque tengo justo el adecuado, y creo que te verás genial de blanco.

Wax dejó caer la mandíbula. El público rio. Eujo dejó que su sonrisa maniática se deslizara al suave trote de cascos que se acercaban por la tierra. Ruedas de carro rodando. Se arriesgó a echar un vistazo y vio exactamente lo que esperaba. Era hora de cerrar esto con algo de improvisación.

—Ahora, es hora de volver. Ambos tenemos que vestirnos —dijo Eujo.

Unos segundos más. El carro, dos ponis y los dos Guardianes que lo conducían, se acercaban rápidamente. Eujo necesitaba mantener al público, evitar que se interpusieran en el camino del carro, que se preguntaran.

—Todo saldrá bien —dijo Eujo, luego se inclinó y le dio un repentino beso a un perplejo Wax.

El movimiento surgió por instinto y ganó más risas, cubriendo el carro que se acercaba mientras Torny y Bliss se acercaban. Algunos maldijeron cuando el carro los empujó a un lado, unos pocos más se hicieron preguntas cuando Torny y Bliss saltaron, agarraron los paquetes y los arrojaron a la parte trasera del carro, pero esos detalles se difuminaron contra el beso. Contra la respuesta de Wax, el Vis no se echó atrás, mantuvo el momento. Tal como su personaje debía hacerlo, tal como la escena exigía.

—¡Vámonos! —espetó Torny, separando a Eujo y Wax—. ¡Si os ven, estáis muertos!

Una línea. Su línea. La obra. Eujo, el sonrojo más difícil de combatir esta vez, giró sobre el talón de su bota gastada y se lanzó al carro. Wax subió después, y Bliss chasqueó las riendas. El público aplaudió, unas docenas de manos, que rápidamente fueron abrumadas por llamadas más enojadas. Mientras el carro avanzaba, un comerciante andrajoso más en ropa de dormir que otra cosa, vino abriéndose paso, empujando a los juerguistas disfrazados y borrachos a un lado. El hombre señaló, pidió ayuda a gritos. El carro siguió rodando.

Eujo saludó con la mano. Wax se rio.

—Increíble —dijo Wax mientras Bliss aumentaba el ritmo, dirigiéndose hacia el borde del campamento—. Nunca supe que lo tenías en ti, Eujo.

—Soy la mejor actriz que jamás verás, Wax. Solo necesito un par de cervezas primero.

Esta vez ambos rieron, la luz rosa de Sichi bañándolos desde arriba mientras el carro rodaba. Al frente, Torny señalaba los peligros, Bliss conducía, y el frío parecía bastante distante. Tenían las almas de Tamas, habían esquivado la obra y a los asesinos que venían con ella. Ahora todo lo que necesitaban era el skar, y entonces... La euforia de Eujo murió rápidamente. Wax se había acomodado entre las alforjas, todavía sonriendo. Incluso se llevó un dedo a los labios, miró hacia Eujo y levantó una ceja.

El Vis no tenía un skar de Kance. Pero no lo necesitaba. Ella tenía uno. Eujo podría ser la próxima Aegis.

No podía volver a casa. No ahora, no de nuevo.

26

LO QUE TRAE LA SANGRE

Los Pozos Whent tenían un olor propio: sangre, sudor y cerveza se mezclaban para crear un hedor que solo podía vencerse con la misma cerveza que lo provocaba. Annalyse había soportado esa peculiar mezcla una vez antes, en lo que su padre pretendía convertir en un viaje anual. Una especie de vacaciones. Ese plan terminó cuando Annalyse encontró las armas, las peleas y los demonios demasiado fascinantes.

Los cuerpos frente a ella y los Najahn a su alrededor olían de manera similar, pero Annalyse solo se sentía asqueada, derrotada, agotada. La fascinación no tenía cabida en un mundo repentinamente brutal.

La habían sentado, con las manos atadas, en un tronco para que observara. El entretenimiento, el sombrío asunto, ocurría por partes, mientras parejas y tríos de Najahn, la mayoría sin llevar ya la voluminosa armadura, arrastraban un cuerpo tras otro hacia la rugiente hoguera. Una cuenta regresiva, un lanzamiento, y otro Vis desaparecía entre las llamas.

Annalyse ni se había molestado en empezar a contar.

Según entendía, en las horas sombrías desde que la batalla terminó y comenzó la limpieza, los cazadores de Vis habían perdido su cohesión cuando Deshiva cayó. Algunos intentaron atacar a los Najahn, otros huyeron, y aún más no hicieron ni lo uno ni lo otro, esperando una señal que nunca llegó. Las ballestas y los chakrams cobraron su brutal precio en cualquier cazador que saliera de los árboles para echar un vistazo mejor o tener un tiro más claro.

Los Najahn no se molestaron en hacer prisioneros, al menos que Annalyse viera.

Excepto ella y Deshiva, las que podían ser útiles. Las que suplicaron por sus vidas con un poco de conocimiento. Bueno, Annalyse lo había hecho, de todos modos. Deshiva mayormente se había limitado a mirar con furia, maldecir y escupir mientras los Najahn la empujaban a una habitación improvisada y cerraban la puerta.

La científica, sin embargo, podía usar las cicatrices. Eso la hacía valiosa.

Veritrus, el comandante Najahn que llevaba los absurdos nombres formales que a la alta sociedad de Noctia le gustaba imponer a sus hijos como si fueran mantos reales, se sentó en el tronco junto a Annalyse. Apenas había espacio para dos, y el hombre la empujó, haciendo tintinear las esposas de metal que sujetaban sus manos frente a ella. Le entregó una simple taza de piedra.

—Agua, nada más —dijo Veritrus. De rostro estrecho y severo, su voz tenía toda la fuerza de la lógica y ninguna compasión—. Bébela.

Ella lo hizo. Deshiva había optado por el desafío, ¿y mira lo que le había ganado?

—¿Volverán? —preguntó Veritrus.

—Ya te dije lo que sé.

Hasta cierto punto, de todos modos. Que podía usar las

cicatrices, sí. Que Deshiva y los Vis esencialmente la habían obligado a ayudarlos. Que Annalyse, una Whent, no tenía lealtad hacia los Vis y estaría encantada de trabajar con los Najahn en su lugar. Eso le había ganado el tronco, el agua y cero palizas.

Tampoco estaba en la pira.

—Eso dices —replicó Veritrus—, pero el subterfugio no es tu fuerte, Annalyse. Tus ojos se desvían cuando te acercas a una mentira. Tus manos tiemblan. Pones más esfuerzo en tu voz cuando hablas, como si intentando pudieras quizás forzar la verdad. Relájate y habla. Estás a salvo aquí.

—Vaya cosa para decir. —Annalyse asintió hacia la pira—. Pensaba que los Najahn estaban por encima de la brutalidad.

—Y yo pensaba que las islas también lo estaban, pero aquí estamos. Atacados por demonios cada día, y ahora por cazadores de Vis por la noche. Protegemos a esta gente y ellos levantan sus manos contra nosotros. ¿Por qué?

—Pregúntale al Círculo.

Veritrus asintió. Ambos miraron fijamente las llamas. Dos Najahn arrojaron otro cuerpo encima. Nadie vitoreó. Nadie cantó. Nada parecido a una victoria Whent.

—La decisión de Fassle nos enfrenta a los demonios en una guerra directa —dijo Veritrus—. No a los Vis. No a estos cazadores de la jungla. Podrían haber escuchado y vivido.

Annalyse podría haber respondido a eso, pero se contuvo. Cuando Quik la había ayudado a subir al barco hacia Vis, le había aconsejado mantener un perfil bajo. Pasar desapercibida mientras continuaba su investigación. Descifrar los misterios de las cicatrices en la cabaña abandonada de Svarde. Aún podía hacer eso, ahora. Salir de esta guerra desordenada y usar sus talentos como ella quisiera.

El problema era que necesitaría recuperar sus cicatrices para eso.

—Deshiva es con quien debes hablar —dijo Annalyse—. Si quieres cambiar sus mentes, necesitarás su ayuda.

—¿La que me escupió en la cara? —Veritrus sonrió, fino y pequeño. Poco acostumbrado a ello—. No parece probable.

—Ese no es mi problema.

Una mirada aguda. Esa sonrisa murió rápido. —Es absolutamente tu problema, come-rocas. Ella vino contigo, y aunque fueras una rehén como afirmas, destruiste mi puerta y quemaste la mitad de mi puesto avanzado. Tienes una deuda.

—Me quitaste mis cicatrices. Devuélvemelas y te mostraré cómo usar las tuyas como pago.

—Lo que satisface la deuda es mío para decidir. —Veritrus se inclinó y le quitó la taza de agua de las manos—. Puedes empezar esta noche. Tenemos heridos, y les enseñarás cómo curarse con las cicatrices Vis. Haz eso, y veremos cómo más puedes pagarnos por tus acciones.

Veritrus no le dio a Annalyse opción. Al terminar de hablar, el hombre levantó una mano y dos pesados agarres se posaron sobre los hombros de Annalyse. Las órdenes vinieron después, severas, directas y sin cuestionamiento.

Al menos, donde la llevaron, Annalyse ya no podía ver ni oler la pira.

El desayuno llegó tarde, llegó escaso, y Annalyse lo comió afuera. Una mañana fresca y nublada, con una llovizna que habría sido nieve en su hogar. No obstante, la fruta y la carne fresca de algún animal de la jungla ayudaron a desterrar los malos recuerdos de la noche anterior. Había pasado varias horas yendo de un Najahn herido a otro, ayudándoles a sujetar las cicatrices, a aceptar los susurros Vis. Ni uno solo había muerto.

Ni un solo Vis recibió la misma misericordia.

Al menos las cadenas se habían ido. Aparentemente, Veritrus no creía probable que Annalyse huyera o tomara un cuchillo contra uno de sus soldados, una evaluación con la que Annalyse estaba de acuerdo. Comer y beber sin las esposas pesando sobre ella era una experiencia mágica. Había sido una tortura corta, pero lo suficientemente larga.

—Hemos tenido una visita —anunció Veritrus. Se había deshecho de su armadura por túnicas limpias, el rostro del hombre ya no mostraba la suciedad de un día, el polvo de una batalla. Permaneció de pie mientras Annalyse estaba sentada, estudiándola con las manos a los costados—. Alguien que ya te habría matado si no lo hubiera prohibido.

La lista de enemigos de Annalyse era corta. A nadie en Whent le importaba lo suficiente como para quererla muerta, a pesar de algunos posibles celos por su destreza inventiva. Nadie en Vis la conocía, excepto Deshiva, que seguía encerrada. Lo que dejaba a Noctia y, en particular, a un asesino ladrón de skars.

—¿Dónde están? —preguntó Annalyse—. Tienen algunos de mis skars que me gustaría recuperar.

Veritrus se rio, con genuina diversión, según creyó Annalyse.

—¿Quieres hablar con ellos? ¿En serio? O eres más valiente de lo que pensaba, o igual de ingenua.

—Estoy decidida.

—Más bien insensata —Veritrus golpeó su mano izquierda contra su muslo, haciendo que las túnicas se movieran—. ¿Sabes por qué mis soldados lucharon en lugar de huir después de que destruyeras nuestra puerta?

—¿Porque es difícil correr con toda esa armadura?

Un suspiro.

—Porque creemos, Annalyse. Creemos en la causa Najahn. En nuestro deber de defender las islas. Aunque los Vis nos lancen todos los hombres, mujeres y niños de sus ciudades selváticas, nos quedaremos y defenderemos, porque tenemos razón —Su mano se elevó, señalándola—. La persona que pidió quitarte la vida dice que tú no crees en eso.

—Se puede perder una guerra de más de una manera, Veritrus.

El capitán asintió, comprendiendo.

—Entonces ayúdame de nuevo. Convence a Deshiva para que nos ayude, para que haga la paz.

—¿Qué puedes ofrecer?

—Vidas.

El asesino se retorció. Escupió tanto una maldición como un chorro húmedo sobre las botas de Veritrus. Despojado de su capucha y sus túnicas de la Tercera Mano, el hombre delgado parecía menos amenazante que un carterista callejero. Annalyse no miró mientras dos soldados lo sujetaban con fuerza, y la propia Deshiva empuñaba su vieja lanza. Con una sola estocada, el acto estaba consumado. Sangre por sangre, y Veritrus rápido en entregar al asesino en medio de los suyos.

—Aquí —dijo Veritrus, volviéndose hacia Annalyse, sin mostrar emoción alguna en su rostro—. Supongo que estos son tuyos.

Tres piedras negras. Los skars de Noctia. Cálidos y susurrando sus extraños poemas sin sentido cuando aterrizaron en las manos de Annalyse. Tomadores de muerte, o así los había llamado Ami. Imperfectos, por lo que Annalyse había visto: los animales que habían probado, infligidos con una herida mortal con los skars adheridos, parecían divorciados de sus instintos, vagando por un mundo que ya no habitaban.

—¿No los vas a tomar? —preguntó Annalyse.

—Hay algunas piedras que planeo usar. Las de Vis, sobre todo. La Diosa de la Muerte no necesita un lugar entre mis soldados.

—Pero tienen poder...

Veritrus cerró la mano de Annalyse sobre las piedras.

—Como dijiste, hay más de una manera de perder una guerra —Miró a Deshiva—. ¿Satisfecha?

—Difícilmente —La cazadora se acercó a Veritrus, clavando su lanza ensangrentada en el suelo—. Pero no necesito más cuerpos. No muertos. Váyanse.

—No tienes mucha paciencia, ¿verdad?

—Cuando estoy cazando algo, me tomo todo el tiempo que necesito. Cuando estoy echando a los Najahn de mi isla, quiero que se haga rápido.

—Como desees —Veritrus miró a Annalyse—. Espero que entiendas que los términos deben cumplirse. De lo contrario, Fassle no estará contento, y todos en tu isla morirán, uno por uno, hasta que se rindan.

Annalyse esperaba que Deshiva ofreciera una réplica, alguna amenaza valiente, pero la maestra de caza solo frunció el ceño. Una admisión de la verdad y, quizás, de la disposición de Deshiva a cumplir el pacto que habían hecho esa misma mañana.

Igualmente cierto, obvio primero para Veritrus y más tarde para Annalyse y Deshiva, era que los Najahn no tenían dónde quedarse. El incendio del skar de Foti había diezmado las reservas de grano, los barracones y las murallas del puesto avanzado, convirtiendo el asentamiento en un blanco fácil tanto para los demonios como para los asaltos de Vis. Creyeran o no en la misión Najahn, los soldados tenían que irse o se unirían a los cuerpos en las fosas.

Veritrus lo sabía todo y aun así presionó para obtener concesiones, las cuales ganó al filo de una alabarda.

Los skars de Vis fluirían hacia los Najahn, y Annalyse se aseguraría de ello. A cambio, Veritrus garantizaría su investigación, su seguridad frente a la Tercera Mano. Paz, independencia y una oportunidad de salvar las islas, todo en uno.

Tan perfecto, pero mientras Annalyse observaba la columna Najahn marchar hacia el norte, con los silbidos de Deshiva llamando a sus cazadores para limpiar el botín restante, la paz estaba lejos de su mente. Los skars de Noctia y sus susurros hambrientos, cada vez más fuertes con cada hora que pasaba, alejaban esa esperanza.

27

EL TRATO DE LA ESPERANZA

Qué le dices a un demonio ardiente?

Técnicamente, Ami mantuvo la boca cerrada. Técnicamente, dejó que los demonios hablaran por sí mismos, señalando más allá del monstruo y su mayal hacia el desastre detrás de él, las frágiles ruinas esparcidas por la cámara rocosa. Espíritus dañados, destruidos y apagados parecían obvios, tan obvios que Ami no estaba segura de cómo los había pasado por alto antes cuando espiaba desde la cueva de Jochi.

Estas bestias ardientes podrían ser peligrosas, seguro, pero desde aquí no parecían merodeadores.

Su contraparte, a varios pasos de distancia y aún casi quemando el aliento de Ami con su proximidad, no siguió el gesto de Ami. O, al menos, no se giró. ¿Necesitaban hacerlo para ver? ¿Para oír? ¿Acaso estas cosas operaban siquiera bajo los conceptos que Ami estaba considerando, las ideas de huir, hacer la guerra, invadir un nuevo hogar?

—Dale una oportunidad —llegó un llamado detrás de ella, de una mujer que Ami no conocía mucho, que a la

Guardiana le parecía un poco perdida. Maena, la capitana Rana—. Te entenderán. Observa los destellos.

Como si el consejo de Maena fuera una llave perdida, el triángulo de obsidiana que coronaba el cuerpo ardiente del demonio se encendió. Una línea azul chispeante ondulaba a lo largo de los bordes, chasqueando hacia el centro al azar, hasta que una sacudida se enganchó. La llama índigo formó un círculo tan grande como la mano de Ami. En el lado opuesto del triángulo, se encendió una quemadura naranja, saltó e hizo un círculo similar. Las dos formas se sentaron una cerca de la otra durante un segundo ardiente antes de que la naranja parpadeara, fracturándose el círculo sobre sí mismo. Las chispas se liberaron. Justo cuando la forma parecía desaparecer en un solo chorro de fuego, otra línea se disparó, serpenteando en la oscura obsidiana varias veces antes de encontrar el círculo azul.

Ami había aprendido juegos de bar más difíciles de entender que eso. Asintió. Se tocó la cabeza. ¿Y luego qué? ¿Su corazón? ¿Los demonios sabrían siquiera lo que eso significaba?

Ferritas. Piensa en ellas. Cuando Svarde encontró a Kivi por primera vez, el lagarto de roca era tan joven e indómito como cualquier criatura salvaje. El bárbaro, con Ami ayudando mientras ellos, junto con Catya, se aventuraban de isla en isla, enseñaron con paciencia, con las manos y tonos alentadores hasta que Kivi entendió.

Así que Ami se arrodilló, tocó la piedra sucia a sus pies. Agarró algo de tierra y la sostuvo hacia el demonio. Claro, si el monstruo intentaba tocarla, Ami se rostizaría, pero si entendía...

Por un momento, solo el círculo índigo permaneció en la obsidiana mientras el demonio la observaba.

—Podemos compartir —dijo Ami—. Juntos.

El demonio observó por otro largo momento. El fuego índigo se desvaneció. Se inclinó sobre una rodilla masiva, raspó su brazo medio derecho contra el acantilado rocoso, lanzando chispas. Sostuvo el polvo carbonizado hacia Ami.

La obsidiana destelló una vez, dorada, brillante.

—Como presentaciones, esa fue magnífica —dijo Jochi de vuelta en el templo del Refugio de los Sueños.

El señor de la guerra caminaba de un lado a otro mientras Svarde se sentaba en el trono masivo. El Rey Muerto estaba de pie a un lado con su armadura, sin mostrar signos de ofensa por la usurpación de Svarde. Ami, con los brazos y la cara untados con lociones refrescantes hechas por los médicos de Whent, se apoyaba contra la pared cerca de la entrada. Mientras Jochi y Svarde escudriñaban la conversación de Ami con el demonio en busca de pistas, la Guardiana cubierta de oro se maravillaba del momento. Maena estaba sentada en el suelo, afilando un cuchillo tosco tomado de algún viejo cadáver.

Había tenido una conversación real con un demonio. Una corta, claro, interrumpida después del destello por la realización de Ami de que su ropa empezaba a chisporrotear. Se había disculpado, el grupo se retiró. Sin armas desenfundadas, sin disparos. Una puerta entreabierta.

—Ami, sé que ya lo hemos dicho, pero lo hiciste bien —dijo Svarde, su tono formal haciendo que Ami se estremeciera.

Lo prefería más como un guerrero imprudente que como un rey, pero al destino le encantaba gastar bromas.

—No necesito los cumplidos. Preferiría un plan.

—Oh, eso es obvio —respondió Jochi, la sonrisa barbuda del hombre haciendo todo lo posible para que Ami dudara de las palabras que seguirían—. Enviamos una delegación a Noctia. Explicamos lo que está pasando. Mientras tanto, mantenemos a estos demonios aquí. Los ayudamos a establecer un campamento justo donde están.

—¿Alrededor de la piscina? —preguntó Svarde.

—Donde harán la matanza —añadió Maena, terminando con un agudo tintineo al pasar el cuchillo por la piedra de afilar—. ¿Verdad, Jochi?

—La Rana lo tiene, por mucho que me pese darle crédito a una rata de río —dijo Jochi—. Los demonios son nuestro nuevo Aegis. Mantendrán el muro contra cualquier nuevo monstruo porque tendrán que hacerlo. Proporcionaremos cualquier provisión que necesiten, por supuesto. Armas, lo que sea, pero por lo demás, obtenemos el mejor resultado: enemigos matando enemigos.

—No son nuestros enemigos —dijo Ami.

Maena se rió.

—No viste lo que le hicieron a esa ciudad de Whent. Quemaron la mitad hasta los cimientos. Casi matan a Svarde y a mí. No vinieron en paz, Foti. Vinieron a tomar.

—¡Porque su propio mundo se está muriendo!

Maena saltó sobre sus pies, apuntando el cuchillo hacia Ami.

—¿El nuestro también, por si no lo has notado? Monstruos por todas partes. Las islas están unas contra otras, todo porque los demonios no dejan de venir. Jochi tiene razón. Esta es la respuesta. Hagámoslos pelear entre ellos hasta que sus hogares colapsen. Problema resuelto.

—Cruel.

Jochi negó con la cabeza una vez. —Ami, estoy decepcionado. Habría pensado que conocerías la verdadera crueldad. Podríamos hacer retroceder a estos demonios hasta el agua. Les estamos dando una oportunidad.

Ami entornó los ojos hacia el hombre, con visiones de rápidas decapitaciones pasando por su mente, luego miró a

Svarde. —¿Qué opinas, Svarde? ¿Crees que obligar a estos demonios a luchar por nosotros es la decisión correcta?

Svarde se volvió hacia Jochi y Maena, uno después del otro, y señaló con la cabeza hacia afuera del templo. —Dadnos un minuto. Hay palabras que necesitamos compartir que no necesitáis escuchar.

El hecho de que el señor de la guerra y la capitana Rana no discutieran la orden de Svarde decía más sobre el poder del bárbaro que cualquier cosa que Ami hubiera visto hasta ahora. Aparentemente, evitar la muerte y tener cadáveres destrozados en batalla a tu disposición podía llevarte lejos en la vida.

Lo suficientemente lejos como para olvidar dónde empezaste.

—¿Quieres volver y ofrecerles qué, Ami? —preguntó Svarde—. ¿Cerveza? ¿Un trozo de tierra en Whent?

—Hay muchas cuevas aquí abajo que no están...

—Empezarán con lo que les demos, y luego tomarán el resto. Has visto sus máquinas. Mejores que cualquier cosa que tengamos. Son casi el doble de nuestro tamaño, pueden quemarnos hasta la muerte sin tocarnos. Si los liberamos en nuestro mundo, nos mereceremos lo que suceda.

—¿Así que los condenarás en su lugar?

Svarde juntó sus manos, la brillante hoja negra interrumpiendo los dedos entrelazados. —¿Qué ha cambiado, Ami? Hace no más de dos días querías conseguirme un demonio muerto para controlar y así poder expulsar a estos monstruos. ¿Y ahora?

—Porque vi de lo que están huyendo, Svarde. Esto no es una elección para ellos. Es desesperación, están huyendo de algo más terrible que cualquier cosa que hayamos visto jamás.

—¿Y?

Maldito Svarde por conocerla demasiado bien.

—¡Ya le hicimos esto a Catya! —Ami se acercó directamente a Svarde—. La sacrificamos por el bien de estas islas podridas. ¿Te pareció correcto? ¿Valió la pena ponerla en ese trono y verla marchitarse?

Svarde, ya bastante marchito él mismo, sostuvo la mirada de Ami y no le dio nada. Los ojos del hombre, tan ricos en batalla, lujuria y bravuconería en los años que lo había conocido, no mostraban pistas, ni vida. La trampa del Infinito.

—Te lo pregunto de nuevo, Ami. ¿Qué crees que pasará?

—Me importa un bledo lo que pase, Svarde. Me importa que lo intentemos, que intentemos compensar todas las malas decisiones, todas las muertes, con algo mejor.

—¿Y qué harás si Jochi se niega?

—Mataré al bastardo, y al siguiente, y al siguiente hasta que consigamos un Whent que lo entienda.

Svarde, al menos, se rio de eso. —Lo harías, ¿verdad?

Ami esbozó una sonrisa burlona, cruzó los brazos y retrocedió un paso. —La violencia siempre ha sido nuestra respuesta, Svarde. Por una vez, estoy intentando la paz.

Otra larga mirada. Lo que Svarde estaba buscando en esa mirada, Ami no estaba segura. Si quería a la vieja Ami, la espadachina ardiente y arrogante lista para la aventura, Svarde no la encontraría. El tiempo de esa ya había pasado. En cuanto a quién la había reemplazado, Ami tampoco estaba muy segura de ello.

—De acuerdo. —Svarde dijo las palabras como si se estuviera convenciendo a sí mismo—. Haz que los demonios elijan un embajador. Solo uno. Mientras tanto, pondremos a los ingenieros de Whent a trabajar en algo para que el monstruo se ponga.

—¿Para que se ponga?

—Si vamos a traer un demonio ante la gente, Ami, no puede parecer un demonio. —Svarde se rio entre dientes—. No me imagino a Fassle tomándoselo bien si sus túnicas flojas se prenden fuego después de saludar.

—¿Y si Jochi dice que no? —Ami le devolvió su propia pregunta—. ¿O Maena?

—Como dijiste, podemos seguir matando a los mastica-piedras hasta que encontremos uno que diga que sí. —La sonrisa rápida de Svarde se desvaneció—. En cuanto a Maena, está demasiado ocupada lidiando con sus propios problemas. Hoy está en contra, mañana podría ser tu mayor defensora. No te preocupes por ella.

Dos victorias en un día. Ami tendría que moderar su ego. La mejor manera que conocía para hacerlo era encontrar cerveza, en grandes cantidades, e indulgirse hasta que la resaca de la mañana siguiente la devolviera a la cordura. Descendió los escalones de piedra del templo, dirigiéndose hacia la única taberna resucitada de Dreamhold, solo para detenerse al final, con un rostro familiar esperándola.

—Me enteré de tu charla —dijo Sawi, la Vis parecía renovada—. Buen movimiento, hacer amistad con los caminantes de fuego.

—¿Caminantes de fuego?

—Hay que llamarlos de alguna manera que no sea demonios, ¿no? Si van a estar por aquí.

—Eso no es seguro. —Ami se dirigió hacia la taberna y Sawi la acompañó—. Hay que convencer a mucha gente.

—Estoy segura de que puedes manejarlo. Esa cara dorada tuya es bastante intimidante.

Ami resopló y lanzó una mirada de reojo a Sawi. —¿Por qué estás tan alegre? ¿Dormiste todo el día?

—Casi. Hace maravillas.

—Te creo. —Sin embargo, Ami no estaba del todo

convencida. Una mirada más larga confirmó el buen estado de Sawi. Ropa nueva, botas. Un cinturón con lugares para una espada, un cuchillo y varias bolsas. Uno hecho para un viaje—. Me gusta tu nuevo atuendo.

—Gracias. Espero que no te importe, cambié tu arpón por la mayor parte.

—Estaría enojada si la cosa no fuera una mierda para matar demonios. —La taberna se alzaba ante ellas, con ruidosas burlas saliendo de ella. Jarras chocando. El suave aroma a malta de la cerveza en el aire—. ¿Por qué, sin embargo?

—Porque me voy mañana, Ami. Vuelvo a casa.

Sawi explicó el resto durante varias rondas. Los exploradores de Whent habían ido lo suficientemente lejos como para trazar una buena ruta subterránea hasta Vis. Jochi había dado permiso para que varios hicieran el viaje, y Sawi se uniría a ellos. Había estado fuera demasiado tiempo, necesitaba el sol, las vides, el vino de melocotón.

—¿La cerveza de Whent no es lo suficientemente buena para ti? —bromeó Ami.

—Supongo que va bien con la oscuridad —respondió Sawi, su mesa para dos escondida en un rincón trasero, bajo una lámpara encendida. Las paredes de pizarra, suavizadas por el trabajo de los muertos, daban a todo el lugar un aire de alegría sombría—. Pero ya he tenido suficiente de eso.

—Yo también, Sawi. Yo también.

28

COMIDA DE PESADILLA

Cargar con un borracho era mucho más fácil con la fuerza de la satisfacción. Habían sido un par de días duros y crudos para Gladdring, pero la curva parecía estar dando la vuelta. Tantos dichos y axiomas sobre esperar a que la suerte cambiara, y aquí estaba, su momento.

Lástima que tuviera que compartirlo con vómito en sus túnicas. Un paso tambaleante mientras Gladdring dejaba los barrios más lujosos de Noctia por los mejores hizo que la mujer en sus brazos expulsara una buena cantidad de su cerveza, un evento que solo lo hizo reír. Mejor aún para mantener alejados a los guardias najahníes que patrullaban las calles: ¿qué Precepto permitiría semejante horrible capa?

No es que las patrullas najahníes fueran abundantes, la noche ya se adentraba en la madrugada. Mientras Gladdring caminaba por los adoquines barridos, el lado descendente ranurado con crestas para romper la pendiente, la ciudad pendía en ese precario intervalo entre las horas sociales sobrias y las peleas beligerantes de bar. Alegres copos de nieve serpenteaban al caer. Una brisa marina constante amenazaba con llevarse el calor restante de las cervezas de Gladdring. Madera quemada y carbón extraído de Foti le picaban la nariz. La ciudad adoptiva de Gladdring contaba su historia a través de sus sentidos.

Una historia que podría escuchar para siempre, una que se desvanecía mientras Gladdring llegaba a las escaleras en zigzag que bajaban hacia la playa sur desierta.

Las linternas que chisporroteaban aquí estaban más separadas, algunas parpadeando mientras su aceite se agotaba. Noctia no se preocupaba tanto por iluminar el camino para los más pobres, que se apiñaban en los resquicios tallados a lo largo de los resbaladizos escalones. Las conversaciones, las pocas que había, tenían un brillo diferente, el filo de la desesperación. Estrés, hambre, miedo.

Y, salpicado en las respuestas que resonaban hacia Gladdring entre el estruendo de las olas abajo, un atisbo de esperanza.

El skar Tamas lo captó, distrayendo a Gladdring. Había dejado a la mujer en el suelo unas cuadras atrás, ahora empujándola mientras ella murmuraba tonterías. Los susurros del skar acallaban el balbuceo, en su lugar transmitiendo, como una hoja que le hacía cosquillas en el oído, esos fragmentos brillantes. Gladdring echó un vistazo una o dos veces al pasar junto a las cuevas, cada vez encontrándose con ojos cautelosos, mantas andrajosas cubriendo formas dormidas.

Una guardia, se dio cuenta. Montaban guardias aquí, en la mayor ciudad de las islas.

La inquietante idea se quedó con él mientras Gladdring y su carga llegaban a la arena. Tan preocupados, todos ellos, con los demonios, los skars, con sus grandes ambiciones que Gladdring había pasado por alto a todos aquellos que estaban tan abajo. No como casos de caridad, no -ese camino llevaría a la debilidad, a las traiciones, a la distracción- sino como herramientas. Palancas para desplegar en beneficio de su propia posición que, a su vez, elevarían la de ellos.

Una revolución desde arriba podría forzar el cambio, una revolución desde abajo lo garantizaría.

—No es la llegada que esperaba.

Yarvick y el ronco jadeo de su asistente recibieron a Gladdring cuando él y su intoxicada carga llegaron a la entrada de los Dedos Ágiles. Gladdring no pensó ni por un segundo que Yarvick hubiera estado esperando allí. Más probable era que algún vigía hubiera detectado su aproximación desde lejos, permitiendo al líder bandido preparar una trampa.

Si Yarvick hubiera visto el encuentro de Gladdring con la Reina Kance y el Cazador Vis, esa trampa probablemente sería fatal.

El skar Tamas no susurró ningún pánico, así que Gladdring se negó a mostrar alguno.

—Todos tenemos noches que se nos van de las manos —respondió Gladdring, continuando sosteniendo a la bandida contra su hombro—. No ha pasado nada malo.

—¿No? —preguntó Yarvick—. Quizás no para usted, pero para mí, un gran agravio. —Yarvick dio un paso completo bajo los copos que caían, la nieve acumulándose mientras la noche se deslizaba hacia el amanecer. Un sombrero gris estrecho se derramaba sobre los enmarañados y grasientos mechones de Yarvick antes de atrapar una amplia capa. Sin pieles, solo innumerables bolsillos, de los cuales Yarvick sacó una pequeña hoja. No más larga que el dedo de Gladdring—. Los Dedos Ágiles se construyen, por extraño que parezca, sobre la confianza. Un ladrón debe saber que puede depender de sus compañeros en todo.

Yarvick, con su mano libre, agarró a la bandida borracha y la arrojó a la arena. Ella aterrizó con un gruñido, un gemido y poco más. Aunque la luz de las linternas y el rosa nublado de Sichi solo ofrecían una vista sombría, Gladdring percibió los ojos tensos de Yarvick, el ceño fruncido. El skar Tamas no encontró tristeza, solo decepción.

La hoja brilló mientras Yarvick miraba fijamente. No era difícil discernir lo que vendría a continuación.

—Los errores son solo eso, Yarvick. Equivocaciones de las que aprender. —Gladdring mantuvo los brazos cruzados. Sin agresión.

Consejo ofrecido, pero Yarvick debía actuar sobre él. La manipulación era más fuerte cuanto más invisibles fueran los hilos.

—Si esa es su actitud, la respuesta a por qué los najahníes son tan patéticos ahora está clara. —Yarvick volvió su mirada furiosa hacia Gladdring, lanzó la hoja y la atrapó por la punta—. Un error es un resbalón en una escalera resbaladiza, una ganzúa que se rompe en una cerradura. A menos que me diga que la forzó, que la sujetó y le vertió la bebida en la boca, su estado fue obra suya.

Que el skar Tamas podría haber empujado a la bandida a entregarse a la bebida, Gladdring lo mantuvo en silencio.

—Aun así, está sugiriendo la muerte —comenzó Gladdring—. Estoy aquí. Ileso. Ella puede aprender de esto, y sus Dedos pueden ver que usted es razonable.

—¿Esa es su línea? ¿Las malas decisiones no cuestan nada? —Yarvick escupió a un lado—. Es bueno que vaya a estar bajo mi dirección. Estas islas no podrían permitirse a alguien tan débil. —Empujó el mango de la hoja hacia Gladdring—. Tómela. Un solo corte en la garganta debería bastar. Con toda esa cerveza, puede que ni siquiera lo sienta. Tan misericordiosa muerte como existe en estas malditas rocas.

Gladdring dejó que el cuchillo quedara suspendido. Mantuvo las manos en sus túnicas.

—No lo haré.

Yarvick dejó que la hoja se quedara ahí por otro respiro, luego la retiró. La guardó de nuevo en su abrigo. El señor bandido se agachó cerca de la cabeza de la ladrona borracha, la palmeó una vez, luego deslizó sus dedos hasta su oreja expuesta. Pellizcó, tiró hacia arriba. Con un grito, los ojos de la bandida se abrieron de golpe.

—Entiende esto —dijo Yarvick, con una lógica implacable en su tono—. Este hombre te ha perdonado la vida, pero no tu lugar aquí. Hoy mismo encontrarás la manera de salir de Noctia. Para mañana, todos los Dedos Ágiles sabrán que deben clavarte una punta entre las costillas, poner veneno en tu bebida o pasar un alambre por tu garganta. Noctia ya no es tu hogar.

No se podía presionar a la gente más allá de cierto punto, y Gladdring supuso que había llegado al final de este camino, así que se mordió la lengua. La bandida pareció recobrar la sobriedad lo suficiente como para captar algo de la situación, y balbuceó súplicas y disculpas. Las palabras murieron cuando Yarvick volvió la mirada hacia la cueva e hizo un solo gesto cruzado con una mano. Dos sombras se materializaron, se deslizaron hacia la ladrona sollozante y la levantaron. El trío se dirigió hacia las escaleras, donde Gladdring tenía pocas dudas de que la dejarían sin nada más que la ropa que llevaba puesta y una vida desesperada por delante.

—¿Crees que eso es mejor? —preguntó Yarvick después de que el grupo desapareciera, tras un rato de silencio roto solo por el choque de las olas—. ¿El exilio? Tendrá que ser peor, hacer cosas peores para sobrevivir ahora. El cuchillo habría sido un final más piadoso. —Yarvick inspeccionó a Gladdring—. Pareces lo suficientemente despierto. ¿Te gustaría acompañarme, títere? Hay algo que deberías ver.

—¿Qué vale la pena ver a esta hora?

Yarvick no respondió. Caminó, y Gladdring aceptó la silenciosa caminata de vuelta por las escaleras. A mitad de camino, las dos sombras, con sus rostros envueltos en pañuelos desaliñados, pasaron en dirección contraria. De la ladrona borracha no había señal. Cuando llegaron al nivel de la calle, Yarvick siguió hacia el este, a lo largo del barrio sur de la Ciudad Amurallada. Casas modestas se escalonaban en las terrazas aquí, algunas reclamando pequeñas tierras de cultivo además de sus empinadas pendientes y canalones para recoger la lluvia.

Gladdring esperaba calles desiertas, pero más personas deambulaban por las avenidas heladas. Caminaban solos o en parejas, con pocas palabras y menos tropiezos entre ellos. No eran borrachos ni juerguistas, sino gente que se movía con un propósito. Yarvick no les prestó atención, y Gladdring siguió su ejemplo. Tomaron las bifurcaciones a la izquierda cuando los caminos se dividían, siempre en ángulo ascendente.

Su destino emergió de la espesa nieve que caía. Construido en el acantilado como una torre najahn, el amplio edificio tenía un aspecto funcional, con poca consideración por los adornos o la impresión. Se extendía, tragándose el final del camino y estirándose más allá, con soportes de piedra y muros de contención que servían para mantener en su lugar sus varios pisos y todo su peso.

Ningún letrero declaraba su nombre ni su propósito.

—No digas nada —advirtió Yarvick, evitando la entrada

principal, una amplia puerta de madera con barrotes, por una pequeña entrada individual en el extremo más alejado del edificio.

Gladdring se mantuvo en silencio, aunque, cuando entraron, tuvo ganas de vomitar.

Una habitación pequeña, abarrotada de escritorios igualmente abarrotados de gruesos volúmenes de papel, perdía cualquier encanto acogedor con el monstruoso hedor que impregnaba el aire. Yarvick no reaccionó, caminando directamente y sin llamar la atención del único hombre que grabba números en un libro de papel amarillento. Escuálido, fumando una pipa, la palidez del hombre lo señalaba como enemigo de la luz del día. Gladdring había conocido a más de unos cuantos de estos hombres nocturnos, y todos tenían sus razones para esquivar el sol.

Las de este eran fáciles de comprender, tan fáciles como el olor.

A través de la habitación, Yarvick condujo a Gladdring hacia un mirador, un saliente que se extendía desde su salida y sobre piedras planas y rugosas, hacia la gran entrada. Amplias escaleras descendían desde ambos lados, conduciendo hacia un enorme foso. Allí, Gladdring vio la fuente del olor, la causa del revoltijo en su estómago.

Cortando, picando, desollando y despellejando había cientos, posiblemente miles de personas. Se sentaban, se ponían de pie y se movían entre enormes mesas de piedra. Los cuerpos ocupaban esas losas, pero no eran humanos. Bestias extrañas, con escamas, plumas, tentáculos y partes que Gladdring no podía nombrar. Todos muertos, aunque no a punto de ser enterrados o quemados. En su lugar, a medida que se limpiaban las piezas, otros trabajadores vestidos con delantales sucios traían cubos negros, metiendo la carne dentro. Otros empujaban carros de madera, paleando las vísceras y partiendo con ellas lejos, más allá de la vista de Gladdring. Esos mismos carros, a veces varios atados en línea, emergían minutos después con un nuevo cuerpo listo para ser despedazado.

—Así es como se alimenta tu ciudad —dijo Yarvick.

—¿Qué? Yo sé de dónde viene nuestra comida, sé lo que comerciamos...

—Tu comida. Tus lujos najahn. —Yarvick arrugó la cara, como si hubiera mordido un limón—. Noctia es una isla desolada, Gladdring. No hay suficiente pescado y cultivos para alimentar a la mayoría de su gente. Así que usamos lo que podemos, lo que las otras islas desechan por poco dinero.

—¿Nuestra gente come demonios?

—Los que podemos cocinar. —Una leve sonrisa se dibujó en los pálidos labios de Yarvick—. Los probamos todos primero, en los criminales menores que tus najahn no atrapan. Un castigo adecuado, ¿no crees?, arriesgarse a la enfermedad, a la muerte, para evitar que tantos mueran de hambre.

Una vez más, Gladdring tragó los restos de cerveza que amenazaban con liberarse.

—¿Por qué me has traído aquí, Yarvick?

—Para que entiendas, Gladdring. La guerra de Fassle para eliminar a los demonios hará que su propia ciudad muera de hambre. Miles y miles perecerán. —Yarvick se interrumpió cuando alguien maldijo abajo, algún ácido u otra sustancia salpicando para cubrir un brazo ahora arruinado—. Sin embargo, estos despojos no pueden quedarse. La guerra ciega de Fassle, estos terribles fosos, las islas necesitan ser rehechas. Cuando destruyamos a los najahn, Gladdring, usaremos los skars para detener todo esto. Para traer un nuevo idilio.

—Contigo al timón.

—Sí.

Yarvick terminó su discurso allí, pero Gladdring lo oyó continuar mientras observaba a los pobres trabajadores abajo. Vidas que pedían un cambio, que lo necesitaban.

Lo conseguirían, y pronto. Al igual que Yarvick.

29
ENTRE NIEVE Y SOL

Sus risas volaron en la noche, mezclándose con las raíces retorcidas, las luces rosadas de Sichi y el traqueteo de las ruedas del carro sobre el duro camino de tierra. Cuatro personas en una misión para salvar su hogar y triunfando, maldita sea, triunfando a pesar de tantos obstáculos en su camino. Eujo los enumeró uno por uno, invocando la avalancha del Tajo Dorado, sus traidoras Guardias Reales y los omnipresentes demonios para que Wax y Torny los denunciaran por turnos. Bliss, con las manos firmes en las riendas guiando a los confusos y exhaustos ponis, añadió su propia sonrisa feroz.

—¡Y aquí seguimos! —concluyó Eujo—. ¡Toma eso, Noctia! ¡Toma eso, demonios!

Frente a ella, acurrucado entre sus alforjas, con el cálido resplandor de la cerveza presente en su rostro iluminado por la luna, Wax hizo eco de su alarde, antes de soltar un clásico grito de Vis.

Ninguna persecución resonaba tras ellos, ningún peligro acechaba al frente. Por el momento, por este instante, podían regocijarse en el éxito.

Sin embargo, los momentos pasan, y este también lo hizo, llegando a su fin cuando las raíces se fueron haciendo más escasas, desvaneciéndose en una llanura cubierta de nieve. Colinas que se alzaban y descendían bruscamente, sin amables ondulaciones, deformaban el camino por delante, sugiriendo una línea curva a través de un campo despejado. A lo lejos, en un horizonte sin línea recta, un suave resplandor amarillo sugería un pueblo al alcance.

No obstante, Bliss desvió el carro del camino, dejando que los ponis, cubiertos de sudor y con cada respiración enviando vapor al aire, descansaran. La parada despertó a Eujo de su sueño, algo que no recordaba haber iniciado pero que claramente le había proporcionado suficiente descanso incómodo como para restaurar su vigor y dejarle la espalda adolorida. Wax seguía roncando.

—¿Despierta? —preguntó Torny, asomando la cabeza por encima de la cama del carro—. Bien, porque caminaremos el resto del camino.

—¿Caminar? —dijo Eujo, las palabras rasposas provocando un impulso por alcanzar su odre de agua.

Gastado en su cintura, el calor corporal suficiente para evitar que el contenido se congelara, el agua, sin embargo, casi entumece la garganta de la Reina cuando bebió. Torny explicó que los Animas enviarían una persecución y estarían buscando un carro como este. Los ponis no viajarían mucho más esa noche de todos modos, era mejor enviarlos a deambular, para despistar a los perseguidores tanto como fuera posible.

—¿No se dirigirán al pueblo más cercano los que nos persigan? —dijo Eujo, sin embargo, saliendo con cuidado del carro. Bliss golpeó a su hermano en el hombro, despertándolo sobresaltado con una maldición—. Si les importa tanto, nos encontrarán.

—Por eso vamos a caminar. Cualquier persecución rápida llegará antes que nosotros a ese pueblo, no nos encontrará allí, y entonces estaremos a salvo.

La mochila no parecía tan pesada cuando Eujo se la echó a los hombros, un recordatorio de que carecían de provisiones y equipo para cualquier viaje por tierra. Esto no sería como la caminata en Whent. Se encontrarían congelados, hambrientos o ambas cosas. Eujo se lo recordó a Torny, solo para ver cómo Bliss daba una buena palmada en el trasero a los ponis, haciendo que el carro vacío desapareciera con ellos en la oscuridad.

—Nos arriesgaremos —dijo Torny, aunque al menos no parecía entusiasmada con la idea—. Prefiero pasar un poco de hambre, temblar un poco más, que terminar de nuevo en ese escenario con un collar alrededor del cuello.

Un argumento convincente, sin duda. Eujo, sin embargo, no hizo ningún alarde cuando el grupo dio sus primeros pasos hacia el oeste, con la hierba helada crujiendo bajo sus pies.

Que su ruta por tierra dejaría un rastro claro no escapó a ninguno de ellos, una realidad que Torny abordó haciendo que retrocedieran hacia el norte en la luz previa al amanecer. Los restos del bosque de raíces mantenían el suelo lo suficientemente limpio como para disfrazar, según calculaba la bandida, que un grupo de actores de Tamas no podría seguirlo.

—¿No eres un poco despectiva? —preguntó Eujo, caminando con la bandida a la cabeza del cuarteto. Torny tenía sus dagas fuera, las usaba para cortar cualquier espina desagradable, un negocio peligroso en la oscuridad: todos ya se habían ganado algunos arañazos—. Tamas no es una isla llena de idiotas.

—No dije que lo fuera, pero si los leo bien, Daklin y esos tontos no son expertos en supervivencia en la naturaleza.

—¿Y tú sí lo eres, bandida de la ciudad?

—Desde esta misión, puedes apostarlo. —Torny agitó una daga en dirección a Eujo—. He cruzado cuatro islas ahora con Wax y Bliss, más de lo que la mayoría logra en toda una vida. La naturaleza es mi patio de juegos, Eujo.

Al terminar sus palabras, Torny, con la mirada más centrada en su daga, se estrelló directamente contra una raíz inclinada.

Eujo se rió. —Ya lo veo.

El amanecer los encontró de nuevo entre las colinas, con ojos pesados tanto en Torny como en Bliss, mientras que Wax y Eujo recibían la luz del día con miradas más brillantes. La caminata con abrigos pesados mantenía al grupo caliente, por lo que los primeros rayos golpearon no con calor sino con grandeza, salpicando un paisaje de arcoíris reluciente. Eujo se cubrió los ojos, Wax emitió un silbido encantado. Los destellos brillaban en todas direcciones, subiendo y cayendo mientras las colinas, cada una un desafío para escalar, resultaban ser exquisitos lienzos iluminados por el sol. Las criaturas nativas de Tamas también emergieron, los cielos despejados se llenaron de halcones cazadores mientras criaturas curiosas salían de debajo de las raíces para buscar fortuna entre la pradera congelada.

Y las ruedas de un carruaje llevaron su traqueteo por el viento.

—¿Podéis caminar todo el día? —preguntó Eujo a Torny y Bliss cuando se acurrucaron en el lado lejano de una colina, el montículo bloqueando la vista desde el camino y mostrando, lejos hacia el oeste, otro bosque de raíces elevándose—. ¿O necesitaréis descansar?

—Lo que necesito y lo que haremos son dos cosas diferentes, me parece —respondió Torny, lanzando una mirada de desaprobación a Bliss—. Ella está peor que yo. Yo dormité, ella tuvo que conducir.

Bliss las oyó, o sintió la mirada de Torny, y les dio una débil sonrisa. "Estoy bien".

—Está mintiendo —dijo Torny a Eujo, bajando la voz —. Adonde vamos, ese pueblo, no permaneceremos ocultos mucho tiempo. Si podemos descansar unas horas aquí, digo que lo hagamos. La hierba es lo suficientemente cómoda una vez que la aplastas.

Eujo tomó la petición de Torny, se la propuso a Wax y Bliss, y la Guardiana de Vis tenía los ojos cerrados tumbada sobre su mochila en cuestión de minutos, a pesar de la luz del sol. Torny se unió a ella, las dos acurrucándose en una cama improvisada hecha con el equipo reunido.

—Yo haré la primera guardia —dijo Wax, mordiendo una zanahoria escarchada que había sobrado desde el Borde de Harrow—. Dormid si queréis.

—En realidad, no quiero —Eujo deslizó su mano hacia su brazalete, los susurrantes skars—. Creo que echaré un vistazo alrededor, a ver si ese pueblo es nuestra única opción.

La cima de la colina ofrecía una vista más grandiosa que abajo, aunque Eujo casi cerró los ojos para mantener el resplandor bajo. Vio una belleza reluciente, sintió el viento frío colarse bajo sus abrigos y observó a Tamas jugar su mañana. Solo observaba. Apartó los skars y sus susurros, el destino y sus exigencias para empaparse del momento, del ahora, de la paz.

Sin demonios, sin cuchillos, sin traidores, sin atormentadores.

Si Eujo lo lograba, si recolectaba el skar de Tamas, y

luego el de Noctia —si Wax insistiría en ir a Kance era un problema que abordarían después—, ¿se sentiría así? No tan hermoso, atrapada en medio del cráter de la Herida, pero con guardias, con todas sus necesidades atendidas a los caprichos de Eujo. Sin más responsabilidad que sentarse allí y decaer.

Eso, si los Najahn siquiera se lo permitieran.

El pensamiento tocó una nota diferente. Ella y Wax no habían hablado mucho sobre la declaración del Círculo, una suposición tácita de que los Najahn simplemente permitirían que una Renovación completada tomara el trono, terminando esa conversación antes de que realmente pudiera comenzar. Y sin embargo, ¿lo harían? Incluso si Eujo recolectara todos los otros skars y se presentara en la Ciudad Anillada, ¿los Najahn simplemente le quitarían las piedras?

Si fuera así, ¿qué entonces?

Eujo, protegiendo sus ojos, miró de nuevo hacia abajo de la colina, a las tres formas tendidas contra su plata. Wax saludó con un arco perezoso. Entre ellos, tenían nueve skars. Nueve pequeñas piedras con el poder de un dios instilado en su interior. Podían mover montañas, quemar ciudades enteras o provocar una inundación del río más tranquilo. Los Najahn querían usar esos poderes directamente contra los demonios. Una idea que podría funcionar, pero... Eujo sofocó un resoplido. Las islas no se entregarían tan completamente a los Najahn.

Los skars, usados para cualquier cosa que no fuera el Aegis, destrozarían las islas.

Entonces, ¿qué?

Sus amigos no ofrecieron respuestas. Tampoco lo hicieron los halcones en el cielo o la nieve a sus pies. Quizás, sin embargo, la solución yacía en lo que no podía hacer, más que en lo que Eujo podía hacer. Regresar a Kance significaría la muerte o el exilio. Wax parecía dispuesto a volver a Vis, y con Torny y Bliss acercándose cada día más, la bandida, después de saldar su deuda con el rey ladrón de Noctia, probablemente seguiría a la chica de Vis hasta la isla de la jungla.

¿Podría Eujo ir allí también? ¿Renunciar a los diamantes del cielo, las montañas, su hogar por uno nuevo?

Tal vez.

—¿Encontraste algo allá arriba? —preguntó Wax cuando Eujo regresó a su improvisado campamento.

—Respuestas, de cierto modo, y más preguntas.

—¿Como qué comen los animales por aquí? —Wax asintió hacia el pequeño valle entre colinas donde un conejo corría, sus orejas altas y su pelaje blanco mezclándose bien con la nieve—. Sigue cavando aquí y allá, pero no sé qué busca.

Eujo soltó una risita y negó con la cabeza.

—Wax, ojalá pudiera estar tan imperturbable como tú sobre cómo van las cosas.

Una pequeña sonrisa.

—Eujo, no vengo de mucho, no planeé grandezas, así que voy a encontrar la felicidad que pueda hasta que llegue a casa o termine muerto.

Eujo se estremeció.

—¿Muerto? Eso es...

Wax se encogió de hombros, la sonrisa desvaneciéndose.

—Realista. Mi amigo murió después de que encontramos un solo skar. Hemos visto morir a muchos más también. Ahora nos persiguen asesinos de Kance y los soldados más fuertes de las islas. Eujo, si no terminamos empalados, colgados o devorados por algún demonio hambriento, será un milagro de Vis.

—Sin embargo, ¿aún te preguntas sobre la comida de algún conejo?

—Es mucho más agradable que las otras cosas en las que podría estar pensando.

—Supongo que sí —Eujo miró fijamente a la criatura peluda mientras lanzaba más nieve—. Apuesto a que son las raíces.

—¿Qué?

—El conejo. Está tratando de llegar a las raíces.

—Oh.

Eujo sintió la mano enguantada de Wax posarse en su hombro y apretarlo.

—No te preocupes, reina del cielo. Nuestra misión puede ser peligrosa, nuestras posibilidades de éxito escasas, pero no dejaré pasar un solo día sin hacerte reír.

Lo cual hizo, justo en ese momento, y por todas las preocupaciones que vagaban por el mundo de Eujo, ella las dejó caer.

Solo por un momento.

30
PELIGROS EN LA CENA

Deshiva tiró de la mano de Annalyse, alejándola del borde del pétalo. La Gran Sana se extendía brillante en púrpura y blanco, pero Annalyse se encontraba tambaleándose cerca de una larga y mortal caída.

—¿Otra vez, Whent? —preguntó Deshiva—. ¿Cuántas veces me debes ya la vida?

—No lo entiendo —Annalyse sacudió la cabeza como una rata sacudiéndose el agua—. Es como si me sintiera atraída al borde, aunque...

—Una enfermedad común en quienes no están acostumbrados a las alturas. Has estado demasiado protegida en los lugares equivocados. Unos días balanceándote en el dosel te curarán.

Deshiva le dio una palmada en el hombro a Annalyse y se volvió hacia la operación alrededor del centro de la Sana. Annalyse apartó la mirada de la vasta vista y captó a Deshiva susurrando a otro cazador y asintiendo en dirección a la científica. Delegando responsabilidades. Annalyse sintió que se sonrojaba y lo reprimió.

No podía hacer nada sobre los impulsos, así que ¿por qué avergonzarse de ellos?

Cazadores Najahn y Vis escudriñaban el pistilo de la Gran Sana, extrayendo los skars Vis uno por uno y arrojándolos en bolsas. Los Vis parecían sorprendidos cada vez que una nueva piedra se liberaba, murmurando sobre la muerte de otra mentira, una que la propia Annalyse había creído hasta que Gladdring le mostró las reservas acumuladas en la Ciudad Anillada.

Durante tanto tiempo se les había dicho a las islas que los skars volvían a crecer al ritmo de las Renovaciones, y solo tantos como fueran necesarios para asegurar la siguiente Égida. Durante tanto tiempo esa mentira había sido aceptada sin cuestionamientos, permitiendo a los Najahn extraer y extraer y extraer los fragmentos de los dioses sin la más mínima sospecha.

Tanta confianza mal depositada.

Ahora estas piedras serían enviadas abajo, incrustadas en armaduras, tejidas en brazales o colocadas en collares. Los Vis y aquellos Najahn que se habían vuelto traidores — Veritrus enviaba a los que se negaban en un rápido viaje al norte, donde Kitaye los devolvería a casa por mar— escucharían los susurros Vis, encontrarían sus heridas sanando más rápido que nunca. Una fuerza capaz de seguir luchando mucho después de que su enemigo sucumbiera a la enfermedad, las heridas, la infección.

Según lo que decían tanto Deshiva como Veritrus, esa fuerza nunca abandonaría Vis. Serviría solo para mantener la jungla defendida.

Annalyse había escuchado tales nobles anuncios antes, había visto lo que sucedía cuando quienes los hacían se sentían amenazados.

Esta vez, se mantendría al margen. El viaje a la cima de

la Gran Sana era un regalo de despedida, una oportunidad de ver la mejor vista de Vis antes de que Annalyse pudiera regresar a sus bolsas, su investigación y su retiro a la cabaña de Svarde en la costa occidental. Al menos el viaje hacia arriba había valido la pena, la Gran Sana era un fascinante ecosistema de arriba a abajo.

Esas mariposas resplandecientes y las orugas que se retorcían por sí solas confirmaban la elección de Annalyse como la correcta, incluso si, una vez más, la científica se encontraba acercándose a la lejana caída.

Con un poco de atención y un par de pasos decididos, Annalyse se colocó de nuevo cerca del centro. La vista era bastante hermosa desde aquí mismo, y podía ignorar la recolección a su alrededor y sus implicaciones, si lo intentaba.

El regreso llevó a Annalyse a un festín esperado con invitados inesperados. Veritrus había dispuesto un buen banquete invernal, abastecido con los frutos exuberantes de Vis, pescado y las verduras que se habían salvado de las reservas del puesto avanzado incendiado. Los huesos quemados del comedor se alzaban a su alrededor, con techos improvisados de paja y reparaciones iniciales ya en marcha. Las mesas estaban unidas en una larga fila, suficiente para sentar a veinte personas, incluyendo a Annalyse, Deshiva y varios cazadores y Najahn elegidos a mano.

Junto a ellos estaban los recién llegados, los que habían arribado a toda prisa desde el Este, desde Mottilan.

Korrus reclamaba el liderazgo sobre el séquito de media docena de personas, un hombre corpulento con un borde duro, una frustración familiar que emanaba de sus puños a menudo apretados y sus ojos entrecerrados. Annalyse se había sentido y se había visto igual después de muchos experimentos fallidos, pero para Korrus, el ceño fruncido parecía ser su modo predeterminado. Sin embargo, el hombre negoció los lugares de su gente en la mesa con una promesa, según murmuró Deshiva a Annalyse, de paz.

La cerveza fluía, los primeros bocados resultaron tan deliciosos como parecían, y Annalyse dejó que el vino de melocotón aliviara el día.

Al menos hasta que Korrus empezó a hablar.

Veritrus no era tonto, y se había posicionado junto a Deshiva, Korrus y Annalyse en un extremo de la mesa. Gladdring habría aprobado mantener a los jugadores principales cerca, mejor para mantener las discusiones sensibles en secreto, aunque Annalyse se encontró, cuando Korrus comenzó su andanada inicial, mirando con envidia la feliz bebida en el extremo lejano de la mesa. Allí, la conversación parecía centrarse en cacerías entretenidas y cuán preciso se podía disparar con un arco después de beber varias botellas del mejor vino de frutas de Kitaye.

—Mottilan merece su parte —comenzó Korrus—. Somos la ciudad más cercana.

—Y la más pequeña —dijo Deshiva. La cazadora se metía trozos de pescado en la boca con los dedos mientras hablaba, pareciendo tragarlos enteros entre palabras—. Sois bienvenidos, como todos los Vis, a compartir lo que es nuestro. Equitativamente.

—¿Equitativamente? ¿Desde cuándo Kitaye habla de igualdad? —Korrus se inclinó hacia adelante, con los codos sobre la mesa—. Cada Renovación, os quedáis con el manto y no compartís nada con nosotros. Cuando Najahn o Kance planean comerciar, vuestros intentos de tomar cada barco son despiadados.

—Competencia amistosa, nada más.

Veritrus, como Annalyse, mantenía su atención en la comida. Algunas peleas era mejor evitarlas.

—Vuestra competencia amistosa le cuesta a Mottilan el comercio, nos cuesta la oportunidad de una vida mejor. Kitaye nunca comparte los botines con nosotros. Y ahora buscáis reclamar igualdad cuando Mottilan es claramente la mejor opción.

—¿La mejor opción? —preguntó Deshiva, cortando las palabras—. ¿La mejor opción para qué, Korrus?

El hombre extendió las manos ampliamente, casi derribando el vino de Annalyse.

—Todo esto. El puesto avanzado. Los skars. Deberíamos controlar la Gran Sana —Estrechó su mirada hacia Deshiva—. Por supuesto, le daríamos su parte a Kitaye.

Esta vez, Deshiva se inclinó hacia adelante, aunque puso las palmas de las manos planas sobre la mesa.

—No voy a negociar esto aquí. No ahora. Nuestros ancianos deberían ser quienes decidan. No nosotros.

—Eso llevará tiempo, tiempo que no tenemos, a menos que creas que Noctia se quedará de brazos cruzados y nos permitirá decidir por nosotros mismos —Korrus señaló a Deshiva—. Además, veo lo que está pasando aquí. Tus cazadores ya están haciendo sus camas, construyendo nuevas casas en los árboles en las afueras. El tiempo significa control de Kitaye.

—El tiempo significa precisamente eso, tiempo.

—Bien. Entonces tómate tu tiempo en otra parte —Korrus miró a Veritrus—. Tu Teniente Najahn, Gladdring, prometió a Mottilan un papel más importante en esta isla. Es hora de que cumplas ese juramento.

Veritrus levantó la vista de su pescado, que había cortado para comer en trozos lentos y medidos con utensilios metálicos, a diferencia de Korrus y Deshiva.

—¿Gladdring? Un traidor. Su palabra ahora vale menos que nada.

Korrus se reclinó, con la mirada perdida. Un nuevo plan tomando forma.

—¿Un traidor como usted? —dijo el hombre.

—No estoy muerto, ni soy impotente —respondió Veritrus—. Gladdring fue ahorcado en Noctia hace unos días. Dicho esto, su disputa es con Deshiva, no conmigo.

—¿Entonces no tomará partido?

Veritrus negó con la cabeza, y Annalyse casi se atragantó cuando Korrus se volvió hacia ella.

—¿Y qué hay de usted, científica de Noctia?

—¿Qué hay de mí, qué? —Annalyse miró a Deshiva, una mirada que retiró rápidamente cuando Korrus golpeó la mesa con su mano izquierda. Las conversaciones disminuyeron, los ojos se volvieron, Annalyse intentó encontrar lógica y fracasó—. No entiendo...

—Sí que entiende. Todos ustedes entienden. No soy un hombre desconfiado...

Deshiva tosió. Korrus se sonrojó, pero siguió adelante.

—Como decía, todos ustedes tienen sus agendas, al igual que yo, y la mía es ver a Mottilan respetado. Así que le pregunto, científica, ¿no le importa quién controle la Gran Sana? ¿Se mantendrá al margen de esta lucha?

Eso, al menos, Annalyse podía responderlo.

—Solo quiero que me dejen en paz.

—Ahí está —Korrus asintió, levantó la misma mano que había golpeado la mesa y la colocó, pesada, sobre el hombro de Annalyse—. ¿Ve que no fue tan difícil? Ahora usted, Deshiva. Sea honesta. Si envío a mi mensajero y llamo a mis cazadores de Mottilan que están aquí cerca, ¿abandonará este lugar?

—Los conquistadores no son bienvenidos en Vis —dijo

Deshiva, dejando caer sus manos por debajo de la mesa—. El poder aquí se comparte.

—Pero no con Mottilan —Korrus arrebató un filete de pescado del tamaño de su palma del plato de madera, se lo metió en la boca mientras se ponía de pie—. Ha tomado su decisión, Kitaye. Pronto se enfrentará a las consecuencias.

El hombre levantó un solo dedo y todos los cazadores de Mottilan sentados a la mesa se levantaron de un salto de sus sillas, siguiendo a Korrus fuera de la puerta y hacia la noche. Deshiva no perdió tiempo, saliendo tras ellos, silbando órdenes, y en segundos la alegría del puesto avanzado se hizo añicos en nuevos sonidos, el estruendo, el golpe y las canciones de guerra.

Veritrus, durante todo el intercambio, siguió comiendo su pescado y no parecía en absoluto perturbado. Annalyse, ahora la única que seguía sentada a la mesa, se bebió su vino. Sin decir una palabra, Veritrus alcanzó el odre de vino y rellenó la copa vacía.

—¿Qué acaba de pasar? —dijo Annalyse después de terminar esa también.

—La razón por la que los Najahn mantuvieron estos puestos avanzados durante tanto tiempo —dijo Veritrus, dedicando una mirada de lamento a su plato ahora vacío —, es porque manteníamos la paz. La libertad no es cosa fácil.

—¿Qué va a hacer usted?

—Decirle a mis soldados que se mantengan al margen. Le recomiendo que haga lo mismo.

Annalyse asintió. Evaluó el plato vacío frente a ella. La comida planteaba una pregunta diferente. Si tomaba sus alforjas esta noche y partía, tendría que buscarse la vida por su cuenta. Aprender a pescar, poner trampas y cosechar frutas en una isla desconocida. Un dilema que había ignorado en su primer viaje, y que estaba a punto de ignorar aquí.

Asombroso cómo decidirse por un camino hacía fácil pasar por alto los peligros.

—A menos que Korrus tenga mil cazadores —dijo Annalyse—, nunca podrá vencer a los skars. Será masacrado.

—O hará exactamente lo que se propone —respondió Veritrus—. No subestime la tenacidad de Mottilan. El desvalido sabe lo que se necesita para ganar.

Annalyse observó a Veritrus servirse más vino. Tan sereno, tan imperturbable. ¿Por qué?

¿Qué supondría Gladdring?

—Está jugando con ambos —Annalyse habló con tono plano, segura—. Quiere que peleen.

Veritrus detuvo su sorbo antes de que la copa llegara a sus labios. Sus ojos oscuros brillaron. Annalyse se dio cuenta muy bien, en ese momento, de lo vacío que se había quedado el comedor. La guerra demandaba la atención de todos, al parecer, excepto la de ellos dos.

—El asesino tenía razón. Usted es un problema —Veritrus dejó la copa, empujó hacia atrás su silla y se puso de pie—. Creo que usted y yo deberíamos dar un largo paseo, Annalyse, y hablar sobre lo que este conflicto significa para Noctia, para los Najahn, y para usted.

31
UN TRAJE DIGNO DE DEMONIOS

El desastre resultó ser un gran remedio para la resaca. A pesar de haber bebido una cerveza tras otra la noche anterior, quizás ayudada por los Vis skars, Ami se espabiló rápidamente, levantándose de un salto del jergón de paja que le servía de cama al primer toque del cuerno. Se quitó el harapiento camisón (Ami realmente debería pedir ropa nueva a los comerciantes de Jochi) y se puso sus ropas de batalla: cuero gastado, botas resistentes y una poderosa espada de dos manos que Jochi le había regalado la noche anterior.

Una recompensa y un agradecimiento, según dijo el señor de la guerra, por haber evitado que sus fuerzas se enfrascaran en una interminable serie de batallas contra los ardientes demonios. Una extraña admisión dado el cargo de Jochi —señor de la guerra— y la fascinación de los Whent por el combate gladiatorio, pero ahí estaba. Quizás estar tan alejados de sus vidas normales había hecho que los Whent reconsideraran sus opiniones.

Fuera cual fuese la razón, Ami colocó la espada en la vaina de su espalda y dirigió una mirada silenciosa al jergón vacío cercano. La paja ya había sido retirada, reutilizada en algún otro lugar. Sawi se había ido, entonces. La pequeña Vis que había tenido el valor de hacer el viaje con Ami había cumplido su palabra y desaparecido.

Podría estar muerta ya.

Ami sonrió. Poco probable. La Guardiana le había enseñado más que un poco a Sawi durante sus días en la torre de Gladdring y en el Oscuro Subterráneo. La Vis tenía las habilidades para regresar a casa. Si tenía la suerte necesaria era una pregunta que Ami no podía responder.

La pregunta del toque de cuerno, sin embargo, vino con una explicación clara una vez que Ami salió de Dreamhold, uniéndose a soldados curiosos y obligados, y a cadáveres dirigidos por Svarde, que deambulaban hacia el frente: aún no había ataque contra los soldados Whent, ni contra la ciudad. Pero había demonios en abundancia, surgiendo de la piscina de la cámara y asaltando a los caminantes de fuego.

El nombre de Sawi se le quedó grabado, lo que llevó a Ami a preguntar a un soldado que iba en dirección contraria, su turno nocturno ya terminado, cómo se sentía. La brusca respuesta fue que Jochi había considerado que los demonios ardientes merecían su propio nombre, ahora que tenían más que ofrecer que simple hostilidad.

El señor de la guerra Whent esperaba cerca de las barricadas del túnel, rodeado por sus estoicos guardaespaldas y soportando un informe tras otro de los exploradores que corrían hacia y desde el campo de batalla. Ami captó el último, una descripción salvaje de enormes insectos acuáticos que se elevaban desde la piscina y atacaban en enjambre a los caminantes de fuego. Ambos bandos parecían estar muriendo en gran número, los cuerpos apilánddose entre las pendientes de piedra gris.

Jochi, al oír esto, dio nuevas órdenes a las tropas reunidas, vivas y no, que se ponían su equipo a su alrededor. Las barricadas detrás, sellando la entrada del túnel, permanecían cerradas salvo por la pequeña puerta utilizada por los exploradores que correteaban. Por lo que Ami podía ver, ningún rescate Whent se lanzaría a la carga.

Y eso era un maldito desperdicio.

—¿Qué está haciendo? —dijo Ami a modo de saludo, abriéndose paso a empujones más allá de un hombre mayor que se ponía unas cubiertas metálicas para las botas.

—Dejar que nuestros enemigos se encarguen unos de otros —dijo Jochi, levantando una mano para impedir que sus corpulentos guardaespaldas hicieran algún movimiento. Frente a él había una mesa sencilla, con varias piedras de colores que parecían mostrar la composición del campo de batalla—. Cualquier líder sabe que debe mantenerse al margen cuando dos problemas chocan entre sí.

—Excepto que acabamos de hacernos amigos de uno de esos problemas.

—¿Lo hicimos? —Jochi tocó una piedra rojiza—. Según tengo entendido, apenas tenemos un diálogo. Podrían cambiar de opinión en cualquier momento. Si los caminantes de fuego sobreviven, estarán débiles. Más propensos a ceder a nuestras exigencias.

Ami se contuvo, dejando que la indignación se disipara como Catya le había enseñado hace tanto tiempo. Una lección que recordaba cuando le convenía, pero que mantuvo las maldiciones de Ami en silencio. Jochi tenía razón, pero no veía el panorama completo.

—¿Y si los caminantes de fuego pierden? —preguntó Ami—. ¿Qué pasa si el baluarte que tenemos ahora se convierte de nuevo en una interminable oleada de demonios impredecibles?

—Sí, he considerado eso. Esperaremos hasta el momento adecuado, Ami, y entonces intervendremos. Unos cuantos virotes de ballesta, según me dicen mis exploradores, asegurarán la supervivencia de los caminantes de fuego. Entonces tendremos su lealtad, su...

—No son estúpidos, Jochi. Sabrán que vemos lo que está pasando, que podríamos estar actuando ahora mismo, y no lo estamos haciendo. —Ami se inclinó y empujó varias piedras grises cerca de la roja—. Ya es hora.

Jochi le lanzó a Ami la mirada de recelo que merecía. —Cuidado, Guardiana. No eres la comandante aquí. —Desvió la mirada más allá de ella, hacia los soldados que se estaban reuniendo—. Pero te concederé lo que quieres. Llévate a los que estén listos, muévete hasta el borde del túnel y ayuda. —Sus ojos volvieron a encontrarse con los de ella, sin rastro de la alegría burlona habitual de Jochi—. Si haces que uno solo de mis hombres muera ayudando a esos monstruos, Ami, nunca más te dejaré cerca de un mando.

La meseta se cernía sobre el desastre. Ami y los veintitantos soldados y exploradores Whent que viajaban con ella —con Svarde ocupado en otra parte, Ami dejó atrás a los cadáveres lanzadores de piedras— se aventuraron más allá de la apertura del túnel hacia el saliente sin resistencia. Ningún caminante de fuego montaba guardia, porque la batalla envolvía su campamento.

Aquellas grandes construcciones tenían sus boquillas y lanzadores de ballestas apuntando de vuelta hacia la vasta piscina, desatando torrentes y oscuros virotes de hierro en un flujo constante. El humo se elevaba cuando la lava golpeaba el agua, convirtiendo el techo de la cueva en nubes de tormenta con sus ondulantes nubes grises. Subiendo y bajando dentro de la hirviente miasma estaban los aparentes enemigos de los caminantes de fuego, criaturas salvajes de la mitad del tamaño de un buey y compuestas de alas, patas y bocas succionadoras y relucientes.

—¡Abajo, comandante! —gritó un explorador a espaldas de Ami, y ella se lanzó al suelo cuando una de las criaturas hizo un largo planeo en su dirección.

Ami mantuvo un ojo en la cosa, observó cómo todo su cuerpo se convulsionaba mientras volaba, amontonándose detrás del hocico antes de estallar en una lluvia de bilis. El salpicón golpeó las piedras en el frente de la meseta, chisporroteando y silbando alrededor de todo lo que tocaba.

Ácido, entonces.

La criatura planeadora niveló su aproximación mientras Ami se ponía de pie, agarrando una roca, pero antes de que la Guardiana pudiera hacer un lanzamiento poco aconsejable, una docena de ballestas chasquearon detrás de ella. Los virotes golpearon al demonio como picaduras de abeja, ondulando y desgarrando dondequiera que impactaban, como ondas a través de una ola que se estrella. El monstruo entró en espiral, las ondulaciones en cascada, y cuando golpeó las rocas, el demonio entero explotó como una burbuja mal formada, esparciendo sus pocos pedazos reales por toda la pendiente.

—Feo y horrible —murmuró Ami, reanudando su acercamiento al borde de la meseta.

Abajo, los caminantes del fuego parecían desconcertados. Los insectos acuáticos rebotaban hacia y desde la piscina, succionando más agua con cada viaje y usándola para apagar a los monstruos ardientes en duchas fatales. Los caminantes del fuego intentaban usar sus construcciones como refugio, escondiéndose detrás de las estructuras más grandes hasta que el ácido derretía el metal convirtiéndolo en escoria. Un golpe afortunado de mayal, un chorro de fuego bien cronometrado lograban impactos, pero el resultado de la batalla era obvio.

—Elijan sus objetivos, apunten y disparen a voluntad —dijo Ami a los Whents, y apreció la disciplina de Jochi cuando los rocosos hicieron exactamente lo que ella pidió.

Los virotes de ballesta llenaron el cielo de la cámara, la mayoría fallando a los rápidos insectos acuáticos, pero suficientes acertando para desequilibrar a los demonios líquidos en sus veloces revoloteos. Los caminantes del fuego aprovechaban cada tropiezo con una piedra lanzada, un enorme proyectil de ballesta, para derribar el enjambre de insectos acuáticos. Ami recurrió a actuar como general de campo, indicando los disparos a sus soldados.

Una nueva experiencia para alguien más acostumbrada a ensuciarse las manos, pero no una mala. Catya debía haber sentido una satisfacción similar cada vez que Ami y Svarde derribaban a un demonio o resolvían un acertijo bajo su dirección.

Cuando el último insecto se estrelló entre los caminantes del fuego, su acuosa muerte rompiendo parches de ceniza blanca en los demonios ardientes cercanos, Ami felicitó merecidamente a los arqueros Whent.

Luego envió la fuerza de vuelta a Jochi, excepto por un único mensajero, que esperaba cerca del borde del túnel.

Una apuesta, y una que dio resultado cuando se acercó un caminante del fuego, uno diferente al anterior. Ami no podía distinguir nada sobre lo que yacía debajo del cuerpo envuelto en llamas, pero la cabeza de obsidiana tenía crestas únicas, y esas chispas brillantes parecían un poco más afiladas en este.

Más brillantes también, ya que el caminante del fuego bañó a Ami con azules, plateados y marrones. La Guardiana dio un paso atrás, respirando algo de aire sin abrasarse los pulmones. Otro recordatorio de que Jochi, con todas sus preocupaciones sobre cómo estas cosas ardientes se integrarían en las islas, no estaba equivocado.

Sin embargo, cuatro manos se entrelazaron, un mayal cayó al polvo, y un conjunto de chispas que se combinaron en un único resplandor dorado fueron gestos que Ami entendió, y a los que respondió con una inclinación de cabeza, una palabra de agradecimiento y una lenta retirada.

—Ahora nos deben —dijo Jochi, con Svarde uniéndose a ellos, cerca de la barricada después de que Ami hiciera su informe—. Buen trabajo, Ami. Por primera vez en la historia de las islas, has hecho que los demonios estén en deuda con nosotros.

—¿Deuda? —preguntó Ami, consciente de que su trío estaba rodeado de ojos observadores y oídos atentos mientras su fuerza Whent se despojaba de sus armas y armaduras—. ¿Y cómo crees que nos lo pagarán?

—Para empezar, no atacando —dijo Jochi, con una sonrisa trepando por sus mejillas—. Y usando esto.

El señor de la guerra levantó una sola mano. Varios soldados se apartaron, ya fuera moviéndose hacia atrás o siendo empujados a un lado mientras al menos diez ingenieros entraban con un carro cargado. Varios bultos negros yacían en el centro, cada uno tan grande como Ami o más. Apestaban a ceniza y hollín, no tenían reflejo, y a Ami le parecían algo muerto que hubiera sido asado y puesto a secar.

Una de las ingenieras, una mujer rechoncha con más músculos de los que Ami jamás había ganado mostrándose a través de sus chalecos salpicados de herramientas, dio un paso adelante, saludándolos a todos con un sólido escupitajo a un lado.

—Amortiguadores, listos como se solicitó —dijo la

ingeniera, recortando las palabras a la manera de los Whent más rurales—. Resistieron bien en las fraguas más calientes que tenemos aquí abajo. Si los malditos demonios son más calientes que eso, entonces yo diría que los manden de vuelta porque las islas no son lugar para ellos.

—Amortiguadores —repitió Jochi, y luego asintió—. Buen trabajo, y justo a tiempo.

—Como siempre —respondió la ingeniera, sin dejar que una sonrisa o un ceño fruncido tocaran su rostro serio —. Tampoco son ligeros, entienden, así que no sean tontos e intenten cargar uno de estos ustedes mismos. Los caminantes del fuego parecen lo suficientemente grandes para soportar el peso, sin embargo.

—¿Qué son estos, entonces? —preguntó Svarde, apoyándose en esa gran espada como si fuera una especie de bastón.

Típico de un hombre de hacha maltratar una espada.

Ante el segundo asentimiento de Jochi, la ingeniera respondió:

—Bloqueadores de calor. El caminante del fuego mete sus brazos por los agujeros, lo usa como un chaleco. Bloqueará lo peor para que no los chamusque —miró a Jochi—. El material para hacer estos no es barato ni fácil de encontrar, así que no vayan a perderlos.

—¿Tienen alguno con mangas? —preguntó Ami.

La ingeniera escupió de nuevo.

—Si quieres mangas, prueba que estos funcionan. No voy a perder más tiempo y cuero hasta que sepamos que esto vale la pena.

—Bueno —dijo Jochi—, creo que si hay alguien aquí que pueda convencer a nuestros amigos ardientes de probarse uno de estos, eres tú, Ami.

La Guardiana se cruzó de brazos, pensó en imitar los

escupitajos de la ingeniera, pero en su lugar negó con la cabeza.

—¿Para qué? No necesitamos...

—Arriba, Ami —interrumpió Svarde—. Es hora de que mostremos a las islas lo que realmente está pasando aquí abajo. Detener la Renovación. Conseguir que los Najahn nos apoyen.

—¿Y quieres que yo haga eso? —Ami se rio—. ¿Una traidora?

Ahora fue el turno de Jochi de reír.

—No, Ami. Consigue que uno o dos caminantes del fuego se pongan de nuestro lado, y hasta Noctia podría cambiar de opinión.

32
ALBOROTO EN EL MUELLE

Fassle no podría haber elegido un día más agradable para iniciar una guerra. El líder najahn, capitán del Círculo y completo imbécil, se erguía sobre la plataforma improvisada construida durante la noche en el muelle, haciendo señas a varios galeones prestados de Whent repletos de soldados najahn con armaduras. En la mayoría de esos uniformes, colocadas durante las semanas transcurridas entre el derrocamiento de Gladdring y su presencia actual como observador encapuchado entre las masas matutinas que presenciaban la despedida, se encontraban las cicatrices Vis. Saqueadas a lo largo de los años, almacenadas y ahora puestas en uso contra su isla de origen.

Junto al líder del Círculo se encontraba una mujer de aspecto recio adornada con medallas najahn. La Renovación de Noctia, recién llegada de Whent, donde había estado cuando se hizo pública la declaración de Fassle que ponía fin a toda la farsa. A pesar de todo, la habían aclamado como una heroína, sobreviviendo a demonios, bandidos y mares peligrosos en su viaje alrededor de todas las islas excepto dos. Sus esfuerzos se evidenciaban alrededor de su cuello, donde lucía las joyas clásicas sobre su coraza.

Ya no era una Renovación, sino una general, una líder para los najahn. Por su sonrisa severa, no parecía decepcionada con su cambio de fortuna. Aunque, ¿quién lo estaría? ¿Un cambio de destino que la llevaba de pudrirse en una silla de piedra a liderar la fuerza más poderosa de las islas?

Al menos, mientras Fassle aún mantuviera el poder.

Gladdring quería sentir cierto orgullo por ver en marcha el plan que había desarrollado: había sido su idea traer a Annalyse, poner finalmente a prueba las cicatrices después de tanto tiempo desperdiciando su poder por miedo, confusión y rutina. Deseaba unirse a Fassle en esa plataforma y saludar, confiado en que estaban dirigiendo las islas hacia un futuro mejor.

Pero subir a esa plataforma sería morir.

Yarvick se aseguraría de ello.

El antiguo Tenet, con su cicatriz Tamas molestándole con intuiciones de la multitud que lo rodeaba, no intentó identificar a los insurgentes del señor bandido. Fassle no había mantenido en secreto la despedida, dando tiempo suficiente para que Yarvick posicionara a sus asesinos. Gladdring también tenía asignado su papel: subir al escenario después de la caída de Fassle, proclamarse como el nuevo líder najahn y enviar a las tropas en su camino. La guerra contra Vis no se detendría aquí, no debía detenerse, porque si Gladdring, Yarvick y Fassle estaban de acuerdo en algo, era en la necesidad de las cicatrices como asunto militar.

La cuestión no era si los najahn debían gobernar las islas, sino quién debía gobernar a los najahn.

Mientras Fassle comenzaba su conclusión, Gladdring se

abrió paso entre la multitud. La calle junto al mar, con sus muelles y una valla de cuerda que impedía que la bulliciosa gente cayera al agua, tenía nieve acumulada en sus bordes. Los vendedores de café y comida aceptaban todo tipo de trueques, desde joyas empeñadas y ropa tejida en casa hasta pagarés por favores futuros. Esos olores, cálidos y especiados, competían con el pescado fresco helado y el hedor marinero. Una energía nerviosa pulsaba, una que Gladdring no necesitaba su Tamas para percibir.

Había sido antes de todas sus vidas, la última vez que los najahn marcharon a la guerra. Entonces, había sido contra Kance, sometiendo a la misma isla cuya Reina ahora acechaba detrás de Fassle. Su rostro permanecía impasible bajo su abrigo plateado y azul, mucho más grande que el que había llevado a su llegada, como si estuviera hinchado por dentro. Cerca de ella estaba el cazador de Vis, Quik, desempeñando su papel de escolta y músculo. La Reina de Kance tenía sus propios guardias, por supuesto. Todos llevaban abrigos voluminosos, como si todo el séquito planeara viajar por la tundra más fría de Whent durante una semana.

Gladdring se estremeció. Eso, al menos, no sucedería.

Fassle alzó una mano cerrada hacia el cielo azul, soleado y frío. Mientras sus palabras llegaban a su fin, deseando buena suerte y la propia fuerza de Noctia a sus tropas, el aire alrededor de su mano titiló antes de que una llama azul y blanca se disparara hacia arriba, floreciendo en una bola ardiente que luego se desvaneció.

Una cicatriz. Fassle tenía una cicatriz Foti y sabía cómo usarla.

Esto no era...

Las saetas volaron. Pequeños dardos negros se lanzaron desde posadas cercanas, almacenes y probablemente desde la calle. Al menos tres, tal vez más, perforaron la capa de Fassle. El hombre, con el brazo aún sin bajar, se sacudió al ser alcanzado, retrocediendo un paso. La multitud captó el ataque, los gritos comenzaron. Los soldados najahn que no estaban en los barcos, los que ya zarpaban y se dirigían hacia el sur, desenvainaron sus armas o vacilaron, confundidos. Los dos Adeptos, de pie con sus gloriosas túnicas detrás de la plataforma de Fassle, desaparecieron tras las garras de sus propios guardias.

Si los sobornos de Yarvick funcionaban, esos mismos guardias estarían cortando las gargantas de los Adeptos en segundos.

La propia protección de Fassle invadió el escenario, cuatro najahn con armaduras y sus inútiles alabardas girando en el aire buscando a alguien a quien apuñalar. Se formaron alrededor de Fassle, con un quinto que, dejando a un lado las armas, se inclinó para recoger el cuerpo.

Gladdring se acercó más, ahora más fácil con la multitud alejándose. Demasiada gente y muy pocas salidas para una huida rápida, sin embargo. Una vez que Fassle abandonara el escenario, Gladdring aún tendría público, aún...

Las túnicas negras y púrpuras ondearon. Fassle apartó al guardia que lo ayudaba y se puso de pie tambaleándose, con una mirada furiosa y desafiante en su rostro. Los agujeros hechos por las saetas disparadas solo hacían que Fassle pareciera más fuerte, solo hacían que la sonrisa de Gladdring se ensanchara.

Yarvick tendría que comprometerse ahora, y Gladdring tenía su oportunidad.

Más clics. Más saetas volaron, esta vez rebotando en las armaduras de los guardias que rodeaban a Fassle. Uno recibió un impacto en la estrecha franja entre el casco y la coraza, desplomándose. Otra alcanzó a Fassle de nuevo, alojándose en el hombro del hombre, solo para que Fassle la arrancara y la arrojara a un lado. Lanzó un aullido de orden, y por fin los soldados entre la multitud encontraron sus indicaciones, corriendo hacia los edificios donde se escondían los asesinos de Yarvick.

Y despejando el camino para Gladdring.

El antiguo Tenet se apartó de la plataforma. Cualquier posibilidad de suplantar a Fassle allí mismo se había esfumado. Incluso si Yarvick tuviera más muerte que repartir, la multitud sería demasiado escasa para cualquier derrocamiento victorioso. En su lugar, otro plan se puso en marcha, uno con el que Gladdring se encontró detrás de la plataforma de Fassle, a lo largo de la calle costera que se dirigía hacia el norte.

—Eso salió mal —siseó la Reina Kance cuando Gladdring se unió a ella, a varios guardias reales Kance y a Quik —. Pensé que Yarvick se suponía que era bueno en esto.

—Lo es —respondió Gladdring, dejando que Quik y un guardia real, relucientes en su extravagante armadura plateada, tomaran la delantera. El cazador Vis hablaba rápidamente con el hombre, sin duda explicándole la ruta—. Si es lo suficientemente bueno como para destruir a Fassle, lo veremos, pero no podemos depender de ninguno de los dos.

—Estoy dependiendo de usted, lo cual no me gusta.

—Nunca le pedí que le gustara, solo que lo creyera.

A su alrededor, los espectadores se dispersaban de diferentes maneras. Algunos encontraron perchas para mirar hacia los barcos que partían, los continuos ataques contra Fassle. Nuevos sonidos resonaban, choques metálicos mezclados con órdenes gritadas, la propia voz de Fassle increpando a sus presuntos asesinos. Otros se precipitaron a través de puertas cerradas y abiertas, abriéndose paso a golpes para desaparecer en las sombras y esperar a que pasara el caos. Alguien pidió cerveza y una espada, sin orden particular.

El grupo de Gladdring giró hacia el interior y hacia arriba, subiendo escalones mientras las trompetas hacían sus primeros llamados a través de la ciudad. Una alarma escuchada con más frecuencia últimamente, cada vez que un enemigo hacía una incursión cercana, pero aún un sonido sobresaltante. Los guardias de Najahn pasaron, fluyendo desde los cuarteles, algunos ajustando sus armas y armaduras sobre la marcha. Uno resbaló, cayó por los escalones empedrados cerca de ellos. Un guardia real se detuvo para ayudarlo a levantarse, solo para que la Reina le ordenara seguir adelante.

Los varios días quemados en las tabernas de Noctia, cambiando lealtades y obteniendo conocimientos, se repitieron mientras Gladdring se apresuraba. Todo su plan dependía de un solo hecho, y si Fassle decidía cambiarlo, si ese hecho resultaba falso, entonces...

Entonces Gladdring tendría que esperar que Yarvick tuviera éxito y aún viera un lugar para él. Una eventualidad a considerar cuando, si es que llegaba, ese momento oscuro se presentara.

Las puertas del barrio Najahn llegaron más rápido de lo que Gladdring esperaba, aunque el sudor que fluía a través de su pesado abrigo y capucha sugería que se había ganado el pasaje. Más guardias de lo habitual estaban afuera, con voulges desenvainadas, y dos ballesteros se cernían con sus saetas listas sobre las almenas de la puerta. Más soldados de negro y púrpura continuaban saliendo apresuradamente.

Miradas duras los recibieron, miradas duras que se desviaron ante la gélida exigencia de la Reina Kance de que

Najahn mantuviera a salvo a sus invitados reales. No hubo segundas miradas, ni inspecciones. Quik, el cazador vestido con túnicas de Najahn, se presentó como su escolta, diciendo que se dirigían a los aposentos protegidos.

El caos resultó ser un valioso aliado, ya que el comandante de la puerta no se detuvo a pensar por qué la Reina, parte del séquito de celebración de Fassle, estaría regresando sola. En su lugar, los apresuraron a pasar, diciéndoles que buscaran refugio.

Lo harían, y lo hicieron, solo que no donde ningún soldado de Najahn esperaría.

La torre familiar de Gladdring se veía igual que cuando él la gobernaba. Fassle podría haber nombrado ya a otro Tenet de Comercio, pero el nuevo maestro aún no había dejado su huella. Los mismos estandartes simbólicos, uno para cada isla, colgaban fuera de la puerta, ahora sin un solo guardia vigilando. Otro pensamiento confirmado: con el Círculo bajo ataque, ¿a quién le importaba una torre llena de eruditos y acuerdos comerciales?

Quik y el comandante de la Guardia Real forzaron la puerta, una tarea facilitada cuando los eruditos aterrorizados la abrieron de golpe al primer toque. El cazador Vis apartó a la pareja con túnicas, diciéndoles que volvieran a sus cámaras, que no abrieran sus propias puertas hasta que las trompetas de Najahn dijeran lo contrario. El pasillo hacia la escalera central estaba vacío y listo para correr.

La Reina le dio un asentimiento a Gladdring, que él no devolvió. No arriesgaría el éxito hasta que estuviera garantizado, hasta que lo que buscaban estuviera esperando.

Dos niveles más abajo y un obstáculo. Tres guardias, armados y con armadura, de pie ante una puerta que Gladdring conocía demasiado bien. Miraron fijamente al séquito, confundidos, hasta que el propio Gladdring dio un paso adelante y se echó hacia atrás la capucha. Con su mano, Gladdring empujó a Quik un paso atrás. Conocía a estos guardias, su presencia aquí era una sorpresa, y una sospechosa.

—Traidor —dijo el del centro, su líder—. Se supone que deberías estar muerto.

—Pero no lo estoy —Gladdring hizo un gesto con la cabeza hacia los guardias reales que esperaban detrás, todos con las manos en sus estoques—. Por suerte para ustedes, ha llegado una oportunidad de equilibrar sus almas. Expíen su traición y déjennos pasar.

El guardia se rió.

—¿Traición? ¿Expiar? Servimos al Círculo, siempre lo hemos...

—Yo sirvo a las islas —anunció Gladdring—. Sirvo a la gente que vive aquí. Sus familias, amigos, hijos e hijas. Los caprichos desenfrenados de Fassle los matarán. Yo los veré a salvo. Ustedes saben esto.

—¿Lo sé?

Las voulges no eran de mucha utilidad dentro de los estrechos confines de una torre, así que estos tres llevaban espadas Foti, sus metales azulados brillando mientras el líder y sus dos amigos las desenvainaban. El líder apuntó la punta hacia Gladdring, y el Tamas skar gritó una advertencia.

No habría negociación.

El cazador Vis vio la realidad igual de rápido, liberando sus manos ahora cubiertas con guanteletes de debajo de su túnica. Empujando a Gladdring a un lado con su hombro, el cazador golpeó la espada del guardia líder, arrojándola al suelo con su primer golpe, poniendo los puntos con garras en el cuello del guardia en el segundo. Dos guardias reales se colocaron junto a Quik, sus estoques haciendo frente a las espadas enemigas punta contra punta.

—Sus vidas, entonces —dijo Gladdring, interviniendo antes de que Quik pudiera pronunciar alguna tontería Vis inútil—. Si las islas mismas no cuentan para nada, tal vez su propia supervivencia sí.

La mortalidad, como siempre, rompió viejos moldes. El guardia líder gruñó una maldición, dejó que sus manos se aflojaran. Los otros dos siguieron su ejemplo, dejaron caer sus espadas. La Reina Kance dijo algo entonces, que sonó como galimatías, pero ambos guardias reales se lanzaron hacia adelante, asestaron golpes en las sienes con sus espadas y derribaron a los dos Najahn al suelo. El líder protestó por un breve segundo antes de que le sucediera lo mismo, dejando tres cuerpos inmóviles sobre la piedra.

—Estamos perdiendo el tiempo —dijo la Reina—. Vayan.

A través del corredor, pasando otra puerta y bajando una escalera de caracol más hasta el momento de la verdad, con la esperanza de que Fassle aún no hubiera encontrado una manera de movilizar sus nuevas armas. Una esperanza cumplida en las pilas que esperaban. Más skars de los que Gladdring había logrado reunir jamás estaban en los viejos cofres de Annalyse. Los informantes de Yarvick, las insinuaciones en las tabernas de los Najahn manipulables, demostraron su precisión: Fassle había reclamado los antiguos campos de prueba de skars para sí mismo, para nuevas iniciativas aún no listas.

Muchos skars de Najahn habían sido trasladados aquí, pocos desplegados. Gladdring podía entender bien por qué: una piedra Vis, con su curación innata, era fácil de colocar en el brazal, la espada o la armadura de un soldado. Un skar de Foti o Kance, capaz de nivelar la propia fuerza del soldado con un uso deficiente, exigía entrenamiento. Más investigación. Más tiempo del que Fassle había tenido desde que su purga había expulsado a los únicos expertos al servicio de Najahn.

Y ahora los propios errores de Fassle serían la salvación de Gladdring.

—Recogedlos, tantos como podamos almacenar. Deprisa —ordenó Gladdring, dirigiéndose él mismo a la colección de Tamas. Sus manos se deslizaron bajo sus pesados abrigos, comenzando a llenar los bolsillos con las piedras—. Estos momentos compran nuestro futuro.

La Guardia Real, y la propia Reina, sacaron bolsas de debajo de sus enormes abrigos, barriendo los skars de un solo movimiento tras otro hacia el interior. Un poder incalculable comprimido en cada una de esas piedras, y aquí decenas y decenas eran suyas.

—Es hora —dijo el Vis, de pie cerca de las escaleras que descendían más abajo—. Vámonos.

Gladdring echó otra mirada alrededor mientras la Guardia Real cerraba sus bolsas y comenzaba la retirada con su Reina a cuestas. La mayoría de los skars habían desaparecido, el laboratorio hecho un desastre en la prisa. ¿Qué milagros podrían haber encontrado aquí, si Fassle hubiera sido más listo, o demasiado estúpido para darse cuenta?

Sin embargo, el arrepentimiento tenía poco control sobre Gladdring. De hecho, se desvaneció cuando sus pies tocaron la arena helada y sus ojos, mirando hacia la estrecha cueva marina y su pequeño muelle, contemplaron el clíper Kance esperando en el embarcadero.

Arriba, los cuernos de Najahn sonaron de nuevo. La batalla aún rugía.

33
PUEBLO NUEVO, VIEJOS ENEMIGOS

Eujo se aferró a aquellas colinas escarchadas durante dos días. La vida silvestre los tentaba, con Wax y Bliss recurriendo a sus viejos hábitos de cazadores. Marcharon primero hacia el oeste, encontrando más raíces retorcidas en el borde de las estribaciones y, con ellas, posibilidades. Usando los cuchillos de Torny, Bliss y Wax tallaron dardos y los tubos huecos para lanzarlos. Mientras la bandida y la Reina mantenían encendido el fuego, la pareja Vis acechaba durante las tardes y las primeras horas de la mañana, cazando alimañas escurridizas y alguna que otra ave que volaba demasiado cerca. Enseñaron a Torny y Eujo a escarbar entre las hierbas congeladas y descubrir raíces más gruesas adecuadas para hervir, madrigueras donde las nueces enterradas ofrecían aperitivos.

El desuello vino después, una tarea nocturna para quitar las pieles de los cuerpos y colgarlas de las alforjas apiladas para que se secaran. Cuando Torny comentó que las pieles eran demasiado pequeñas para vestirse, Wax señaló que eran lo suficientemente grandes para hacer mitones, gorros y botas.

—A menos que estés pensando que nos darán caridad cuando lleguemos al pueblo, necesitaremos algo para comerciar —dijo Wax, deslizando el puñal de la bandida bajo un abrigo gris claro cuyo antiguo dueño estaba en un espetón sobre las llamas crepitantes—. A menos que me equivoque, sin la protección de la Renovación, somos solo viajeros como cualquier otro.

—Tiene razón —añadió Eujo, aunque mantuvo los ojos apartados de aquella desagradable tarea.

No es que cortar carne y piel la incomodara —Eujo había visto suficientes humanos sometidos a fines espantosos como para prohibirse esa aflicción—, pero la noche de Tamas era demasiado hermosa para desperdiciarla mirando sangre y vísceras. Habían sido bendecidos con una racha de cielos despejados y vientos suaves. A medida que se dirigían hacia el sur, aunque Eujo no podía imaginar que hubieran ido tan lejos, las cosas parecían más cálidas también.

Ciertamente, los pequeños animales y las verduras dispersas no eran suficientes para llenar su estómago, pero la inanición no era inminente y la muerte violenta parecía distante. Era difícil estar demasiado decepcionada.

—Vale, pero ¿a dónde vamos a viajar? —preguntó Torny—. Dormir en el suelo helado es genial, pero me encantaría una cama. Algo de paja. Una jarra de algo que no sea nieve derretida. —Levantó una raíz retorcida y hervida, frunciendo el ceño—. Incluso preferiría una zanahoria a esto.

—Habrá otros pueblos, con menos probabilidades de que nos persigan —dijo Eujo—. Cada día que nos mantengamos alejados de los caminos principales, las posibilidades de que nos atrapen disminuyen.

—Eso dices tú. Si nos quieren, apuesto a que nos encontrarán.

—Aún no lo han hecho —murmuró Wax entre cuchilladas.

—¿Nunca has pensado que podría haber una razón? —Torny hizo un gesto con la raíz hacia el norte, de donde habían venido—. No es fácil ocultar las huellas en la nieve. Ya nos habrían atrapado. Creo que se han rendido, han vuelto a su espectáculo.

—Estás apostando mucho a eso —dijo Eujo.

—Sí, mi propia cordura. Porque si tengo que pasar unos días más viendo a este Vis descuartizar carne, voy a perder la cabeza.

La Reina Kance buscó a Bliss con la mirada, pero la cazadora estaba fuera haciendo precisamente eso. Bliss normalmente podía calmar a Torny de sus diatribas cáusticas, haciendo señas graciosas con los dedos o sugiriendo un paseo. Como una niña pequeña, Torny se distraía, abandonaba su cruzada y se iba con Bliss, con maldiciones murmuradas siguiendo sus pasos.

—Entonces, lleguemos a un acuerdo —sugirió Wax—. Estoy contigo, Torny. No me gusta el frío, la carne de aquí es desabrida y no hay fruta en los árboles. Cambiaría mil ollas de nieve derretida por una sola cerveza.

—Por fin, alguien habla con sensatez.

Wax tomó la pata del conejo muerto, la apuntó hacia el sur y la agitó. Eujo arrugó la nariz, Torny simplemente se rió.

—El próximo pueblo no está muy lejos en esa dirección. Apuesto a que podríamos llegar mañana si estás dispuesta a caminar.

—¿Dispuesta? —se burló Torny—. Correría hasta allí ahora mismo si no significara condenarlos a todos a morir aquí.

—¿Tú eres la que nos mantiene con vida? —preguntó Eujo—. ¿Tú?

—Por supuesto. Son mis cuchillos los que han estado usando para limpiar todas estas presas. Sin ellos, ustedes serían el alimento de estas cosas.

Wax levantó la vista de su sucia tarea, —Los conejos no comen carne.

—Los conejos de Tamas sí. Los he visto devorar un buey entero. Lo rodearon, desapareció en segundos. —Torny se sacudió la nieve de los guantes mientras hablaba—. Hay terrores por todas partes aquí, mantenidos a raya por una servidora.

Eujo suspiró. Tal vez no sería mala idea ir a algún lugar cálido, con otras personas con quienes hablar.

Una mala idea. El pueblo era una maldita mala idea.

Claro, había empezado bien, cuando el cuarteto desaliñado llegó a la taberna de un lugar del tamaño del puesto avanzado de Najahn en Whent. El sol se deslizaba hacia el horizonte después de un duro día, una tormenta finalmente parecía acercarse, arrastrando nieve consigo, y la idea de una chimenea era lo suficientemente atractiva para que Eujo, Wax, Bliss y Torny avanzaran rápidamente por las colinas. Incluso pasaron junto a un carro que se movía lentamente desde las montañas orientales, por uno de los varios caminos que conducían al pueblo.

Abundaban las chozas al estilo de Tamas, edificios en forma de hongo con chimeneas centrales y techos de paja. Paredes de barro y piedra. Pocas banderas, menos alarde que el Animas y su ambiente de carnaval. Torny dijo algo sobre conocer al verdadero Tamas y Eujo no pudo estar en desacuerdo, casi podía encontrar un terreno común con la gente que se movía por allí, atendiendo sus tareas diarias de una manera que no había visto en mucho, mucho tiempo.

Pero la taberna, ese había sido el error, aunque Eujo no estaba segura de cómo podrían haberlo evitado. Sirviendo tanto de posada como de cantina del pueblo, la taberna se alzaba en una plaza tranquila, una estructura de una sola planta cuyo techo subía y bajaba como todas aquellas colinas que habían estado recorriendo. El humo y el aroma de carne asada y especiada salieron a recibir sus alforjas cubiertas de pieles mientras el cuarteto se acercaba, al tiempo que entraban pisando fuerte en el lugar y echaban su primera mirada a la sociedad civilizada en varios días.

Esa mirada le dio a Eujo todo lo que necesitaba saber, ver y de lo que huir.

Livier, el asesino Kance, miembro de los Vientas y hombre leal a la Reina equivocada, levantó una jarra cuando entraron por la puerta. Otros dos, que formaban parte del mismo trío que había intentado darles una paliza a Wax y Eujo durante el brunch hacía demasiado tiempo en Noctia, estaban sentados con él, con sonrisas relucientes. Bliss y Torny, que se habían librado de aquel sangriento desayuno, no se dieron cuenta y siguieron caminando hasta que Wax agarró a su hermana.

—¿Qué pasa? —preguntó Torny mientras Wax y Eujo se quedaban en el umbral.

Alguien gritó que cerraran la robusta puerta, que dejaran de dejar entrar el frío, y Eujo hizo un cálculo rápido y sucio: el día estaba avanzado, habían marchado largo rato con piernas cansadas y medio hambrientas. Sus abrigos y alforjas pesaban con pieles y huesos para intercambiar. Incluso con los skars Vis susurrando su disposición, no habría forma de escapar de asesinos descansados.

No había escapatoria a través de una tierra cubierta de nieve con huellas tan fáciles de seguir como caminar sobre ellas.

—Estoy acabada, Wax —dijo Eujo, encontrando un rumbo familiar en las palabras. Trazando un curso y siguiéndolo—. Consigue una habitación. Quédate, descansa. No les importarás.

Livier y los otros dos se pusieron de pie ahora. Empezaron a acercarse.

—Puedo liberar el skar Foti —murmuró Wax mientras Bliss y Torny captaban el ambiente y veían acercarse al trío. Las manos se dirigieron a las armas—. Quemarlos a ellos y a todo este lugar.

El resto de la posada aún no había notado lo cerca que estaba el desastre.

—Probablemente te matarán primero, o lo harán los siguientes —dijo Eujo, pasando junto a Wax para plantarse frente a los asesinos que se acercaban—. Los Vientas no se detienen porque uno caiga. Nos perseguirán hasta el final.

—Eujo... —comenzó Wax, con ese tono que Eujo había escuchado tantas veces de sus compañeros ladrones, de los Guardias de la Reina, de la otra Reina Kance. A punto de decirle lo que era correcto, lo que debería hacer, cómo debería actuar—. No voy a...

—Exacto, no lo harás —dijo Eujo, lanzando una mirada gélida tan buena como cualquiera a sus amigos—. Vete. Esta no es tu pelea.

—Como tu Guardiana —dijo Torny—, creo que sí lo es.

—No eres mi Guardiana, no hay Renovación.

Antes de que Torny pudiera inventar otra excusa, y la lealtad de la bandida habría sido conmovedora si no fuera tan estúpida, Livier y sus compinches llegaron. Se detuvieron frente a Eujo, pareciendo saludables —salvo por una marca en la mano de Livier donde el tenedor de Wax había hecho justicia— y listos para entregar el veredicto de su

Reina. Túnicas limpias, ojos claros y la voz firme de Livier al hablar.

—Es un placer volver a verla, mi Reina, después de nuestro desafortunado encuentro en Noctia —comenzó Livier, ofreciendo a Eujo una leve reverencia. La mirada del asesino se dirigió más allá de ella hacia Wax, y la sonrisa del hombre se crispó—. Y la Renovación Vis, aún con vida. Qué afortunados deben ser todos ustedes por haber llegado tan lejos.

—No es suerte —dijo Torny, acercándose a Eujo—. Es habilidad. Mucha habilidad. Del tipo que no querrías poner a prueba.

—Oh, créeme, poner a prueba tu habilidad no es por lo que estamos aquí —Livier retrocedió, señalando hacia su mesa anterior, lo suficientemente grande para que se unieran otros dos o tres—. Por favor, tenemos espacio, y la cerveza es bastante buena.

Por un breve y aterrador momento, Eujo quiso ceder a la sugerencia de Wax. Sus propios skars también estaban listos, los susurros captando su incomodidad. Liberar las piedras, correr de vuelta a la nieve, probar suerte en el próximo pueblo. Esperando, entonces, que la noticia de su destrucción no se hubiera propagado. Estarían huyendo, entonces, buscados y sin ninguna protección de la Renovación.

Solo villanos comunes con un poder poco común.

Livier no podía hacerle eso.

—Mis amigos están cansados —dijo Eujo, extendiendo su mano derecha para presionar el abrigo de Torny, evitando que la bandida hiciera alguna tontería—. Pero me uniré a ustedes. Ha sido una larga caminata.

—Me lo puedo imaginar —respondió Livier—. Nos

decepcionó tanto llegar a las Animas solo para descubrir que habías huido.

—Miedo escénico —dijo Eujo, siguiendo al trío de Vientas de vuelta a su mesa. Wax, Bliss y Torny debieron haber captado su vibra, porque no la siguieron, en su lugar se dirigieron hacia la barra y el posadero—. Actuar en un escenario es diferente a sentarse en un trono.

—Imagino que ninguna de las dos es tu cosa favorita —Livier retiró la silla para Eujo, dejándola sentar—. ¿Cerveza? El estofado también está bastante delicioso. Nuestras cocinas podrían aprender una cosa o dos de esta isla.

Eujo asintió a ambas cosas; si iban a matarla, bien podría disfrutar de una comida primero. Livier envió a uno de sus compañeros a cumplir con el pedido. Volvió la misma sonrisa plácida que había llevado todo este tiempo hacia Eujo.

—Admito que ha sido difícil encontrarte —dijo Livier, fluyendo hacia un lento relato de los viajes del trío de Vientas a través de Whent, a Tamas y este pequeño pueblo. Lo contó despacio, dándose tiempo para beber su propia cerveza y para que llegaran la comida y la bebida prometidas—. Recogimos tu rastro fuera del camino al sur de las raíces y te seguimos el paso durante un día. Después de eso, una mirada al mapa de Tamas nos dijo que tus opciones eran limitadas, así que ¿por qué sufrir en medio de los fríos páramos cuando abundan posadas acogedoras como esta?

—Porque nunca sabes con quién te puedes encontrar.

Una pequeña risa. Una que Eujo odiaba.

—Pero te encontraste con nosotros, y menos mal —dijo Livier, desapareciendo la sonrisa—. Porque el mundo ha cambiado, mi Reina, y me temo que te ha dejado atrás.

34
LOS DESEOS DE LA MUERTE

Veritrus se levantó con gracia decidida, con las manos apoyadas sobre la mesa. Era un hombre de acción determinada, y Annalyse supuso que sabía cuál sería esa acción. Así que lo imitó, excepto en una cosa: agarró el tosco cuchillo —el puesto avanzado de Najahn carecía de los lujos de Noctia— y lo agitó hacia el comandante de Najahn.

No resultaba intimidante, y la ceja ligeramente arqueada de Veritrus se lo hizo saber.

—Vamos, Annalyse. Esto no tiene por qué ser una pelea. Ni siquiera tienes que morir —Una cálida sonrisa—. Al menos no aquí. Fassle, estoy seguro, preferiría que te presentaras ante él atada.

—Sabe usted cómo negociar.

Veritrus se movió alrededor del extremo de la mesa hacia ella. Annalyse se deslizó detrás de su silla. El sencillo edificio que albergaba su cena permanecía vacío, los demás comensales se habían dispersado para presenciar o participar en lo que parecía un conflicto seguro entre Mottilan y

Kitaye. Los de Najahn, supuso Annalyse, no tomarían partido. Verían quién ganaba, si valía la pena temerles. Hasta entonces, disfrutarían del caos y asegurarían los skars.

—Uno mejor del que habrías recibido de manos del asesino —continuó Veritrus. El hombre llevaba túnicas de Najahn, no la armadura negra. No tenía voulge ni chakram. Tal vez un cuchillo en algún lugar de esos pliegues, pero Annalyse aún no lo había visto—. La Tercera Mano te habría envenenado, y si eso no funcionaba, te habría cortado la garganta limpiamente. Fassle podría ofrecerte una oportunidad.

—Ya he sido una esclava de su Ciudad Anillada. No volverá a suceder.

Annalyse lo decía en serio, y no solo con respecto a Noctia. Deshiva también exigía obediencia a punta de lanza, e incluso la universidad de Whent la presionaba con vagas y terribles amenazas sobre interferencias externas si Annalyse no podía moverse lo suficientemente rápido. Siempre presión, siempre exigencias, siempre acompañadas de peligro.

Tal vez era hora de que intentara algo diferente.

Veritrus vaciló, con la mano derecha deslizándose por el borde de la mesa. —Pensé que Deshiva te obligó a usar los skars para quemar nuestra puerta. ¿Me equivoqué?

—No es muy diferente de usted.

—No, supongo que no, excepto en un aspecto crucial. Ella está tratando de hacer lo que cree que es mejor para su ciudad, su isla. Yo estoy tratando de salvarlas todas.

Annalyse retrocedió otro paso. Calculó que le quedaban otros diez o quince pasos hacia atrás para llegar a la salida. Afuera, se elevaban gritos, una mezcla de preguntas y alarma lo suficientemente amortiguadas por la distancia y el enfoque en el líder de Najahn como para difuminar sus detalles.

—Gladdring no dejaba de decir lo mismo, pero Fassle lo mató de todos modos —dijo Annalyse—. Los objetivos nobles no valen nada.

—No sin los medios para tener éxito —Veritrus inclinó la cabeza hacia afuera—. Deshiva y esos tontos de Mottilan no llegarán a ninguna parte. Ya se dirige una fuerza de Noctia hacia Vis. Aplastarán a estos cazadores, y con los skars en nuestras manos, ningún demonio...

—Estupendo. Quédese con sus sueños y déjeme fuera de ellos.

Veritrus abrió la boca para dar alguna réplica amenazante e insípida y Annalyse dejó que el skar de Foti hablara por ella. El furioso ímpetu de la piedra de fuego fluyó a través del cuchillo de la cena, liberándose en una rosa floreciente. El aire chasqueó, la luz chisporroteó, y Annalyse sintió el calor a través de sus propios párpados parpadeantes. Veritrus maldijo, retrocedió tambaleándose y tropezó con una silla.

Annalyse aprovechó la oportunidad.

Un simple giro la hizo correr desde el destartalado comedor, posada o lo que fuera ese edificio hacia una noche escarlata. Sin el amortiguador, el ruido de la frenética lucha dominaba. Cazadores y esbirros de Najahn se mezclaban en una refriega, y Annalyse habría perdido la cabeza por una lanza perdida si no hubiera resbalado en la hierba empapada de sangre. El arma se clavó en la madera detrás de ella, temblando mientras Annalyse se arrastraba, ignorando la humedad cálida en sus manos. El dueño de la sangre yacía a su izquierda, con los ojos vidriosos e inmóvil.

A su alrededor, un puesto avanzado en plenas reparaciones menores era destruido de nuevo. El fuego no jugaba un papel tan importante como los golpes salvajes contra paredes ligeras: un cobertizo improvisado frente a ella se desmoronó cuando un Najahn blandió su voulge lejos de su objetivo, una cazadora que bailaba, tropezó y se encargó de su agresor con un cuchillo bien colocado.

Sichi lo iluminaba todo, reforzada por antorchas, sus alegres resplandores en duro contraste con la escaramuza.

Aun así, no era difícil encontrar una vía de escape. La selva esperaba, oscura e invitadora cerca del horizonte. Annalyse se dirigió hacia allí antes de que un pensamiento la empujara hacia un lado, agachándose detrás de escombros apilados destinados, quizás, a alguna futura reconstrucción.

Según sus cálculos, y los susurros en su cabeza, Annalyse tenía un skar de cada isla, excepto de Kance, insertado en el collar de su cuello. Ni uno solo de esos skars la alimentaría. Rana podría conjurar agua con algo de esfuerzo, pero Annalyse no tenía piel para almacenarla. Sus zapatos eran un desastre deshilachado, dañados por el fuego y la lucha. Sus tejidos de Vis no estaban mucho mejor.

Una huida a la selva ahora garantizaba la inanición, la deshidratación y probablemente la muerte por algún depredador que ni conocía ni entendía.

El pánico amenazaba.

La lógica, como siempre hacía, demostró ser su baluarte.

Annalyse había querido llegar a la cabaña aislada de Svarde y desaparecer. Una visión color de rosa que no encajaba con su realidad, su experiencia. Veritrus sugirió que Kitaye estaba a punto de ser invadida, junto con Vis en su totalidad. Lo que significaba abandonar la isla, lo que significaba ir a un lugar más hospitalario para alguien como ella, que pudiera protegerla, valorar lo que ofrecía.

Whent sería ideal, pero a falta de una manera de ir hacia el norte, la siguiente mejor opción estaba al Este.

Mientras Annalyse se encogía en una bola, los gritos de los heridos ahora superaban a los gritos de desafío en el aire, la geografía bailaba en la oscuridad sonrojada. Lo que sabía de Mottilan y cómo llegar allí estaba en la conversación de la cena recién arruinada: un paso, algunas montañas y una costa. Hacia el este.

Órdenes, nítidas, claras y salpicadas de maldiciones, rasgaban la refriega general a su alrededor. Veritrus, dando órdenes a algunos Najahn obedientes. Encontrar a la científica, dejar que los cazadores de Vis se mataran entre sí. Bastante simple, aunque todos parecían iguales en estas sombras. Cuál...

Asomó la cabeza, apenas un palmo, desde las alforjas apiladas. A su derecha, el puesto avanzado descendía hacia la jungla, con los escombros calcinados de esta batalla o la anterior elevándose aquí y allá como frágiles juguetes. A su izquierda, y al este, la pendiente continuaba hacia arriba, con la densa jungla cerrándose alrededor del camino hacia el Gran Sana. Un viaje sin retorno y una trampa, allí.

¿Al sur? El sur significaría más jungla y luego, si Annalyse recordaba bien sus mapas, el océano. No era una opción.

Desfilar por planes potenciales mantenía la lucha, el horror, la sangre que manchaba sus manos, rodillas y túnicas a distancia. Si pudiera mantenerse en su cabeza, dejar que los skars susurraran mientras las estrategias se desarrollaban, el pánico también permanecería distante.

Al norte, entonces. Annalyse se replegó entre las alforjas cuando la armadura Najahn, con sus clics y tintineos al chocar metal con metal, delató su aproximación. El soldado, con la voulge y los ojos atentos, merodeó cerca de ella, incluso frente a ella, pero ni una sola vez la mirada de la sombra la encontró. Demasiado preocupado por alguna pelea tumultuosa hacia el oeste. Bastón contra lanza o espada.

El soldado se detuvo. A menos de un paso de Annalyse. Se giró para observar, la voulge descansando sobre sus manos, las rodillas ligeramente flexionadas. Listo para correr o cargar, dependiendo de si el soldado era un cobarde.

El skar Foti susurró una solución. Asar al Najahn en su armadura como la cena en un horno de piedra Noctia. Annalyse apartó el pensamiento. Intentó contener la respiración, encogerse. Sus manos presionaron el cuero desgastado, sus zapatos se deslizaron sobre la hierba bajo ella, y resbalaron. La maldita sangre hizo que su pierna izquierda se extendiera, haciendo que Annalyse cayera sobre su trasero. Una alforja se inclinó y cayó con un suave chapoteo al suelo.

Suave, pero no silencioso.

El Najahn se giró, ya embistiendo con la voulge, y un nuevo susurro surgió. Un skar diferente, el más silencioso, tomando el control con una punta curva que se precipitaba hacia su rostro.

Annalyse no luchó contra ello, no se detuvo mientras un frío hambriento la recorría y se cruzaba en líneas invisibles y demasiado reales desde Annalyse hasta el Najahn. El ataque del hombre se detuvo, tembló, y un rostro oculto bajo un casco se crispó solo una vez. La voulge cayó primero. El Najahn vino después, no de rodillas, no en un colapso, sino en un desmoronamiento, una nada, solo un montón de metal.

Se habría desmayado en ese mismo instante, la satisfacción del susurro robándole el aliento a Annalyse, su fortaleza, sus músculos y huesos exigiendo descanso de una vez. Lo único que la mantenía despierta, forzándola a ponerse en cuclillas, era el shock confuso por lo que acababa de suceder, y la probable causa.

Una cuestión para estudiar más tarde. Annalyse se alejó tambaleándose de las alforjas, del montón que había sido una persona viva y respirando momentos antes, y encontró que la carnicería continuaba sin su intervención. El alcance de la lucha se estrechó a medida que los conflictos externos se resolvían y se cerraban hacia el interior, aunque Annalyse vio armaduras Najahn brillando en los límites. Una red esperando atrapar a los Vis que lograran salir con vida.

Deshiva estaría allí en alguna parte, si no estaba ya muerta.

Algún tinte de lealtad amenazó, uno que Annalyse frustró con una carrera tambaleante y furtiva hacia el Este, rodeando el comedor. No había batallas aquí, y a pesar de las órdenes de Veritrus, los Najahn parecían más preocupados por las disputas entre cazadores. Una cuestión de suerte, y una que Annalyse no podía, no debía desperdiciar.

Se agachó lejos de las antorchas, se mantuvo cerca del suelo y corrió de cobertizo en tienda en almacén. No sonaron alarmas, y Annalyse podría haber tenido éxito de no ser por una realidad terrible: sus tropiezos se volvían más frecuentes, sus ojos se entrecerraban, y sus brazos gemían cada vez que Annalyse les pedía que la mantuvieran en pie contra otra viga de madera.

—¿Qué me has quitado? —murmuró Annalyse, su voz ni siquiera un susurro.

El skar respondió. Siempre lo hacían.

Pero la científica no entendía. Podía, sin embargo, arrastrarse. A través de la hierba, y los helechos, y bajo los árboles de la jungla. Lo suficientemente lejos como para que, cuando los sonidos de la lucha se desvanecieron, cuando sus pies ya no se movían más, creyó que podría permanecer oculta.

De algunos cazadores, al menos.

35
VER EL FUEGO

Ami tiraba del carro ella sola, con las bien hechas ruedas Whent crujiendo sobre la piedra sin pausa. Tres túnicas a prueba de fuego —Jochi prometió un mejor nombre para el equipo eventualmente— descansaban una encima de la otra en el simple espacio. Tan pesadas como una coraza de hierro, Ami habría quedado sepultada intentando cargarlas por el túnel, pero el carro cumplía su tarea con bastante eficacia. Menos mal, porque esta vez Ami estaba sola.

Y tener una mano libre para alcanzar la espada en su cintura le brindaba consuelo, aunque los caminantes de fuego que esperaban al final del túnel probablemente no encontrarían la espada aterradora.

Una diplomática. Ami no solía pensar mucho en su infancia, pero las circunstancias, su total contraste con su juventud de cabezazos, mordiscos y peleas, provocaron una suave risa. Una que hizo que la máscara de oro rozara contra su piel cicatrizada. Tampoco había tenido eso de niña.

El tiempo y la violencia tendían a cambiar las cosas.

Svarde y Jochi estarían observando el intercambio desde el nicho de la izquierda, una hendidura que Ami ni siquiera podía ver mientras tiraba del carro fuera del túnel y entraba en la vasta cámara. Como siempre, los caminantes de fuego continuaban su marcha constante hacia la colonización, reparando los daños del último ataque de los demonios mientras reforzaban las viviendas a lo largo de las pendientes grises y pedregosas. Las casas parecían tan descuidadas como chozas humanas improvisadas, roca y arena fundidas en copas inclinadas, con las partes superiores completamente abiertas. Una rareza hasta que Ami recordó quiénes las usaban, y lo que podría suceder si todo ese calor permaneciera comprimido en un espacio pequeño.

¿Podría un caminante de fuego quemarse? ¿Inmolarse?

Las teorías podían esperar. Adelante se encontraba alguien más inmediato, silencioso y grande. Con su piel ondeando en silenciosos flujos de naranja y azul, el caminante de fuego con el que Ami había hablado —si se le podía llamar así— antes, subió por la pendiente. Lo suficientemente alto como para que su cráneo de obsidiana, una forma triangular con bordes que parecían ser únicos para cada caminante de fuego, y la única manera en que Ami sabía identificar a los demonios entre sí, se elevara sobre el extremo sobresaliente de la meseta. Chispas se agitaban a lo largo del negro, bailando en patrones que Ami no podía descifrar.

En su lugar, se hizo a un lado y señaló el ancho carro.

—Son para ustedes —dijo Ami—. No sé si pueden entenderme, pero estas, mantendrán su fuego bajo control. Para que no nos quemen.

El caminante de fuego le devolvió destellos de motas, doradas y azul hielo. Fuera lo que fuera que eso significara.

—Se lo ponen. —Ami siguió adelante—. Así.

Se inclinó sobre el carro y sacó la primera túnica. La levantó solo para que su parte inferior se arrastrara por la roca y la parte superior presionara contra su cabeza. Torpe y fea, y absolutamente no era así como se suponía que debía usarse la maldita cosa. Ami metió la cabeza en la axila de la túnica para ver la reacción del caminante de fuego: una sola mota dorada silenciosa, ninguno de esos cuatro brazos moviéndose.

El sudor brotó, por una vez no causado por el calor del demonio. Ami consideró meter un brazo por una de las ranuras de la túnica, pero la idea, lo tonta que se vería intentándolo, la hizo abandonarla. En su lugar, Ami arrojó el atuendo sobre la meseta frente a ella.

—Póntelo. —Ami señaló.

El caminante de fuego se quedó mirando.

—Maldita sea, esto no es tan difícil. —Ami asintió hacia la túnica, haciendo pantomima de recogerla con sus brazos y deslizándola sobre su cabeza—. ¿Ves?

Si el caminante de fuego lo vio, no lo dijo. En cambio, la única mota chisporroteó, se partió en dos, un resplandor más rojo marchando hacia la parte superior del cráneo mientras un blanco silencioso se balanceaba hacia la parte inferior. El caminante de fuego se volvió a un lado, poniendo sus brazos izquierdos hacia Ami mientras el par derecho ondeaba hacia la piscina.

—No sé qué estás tratando de decirme —dijo Ami, solo para que sus palabras fueran respondidas por los compañeros del caminante de fuego.

El grupo ardiente, los jóvenes jugando, los viejos trabajando, otros en conversaciones chispeantes, se detuvo y se hizo a un lado. Todos se apartaron, dejando un camino marcado por roca derretida y brasas ardientes justo hasta el borde del agua. Cuando la separación concluyó, con los caminantes de fuego girándose como uno solo como alguna guardia ceremonial, para observar su nueva fila, el demonio líder de Ami se lanzó a un trote lento por el camino.

Que debía seguirlo era tanto obvio como una locura.

Ami juzgó la túnica, su misión fallida yaciendo en el polvo. Podría gritar, intentar que el caminante de fuego se diera la vuelta y, de nuevo, intentar alguna danza para persuadir al monstruo de que se pusiera la prenda elaborada. O...

Las botas Whent que llevaba iban con su ropa gruesa, fabricada por esos mismos ingenieros para mantener su piel lo más a prueba de calor posible. Una idea que prometía más en una forja que al atravesar una pendiente rocosa, ya que el peso hacía que Ami se tambaleara de un apoyo a otro, haciéndola sentir como si hubiera bebido demasiado vino Whent. Que definitivamente se había excedido anoche no era importante: las cicatrices de Vis se aseguraban de que ninguna resaca doliera.

Sin embargo, su torpe impresión no provocó ninguna reacción en las filas de observadores caminantes de fuego. Sus construcciones estaban detrás de ellos, todas las boquillas, ahora, apuntando de vuelta hacia el agua en lugar del túnel. O confiaban en que los amigos de Ami no atacarían de nuevo, o la amenaza de nuevos demonios era simplemente demasiado grande.

Lo que eso decía sobre las armas de Jochi, los cadáveres no muertos de Svarde y sus habilidades, bueno, Ami prefería no especular. Las islas habían estado perdiendo, lentamente, la lucha contra los demonios. La razón por la que se encontraba al borde del agua era para terminar la guerra antes de que lo consumiera todo.

Su guía, su contraparte, se mantuvo bien alejado de

Ami, y no tan cerca del borde del agua. La razón no era difícil de entender: el agua y el fuego tendían a no mezclarse. El caminante de fuego no estaba quieto, sin embargo. En su lugar, se agachó, esos cuatro brazos envolviéndose a sí mismo como en una especie de abrazo. Las llamas en su piel se fusionaron en una sola vela, elevándose, solo para ser apagadas cuando varios otros caminantes de fuego rompieron su línea para colocar un caparazón de hierro negro y ondulado a su alrededor. Una placa corrió sobre la parte superior del caminante de fuego, mientras que otras cuatro se deslizaron pieza por pieza, encajando entre sí con clics profundos y pesados. A medida que colocaban cada sección, los caminantes de fuego pasaban sus manos a lo largo de las juntas, el metal se calentaba y se fundía.

Forjas móviles, estas cosas.

En muy poco tiempo, el caminante de fuego de Ami desapareció dentro de la esfera metálica. Con una última pasada siseante a lo largo de la última pieza frontal, los caminantes de fuego que habían atrapado a su amigo se hicieron a un lado y, juntos, le dieron un empujón a la bola. Sin preámbulos, sin ceremonia, sin gritos, la gran esfera rodó hacia el agua y desapareció.

—¿Qué? —preguntó Ami, volviéndose hacia los caminantes de fuego que observaban—. ¿Qué fue eso?

Los demonios parecieron entender, y casi al unísono levantaron sus brazos y señalaron las aguas oscuras.

¿Otro baño en todo esto? ¿Después de que el primero había salido tan bien?

Ami empezó a negar con la cabeza, pero luego se rio en su lugar. ¿Por qué no? Ya había superado los objetivos de la misión —hacer que los caminantes de fuego usaran la ropa especial— y romper barreras la había traído hasta aquí.

Una realidad diferente la golpeó cuando se volvió hacia las profundidades. Su traje, pesado y a prueba de fuego, simplemente ahogaría a la Guardiana si se metía con él. Sin embargo, si se lo quitaba para quedarse con la tela ligera de abajo, cualquier encuentro cercano con los caminantes de fuego sería...

Las cicatrices. Las cicatrices de Vis la mantendrían con vida, y había dejado atrás la belleza hace mucho tiempo. Unas quemaduras más para entender lo que estos demonios querían parecía un sacrificio que valía la pena. Svarde se había condenado a una no-muerte con esa espada siempre a su lado. Ami podía arriesgar un poco más.

Por Catya, por Foti, por ella misma.

Las aguas frescas no le robaron el aliento a Ami esta vez. Su tacto sedoso susurraba de cosas desconocidas muertas y descomponiéndose en el fondo de la cámara, fluidos misteriosos uniéndose en el mar de la caverna tras filtrarse de criaturas que no eran de este mundo. Repugnante para algunos, ignorado por Ami, que se concentró en cambio en la bola metálica.

Contra el frío oscuro del agua, la bola brillaba con un suave tono gris. Burbujas se elevaban a su alrededor, la piscina reaccionando al calor que Ami sentía ahora mientras nadaba. La bola giraba, se movía, y Ami no estaba muy segura de cómo hasta que notó pequeñas boquillas salpicando la forma. Agua hirviendo salía disparada de esas boquillas solo para cortarse, apareciendo un nuevo chorro en otra parte para impulsar la bola bajo el mar hacia su objetivo: el remolino rojo anaranjado.

Ami nadaba en la superficie, tomando aire mientras observaba el progreso de la esfera hacia ese remolino. Pasaron junto a un torbellino esmeralda, luego una tormenta plateada helada, ambos esquivados por el caminante de fuego con estallidos de vapor.

Tal control preciso, moviéndose bajo el agua... lo que los Rana no darían por algo así.

Si Ami no hubiera hecho su propio viaje al remolino azul antes, podría haberse sorprendido cuando la bola desapareció entre las motas rojas. Desvaneciéndose sin sonido, sin burbujas. En cambio, Ami tomó todo el aire que sus pulmones pudieron contener y se sumergió. Patadas, brazadas, acercaron a la Guardiana, hasta que esas luces carmesí danzaron alrededor de su cabeza y cuerpo. No se sentían como nada, pero evitaban su toque, incluso cuando Ami se acercó al centro sin forma.

Hasta que, como saliendo de un baño, Ami ya no estaba en la piscina. Hasta que el aire, sulfúrico y ácido, golpeó sus pulmones jadeantes como humo abrasador. Sus ojos pasaron de la oscuridad turbia a rojos y naranjas deslumbrantes, un paisaje seco extendiéndose ante ella, salpicado de géiseres ardientes. Nubes, marcadas con púrpuras y rojos, cubrían el cielo. Obsidiana cristalizada se extendía bajo sus pies hasta donde Ami podía ver, elevándose aquí y allá en picos dentados, como lanzas que se alzaban desde las profundidades bajo la superficie. Eso, sin embargo, era solo el telón de fondo.

Estaba de pie en un acantilado, cerca de su mismo borde, el mundo ardiente extendiéndose lejos de ella en todas direcciones excepto a su espalda.

A sus talones esperaba la piscina de la que Ami había emergido, y mientras se daba la vuelta, Ami vio una capucha de obsidiana envuelta sobre su pequeña forma. Los fragmentos negros y claros brillaban, como si hubieran crecido unos sobre otros, y bloqueaban su vista detrás de ella. Una capucha sobre cualquier cosa que emergiera o entrara en la piscina. A la derecha de Ami, la bola de hierro negro siseaba mientras las juntas soldadas se separaban, la carcasa colapsando para revelar al caminante de fuego en su interior.

—¿Este es vuestro hogar? —dijo Ami, tosiendo mientras el aire arañaba su garganta.

El caminante de fuego destelló oro danzante en respuesta, antes de señalar con sus dos brazos izquierdos detrás de Ami, detrás de la capucha de obsidiana. El miedo que podría haber surgido al estar tan lejos de todo lo conocido fue calmado por los familiares susurros de Vis, esas cicatrices reparando sus pulmones conmocionados, sus pies descalzos mientras acumulaban cortes en los fragmentos de obsidiana con cada paso.

Ese miedo regresó cuando Ami, caminando en dirección opuesta al caminante de fuego, se alejó del acantilado y rodeó el lado de la concha de obsidiana, dándole una vista de lo que yacía detrás, bajo más nubes ennegrecidas y llamas escupidas.

Dispuesto hasta el horizonte se alzaba un enjambre cambiante, metal y caminantes de fuego mezclándose. Construcciones masivas, demasiado grandes para caber en la piscina, se movían pesadamente en la distancia. Los propios caminantes de fuego, cada uno una vela, se fundían en su brillantez unos con otros, de modo que parecía que Ami miraba a través de una sola llama pura.

Los miles, las decenas de miles, y todas sus terribles creaciones, estropeaban la belleza singular y extraña de la vista.

No había otra opción frente a tal fuerza, tal congregación. Ami tendría que llegar a un acuerdo de paz con estas criaturas, o las islas arderían.

36
DESECHADO

La salada brisa marina y el amargo viento oceánico traían besos que Gladdring soportaría todo el tiempo que pudiera, siempre que la Reina Kance lo llevara a la libertad. Ya llevaban un día navegando desde Noctia, en mar abierto, con la Ciudad Anillada y su isla más allá del horizonte hacia el norte. El circuito, según declaró el capitán del barco, llevaría la nave de la Reina casi hasta Vis antes de virar más al este y al norte para llegar a Kance desde el sur.

Demasiados témpanos de hielo para hacerlo de otra manera, fue la excusa.

Si el retraso sería fatal dependía de Fassle, de Yarvick, y de cuán pronto se aplacara su caos.

Pero al menos durante el primer día, ningún barco púrpura y negro los persiguió. Durante el primer día, Gladdring cenó pescado recién capturado y buenas frutas de Vis compradas en los puertos de Noctia antes de que se vieran envueltos en... Gladdring sonrió mientras se aferraba a la barandilla, mirando las olas.

La revolución, ¿no era así como Yarvick quería llamarla?

Gladdring esperaba que el señor bandido tuviera éxito. Yarvick, al menos, era alguien con quien se podía negociar, estaría demasiado ocupado tomando el control sin las alianzas simbólicas de Gladdring y su potencial como figura decorativa. Qué lío sería eso. Y si Fassle ganaba, la venganza del antiguo Círculo consumiría demasiado tiempo como para atacar su barco.

Llegaría a Kance, y entonces... Gladdring se giró, una maniobra nada despreciable en la cubierta balanceante del barco, con abrigos pesados encima, para mirar a través de la cubierta superior cubierta de marineros y por lo demás desierta... Gladdring necesitaría empezar a forjar nuevas lealtades. La Reina Kance no ocultaba que su tolerancia a la presencia de Gladdring comenzaba y terminaba con su utilidad para ella, un rasgo que disminuía a medida que aumentaba su distancia de Noctia.

Aun así, la Reina no conocía los skars como Gladdring, y eso por sí solo le daría al antiguo Tenet cierta permanencia. Una oportunidad, tal vez, de forjarse una esperanza para sí mismo.

—Pasas mucho tiempo aquí solo —llegó la voz amortiguada de la Reina, protegida por una gruesa bufanda índigo. Había aparecido, como solía hacer, como por arte de magia. Una puerta de cubierta abierta con escaleras que conducían hacia abajo revelaba su repentina aparición, pero Gladdring se encontró frunciendo el ceño de todos modos.

Las sorpresas eran para los tontos que no prestaban suficiente atención.

—¿En qué piensas, Gladdring, mientras miras las olas? ¿Estás feliz de que hayamos sobrevivido, de haber saqueado los skars de los Najahn?

—¿Por qué no habría de estarlo?

—Porque un hombre como tú nunca está contento donde está.

—Sabias palabras, mi Reina. —Gladdring, manteniendo una mano en la barandilla, hizo una breve reverencia a la Reina. Al igual que él, su alteza real llevaba abrigos voluminosos, aunque los suyos tenían un toque de elegancia, con pieles esponjosas y mangas ajustadas que dejaban clara su posición por encima de la suya. Un Guardia Real, con su armadura cristalina, se mantenía detrás de ella—. He descubierto que el contentamiento a menudo está a un día de distancia del desastre.

—Entonces, ¿hacia dónde huyes esta vez?

—Navegando hacia Kance, espero, y hacia un respiro de la perdición inminente.

—¿Un respiro? —la Reina se unió a él en la barandilla. El skar Tamas, insertado en un brazalete al estilo de Kance alrededor de la muñeca de Gladdring, examinó su estado de ánimo, declarando que la Reina estaba cautelosa, exhausta y, sin embargo, curiosa—. Hemos iniciado la mayor guerra que las islas habrán visto en generaciones, todo mientras los demonios hacen estragos. ¿Qué clase de respiro es ese?

—Para un hombre a punto de ver la horca o el frío océano, uno bueno.

La Reina se rió, y luego pasó a preguntas más estrictas, iniciando lo que Gladdring suponía sería un patrón. Desayuno, café, y luego un diálogo en la cubierta sobre los skars, lo que Gladdring y sus asociados habían aprendido, y sus posibilidades de terminar la guerra rápidamente. En ese momento, el objetivo de la Reina era la defensa de Kance, mantener sus ciudades y empujar a los Najahn a detener la lucha.

A partir de ahí, podrían ocuparse de asuntos más

mundanos, como el deseo profeso de Gladdring de ver a los demonios eliminados con el poder del skar.

—¿Me concederás eso? —preguntó Gladdring—. ¿Una oportunidad de encontrar la fuente de los demonios y usar los skars contra ellos?

—Si sobrevivimos tanto tiempo.

Gladdring se burló.

—Los Najahn, aunque Fassle sobreviva, no nos presionarán mucho. Una vez que entrenemos a tus soldados, podrán quemar una fragata desde lejos, derribar a un adversario, o... —Gladdring encontró otro camino, desviándose de hacia donde se dirigía—. Cambiar sus mentes y ponerlos de tu lado.

—Los Najahn son solo un enemigo, Gladdring —dijo la Reina—. Habrá otros.

—Ninguno tan poderoso.

La Reina no respondió, un silencio lo suficientemente largo como para hacer que Gladdring dudara de sus propias palabras. ¿A qué adversario se refería? Sin embargo, antes de que pudiera pedir más detalles, ella asintió y se fue, dirigiéndose a través de la cubierta hacia el puente elevado. Una audiencia con el capitán, más detalles y planes a los que Gladdring no tendría acceso. La Reina lo estaba excluyendo, y Gladdring no tenía otros aliados en el barco, salvo aquel cazador de Vis, aunque Quik se había mantenido apartado desde la huida.

Gladdring estaba solo. Una situación que tendría que rectificar.

La Rosa del Viento. Un nombre tan ridículo como cualquier otro dado a un barco, pero uno que Gladdring se comprometió a pronunciar con la misma reverencia que todos los demás Kance a bordo. El navío tenía un exterior pulido que daba paso a una mezcolanza en el interior, con diferentes maderas, puertas remendadas y otras nuevas abiertas mientras el barco se sometía a una continua resurrección. Según contaban los marineros —y Gladdring hablaba más con ellos que con nadie a medida que avanzaba el segundo día del viaje—, Kance dependía tanto de la leyenda del barco que lo seguía renovando.

Cada reina debía dejar su huella en *La Rosa del Viento*, y la que actualmente cenaba temprano lo había hecho con las defensas del barco. A lo largo de la barandilla, a intervalos de varios pasos, se asentaban estrechos cañones de ballesta y las cuerdas tensas para dispararlos. Junto a cada uno yacían atados racimos de munición, un impresionante arsenal que, según supo Gladdring, se había encargado antes del viaje a Noctia.

Otro punto a favor de la Reina.

Los interrogatorios aleatorios de Gladdring lo llevaron a los camarotes delanteros de *La Rosa del Viento*, abastecidos con carga crítica, y a la pareja de la Guardia Real que custodiaba la habitación sellada donde se habían guardado los skars. Resplandecientes, como siempre, observaron a Gladdring mientras se acercaba, esbozando el hombre la sonrisa más amistosa que pudo.

—Buenas tardes —saludó Gladdring, asintiendo a cada uno por turno. Ambos lo miraron fijamente, sin ofrecer nada.

Típico. Ni siquiera el skar Tamas daba pistas, solo una muda precaución.

—¿Sabéis qué hay dentro?

De nuevo, ninguna reacción. Gladdring inclinó la cabeza hacia la puerta. —¿Puedo entrar?

Eso, al menos, obtuvo una respuesta. Uno puso su brazo —a Gladdring le resultaba difícil determinar si era hombre o mujer bajo sus yelmos— atravesado en la puerta mientras el otro posaba su mano en el estoque atado a la cintura.

—Así que estáis vivos —dijo Gladdring, retrocediendo—. Tenía que asegurarme de que la Reina no había protegido su puerta con estatuas.

—¿Qué quieres, Najahn? —preguntó el que tenía la mano en el brazo de la espada.

—Solo preguntar si sabéis lo que estáis custodiando, eso es todo. Para asegurarme de que lo cuidáis adecuadamente.

Los ojos se entrecerraron.

—Los skars pueden ser muy peligrosos —continuó Gladdring—. Contienen el poder de los propios dioses. Un paso en falso y todo este barco podría ser destruido.

—Entonces deberías decírselo a la Reina.

—Ya lo he hecho, ella lo sabe. De hecho, por eso estoy aquí.

El skar Tamas lo mantuvo hablando, una puerta entreabierta por la posibilidad y forzada el resto del camino por la lengua de plata de Gladdring. La pareja de la Guardia Real se derritió mientras Gladdring describía los skars, lo que podían hacer, cómo podían ser empuñados. Las notas de Annalyse, sus sesiones de progreso, le dieron a Gladdring las palabras para lanzar, los señuelos para tender, y cuando llegó al final, conocía sus nombres, sus turnos, y tenía la promesa de que sus consejos serían transmitidos.

Ahora, tenía una alianza más que formar, y Gladdring encontró su objetivo cerca de la proa. Quik, con poco conocimiento de navegación pero tanta inquietud como los marineros, tenía sus guanteletes a mano mientras realizaba un ejercicio tras otro. Saltos, flexiones, estiramientos, todo parecía mucho trabajo, pero Gladdring dejó que el cazador siguiera su camino.

Quik debió notar a Gladdring de pie allí, azotado por la brisa interminable bajo el cielo platinado, pero el Vis se tomó su tiempo. Gladdring esperó sin decir palabra, habló solo cuando el cazador Vis comenzó a ponerse sus propios abrigos.

—No te he agradecido apropiadamente —dijo Gladdring, atrayendo poco más que una mirada curiosa de Quik. Era, para ser justos, un lugar difícil para mantener una buena conversación, con las olas rompiendo, los marineros gritando y los silbidos interminables del viento. Gladdring, sin embargo, haría el esfuerzo—. Tus acciones en Noctia salvaron nuestras vidas.

—Agradécemelo salvando a mi hermano.

—Por lo que dice la Reina, eso ya se está haciendo. De lo que deberías preocuparte ahora es de tu propio pellejo.

Aquellas poderosas cejas se fruncieron. El skar Tamas habló. Bien.

—La Reina es como cualquier otro gobernante —dijo Gladdring, asintiendo más allá de Quik hacia la proa del barco y caminando en esa dirección. El cazador se unió a él, así que quedaron de espaldas al puente, fácilmente visibles para cualquiera que mirara en su dirección—. Busca preservar su país y usará a cualquiera para lograr ese propósito. Mientras se deshace de los mismos cuando su utilidad termina.

—Según tengo entendido, se avecina una guerra en Kance —el Vis golpeó los guanteletes, ahora colgando de sus muslos—. Soy útil en una pelea.

—¿Pero después?

Quik se rio. —Apenas te conozco, Gladdring, pero siempre pareces estar tramando algo. ¿Por qué tanta inquietud? Ganamos.

—Hicimos un buen movimiento, pero el juego continúa. Preservar nuestro lugar en él significa trabajar juntos, Quik.

—¿Lo es? —Otra risa ahogada—. ¿Qué ahora, Gladdring? ¿A quién se supone que debo destripar por ti? ¿O es que la Reina planea de nuevo asesinar a alguien que no lo merece?

—No mates a nadie por mí, Quik. Ni ahora, ni tal vez nunca. En cuanto a la Reina, eso no puedo decirlo. —Gladdring dejó libre al skar Tamas mientras ponía una mano en el hombro de Quik—. Lo que te pido es que cuides mi espalda, y yo cuidaré la tuya. No somos de Kance, somos prescindibles.

El skar encontró su lugar y la mirada burlona de Quik se desvaneció para dar paso a una preocupación directa. No se sacudió la mano de Gladdring, devolvió el asentimiento. Cuando fueron a cenar por invitación de la Reina una hora más tarde, Quik se sentó al lado de Gladdring, un cambio notado por la gobernante.

Y cuando la alarma sonó justo después del amanecer de que se acercaba un barco de Noctia, Quik fue el primero en llegar al camarote de Gladdring, esperando un plan.

37
PELEA EN EL BAR

Como puñaladas por la espalda, la de Livier llegó suave y sin previo aviso. Eujo, sentada en la única silla libre de su mesa, con el bullicio de la sala de huéspedes de la posada a su alrededor, extendió la mano hacia el jarro ofrecido y sintió un dolor abrasador extenderse por su vientre. Su visión se nubló, todos los pensamientos coherentes se enredaron, y el skar Vis gritó sinsentidos en su mente. Balbuceando algo con la boca seca, Eujo se cayó de la silla al duro suelo.

Clavada en su costado, como una bandera sangrienta de victoria, había una daga Kance, plateada y reluciente.

Eujo vio a sus tres amigos, todos de pie cerca de la imponente barra de madera oscura de la posada, gritar y maldecir al unísono. Bliss sacó el grueso palo de raíz que había estado usando como bastón improvisado y cargó, arrastrando el arma sobre su hombro solo para golpear una linterna en el movimiento, haciendo añicos el cristal y rociando aceite ardiente por el suelo. Desde su ángulo, Eujo encontró fascinantes los salpicones ardientes, sus chispas amenazando con llevarla de vuelta...

Los skars no lo permitirían.

No solo el Vis, sino todos ellos, las piedras Foti, Rana, Whent y Kance engarzadas alrededor de su muñeca captaron la atención de Eujo, su energía, dando y tomando lo que podían en desesperados intentos de hacer... algo. Eujo quería dejarse ir, hundirse en el velo de muerte que la daga, probablemente envenenada, estaba extendiendo sobre ella, pero sus amigos se enfrentaban a los asesinos. Luchaban por ella.

Dejar que los skars se descontrolaran podría matarlos a todos, y Wax, Torny y Bliss no merecían morir por Eujo.

La bandida y su amiga Vis, su más que amiga, se encontraron luchando primero contra Livier y la mujer que no había apuñalado a Eujo. El bastón de Bliss le daba alcance, el golpe inicial hacia abajo se convirtió en un empujón directo contra Livier, quien usó sus túnicas Kance para desviar, dejando que el empujón pasara de largo para permitirle acercarse a distancia de estocada de su estoque.

Solo para que el hombre volara a un lado, como empujado por la mano invisible de algún dios.

Lo cual, se dio cuenta Eujo, era exactamente lo que había sucedido. El residuo del skar Kance crepitaba en el brazo de Eujo, sus músculos ya exhaustos y doloridos por el largo día. Livier también estaría dolido, ya que su vuelo lo envió a estrellarse contra otra mesa, vacía excepto por las sillas, pues los ocupantes más civilizados de la posada habían huido.

Torny bailaba con su oponente, con las dagas desenvainadas y relucientes mientras sus botas pisaban y resbalaban sobre el aceite ardiente. Detrás de ellos, Wax tenía su espada desenvainada, pero parecía perdido en cuanto a dónde girar, a quién enfrentar.

El hombre no era un guerrero, apenas era un cazador de Vis. Este no era su lugar.

Eujo intentó hablar, decirles a sus amigos que huyeran, un intento interrumpido por una nueva y punzante agonía: la daga en su costado se liberó, extraída por el tercer asesino. Eujo giró la cabeza, vio su propia sangre goteando del filo de la daga, vio los ojos fríos detrás de quien la empuñaba mientras la estudiaba, buscando esas señales de que la vida pronto se iría.

Los skars surgieron de nuevo. Whent ganando esta vez, exigiendo una oportunidad, y Eujo lo dejó ir.

La madera crujió, el suelo debajo de ella, debajo de su asesina, ondulándose como si el suelo se hubiera convertido en una ola. Las astillas volaron, la asesina cayó, y la propia Eujo se deslizó lejos, rodando hasta detenerse a mitad de la posada. Tumbada de espaldas, con la pelea a la vista, Eujo en cambio se centró en la línea púrpura-roja que seguía su recorrido por la posada.

Demasiada sangre. Demasiada para cualquier skar Vis.

Bliss, a la derecha del rastro de sangre, balanceó su bastón contra la asesina que presionaba a Torny —el trabajo con el cuchillo de la enérgica bandida no estaba a la altura de los estándares de la asesina Kance, y sus brazos mostraban los arañazos reveladores de una defensa desesperada. La raíz golpeó el hombro izquierdo de la asesina, enviando a la homicida a revolcarse por el aceite ardiente, que finalmente encontró su agarre, iluminando las túnicas plateadas y azules Kance en un resplandor.

La tercera asesina no prestó atención al desastre de su colega, en su lugar arrojó la daga desenvainada que había sacado de Eujo. El cuchillo, con la infalible atrocidad ganada por una larga práctica, se clavó en el costado de Bliss, haciendo girar a la Vis en una semi-cuclillas. Mientras

Torny maldecía y se lanzaba contra la tercera asesina, Bliss soltó el bastón y sacó el cuchillo, ahora húmedo con sangre fresca.

Lo siento, Bliss. Eujo quería pronunciar las palabras, lo habría hecho, si su garganta no estuviera tan condenadamente seca. Si su cuerpo no estuviera tan cansado.

Aun así, el skar Vis funcionaba. Atacaba sus heridas con tanta habilidad como la que los asesinos desplegaban contra sus amigos. Eujo encontró la siguiente respiración más fácil que la anterior, y si la muerte podría ser inevitable, no sería en ese momento, no ahora.

Livier debió pensar lo mismo, ya que el hombre se levantó detrás de Bliss, con el estoque desenvainado y buscando una estocada fatal. Wax voló, el hermano por fin acudiendo en ayuda de su hermana, como un pájaro en picada, casi una sombra en el humo. La espada de Wax destelló, forzando a Livier a un contraataque, el Vis haciendo algo inteligente y dejando que su impulso sobrepasara al ágil Kance, empujando a Livier contra la misma mesa que había golpeado hace un segundo.

Espera. ¿El humo?

El aceite ardiente había encontrado más que la túnica del asesino. El negro ondulante subió hasta el techo de la posada, arremolinándose de nuevo entre ellos mientras las vigas de madera se convertían en el segundo plato después del aperitivo del suelo. Si los asesinos no los mataban a todos pronto, la propia posada podría hacer el trabajo.

Eujo presionó su mano derecha hacia abajo, intentó levantarse y se conformó con arrastrarse. Un arrastre a lo largo de su propia sangre, hacia la enfurecida Torny, que se batía en duelo con la asesina que empuñaba el estoque y arrojaba dagas. Torny al menos tenía la idea correcta: usando sus dagas para desviar las estocadas del estoque y acercarse. La bandida logró un golpe mientras Eujo hacía su segundo arrastre, una rápida puñalada en la pierna de la asesina, un súbito rojo manchando las túnicas blancas sucias.

Un golpe que le costó caro.

La asesina apretó su brazo derecho, que empuñaba el estoque, contra la pierna, atrapando la muñeca de Torny y su daga contra las túnicas rasgadas. Con su mano izquierda, la asesina agarró la otra muñeca de Torny, una que quedó demasiado cerca con la estocada inclinada, y la rompió. Un aullido de maldición, el tintineo de un cuchillo caído, y la asesina movió su mano en una puñalada con la punta de los dedos hacia la garganta de Torny.

Los skars hablaron de nuevo, y Eujo los dejó.

Rana recogió el aceite ardiente, las pocas gotas que quedaban, y las arrojó contra el asesino. Los diminutos proyectiles incandescentes se clavaron en el rostro del agresor, quemando sus ropas y rompiendo el ataque. El asesino tropezó hacia atrás, intentando apagar el aceite, dando la espalda el tiempo suficiente para que Torny aprovechara la oportunidad, y la daga restante de la bandida finalmente encontrara su hogar.

—¡Alto! —gritó Livier por encima del caos, su voz ya no tan afilada ni tan educada—. La locura termina aquí, mientras sus vidas aún les pertenezcan.

Eujo siguió las miradas y vio a Wax, desarmado y sangrando, de pie con un pequeño cuchillo en la garganta. Livier, igualmente ensangrentado, mantenía al Vis como rehén, sin un ápice de locura o desesperación en su postura. Sus dos amigos, sus cómplices, yacían muertos o moribundos en el suelo de la posada —el que se había incendiado permanecía inmóvil mientras las llamas lo devoraban—, pero Livier no les dedicó ni una mirada. En su lugar, clavó los ojos en Torny, Eujo y la tambaleante Bliss.

—Nos vamos ahora, y ustedes tendrán una oportunidad de vivir —continuó Livier—. Dejen sus armas y váyanse.

Torny apuntó con una daga vacilante al hombre, el cuerpo de la bandida desapareciendo entre el humo.

—Demasiado tarde para eso. Voy a matarte en su lugar.

—No —dijo Eujo, su voz apenas un susurro, pero lo suficientemente fuerte para oírse por encima del crepitar—. Él tiene razón. Corran.

La skar Kance susurró posibilidades. Eujo escuchó.

Se levantó una brisa que avivó las llamas a nuevas alturas, pero barrió el humo hacia las puertas abiertas de la posada, dejadas así por la huida frenética. Torny no pareció conmoverse por la orden de Eujo, pero Bliss, fácil de ver en sus pasos vacilantes y sangrantes, provocó una respuesta más fuerte. La bandida corrió hacia la Vis, atrapó a Bliss cuando esta cayó y la arrastró hacia la salida de la posada.

—Lo siento, Eujo —dijo Torny mientras movía a Bliss, con Livier y Wax caminando detrás—. No era así como se suponía que debía ir.

Eujo intentó sonreír, pero fracasó. Los primeros avances de la skar Vis contra su herida flaquearon cuando la propia fuerza de Eujo se dirigió a las otras piedras. El dolor se extendió, la clásica quemazón de un veneno enviando punzadas a lo largo de sus nervios. El calor del fuego que se propagaba también añadía su propio ardor.

Como forma de morir, esta tenía que estar entre las peores, pero al menos sus amigos, al menos...

Livier tosió, el cuchillo vaciló. Wax le dio un codazo en el estómago al asesino y se lanzó. Aterrizó al lado de Eujo, deslizando un hombro magullado bajo el brazo izquierdo de la Reina Kance. Antes de que ella pudiera preguntarle a

Wax por qué estaba haciendo algo tan estúpido, el Vis Renovación plantó su mano izquierda en el suelo de la posada, y todo el edificio se sacudió. La madera crujió y el suelo mismo se elevó bajo ellos, lanzando a Eujo y Wax hacia, y a través de, la puerta principal de la posada. Chocaron contra Torny y Bliss, dispersando a los cuatro en la calle helada.

Eujo cayó de espaldas, mirando la pira de la posada que se elevaba hacia el cielo oscuro y nublado. Por el momento, el frío aliviaba su cuerpo quemado y ensangrentado, la skar Vis murmurando su aprobación ante el cambio de escenario y la eliminación de tantos elementos mortíferos. A su derecha, Wax, tosiendo más humo, luchaba por ponerse de pie. A la izquierda de Eujo, Bliss yacía inmóvil, con Torny maldiciendo mientras intentaba poner a la Vis boca arriba.

Y a su alrededor, todo un pueblo charlando, pidiendo agua, preguntándose qué estaba pasando.

—No puede ser —murmuró Wax, arrodillándose sobre Eujo. Ella siguió su mirada hacia la puerta de la posada, envuelta en llamas, y la silueta que se tambaleaba entre sus vigas—. No puede.

Livier, con sus ropas descartadas y de pie con poco más que una camisa chamuscada, salió tambaleándose, dando dos largos pasos antes de caer de bruces sobre el duro suelo.

—Mira eso, Wax —susurró Eujo, mientras los habitantes del pueblo se agolpaban, las primeras ofertas de ayuda, de vendajes y lugares cálidos para descansar, llegaban en tropel—. Hemos ganado.

El rostro de Wax, manchado de ceniza, con cortes sangrantes y ojos cansados, solo parecía preguntarse por el costo.

38
QUÉ OPORTUNIDAD QUEDA

La humedad fría la despertó, la forma en que presionaba contra la mejilla de Annalyse y dejaba un rastro viscoso al tocarla. Los ojos de la científica solo vieron tierra al abrirse, suelo moteado con hojas esparcidas. Un gusano serpenteando en la madrugada. Sin canto de pájaros.

Pero un resoplido. Más profundo y fuerte que el de un humano, que el de un perro de Whent.

Annalyse giró la cabeza hacia el sonido. Su cuerpo dolía, exigía agua. Su nariz, tapada, bloqueaba cualquier olor. Sin embargo, sus oídos y ojos le dijeron lo que necesitaba saber: un gato gigante de color gris púrpura con seis patas la observaba. La boca del gato permanecía abierta, revelando colmillos que harían exactamente lo que prometían a Annalyse si se les daba la oportunidad.

Una lengua rosada colgaba. El gato se inclinó más cerca.

El terror encontró su asidero, apartando el dominio del sueño, y Annalyse se incorporó de golpe. El gato —el hanoko, Annalyse encontró la palabra— retrocedió. Cauteloso, un rasgo que podría haber salvado la propia vida de Annalyse.

Por ahora.

No tenía armas, ni conocimientos sobre cómo luchaban, cazaban o temían los hanoko. Annalyse, sin embargo, tenía los skars, y los sintió despertarse con ella. Susurros, curiosos y, en el caso de Foti, exigentes.

El hanoko se acercó de nuevo, levantando la pata delantera para lo que parecía ser un zarpazo severo.

—Atrás —dijo Annalyse, con una voz ronca que el hanoko ignoró.

El gato no pudo ignorar tan fácilmente el skar de Foti y su fuego. Annalyse no dejó que el skar se descontrolara, conteniendo la oleada mientras el skar inundaba de calor sus dedos, brotando fuego de la tierra en pequeños géiseres. El calor y la luz le dieron al hanoko suficientes pruebas de que esta no era una comida por la que valiera la pena luchar, y el gato, siseando, dio media vuelta y huyó.

—Te lo dije —murmuró Annalyse, poniéndose de pie y sacudiéndose la tierra de su, bueno, ropa sucia de la cena.

La soleada mañana irrumpió con más calidez de la que la científica había sentido en semanas, tal vez una señal de que el invierno podría estar inclinándose hacia su inevitable y maravilloso final. Los pájaros silenciosos volvieron a gorjear mientras el hanoko huía, sus pequeñas formas deslizándose entre los árboles de arriba. Esos trinos se sumaron a los gorgoteos de su propio estómago, una realidad que Annalyse no podía ignorar a pesar de la belleza que la rodeaba.

Los Najahn eran ahora sus enemigos confirmados, planeando matarla o enviarla de vuelta a las torres de Gladdring —no, Gladdring tenía que estar muerto, Fassle entonces— para trabajar con las piedras. Deshiva, una aliada del azar, probablemente también estaba muerta dado el ataque de Mottilan, la emboscada planeada de Veritrus. Si los cazadores de ambas ciudades habían sido aniquilados o habían huido, y si Veritrus tenía razón sobre una fuerza Najahn dirigiéndose hacia aquí, entonces Vis ya no era una isla segura.

Annalyse casi se rio allí mismo ante la idea de cruzar la jungla a pie, dirigiéndose a la vieja cabaña de Svarde. Qué idea tan tonta había sido esa.

Entonces, ¿adónde? ¿Y con qué?

Annalyse todavía tenía su collar, los skars dentro de él. Nada más que eso, ya. Sus piedras restantes habían estado en el puesto avanzado Najahn, guardadas en una pequeña caja fuerte cerca de su catre. Eso ya habría sido destrozado para entonces, lo más probable, lo que significaba que cualquier regreso sería tanto suicida como inútil.

Lo que dejaba el camino que había estado siguiendo, un tropezón hacia el norte y el este. Hacia la costa, hacia Mottilan, y allí a un barco. Uno que llevaría a Annalyse de vuelta a Whent o, si el hielo aún bloqueaba las rutas marítimas, a Kance. Allí, al menos, había una isla que no aceptaría fácilmente el control Najahn. Annalyse podría intercambiar su conocimiento por protección, por comida y agua.

Con una dirección decidida, la científica se puso en marcha, abriéndose paso entre helechos y alrededor de hongos mientras caminaba. Cada planta ofrecía una comida potencial, pero Annalyse no había estudiado Vis lo suficiente como para saber cuáles eran seguras y cuáles la harían sentirse más miserable de lo que ya estaba. Al menos el sol brillaba lo suficiente como para seguirlo, su posición en el cielo dándole a Annalyse una buena idea de qué dirección era el norte.

Las largas caminatas en el bosque parecían ser lo

mismo que las largas caminatas en las montañas de Whent o en las calles de Noctia: una oportunidad para reiniciarse, para preguntarse qué estaba haciendo Annalyse y por qué. Su objetivo inicial —salvar el mundo por orden de Gladdring— estaba ahora tan distante que parecía una ilusión. Su laboratorio en Whent, sus inventos, algunos que habrían utilizado los skars con gran efecto, se sentían igualmente imposibles.

La supervivencia, tal vez con un poco de cerveza fuerte, se ubicaba en la cima y apartaba todos los demás sueños.

Ese único enfoque la mantuvo durante todo el día, hasta que, en algún momento de la tarde temprana, tropezó a través de un banco de helechos hacia un amplio camino que iba hacia el este. Lo suficientemente ancho para que pasaran carros y desierto, pero la tierra compactada sugería un tránsito reciente. Solo podía ser una cosa.

Su giro hacia el este y una hora de caminata por él trajeron nuevos sonidos, a los que Annalyse se estaba acercando. Gemidos, pasos arrastrados y conversaciones apagadas. La científica redujo la velocidad mientras el camino ascendía más, serpenteando alrededor de densos grupos de árboles en una subida sinuosa. En este momento, Annalyse supuso que aún no la habían visto.

Pero su estómago seguía gruñendo, su garganta ardía, y el skar de Vis que mantenía a raya sus heridas menores susurraba pidiendo más. Unidos, su energía flaqueaba, sus piernas daban pasos pesados. Si Annalyse se quedaba dormida, sola, cerca del camino, podría no despertar nunca.

Mejor una oportunidad que ninguna.

Echó a correr tambaleándose, poniendo sus zapatos maltrechos un paso delante del otro, esquivando el terreno estropeado. Alrededor de otra curva la esperaba su salvación, deteniendo su propio viaje ante los pasos que se acercaban.

Una salvación que era, aparentemente, unos quince Vis en varias ruinas. Annalyse disminuyó su acercamiento mientras observaba el desastre: tres yacían en camillas hechas de bambú y ramas entretejidas, llevadas por otros, mientras aún más cojeaban, con heridas sangrando a través de vendajes improvisados. Unas pocas bolsas y odres de agua dispersos por el grupo daban poca esperanza de refresco.

Era una fuerza perdida, las bajas haciendo una retirada desesperada hacia su hogar.

—¿Quién eres tú? —gritó uno, con el brazo izquierdo inerte pero por lo demás más saludable que los otros. Sacó un garrote de madera dura de su cintura y lo blandió hacia ella—. No pareces una Vis.

—No lo soy —respondió Annalyse, calculando variables en su cabeza. Tomando una decisión—. Pero no soy tu enemiga.

—Parece que todos son nuestros enemigos estos días. —El hombre no bajó el garrote—. ¿Qué haces aquí, entonces?

—Huyendo del mismo lugar que ustedes, creo. Los Najahn también intentaron lastimarme.

Una revelación calculada. Annalyse no estaba segura de que los Najahn hubieran infligido estas heridas, pero el lento asentimiento del hombre confirmó sus sospechas.

—¿Por qué? —preguntó el hombre—. No tienes armas, ¿qué podrían...?

—Conocimiento. Los Najahn temen a cualquiera que quiera ayudar a que las islas permanezcan libres.

—¿Y viajarías con nosotros, portadora de conocimiento? ¿Incluso después de ver que somos perseguidos?

—Mejor que sola.

El hombre miró hacia el sendero.

—Hay una posada a menos de una hora de camino desde aquí, aunque nosotros tardaremos al menos tres. Puedes adelantarte. No te detendremos.

El hanoko pasó velozmente por la mente de Annalyse.

—Mejor con ustedes que sola. Si me aceptan.

—Son unos cobardes —gruñó Reth mientras caminaban, él y Annalyse cerrando la retaguardia del grupo—. Los Najahn esperaron hasta que estuviéramos cansados y ensangrentados, atacaron mientras atábamos a los cautivos Kitaye. La mayoría de nosotros murió rápido. El resto huimos.

—¿No los persiguieron?

Reth apretó su agarre en el garrote, uno que aún no había encontrado su camino de vuelta al lazo de tela que servía como su hogar.

—Lo hicieron. Éramos más. Almas valientes que se quedaron atrás para comprarnos tiempo. Que no nos hayan alcanzado dice que nunca lo harán.

—Entonces crees que la isla está perdida.

Reth resopló, asintiendo hacia los heridos frente a él.

—Vis es fuerte, pero no somos una isla de ejércitos. Los Najahn nos pondrán un yugo, y mientras no sea demasiado apretado, lo aceptaremos. Nuestras madres quieren criar a nuestros hijos e hijas, no enterrarlos.

—Y los demonios, al menos, tendrán nuevos enemigos.

Reth no dijo nada a eso, y Annalyse dejó morir la conversación. Su garganta podía usar el descanso de todos modos.

Pasaron los minutos, el sol deslizándose cerca de los doseles occidentales. El verde se tornó naranja y púrpura. La sinfonía de la jungla se suavizó, y un nuevo sonido se elevó para reemplazarla. Uno metálico. Reth maldijo, dio un silbido, y el grupo aceleró su paso, los gemidos solo aumentando.

—Estamos lo suficientemente cerca ahora. Con un empujón —dijo Reth—, podemos lograrlo.

Annalyse no necesitaba preguntar qué significaba el tintineo metálico: Najahn, acercándose rápidamente. Cómo esos soldados podían correr tanto tiempo después de un día de lucha, con armaduras tan pesadas, parecía un misterio, pero venían.

Y con su llegada, Annalyse vio una oportunidad. Una que recibió con el brillo de una fatalista.

—Reth, quédate cerca de mí —dijo Annalyse, dándose la vuelta. Detrás de ellos, el sendero continuaba unos veinte pasos hasta la siguiente curva. Por los sonidos, los Najahn estarían doblando esa curva en momentos—. Necesitaré que me atrapes cuando caiga.

—¿Cuando caigas?

El cazador Mottilan podría no haber entendido, pero hizo lo que Annalyse pidió. Por qué confiaría en una no-Vis solo un par de horas después de conocerla, Annalyse no tenía que preguntárselo. El skar Tamas en su collar había hecho su trabajo, empujando a Reth con cada palabra que ella pronunciaba para ponerlo de su lado.

Ahora veía por qué Gladdring ponía tanto énfasis en el pequeño topacio.

Mientras los Mottilan heridos continuaban su lenta huida, la persecución Najahn llegó bañada en sombras púrpuras. Sus armaduras ya no brillaban, cubiertas de polvo y sangre. Annalyse contó ocho, y entre ellos solo tres chakrams. El resto llevaba voulges y lanzas Vis robadas. Aunque pudieran parecer improvisados, su intención asesina era clara: se acercaban sin palabras, con las armas desenvainadas.

—¿Listo? —preguntó Annalyse.

—No sé qué estás planeando, pero juro que estoy listo para ello.

También lo estaba el skar Whent. Annalyse se agachó, los Najahn a solo unos pasos de distancia, esos primeros chakrams deslizándose de sus espaldas. Cuando sus dedos tocaron el suelo, Annalyse liberó el skar. Como una tormenta eléctrica estallando dentro de su corazón, el skar Whent tomó la ira, el miedo y la esperanza de Annalyse, y los envió estrellándose hacia adelante. El sendero se combó, fisuras extendiéndose desde los dedos de Annalyse como relámpagos terrestres. Los Najahn vacilaron, cayeron cuando las grietas alcanzaron sus botas metálicas. Al contacto, como si los propios Najahn actuaran como catalizadores, las grietas se ensancharon, lanzando rocas hacia el cielo y tragándose a los soldados. Aparecieron fosos donde antes no había nada, y mientras los soldados caían en ellos, maldiciendo, gritando, pidiendo ayuda, la tierra se cerró sobre ellos, enterrando a los Najahn en montículos.

Annalyse vio todo esto, no dirigió nada de ello, el skar Whent gritando en su cabeza una victoria sin palabras. Pero se mantuvo firme, manteniendo su mano tocando el sendero hasta que el último Najahn desapareció.

Cuando la armadura púrpura y negra se desvaneció, Annalyse se desplomó, pero nunca tocó la tierra quebrada.

39
HACIA EL MAR PLATEADO

Los dioses no eran muy creativos.

Ami llegó a esta conclusión tal como Fassle y sus Adeptos podrían lograr una Renovación: evidencia, reunida pieza por pieza. La Guardiana descendió de la meseta, flanqueada por el caminante de fuego que la había traído aquí, y notó, más allá de su sudor, una tierra agrietada similar a los páramos de lava de Foti. Un cielo abrasado que, sin embargo, contenía ligeras nubes. Una brisa caliente como los secos veranos que Ami había conocido.

El olor familiar del metal fundido, mordiendo su nariz mientras los caminantes de fuego se movían para darle espacio a Ami.

Todas esas coronas de obsidiana brillaban, pareciendo flotar entre los cuerpos ardientes. Los caminantes de fuego no llevaban ropa aquí, elevándose en cambio como formas ardientes. Una mirada hacia atrás, hacia la piscina y el portal, confirmó que más construcciones estaban siendo ensambladas, más se acercaban. Un paso seguro a través del agua esperaba más allá.

—Debió haber sido una sorpresa desagradable la primera vez —dijo Ami, y la cabeza negra de su escolta chispeó con destellos azules en respuesta.

Fuera lo que fuese que eso significara.

Aun así, Ami recolectaba respuestas a su alrededor con cada paso. Al dejar la meseta, dos piedras talladas se alzaron a cada lado, más altas incluso que los propios caminantes de fuego. Símbolos que no conocía corrían alrededor de la obsidiana, los bordes tallados suavizados, la roca derritiéndose mientras el artista firmaba las palabras. ¿Advertencias para cualquiera que esperara explorar el portal, o recuerdos para aquellos que ya lo habían intentado?

La masa de caminantes de fuego revelaba más de sí misma, las criaturas no solo esperaban alrededor del portal sino que formaban algún tipo de sociedad. Los juegos que Ami había visto en la cámara de la piscina se jugaban aquí también: rocas redondas pateadas en círculos humeantes, otros lanzando objetos al aire para ser golpeados por mayal en el momento justo, y otros parados en líneas con patrones, sus coronas de obsidiana destellando entre sí en ráfagas repetitivas.

Ami disminuyó el paso ante estas visiones, el calor aumentando a medida que se adentraba en la multitud. Una mirada maravillada al principio, un asombro en la segunda, se desvaneció ahora en preocupación por sí misma.

—¿Por qué estoy aquí? —preguntó Ami al caminante de fuego a su lado.

En ese momento, decidió darle un nombre a la cosa. Spark parecía adecuado, lo suficientemente obvio.

Así bautizado, Spark extendió su brazo medio derecho, señalando sobre la multitud hacia las distintas formas oscuras que retumbaban a través de la tierra. Sus pesados pisotones hacían temblar el suelo, una suave sacudida que Ami no había notado hasta que conectó su movimiento con las vibraciones en sus gruesas botas.

—¿Qué, quieres que vea eso? —Ami se rio, una risa que se convirtió en tos cuando el calor seco le arañó la garganta—. Parecen estar bastante lejos, Spark. No estoy segura de poder llegar tan lejos y volver.

Spark pareció haber anticipado la respuesta, ya que su brazo se balanceó más bajo y hacia la izquierda, hacia un lugar libre de caminantes de fuego, aunque no de sus construcciones de metal ceniza. Estas contenían los monstruos que escupían llamas que Ami había visto al otro lado, pero eran diminutos comparados con las otras maquinaciones que descansaban aquí. Entre cilindros imponentes, bolas de hierro achaparradas y plataformas como trineos, Spark guió a Ami cerca de dos cosas silenciosas y amenazantes que tenían líneas serpenteantes a lo largo de lo que parecía una banda de cuchillos en sus bases.

Ami miró fijamente la más cercana, los extraños nódulos que sobresalían de sus costados. Respiraderos perforaban losas de metal, varios cilindros se disparaban hacia el cielo. Picos sobresalían en ángulos extraños, como si el vehículo necesitara defenderse de alguna mano gigante que intentara agarrarlo.

Lo cual, por lo que Ami sabía, podría ser cierto.

Spark posó su propia mano en un anillo chamuscado a mitad de camino a lo largo de la bestia metálica, un contorno ardiente trazando sus dedos antes de fluir a lo largo de canales tallados hacia una puerta circular. Una vez que el calor completó el círculo, algún pestillo en el interior saltó con un silbido audible. La entrada se abrió hacia adentro, y Spark retrocedió, haciendo señas a Ami para que entrara.

La idea de que estaba a punto de entrar en un horno con una llama gigante cruzó por la mente de Ami, y elevó una silenciosa plegaria a Foti para que esos respiraderos mantuvieran viva a la Guardiana. Aun así, dar marcha atrás ahora no era algo que ella simplemente hiciera.

No podías llegar tan lejos y solo ahora asustarte. Svarde se había adentrado profundamente en el Oscuro Abajo y no había retrocedido. Ami podía hacer esto.

Por Catya. Por Las Siete Islas.

Caminar sobre metal trajo sonidos poco familiares, que, como los susurros de los skar en su mente, Ami ignoró mientras se adentraba pesadamente en la construcción. Una letanía de palancas la rodeaba, la forma de la máquina se traducía en un interior de caja básica, sin interés salvo por una cosa: las cabezas de las palancas, todas ellas, brillaban con piedras de rubí en bruto.

Con skars de Foti.

El calor detrás de ella hizo que Ami avanzara más hacia el interior de la construcción, Spark haciendo lo amable y esperando a que Ami se retirara a la esquina trasera. Los respiraderos la rodeaban, cada uno ofreciendo una vista recortada del mundo exterior, de los caminantes de fuego moviéndose de nuevo para abrir un camino. La entrada de Spark hizo justo lo que Ami había temido: el aire pasó de caliente a sofocante, a asfixiante. Su visión se nubló, su ropa de Whent sin encontrar a dónde empujar el calor, y Ami se desplomó de rodillas.

Hasta que, con un suave suspiro, el calor se disipó. Lo suficientemente rápido como para sentirse como un viento, y tan completo que Ami se estremeció mientras enfocaba de nuevo sus ojos. Spark estaba de pie en la parte delantera de la construcción, con las manos sobre cuatro palancas y comenzando a trabajarlas en tándem. Cómo esas palancas-

Los skars.

Los caminantes de fuego usaban esos skars para succionar el calor. Ami sacudió la cabeza, maldiciendo una vez más la total falta de ingenio de su hogar. Que estos caminantes de fuego estuvieran tan adelantados a Las Siete Islas parecía de nuevo obvio, y lo que auguraba para el hogar de Ami no era bueno.

Aunque, al menos Fassle recibiría su merecido.

Los esfuerzos de Spark pusieron en marcha la construcción. Un retumbo, un chirrido, luego ambos se repitieron una y otra vez. Esas orugas de cuchillos encontraron su hogar en la piedra, cada excavación tallando en la roca y enviando la construcción girando, luego disparándose hacia adelante. Un viaje brusco e irregular al principio, uno más suave minutos después cuando la máquina encontró su ritmo. Spark seguía trabajando las palancas, una danza rápida de empujar y tirar.

Como balancear una espada a través de una rutina, o navegar un barco.

La vista más allá de los caminantes de fuego se convertía en una plácida roca roja y marrón, polvorienta y agrietada. Escamas de obsidiana salpicaban el paisaje junto con piedras aleatorias, como si algo enorme hubiera arrojado peñascos aquí y allá sin considerar patrón o propósito. Ninguna planta se atrevía a desafiar el calor, ningún arroyo, de agua o de otro tipo, ofrecía un descanso en el panorama. No existían cañones ni montañas, y las pocas colinas que había se elevaban y caían como bultos, más un error en un proceso monstruoso que una creación natural.

—¿Cómo pueden vivir en un lugar así? —preguntó Ami.

La losa de obsidiana de Spark rotó en el cuerpo del

caminante de fuego, una hazaña que Ami no había visto antes, pero que no debería haberla sorprendido. Los caminantes de fuego no parecían tener huesos como ella, ni sangre. Cualquier fuerza que impulsara su vida no necesitaba músculos, así que ¿por qué no tener una cabeza flotante libre?

Los destellos no respondieron a esa pregunta ni a ninguna otra, y después de que la cadencia dorada terminara, Spark se volvió hacia el frente y la estrecha rendija que ofrecía una vista de su camino.

El tiempo resultó difícil de medir. El cielo nunca se inclinaba hacia la oscuridad ni se volvía más brillante. La propia Ami medía las horas por los crecientes gruñidos en su estómago, la sed en su garganta. No se había preparado para un viaje largo, para nada más que transportar los uniformes al campamento de los caminantes de fuego, y ahora su comodidad dependía de una cosa: las cicatrices Vis incrustadas en su visor. Las piedras mágicas de los dioses calmaban sus picores, suavizaban sus quemaduras y acallaban el deseo de comer de Ami.

El hecho de que esos esfuerzos no permitirían que Ami viviera para siempre era algo que intentaba ignorar.

Spark, quizás, se dio cuenta de que la existencia de Ami no era eterna. Las bandas de cuchillas descendieron de un traqueteo constante a golpes individuales mientras la máquina se detenía, temblando hasta parar con tanta suavidad que Ami ni siquiera se cayó. Había estado en carros de Najahn con peores conductores.

Un punto más a favor de los caminantes de fuego.

La salida se abrió con la mano de Spark, y esta vez Ami siguió al caminante de fuego hacia otra llanura polvorienta. Había pasado el viaje mirando detrás de ellos y no había visto ningún rastro de cambios inminentes, así que cuando

Ami igualó la mirada de Spark más allá del frente del constructo, su silbido rompió el aire crujiente.

La interminable piedra... terminaba. A no más de una docena de zancadas, la roca desaparecía en un agitado mar plateado. Olas familiares se alzaban y golpeaban contra la tierra, desafiando al mismo tiempo esa familiaridad en la forma en que sus remolinos brillantes cubrían todo lo que el líquido tocaba. El mar en sí se extendía hasta el horizonte, curvándose contra la roca en la distancia.

Un ataque contra la tierra.

—¿Qué es eso? —dijo Ami, aventurándose más allá del caminante de fuego hacia el tumulto.

Spark no hizo ningún movimiento para detenerla, y Ami se acercó, encontró una salpicadura que se filtraba cerca de ella y se agachó para mirar más de cerca. Los grumos se separaban y se reformaban, corriendo hacia las grietas del suelo. A medida que más olas golpeaban, la plata se acumulaba, penetrando y desbordando las rocas. Nunca se evaporaba, nunca se empapaba en la superficie. Hermoso, extraño. Ami alcanzó uno, temblando cerca de la punta de su bota.

El tirón la envió volando hacia atrás, el calor repentino ardiendo contra ella. Ami cayó con fuerza, se estremeció y vio a Spark alejándose pisando fuerte. Brasas rojas resplandecían a través de la obsidiana del caminante de fuego, su significado bastante claro.

—No tocar, entendido —dijo Ami, poniéndose de pie y deteniéndose a medio camino.

Un nuevo sonido se acercaba, un familiar siseo chirriante como el de los otros constructos caminantes de fuego. Sus pies temblaron, el suelo se estremecía. Ami y Spark siguieron el sonido hacia la derecha, hacia la gigantesca cosa delgada que marchaba por la costa. Varias patas largas, cada una impulsada por un pistón, golpeaban la piedra con cada paso, la cabeza del pistón deslizándose por la pata metálica para golpear el suelo. Cuando lo hacía, un fuerte siseo estallaba y la plata que se acumulaba entre las grietas se lanzaba hacia el cielo y el mar, salpicando de vuelta en el miasma brillante.

Mientras el constructo se movía, levantando la primera pata de pistón, una segunda seguía, golpeando el mismo punto y rociando un espeso lodo entre el suelo. Ami y Spark esperaron varios pasos más, el constructo continuando su marcha a lo largo de la costa, antes de que pudiera ver lo que la máquina había dejado atrás: un espeso lodo, forzado en las mismas grietas que la brillante plata había estado conquistando antes.

Esta vez, Spark no impidió que Ami tocara los restos endurecidos.

Esta vez, Ami no necesitó preguntar qué estaba pasando.

Había visto un mundo azotado por el viento desmoronándose. Había visto a todos los caminantes de fuego esperando junto a la piscina, junto al portal. Las tierras detrás de estas puertas brillantes se estaban muriendo, e incluso los caminantes de fuego, con todos sus milagros, no podían salvar las suyas.

—Pero si todos se están derrumbando ahora, entonces... —murmuró Ami, volviéndose hacia Spark, hacia el constructo y, a lo lejos, el camino a casa.

Todos los demonios vendrían, porque no tenían otra opción. No había ningún otro lugar adonde ir.

Las Siete Islas se iban a volver muy concurridas.

40
EL CABALLERO DE NOCTIA

Nadie atrapaba a un barco Kance en fuga.

Esa verdad, tan inmutable como el deseo de Gladdring de algo dulce con su café matutino, se había mantenido durante todas sus décadas hasta hoy. Hasta que siguió a Quik y a los curiosos soldados, marineros y asistentes de la Reina a la cubierta y vio a su perseguidor cortando las pesadas olas en el cielo del amanecer.

La bandera púrpura y negra del cúter, con el anillo dorado y dentado de Noctia en el centro de la ondeante tela, atrapaba la luz temprana del sol. Un faro condenatorio.

—Menos de la mitad de nuestro tamaño —dijo Quik mientras se abrían paso y encontraban su posición contra la barandilla—. Seguro que tenemos más soldados aquí.

—Lo cual me preocupa.

—¿Te preocupa que tengamos más soldados?

El cazador habló con agudeza, alerta y curiosidad. O había dormido bien la noche anterior o se había adelantado a Gladdring con ese necesario tónico amargo.

Bien. El Tenet necesitaría al Vis hoy.

—Los Najahn no perseguirían ni atacarían a menos que

vieran la victoria —dijo Gladdring—. De lo contrario, estarían desesperados, y confiar en eso es una táctica de necios.

Quik se inclinó más sobre la barandilla, agarrando la madera y mirando fijamente como si pudiera encontrar respuestas en medio del barco negro que se acercaba. Y tal vez pudiera, pero no a los ojos de Gladdring. El Tenet retrocedió, tropezó cuando una ola hizo que la cubierta se deslizara, y se agarró a la puerta interior. Las linternas se balanceaban en los pasillos, las órdenes se unían a sus crujidos, y Gladdring escuchó lo que quería.

—¿Adónde vas? —preguntó Quik mientras Gladdring se alejaba hacia la popa del barco.

—A la única persona que importa aquí.

La orden de llamar a la Guardia Real a popa resultó ser la correcta para seguir, y Gladdring encontró a la Reina rodeada de sus protectores, mirando al cúter Kance que ahora corría detrás de ellos. Abundaban las ballestas y arcos, un arsenal a distancia preparándose para la primera andanada. Algún ayudante deslizaba una armadura Kance esculpida sobre los hombros de la Reina, abrochaba placas en sus piernas y pies. Ninguna protección similar esperaba a Gladdring, no es que fuera a usarla.

Cualquier cosa pesada en el mar tendía a llevar a su portador al fondo.

Mientras Quik observaba con una mirada que oscilaba entre la confusión y la diversión estoica, Gladdring se abrió paso entre la Guardia Real hasta que se encontró junto a su objetivo, un logro que quedó claro cuando notó que la mano derecha temblorosa de la Reina daba una señal de no-maten-a-este-hombre.

—Vengo a ofrecer consejo —comenzó Gladdring, con los ojos puestos en el barco Najahn, tratando de calcular la distancia por el agua que rociaba su proa.

—Entonces ofrécelo.

Férrea como siempre. Al menos la Reina era constante.

—Creen que van a ganar —dijo Gladdring—. Esto...

—Lo sé. La pregunta es cómo, Gladdring. ¿Podrían haber metido tantos soldados en ese barco diminuto para tomarnos?

—Improbable. Menos de dos escuadrones cabrían en uno de esos con cierta comodidad.

Mientras Gladdring hablaba, la Reina levantó su mano izquierda. A su alrededor, se alzaron las ballestas. Las catapultas se colocaron en la barandilla de popa, los soldados apuntando sus tiros.

—¿Entonces qué me está enviando Fassle?

—Ningún barco Najahn podría alcanzar a *La Rosa del Viento*, no con nuestra ventaja —habló Gladdring, desentrañando la verdad mientras el Tamas skar descubría que el gélido comportamiento de la Reina era solo superficial. La mujer compartía el mismo miedo de Gladdring—. Ellos...

Un silbido desde el lado izquierdo de la Reina y la monarca bajó la mano. Un golpe duro, uno que comprometía a una guerra quizás inevitable pero no del todo real hasta este momento. Gladdring encontró que sus palabras morían mientras los pernos pequeños y grandes surcaban el viento frío. Los proyectiles eran demasiado pequeños para hundir el barco Najahn, pero masacrarían a cualquiera en sus cubiertas, dirigiendo su timón, dando forma a sus velas.

O lo habrían hecho, si los dardos oscuros no se hubieran desviado, hundiéndose directamente en las olas agitadas. Hasta el último, los proyectiles se desviaron de su curso. Jadeos, maldiciones y chirridos de manivelas siguieron.

—Parece que deberíamos haber tomado todos los skars, Gladdring —dijo la Reina.

—Y Noctia encontró a alguien, o a algunos, que saben cómo usarlos —respondió el Tenet—. Creo que es hora de que usemos los nuestros.

—¿Quién los empuñaría? ¿Tú?

Antes de que Gladdring pudiera sugerir que, sí, él asumiría ese honor, la Reina agudizó su mirada. Él siguió la mirada, notó que la proa Najahn ya no estaba vacía. Una sola figura estaba allí, vestida de púrpura y negro, con el cabello rubio plateado ondeando como el rocío marino detrás de ella.

—Por supuesto —dijo la Reina—. Gladdring, los skars absorben tu voluntad, ¿verdad?

—Para tareas más pesadas.

—¡Apunten a la dama! ¡Envíen todos los disparos hacia ella, y no paren hasta que caiga!

Otra ronda salió, los disparos menos dispersos pero no más efectivos. Los pernos se acercaron a la mujer antes de desviarse, un par se incrustó en el pesado casco del cúter con golpes lo suficientemente fuertes como para confirmar lo rápido que el barco Najahn estaba acortando la distancia.

—¿Cuántas rondas, Gladdring, antes de que caiga? —preguntó la Reina.

—Difícil de decir, pero ahora sabemos cómo nos están alcanzando. Si están usando su skar Kance para acelerar su viaje y desviar sus disparos, no puede quedarle mucho.

—¿Vale la pena arriesgar mi barco y mis soldados por eso?

Gladdring frunció el ceño.

—Mi Reina, ya los ha arriesgado. Los Najahn tomarán sus skars, y el resto de nosotros quedaremos para morir en estas aguas.

Otra ronda, más pernos, y el mismo efecto, salvo por una cosa: la mujer se encorvó, sus manos agarrando la proa del cúter Najahn. La inclinación abatida, la postura determinada, le dieron a Gladdring la pista que necesitaba para reconocerla: la Renovación de Noctia. Apartada de su misión por la declaración de Fassle, sostenida en su estima a pesar de todo. Gladdring intentó recordar cuántas islas había conquistado antes de ser llamada de vuelta, cuántos skars podría tener.

—¿Quién es ese detrás de ella? —preguntó la Reina, después de que se dieran órdenes de preparar las espadas y disponerse para un abordaje.

—Un prisionero —murmuró Gladdring, reconociendo el familiar uniforme que él mismo había llevado no hace mucho tiempo.

Detrás del hombre demacrado venía otro soldado Najahn, empujando al prisionero hacia la proa de su barco con la punta de una voulge. Mientras se acercaban, con los Kance disparando a voluntad ahora, los proyectiles continuaban volando lejos de su objetivo, la Noctia Renewal extendió su mano izquierda hacia atrás. Parecía estar alcanzando al prisionero.

Pronto, su mano no alcanzaría más que polvo. Gladdring se quedó boquiabierto cuando el hombre, con su uniforme, se disipó como la niebla de la mañana. No hubo una caída repentina, ni un colapso agónico, solo una mirada de ojos abiertos y boca abierta antes de que el prisionero dejara de existir. Detrás del hombre desvanecido, el guardia Najahn levantó su voulge, se dio la vuelta y descendió a la relativa seguridad de la cubierta inferior.

La Renewal, la Renewal se irguió una vez más, con un rubor vibrante coloreando su rostro.

—¿Qué fue eso? —preguntó la Reina—. Gladdring, ¿qué hizo ella...?

—No lo sé, pero sugiero que nos vayamos. —Gladdring

comenzó a retroceder, escabulléndose detrás de un Guardia Real—. ¡Mi Reina, por favor!

—¿Y a dónde iríamos, Gladdring? ¿A uno de los botes pesqueros? —La Reina se volvió, mirándolo con furia mientras Gladdring se retiraba entre las filas, luciendo como la feroz líder que se suponía que era.

Hasta que las llamas borraron el mundo.

Gladdring volvió en sí cuando su brazo se enganchó en la espada de un hombre muerto, el estoque libre de su vaina y destrozado, la punta rota cortando una nueva línea roja cerca del codo del Tenet. El corte solo ocurrió porque Gladdring se estaba moviendo, su cuerpo deslizándose por la madera resbaladiza.

No, no deslizándose.

—Ayudaría si te movieras —dijo Quik, el cazador gruñendo mientras arrastraba a Gladdring más lejos por la nave que se hundía.

Que Gladdring escuchara la voz de Quik en absoluto por encima de los gritos, las órdenes y los primeros sonidos del acero chocando contra el acero, se debía a que el cazador se agachaba mientras tiraba. La razón silbaba sobre sus cabezas, el fuego Najahn hacía que ponerse de pie fuera una forma segura de morir. Gladdring intentó mover los dedos de las manos y los pies, encontró que todos sus miembros estaban allí y ofreció un rápido agradecimiento a Noctia por no haberse unido aún a su reino.

El Tenet no necesitaba preguntarle a Quik qué había pasado, por qué había sobrevivido. La popa rota del barco Kance, gran parte de ella ardiendo, ofrecía todas las respuestas. Los cuerpos yacían esparcidos, algunos pocos marineros intentando alejar a los heridos mientras los soldados Kance luchaban por enfrentarse a los Najahn que escalaban las cuerdas lanzadas sobre los pocos extremos que no estaban demasiado quemados para sostener los ganchos. Los distribuidores de muerte vestidos de negro trepaban con fuego de ballesta a sus espaldas, voulges listos para empalar al frente, una combinación letal que cobraba demasiadas vidas mientras Gladdring y Quik continuaban su retirada.

—Huiste justo a tiempo —dijo Quik mientras dejaban atrás la cubierta trasera. El cazador se adelantó más que Gladdring, se puso de pie mientras se apretaba contra los camarotes y la estructura de la cubierta superior—. Los guardias frente a ti recibieron la explosión. Solo quedaron cenizas.

¿Suerte, o había sospechado lo que se avecinaba?

Gladdring desechó la pregunta y se unió a Quik de pie. Los dolores se hicieron presentes, su cuerpo dándose cuenta de que Gladdring no estaba muerto del todo, pero que podría estar mucho mejor si trataba algunas quemaduras nuevas, ese corte y más de unas cuantas astillas.

—La Najahn está usando sus skars contra nosotros —dijo Gladdring, buscando a la Reina entre los escombros y sin ver señal alguna.

—Esa parte ya la había descubierto yo solo —respondió Quik—. ¿Crees que deberíamos conseguir algunos de los nuestros?

El skar de Tamas en las ropas de Gladdring —un alivio encontrar que la piedra aún estaba allí— confirmó que la pregunta de Quik venía de la confianza, no del miedo. El cazador pensaba que aún había una pelea por librar aquí. Una victoria por reclamar.

—Tomamos lo que podamos y huimos.

Gladdring empujó el Vis hacia adelante. Pasaron junto a Kance en pánico y furiosos que iban en la dirección opuesta. Tropezaron y se deslizaron mientras el barco dañado luchaba contra las olas. Arriba, las otrora poderosas velas ardían como la vela más grande del mundo, la lona en llamas cayendo alrededor de la pareja. Ni un alma cuestionó su camino, les dirigió una mirada o lanzó un desafío.

—Su reina está muerta o desaparecida —dijo Quik cuando llegaron a la sala de los skars y la encontraron sin vigilancia—. ¿Qué más queda sino la venganza?

—No hables como un sabio sombrío —replicó Gladdring, probando la manija de la puerta y encontrándola cerrada—. Están dejando que la emoción les haga perder la guerra antes de que siquiera comience. —Dio un paso atrás y señaló la puerta—. Rómpela, por favor.

—¿Crees que solo soy músculo?

—Creo que si esperamos que yo la abra, ambos estaremos muy muertos.

Quik resopló, pero hizo lo que Gladdring pidió, lanzando su hombro contra la puerta una vez. La madera se combó, pero resistió. Otro golpe la agrietó, y un tercero, esta vez dado con los guanteletes, dejó un desastre destrozado colgando de las bisagras deformadas. Quik hizo una mueca, favoreciendo su hombro de carga.

—Toma algunos skars de Vis y estarás bien —dijo Gladdring, entrando.

Las alforjas, cada una con su botín separado, estaban en cajas selladas en medio de la habitación. Quik no necesitó que se lo ordenaran una segunda vez, en cambio trabajó con sus guanteletes para abrir cada una. La madera astillada añadió sus sonidos a los crecientes gemidos y gritos que se apagaban, los gritos de batalla. Una batalla terminaba y otra, la lucha del barco contra el mar, estaba en pleno apogeo.

—Llévate esos cuatro. Yo me encargaré de estos. —Gladdring dirigió a Quik hacia las alforjas que contenían

Foti, Rana, Whent y Vis. El Tenet se encargaría de Kance, Noctia y Tamas—. Luego esperemos que la Reina no mintiera sobre esos botes salvavidas.

Gladdring levantó la primera alforja, los skars de Noctia dentro no eran una carga ligera, pero una que la desesperación le permitiría llevar. La segunda requirió una sentadilla y un gruñido, pero antes de que Gladdring levantara la tercera, la maldición de Quik llamó su atención.

La joven que había forzado una guerra estaba en la puerta rota, luciendo intacta y lejos de estar cansada, a pesar de todos los esfuerzos que los Kance habían hecho.

—Tantos han intentado matarte, Gladdring —dijo la mujer, su voz venenosa—. Ahora es mi turno.

41
EL FIN DEL INTERMEDIO

Al tercer día, ya se habían producido cinco intentos y ningún asesinato. Livier, a pesar de sus heridas, había estado en ambos lados de todos ellos, razón por la cual ahora yacía sobre la endeble estera de paja con las manos y los pies atados. Eujo se sentó al otro lado de la habitación de repuesto, más bien un armario según los estándares reales de Kance, y se deleitó con la mirada fulminante del hombre.

—Si no fueras un monstruo, tal vez te dejaría probar el skar —dijo Eujo mientras Livier se despertaba al atardecer—. No se puede negar que funcionan.

—Ya estarías muerta si no lo hicieran.

La voz del hombre sonaba como el silbido moribundo de una serpiente, que se calmó un minuto después cuando se inclinó y sorbió agua de nieve de un plato pálido. Como un perro, aunque Livier merecía algo peor. Torny estaba de acuerdo con Eujo en eso, pero Wax insistía en que Livier podría tener alguna utilidad.

Eujo apostaría más por la reticencia de Wax a añadir otro cuerpo a su lista.

Sin embargo, este era un gran día, un gran momento, porque la propia Eujo estaba lo suficientemente recuperada —gracias a esos skars y a cambios de vendaje más juiciosos, comida y bebida— como para interrogar al asesino. Y el propio Livier parecía estar listo para soportarlo.

—Qué suerte tengo —dijo Eujo, empezando a levantarse de la destartalada silla en su rincón solo para volver a caer ante una dolorosa protesta, su cuerpo aún no estaba listo para la intimidante caminata—. Por ahora, tendré que confiar en que me dirás la verdad. Nada de retorcer la lengua al estilo Kance, ni de torcer las palabras, o dejaré que Torny vuelva aquí para que te destripe.

—¿Torny es la mocosa con la daga?

—La que le encantaría clavarte en el estómago, sí.

—Me cae bien.

La sonrisa de Livier tenía un aspecto enfermizo. Eujo lo dejó pasar. El hombre no tenía poder aquí, a menos que ella le cediera algo.

—Cuánto le caigas bien depende de lo que me digas ahora —dijo Eujo.

—Déjame adivinar, ¿quieres saberlo todo?

—Para empezar.

Livier se recostó en la estera, sus ojos se aventuraron hacia el techo de madera, tablas que necesitaban un repaso. Toda la casa apenas cumplía con los estándares mínimos de supervivencia en un pueblo remoto de Tamas, un refugio comprado y pagado con dinero manchado de sangre, con los estoques, cuchillos y herramientas de Livier y los asesinos muertos. Las armas proporcionaron a Eujo, Wax y los demás refugio y comida durante una semana. Al final de ese tiempo... bueno, Eujo planeaba ir tras el skar de Tamas, y Livier probablemente sería quemado en otra pira.

El asesino, sin embargo, parecía pensar que tenía una

salida. La confesión comenzó con un breve asentimiento a la nada, luego las palabras fluyeron, ralentizándose aquí y allá para que Eujo hiciera una pregunta, una pulla o simplemente un suspiro.

Porque toda la maldita cosa era tan estúpida.

La Reina, la Reina mayor, quería los skars para reforzar Kance ante lo que, estaba segura, sería una inminente guerra entre las islas. Whent y Rana habían estado calentando su lucha, y los Najahn se estaban volviendo más agresivos en sus reclamos territoriales. Aunque la Reina sospechaba que había algo más en las piedras —los Najahn ciertamente parecían posesivos con ellas—, los skars eran más bien una herramienta para negociar.

—Fassle, pensó ella, dejaría a Kance en paz si tuviera más skars para comerciar —dijo Livier.

—Yo tenía cuatro, Livier. Cuatro skars cuando mis propios guardias se volvieron contra mí. ¿Cuánto tiempo se suponía que eso iba a comprar?

—Un bono conveniente, eso es todo. Tu vida era el verdadero premio, y el control total de la isla.

—Hasta que eligieran otra Reina.

Livier negó con la cabeza, la paja crujiendo bajo su cabello chamuscado y deshilachado. —Kance no lo haría durante una Renovación. La Reina lo pospondría, asegurándose de tener el control total el tiempo que lo necesitara. Quitarte de en medio le daría el poder absoluto.

—Nunca me lo preguntó siquiera. ¿Tal vez me gustaría su plan?

—La cooperación nunca ha sido su estilo, Eujo. No compartirá contigo, ni con nadie, a menos que se vea obligada.

Livier no sabía nada más sobre los planes de la Reina, salvo que capturar a Eujo se convirtió en una prioridad más alta despúes de que los Najahn pusieran fin a la Renovación. El último mensaje que había encontrado Livier, esperándole cuando aterrizaron en Tamas, sugería que los skars eran aún más valiosos de lo que se sospechaba, que no se podía permitir que Eujo cayera en manos de los Najahn.

—Como si fuera a dejar que me llevaran —murmuró Eujo.

—Un riesgo que la Reina no puede aceptar, por eso estoy aquí, y por eso vendrán más después de que yo desaparezca. Lo aceptes o no, Eujo, tu vida está perdida.

—No lo acepto, y cualquiera que te siga va a terminar igual.

—Eres desafiante ahora, pero conforme pasen las horas, los días, tal vez semanas, ¿cada minuto preguntándote si será el último? —Livier soltó una risa patética y jadeante—. Muchos se quiebran por menos. Tú también lo harás.

Wax ahogó su suspiro con la cerveza. Él, Torny y Eujo se sentaron alrededor de la única mesa en el centro de la casa achaparrada, una combinación de cocina, sala de estar y comedor salpicada de muebles de madera destartalados. Las paredes, sin embargo, eran típicas de Tamas, con pinturas teñidas que recorrían las tablas de madera de cerezo. Las tintas no se detenían, simplemente pasaban de una a otra en una vertiginosa variedad que cubría danzas primaverales, cielos nocturnos, olas rompientes y animales solitarios en campos nevados. Si todo lo demás en el lugar parecía barato o apenas sobreviviendo, esas paredes eran magníficas.

—Así que no hemos terminado con esto entonces —dijo Torny, sus palabras compartiendo ruido con el crepitar del fuego construido en la chimenea de piedra detrás de ellos—. Supongo que tendremos que dejar este paraíso, mantenernos por delante de su rastreo, ¿no?

El paraíso tenía dos habitaciones elevadas, accesibles por una escalera y marginalmente más cómodas que la estera de Livier. Bliss, apenas en pie ella misma, se quedaba ahora con el asesino, parte de una rotación de día y noche que agotaba al cuarteto, pero sin ninguna otra solución obvia. Dejar a Livier solo significaba aceptar una cuchillada en la garganta o algo peor.

—No hay forma de adelantarnos —respondió Eujo—. Como hizo Livier, nos alcanzarán pronto. Saben lo que queremos, adónde vamos, y no podemos cambiar de rumbo.

—¿No podemos? —preguntó Wax—. Podríamos renunciar al skar de Tamas. Volver directamente a Noctia y luego dar un rodeo. Despistarlos.

—Simplemente nos atraparía alguien más. Mejor seguir el camino recto. Al menos si conseguimos el skar de Tamas, Noctia me dará siete.

—Y a quién le importa Wax, ¿verdad? —dijo Torny—. Ya tienes unos cuantos. Eso es suficiente para... ¿qué era lo que intentábamos hacer de nuevo? ¿Destruir a todos los demonios, salvar las islas, dar a todos toda la comida y el amor que necesitarán para siempre?

—La bandida lo ha entendido —se rio Wax—. Sencillo, ¿no?

—Entonces...

Wax interrumpió a Torny con un gesto de su jarra, la risa muriendo en algo más serio.

—Suena como una broma, Torny, pero le prometí a Pan que intentaría la Renovación. Si eso me ha sido arrebatado, entonces voy a hacer algo que lo enorgullecería. Que haga que su sacrificio valga la pena.

—No estoy segura de que intentar lo imposible sea la forma de honrar la memoria de un hombre.

—Voy a intentarlo de todos modos.

Eujo extendió una mano y la puso sobre el brazo de Wax.

—Y no lo harás solo.

—Una reina Kance y un cazador Vis —Torny silbó—. Probablemente el mejor dúo que estas islas hayan visto jamás. Esos demonios deberían estar huyendo asustados a casa.

—Lo estarán, muy pronto —dijo Wax—, una vez que averigüemos adónde vamos después.

La Reina Kance lanzó una mirada a Torny, una que la bandida entendió lo suficientemente bien como para anunciar que necesitaba ir a ver cómo estaba Bliss.

—Como tu Guardiana, declaro que me importa un bledo lo que decidas, siempre y cuando me pagues lo que corresponde antes de que todo esto termine.

Eujo se rio mientras Torny, rellenando su jarra, se alejaba pisando fuerte hacia el armario. Wax solo suspiró —el Vis suspiraba mucho estos días— y se quedó mirando el fuego.

—No es imposible, lo sabes, ¿verdad?

—No puedo creer eso. Voy a hacerlo. Al igual que Svarde, le debo a la gente.

—Yo también. A toda una isla de ellos.

—¿La misma isla que intentó matarte? ¿Que todavía está intentando matarte?

—Aún no lo han logrado —Eujo sintió un roce, vio a Wax mover su brazo para que su mano descansara sobre la suya—. Y no pienso dejar que lo hagan.

—Entonces, ¿continuamos mañana?

Estaban lo suficientemente bien para viajar, y ya habían discutido sobre conseguir provisiones, un transporte o un carro y un poni para el viaje: Wax y Eujo renunciarían a sus espadas, a sus elegantes ropas Kance y Whent por versiones más delgadas y baratas. No era un intercambio que Eujo esperara con ansias, pero los skars de Tamas estaban aún a días de distancia hacia el sur, un viaje que no podían hacer a pie. No sin invitar a más persecución hostil.

—Estoy lista —dijo Eujo, su mirada fija en las manos entrelazadas.

¿Necesitaba decir algo? ¿Qué, entonces? Las palabras parecían tan propensas a romper el frágil momento como cualquier otra cosa, así que se quedó en silencio, observando el fuego mientras Wax terminaba su cerveza. Dejó la jarra a un lado, la miró, y la sonrisa de perro apaleado que Wax llevaba tan bien encontró su rostro. La línea arrogante, tan llena de sí mismo, tan confiada, tan... ¿confundida?

Los ojos de Wax se desviaron con su expresión por encima del hombro de Eujo, hacia la ventana frontal de la pequeña casa, su cristal empañado, y la puerta cercana. Una puerta que se sacudió con un fuerte golpe, que se abrió con una patada más fuerte un momento después.

—Vaya seguridad —dijo Wax, poniéndose de pie, buscando su espada. Eujo lo imitó, aunque su estoque estaba apoyado contra la pared cerca de la puerta, junto a sus abrigos.

No había ayuda para lidiar con el hombre que estaba de pie, sonriendo como un diablo arrogante, mientras el frío viento nocturno se precipitaba a su alrededor.

—Qué truco —anunció Daklin, con varios rostros encapuchados acechando detrás—. Al principio, pensé que nuestras Renovaciones favoritas habían huido, pero luego descubrimos que faltaban algunas almas —Entró, frotándose las manos como si estuviera a punto de comer un sabroso bocado—. El skar de Tamas requiere un espectáculo, y ustedes lo van a montar para nosotros.

—No es probable —dijo Wax, encontrando su espada y levantándola—. No somos tus juguetes.

—No, no lo son —Daklin chasqueó los dedos. Aquellas sombras acechantes entraron en la habitación, con disfraces extravagantes asomando bajo sus capas y abrigos. Eujo se habría reído si Daklin no se hubiera puesto serio con el ceño fruncido—. Son ladrones. Criminales. Si estuvieran en Whent, los arrojaríamos a los Fosos. Como están en Tamas, van a subir al escenario. Harán su escena, o morirán aquí y ahora.

—¿Qué te importa? —preguntó Eujo, de pie al lado de Wax, contando los pasos hasta su espada y considerándola demasiado lejos—. Somos dos...

—La obra, el teatro, es sagrado. Si quieren nuestro skar, respeten nuestros ritos. Ahora, deja esa espada a un lado —La furiosa sonrisa de Daklin regresó—. No encaja con tu personaje, y tienen algunos ensayos que hacer.

42

BORRADO

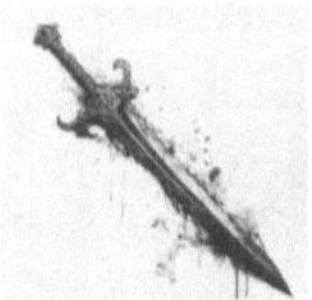

El tiempo vuela cuando luchas por tu vida.

El estrés constante sumergió los minutos y las horas en un torrente que Annalyse ignoró. El día y la noche eran ruido de fondo. El café y el sueño exhausto se turnaban en medidas desiguales mientras la científica, primero cargada y luego caminando por sí misma, llegaba a Mottilan y se aferraba a la ciudad del acantilado.

Annalyse no lo hizo conscientemente, pero cuando los cazadores la llevaron al amplio edificio circular justo al lado del puerto vacío de Mottilan, la confusión entre los ancianos, los otros cazadores e incluso los pocos insectos que zumbaban alrededor era tan evidente que quedarse al margen habría puesto a Annalyse, una vez más, en manos de personas que sabían menos que ella.

—Tienen que prepararse para la guerra —dijo Annalyse primero, alto y claro por encima del grupo que discutía.

Su audiencia estaba compuesta por pescadores, tejedoras, cazadores envejecidos más allá de su mejor momento y marineros que pensaban que iban a pasar el invierno como solían hacerlo: bebiendo hasta la inconsciencia hasta la primavera. Solo Reth, asumiendo su nuevo papel como cazador jefe de Mottilan tras los asesinatos de los Najahn, aceptó el veredicto de la manera apropiada: golpeando un cuchillo Najahn sobre una mesa central de piedra y declarando que estos eran los nuevos enemigos de la ciudad.

—¿Pero cómo? —preguntó uno de los ancianos, que en efecto parecía tan frágil y curtido que cualquier conflicto armado debía parecerle imposible.

Annalyse conocía esa sensación, la había compartido demasiado recientemente.

—Con lo que sabemos y lo que puedo enseñarles —respondió Annalyse.

—¿Y quién eres tú?

Annalyse no sonrió, no hizo un gesto de complicidad como habría hecho Gladdring. Esto no era un juego de confianza. Los hechos prevalecerían, y hechos dio.

—Su última oportunidad.

Mottilan habría arrojado a Annalyse al mar ante esas palabras si Reth no la hubiera respaldado, explicando cómo Annalyse había destruido al escuadrón Najahn. Eso le ganó a Annalyse suficiente apoyo tibio para otorgarle el liderazgo de un nuevo consejo de guerra, con ella y Reth al timón. Annalyse no perdió tiempo, pidiendo y recibiendo detalles sobre la tierra alrededor de la ciudad, recursos tanto en bienes como en personas, y talentos.

Viejas lecciones —Whent era una isla en guerra, entre sus caudillos rivales y los constantes conflictos con Rana— sobre cómo contrarrestar incursiones y lanzar las suyas propias se liberaron mientras Annalyse absorbía los detalles y planeaba los siguientes pasos. La fruta seca se convirtió en fichas que marcaban posibles posiciones de los Najahn, puntos de referencia y...

—¿Demonios? —preguntó Annalyse cuando Reth señaló varias cáscaras de melón.

—Exactamente —respondió Reth—. No tenemos los números para ir tras todos ellos, y algunos no se mueven. A los peores, tal vez el hanoko o alguna enfermedad los mate por nosotros.

—Pero Deshiva...

Reth escupió a un lado, un movimiento imitado por los demás en la habitación.

—Kitaye es más grande, si quieren desperdiciar vidas persiguiendo a cada criatura en la isla, que lo hagan. No es nuestro estilo.

La actitud desdeñosa resumía el enfoque de Mottilan: más pequeño, más astuto y siempre con la mirada puesta en ser inteligentes en lugar de fuertes. Annalyse, con Reth dándole suaves empujones cuando era necesario, se adaptó rápidamente.

Primero, reunir información. Los cazadores más veloces de Mottilan salieron corriendo de la ciudad, buscando movimientos de los Najahn mientras confirmaban senderos ocultos a través de las montañas que separaban Mottilan del Gran Sana. Los pescadores recibieron órdenes de mantener los ojos abiertos mientras estaban en el mar, de volver corriendo si algo púrpura y negro cruzaba el horizonte.

Segundo, fortificar. Todos esos marineros somnolientos se quitaron la resaca con la lanza de Reth en la espalda, sus días ahora llenos de mover piedras, cavar fosos con estacas y construir plataformas de emboscada entre los árboles en el camino principal que llegaba a la ciudad. Las casas más elegantes en lo alto del acantilado se convirtieron en forta- lezas, abastecidas con suministros, dardos, flechas y lanzas. Cualquier invasión por tierra se encontraría con un descenso sangriento, cualquier asalto por mar se toparía con una lluvia de rocas y brea ardiente desde el punto alto del acantilado.

¿Y tercero?

Aliados.

—Cuando llega un nuevo señor de la guerra —dijo Annalyse en otro de los constantes círculos alrededor de la mesa de piedra—, lo primero que hace es cambiar las mentes. Hacer que todos los cuchillos apuntando a sus espaldas vuelvan a sus vainas. ¿Cuándo fue la última vez que los Najahn tuvieron que hacer esto?

Miradas en blanco la recibieron.

—Exactamente. No saben cómo cambiar mentes o ganar corazones. Incluso si Kitaye cae, la gente que vive allí no trabajará para Fassle. Nos darán información o, con nuestra ayuda, interrumpirán cualquier cosa que los Najahn intenten hacer. —Annalyse tocó entonces la parte noreste del mapa rudimentario que cubría la áspera roca gris—. Cuando dejé Noctia, Whent y Kance eran las únicas otras dos islas que se preocupaban por su independencia. Whent está demasiado lejos, especialmente mientras el hielo obstruye las rutas, pero Kance podría ser un amigo.

—¿Un amigo para qué? —preguntó un cazador.

—Comida, armas, cualquier cosa por la que podamos intercambiar. Ya no van a conseguir nada de Noctia, así que tendrán que reemplazarlo todo con lo que Kance pueda proporcionar. O prescindir de ello.

—Eso —dijo Reth— es algo que entendemos.

Una vez más, Annalyse corría con los cazadores de Vis a través de una noche nublada, bajo no tanto hojas de selva como roca montañosa. Tejidos más gruesos que los que Deshiva le había dado mantenían a Annalyse caliente, mientras que las botas de Mottilan, con piedras afiladas plantadas en sus suelas, se clavaban en cada paso para evitar que resbalara. Se agachó bajo las ramas, siguiendo a Reth mientras saltaba sobre las brechas formadas por ríos de nieve derretida.

El invierno aún estaba aquí, pero en Vis, su agarre podía ser inconsistente.

Reth se detuvo en un saliente cortante en la cara occidental de la colina, un claro en los árboles demasiado limpio para ser natural. El bosque se extendía bajo ellos, dando paso pronto al alzamiento gris del Gran Sana. Detrás de él se desplegaban destellos naranjas y amarillos. El puesto avanzado de Najahn.

—¿Ves eso? —dijo Reth, señalando las antorchas que se arremolinaban hacia el norte—. Eso es obra nuestra, justo ahí.

Por un segundo, Annalyse se preguntó si Reth había enviado a los pocos combatientes de Mottilan en un ataque enloquecido contra el núcleo de Najahn. Entonces escuchó el rugido, fuerte y extraño, un sonido gutural y terrible. Espantoso a distancia, y sin duda peor de cerca, donde esos soldados de Najahn estarían enfrentándose a algo más allá de sus peores pesadillas.

—Esa es la señal —dijo Reth, clavando la mirada no en los otros cazadores a su alrededor, sino únicamente en Annalyse—. ¿Estás segura de que quieres venir?

—Fue mi idea —dijo Annalyse, malditamente orgullosa de mantener firme su voz—. Si algo sale mal, los skars son la mejor oportunidad que tenemos.

Reth solo asintió. Habían tenido esa discusión en los días previos, mientras se desarrollaba el tira y afloja con los Najahn. Los morados y negros estaban más ocupados con Kitaye, llegando susurros a través de reuniones en la jungla de que la ciudad más grande había sido asediada, invadida desde el norte y el sur. Las distracciones significaban oportunidades, unas que Mottilan debía aprovechar al máximo.

Y eso significaba los skars.

Corrieron de nuevo, Reth escogiendo el camino descendente alrededor de la base del Gran Sana. Cuatro guardias Najahn custodiaban la entrada, con voulges listas. Un objetivo peligroso y no el suyo, no esta noche. En su lugar, Reth los mantuvo deslizándose entre helechos y árboles hacia el sur, alrededor de la base del puesto avanzado de Najahn. Mientras avanzaban, los otros cazadores trazaban rutas de escape, hacia la costa sur donde un bote de pescador estaría esperando.

Planes dentro de planes. Gladdring estaría orgulloso.

Llegaron al borde sur del puesto avanzado cuando se acercaba el amanecer, después de una carrera demasiado larga, con aquellos horribles rugidos continuando, aunque cada vez más distantes, más angustiados. En lugar de sumergirse directamente en el caos de Najahn, Reth los mantuvo atrás. Nueces y frutas pasaron de bolsas a bocas, granos de café entre ellas. Pequeños bocados amargos que proporcionaban sacudidas, alejando el agotamiento.

Ocultando, bajo la prisa, la oleada de náuseas que Annalyse sintió al mirar de nuevo ese terrible puesto avanzado. Volviendo al lugar de su casi muerte, o algo peor.

Para extirpar el trauma, enfrentarlo, destruirlo.

Ami había dicho eso más de una vez en Noctia, a menudo mientras blandía una espada o tres cervezas después. Que la Guardiana no hubiera seguido su propio consejo era obvio. Tal vez lo había hecho ahora, si Ami aún vivía.

Annalyse esperaba que así fuera, esperaba que la luchadora pelirroja siguiera matando demonios dondequiera que estuviera.

Habría sido bueno tener a Ami aquí, ahora, mientras Reth daba la señal y su grupo salía de su escondite. Se mantuvieron agachados, dirigiéndose hacia el primer edificio, un establo bajo. Antes hogar de ganado, ahora una destartalada prisión, o eso sugerían los exploradores de Mottilan. Un solo soldado Najahn estaba de pie junto a la entrada, su cabeza con casco cabeceando arriba y abajo mientras trataba de esquivar el agarre del sueño.

Reth puso fin a las preocupaciones del guardia con un dardo, soplado cuando la cabeza del hombre se inclinó y atravesando su garganta. El guardia se retorció, intentó hablar y cayó. Un desastre estridente evitado por las propias manos de Reth, atrapando la caída del guardia y redirigiendo hacia la izquierda, donde otros dos cazadores completaron el descenso.

La hierba sería una buena cama para el hombre, suave y enfriada por el beso latente de la escarcha.

Annalyse se mantuvo pegada a la pared exterior del establo. Hasta ahora, mejor de lo esperado. La lucha con Kitaye, el ataque del demonio, había atraído a tantos soldados que dejaron el puesto avanzado prácticamente desierto. Lo que eso significaba para su objetivo, Annalyse no quería especular.

Sin embargo, no tenía que especular sobre la luz, y cómo su cobertura se disipaba cada segundo. Lo que habían sido sombras oscuras ahora contenía grises, y el color se filtraba aquí y allá. Reth también lo notó, al igual que los otros cazadores, sus miradas volviendo al borde de la jungla y el refugio.

Pero eso sacrificaría la distracción del demonio, alertaría a los Najahn de su presencia.

—No —susurró Annalyse, uniéndose a los cazadores,

con el Najahn caído a sus pies. La armadura traqueteó. Sonrió. Whent proveería—. Reth, tengo una idea.

Los otros cazadores desaparecieron cuando los primeros rayos rompieron las nubes que se disipaban, llevando entre ellos al guardia Najahn, profundamente dormido sin su armadura. Con las manos entrelazadas a su espalda, Annalyse caminaba delante de Reth, oculto tras una armadura mal ajustada, pero pasable. No necesitarían ir muy lejos, no necesitarían hacer más que encontrar a los prisioneros y dejar a Annalyse entre ellos.

Luego, cuando la noche cayera de nuevo, ella podría liberarse.

Al doblar la esquina, a través de una puerta suelta —sin barras, sin candados, una seguridad laxa para los Najahn— Annalyse entró en el edificio largo y estrecho. Vigas y listones dividían el establo, y Annalyse escuchó, mientras pisaba paja vieja y tierra, las primeras preguntas, los llamados por comida, agua, ayuda que poblaban cada prisión. Ninguno llegó.

—¿Dónde están? —susurró Reth a su espalda—. ¿Los guardias? ¿Los prisioneros? ¿Alguien?

—Quizás nuestros exploradores se equivocaron.

Una respuesta esperanzadora descartada cuando se acercaron a la primera fila de celdas. Annalyse sintió que se le cortaba la respiración, su corazón retumbando con los susurros de los skars en su mente. Los prisioneros de Kitaye y Mottilan estaban aquí, sí, y vivían, sí. Miraban fijamente, sentados, a Annalyse y Reth, sus bocas calladas, sus ojos vacíos. En esta celda, en la siguiente y la siguiente.

—¿Qué es esto?

Reth pasó junto a Annalyse hasta un par de ellos. Extendió la mano, dio una ligera bofetada a un cazador, pálido y desnudo salvo por un camisón. El hombre se balanceó, pero por lo demás no reaccionó. Lo intentó de nuevo, con el mismo resultado, y maldijo. Annalyse siguió adelante, encontró lo que quería, lo que temía, en el último compartimento. Deshiva, maltrecha pero viva.

Pero Deshiva estaba sentada igual que los demás, el fuego extinguido. Silenciosa, vacante, esperando. Detrás de ella, Reth, entre maldiciones, advirtió que el día avanzaba, una preocupación respaldada por llamadas para el desayuno, café y cambio de turno. Pronto los descubrirían, y no habría huida de aquí, ni escape masivo.

—Vámonos —dijo Annalyse—. No podemos ayudarlos.

—Ya no hay forma de ocultarnos, Whent.

—Entonces corremos, Reth. Corremos hasta que no podamos correr más.

43
LA LARGA ASCENSIÓN

Después de cocinarse en lo que parecía una fragua durante demasiado tiempo, Ami emergió, chorreando, de la piscina de la cámara de vuelta al mundo que conocía. Los caminantes de fuego que adornaban las pendientes grises la observaban con sus coronas de obsidiana reluciente, pero ninguno se movió para impedir su empapada caminata por la pendiente, pasando los montones de chalecos que había sido enviada a entregar, y por el túnel hacia Jochi, Svarde y las demás almas que aún sufrían en su dichosa ignorancia.

—¿Todos van a colapsar? —dijo Jochi después de que Ami se hubiera cambiado su ropa empapada y chamuscada por otra nueva. Todos estaban de pie en el lugar favorito de Svarde, la catedral de piedra, y el propio Rey Muerto se cernía cerca, un guardián pasivo de su discusión.

Ami se encontró mirando al gigante inmóvil, asentado en su gruesa armadura, mientras Maena, Svarde y Jochi intercambiaban opiniones sobre la historia de Ami. ¿El Rey Muerto había estado aquí abajo durante siglos, pero no ofrecía ninguna idea sobre las palabras de Ami? ¿Realmente había estado atrapado con sus cuerpos resucitados y nunca había intentado entender qué lo condenó a este lugar? ¿Qué provocó que los demonios volaran?

O tal vez lo había hecho, y asumió que ninguna isla se alzaría para ayudar a los demonios de todos modos, mucho menos aceptaría a los desarrapados y monstruosos refugiados en su escasa tierra.

—Ese es el problema, ¿no? —preguntó Ami en una pausa, mientras la conversación giraba en torno a formas de contener a todos los demonios dentro de las cuevas del Oscuro Inferior—. No podemos retenerlos aquí abajo. No podemos.

—Aún no lo hemos intentado —replicó Jochi. El señor de la guerra iba ahora sin sus guardaespaldas, aunque el pesado hacha en su cintura sugería que no estaba indefenso. Aun así, sin los protectores aduladores, Jochi parecía menos un tirano amenazante y más un oso relleno—. Mis ingenieros pueden derribar los túneles correctos, mantener a estos monstruos corriendo en círculos hasta que decidamos en qué pozo queremos ponerlos.

—¿Y si no los ponemos en un pozo? —preguntó Maena—. ¿Y si los enviamos arriba?

—Una locura —murmuró Svarde.

—Nunca has estado en una jaula. No sabes lo que significa intentar salir.

Svarde agitó la gigantesca y dentada espada. —No todas las jaulas tienen barrotes, Rana.

—¿Quieres salir de la tuya? Solo suelta, Svarde.

—Bueno —dijo Jochi, palmeando el aire con sus manos, como si apagara algún fuego invisible—, vamos a calmarnos.

Ami resopló. —Jochi, a estas alturas deberías saber que

los insultos y las amenazas son solo nuestra forma de hablar.

—La Guardiana tiene razón —dijo Maena, cruzando los brazos y encendiéndose con una sonrisa asesina—. No hay diversión en solo charlar, Jochi.

—La diversión está en encontrar respuestas para que pueda volver a mi cerveza —dijo Jochi—. Según las palabras de Ami, de todos modos no tenemos mucho tiempo hasta que cualquier demonio que pueda moverse salga arrastrándose de esas puertas. Nuestros amigos caminantes de fuego podrían aplastar a muchos de ellos, pero otros van a salir por los túneles lejanos.

—Y no queremos que los caminantes de fuego mueran —añadió Ami.

—Cierto, lo que me lleva de vuelta a los túneles. Sellamos algunas rutas, mantenemos a los demonios moviéndose en círculos hasta que se nos ocurra algo mejor.

Maena levantó la mirada. —Ya tengo algo mejor: llevarlos a la superficie.

—Noctia no tiene espacio para demonios de siete mundos —dijo Svarde—. Ninguna isla lo tiene.

—No todos lo lograrán —Jochi sacó una pipa de su enorme abrigo y se la metió en la boca—. Tal vez sean lo suficientemente pocos como para meterlos en un par de islas y que nadie lo note.

Ami se hundió mientras la discusión continuaba, las soluciones y los problemas golpeándose entre sí como soldados en un triste juego de espadas. El viaje del día encontró en la conversación una buena oportunidad para recordarle a Ami que estaba exhausta, las cicatrices de Vis ansiosas por la renovación del sueño. Tal vez podría escabullirse, encontrar una estera de paja en algún lugar, y para cuando hubiera pateado algunos sueños, estos tres tendrían una solución.

Kivi, con sus ronquidos de guijarro rodante retumbando en la esquina, tenía la idea correcta.

—Iré yo —anunció Svarde, atrayendo a Ami de vuelta a la interacción—. Marcharé directamente allá arriba y le diré a Noctia y al Najahn que se preparen. Sacaremos a Catya de ese trono —Svarde asintió hacia Ami—. Y tú vendrás conmigo.

Maldición.

Estaban al pie del golpe de un dios. Al menos, lo que quedaba de él. El Rey Muerto había construido la catedral cerca del punto más bajo de la Herida, justo donde la daga de Vis había encontrado el corazón de Noctia. Los túneles conectaban la puñalada aquí y allá arriba, permitiendo que más de unos pocos demonios encontraran su rápida ruta a la superficie, y un final más rápido cuando llegaban. Ahora Ami y Svarde estaban dispuestos a tomar la misma ruta, una rápida escalada para evitar una caminata más larga hasta Whent y un viaje helado de regreso a Noctia.

Que se dirigieran a la Ciudad Anillada seguía siendo una elección dudosa para la ex Guardiana, pero ¿qué se suponía que debía hacer Ami? ¿Decir que no? ¿Declararse cobarde ante Svarde, Jochi y Maena?

Ni hablar.

El plan, tal como lo describió Svarde, era bastante simple: escalar la Herida, hacer que Catya cancelara cualquier ataque de Najahn, y luego usar su celebridad y la de Ami para conseguir que Fassle y su Círculo se comprometieran. Detener todos los futuros ataques de demonios debería ser una oferta tentadora para Fassle, y con el apoyo de Najahn, podrían encontrar una manera de repartir cualquier demonio capaz de funcionar entre las islas correspondientes.

Jochi, Maena y los caminantes de fuego se encargarían de cualquier monstruo demasiado violento para que valiera la pena salvarlo.

—¿Y cuando Fassle decida que me va a ejecutar de todos modos? —preguntó Ami.

—Me gustaría verlo intentarlo —respondió Svarde, con la gran espada atada a su espalda, la empuñadura atada y tocando el cuello gris del hombre. Un toque, aparentemente, podía provenir de cualquier cosa, no solo de sus manos—. Cada soldado que nos envíe estará luchando de nuestro lado después de un corte o dos. El hombre no tendrá elección.

—Porque los mejores tratos siempre se hacen bajo coacción.

Svarde se rio y estudió la pared de roca frente a él. El Rey Muerto y algunos ingenieros Whent habían apilado suficientes piedras y levantado una escalera para llevarlos hasta la cima de la catedral, donde comenzaba la Herida propiamente dicha. Una suave piedra pálida los aguardaba, intacta durante tantos años. No muy por encima, sin embargo, la prístina escalada se vería interrumpida por garras de demonios, saetas de ballesta perdidas y, si se podía creer al Rey Muerto, las mismas muescas que él y Demion tallaron en su primer descenso.

La escalada sería larga, y cada punto sin un buen asidero tendría que ser picado con cinceles. Ami cargaba bolsas llenas de hongos, pan y agua. Svarde llevaba lo mismo, aunque el hombre ya no comía. Decía que la cerveza tampoco le afectaba, solo se acumulaba y drenaba por sus cortes que nunca sanaban.

Ami no lo dijo en voz alta, pero la muerte en vida de Svarde le sonaba peor que, bueno, simplemente la muerte.

—Fassle no tiene opción de todos modos —dijo Svarde, alcanzando y probando el primer cincel—. ¿Qué va a hacer cuando los demonios invadan la superficie con nuestros huesos entre sus dientes? Noctia no tiene suficientes vouges para salvar las islas.

—Si es que nos cree.

El hombre de Foti dio el primer impulso, saltando desde la plataforma de piedra hasta la pared más baja de la Herida. Sobre él, trabajando para acelerar el tallado de esos asideros, se aferraba Kivi. Resopló, expulsando vapor a la derecha de Svarde para mostrar el siguiente tramo.

—Ami —dijo Svarde, calculando la distancia mientras Ami hacía lo mismo hacia donde Svarde colgaba ahora—. Si vas a estar tan amargada, te cambiaré por Maena.

—Está loca.

—No es su culpa, pero aun así es más divertida que tú.

—Apuesto a que Catya no estaría de acuerdo.

Svarde se impulsó hacia el siguiente asidero, despejando el camino para el salto de Ami. Ella flexionó las piernas, calculó el peso oscilante de la bolsa y saltó. Sus manos, enguantadas con la tela de agarre de un explorador Whent, agarraron la piedra. Ami se impulsó hacia arriba, encajando sus pies en el primer nicho. Los skars de Vis susurraron, atendiendo a los músculos mucho antes de que se cansaran.

—Lo haría —dijo Svarde, y Ami miró hacia arriba para verlo ya varios asideros por delante—. Me llamaría gruñón y a ti la más divertida que jamás haya conocido. —El Foti le sonrió a Ami—. ¡Pero ambos sabemos a quién elegiría en una pelea!

Oh, esas eran palabras de desafío.

Los días y las noches se consumieron en la escalada

por la Herida. Ami descansaba en los acantilados más grandes, con Svarde colocándose en el borde para evitar que ella rodara. Kivi dormitaba con sus garras extendidas, segura en las paredes incluso durante el sueño. Comían, bebían y compartían recuerdos buenos y malos, un viaje que era a la vez un recuerdo de la mejor época en la vida de Ami y un recordatorio hueco de cuán lejana estaba ya esa época.

Que Svarde nunca durmiera, que nunca pareciera cansado, se le había escapado a Ami allá abajo. Se sentaba allí, silencioso, en las repisas de roca y no hacía un solo sonido durante horas, con el musgo brillante azul y púrpura como única luz.

—¿Cómo lo soportas? —preguntó Ami en la segunda noche, acurrucada en un estrecho hueco. El Rey Muerto estimaba cuatro días de escalada para llevarlos directamente hacia arriba, si mantenían un ritmo rápido. Los skars de Ami y la energía interminable de Svarde significaban que ya estaban sintiendo el aire más fresco de la superficie—. ¿Cómo puedes sentarte ahí durante horas en silencio?

—No es muy diferente a mi cabaña —respondió Svarde—. Tampoco tenía nadie con quien hablar allí, durante la mayor parte de diez años.

—¿Cómo lo manejabas entonces?

—Vivía en el pasado. Trataba de pensar en formas en las que lo habría hecho diferente.

—¿Durante diez años, hiciste eso?

—Algunas noches también me emborrachaba.

Fue el turno de Ami de reír.

—¿Sabes? Yo hice lo mismo.

—Lo sé. Empezaste en Vis, antes de que tomáramos el barco a Noctia. —Svarde no se volvió para mirarla, simplemente siguió mirando hacia el abismo, con su espada en el regazo, el agarre seguro—. Parte de por qué me fui. No quería verte ahogarte también.

—Gracias.

—Lo sé, soy un idiota. Nunca dije lo contrario.

—Un idiota estúpido, además.

—Pero adivina qué, Ami. Este idiota estúpido va a salvar el mundo. Dos veces.

—Oh no, Svarde. Yo me llevaré el crédito por esta. Tú eres solo el Guardián.

—¿Otra vez?

—Siempre.

Justo después del mediodía del cuarto día, Kivi resopló anunciando su inminente llegada. La conversación y el ruido antinatural habían estado descendiendo durante minutos, y Ami se preguntaba cuándo los Najahn harían su primer contacto. La razón por la que no lo hicieron, por la que no lo hicieron hasta que Svarde se izó sobre el borde de la Herida con una audaz declaración de que el Guardián de Catya había regresado, no era en absoluto lo que Ami esperaba.

Y Jochi, en lo más profundo de la Herida, probablemente escuchó la maldición que salió de los labios de Ami.

44
A FLOTE

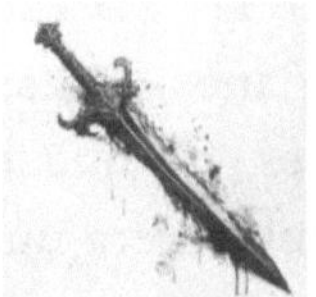

Durante la mayor parte de la historia de la isla, un hombre que se encontraba desarmado frente a quienes pretendían asesinarlo acababa muerto. En este momento, con Noctia's Renewal lanzando amenazas y dos najahns armados con voulges detrás de ella, Gladdring desafiaba esas sombrías probabilidades.

Su suerte residía en una bolsa a su izquierda, donde la mano de Gladdring se sumergió incluso mientras la Renewal pronunciaba su gélido veredicto. Las piedras negras en su interior, como todo skar, comenzaron su indescifrable bombardeo cuando Gladdring las recogió. Ignoró el torrente —como si Gladdring hubiera caído en medio de una multitud parlanchina— y extendió su puño hacia la Renewal y sus guardias.

—Si se acercan, arriesgan nuestras vidas —dijo Gladdring.

La Renewal llevó una mano hacia su propio cuello, al collar que llevaba puesto.

—No me amenaces con lo que no puedes controlar. Suelta las piedras.

—¿O qué? ¿Me matarás? —Gladdring retrocedió un solo paso. Cada zancada le daba una fracción de segundo más para actuar cuando la Renewal o sus guardias cargaran—. No tienes ventaja, Renewal. La perdiste con tus primeras palabras.

A la derecha de Gladdring, al otro lado de la habitación, Quik los observaba a ambos. El cazador de Vis estaba frente a dos alforjas, con las manos ocultas tras la espalda. Existía la posibilidad, entonces, de que el hombre tuviera una trampa preparada. También era una confirmación de que, como tantos Vis, había sido ignorado.

Sin embargo, el barco Kance no permitiría que su lucha fuera olvidada. La embarcación continuaba gimiendo, los crujidos y golpes ya no eran de hojas metálicas sino de tablas partiéndose, agua apresurada encontrando poca resistencia. El asalto de la Renewal debía haber hecho más que dañar la popa.

—Se está hundiendo —dijo la Renewal mientras la cubierta temblaba bajo sus pies—. Se acabó el tiempo, Gladdring. Usa esos skars, o...

Interrumpió sus propias palabras, abalanzándose hacia adelante. La mano que había estado cerca de su collar descendió en el movimiento para desenvainar el largo cuchillo en su cintura. Gladdring se sobresaltó, pero aún había tiempo, aún había tiempo para alimentar los skars de Noctia.

¿Alimentar?

El antiguo Tenet no se congeló, no del todo. Se derrumbó, su cuerpo volviéndose acuoso mientras los ópalos en su mano lo abrumaban con exigencias. Sus deseos, sus necesidades no se presentaban como palabras sino como sensaciones, como un hambre cruda y voraz que quería arremeter contra todos en la habitación, contra los dos guardias más allá, contra cualquiera que quedara vivo en el barco.

Contra sí mismo.

Y Gladdring no permitiría, no podía permitir eso, incluso cuando el cuchillo de la Renewal se precipitaba hacia su garganta. Al menos, eso hacía, hasta que la Renewal salió volando hacia un lado, derribando la alforja de Noctia y estrellándose contra la pared a la izquierda de Gladdring. Los guardias najahn afuera se sobresaltaron ante el cambio, solo para encontrarse lanzados hacia atrás, rodando mientras sus tablas se elevaban, arrojándolos a lo largo de la cubierta superior inclinada. Sus pesados chapoteos se unieron al caos continuo, otra comida para los peces que se alimentaban bien hoy.

—Levántate —dijo Quik, corriendo al lado de Gladdring. El cazador dejó varios skars de Whent a su paso, las piedras brillando contra la madera—. Nos vamos antes de que el barco se desmorone.

—Los skars —susurró Gladdring, tomando la mano de Quik con su derecha vacía, tambaleándose hacia la alforja de Noctia y dejando caer los ópalos de vuelta dentro. Sus hambrientos impulsos desaparecieron al caer, Gladdring recuperando el control de su propio cuerpo como si se recuperara de demasiada cerveza—. No podemos dejarlos.

—¡Al diablo con los skars, Gladdring, vamos a morir si nos quedamos!

—Son nuestra única oportunidad, Quik —dijo Gladdring, atando la alforja de Noctia y colocándola sobre su hombro—. Cuando los najahn vengan por Kance, perderemos sin su poder.

No mencionó que los soldados de Kance podrían simplemente matar a Gladdring y Quik de todos modos, si el par no tenía las piedras para convencerlos de lo contrario. Ese era un problema para otro día, otro momento.

Quik pareció comprender el obstinado objetivo de Gladdring y, estabilizándose con cada paso mientras el barco continuaba desmoronándose, el Vis se tambaleó de vuelta hacia sus alforjas, recogiendo los skars de Whent en el camino.

La Noctia Renewal gimió, tendida en el suelo. Ojos cerrados y adolorida. Gladdring la observó mientras ataba la alforja de Tamas, uniéndola a sus hermanas de ópalo. Solo quedaban las piedras de Kance, y entonces... ¿dejarla morir?

El barco Kance intentó responder esa pregunta por él. Cuando Gladdring llegó a la última alforja, con Quik anunciando su propia finalización —el cazador podía moverse rápido cuando quería—, la embarcación emitió un terrible crujido. La habitación se balanceó, el pasillo fuera de su puerta desapareciendo. Gladdring cayó, agarrando la alforja de Kance mientras la puerta cambiante mostraba un cielo gris de la mañana, brillante y despejado y directamente sobre sus cabezas.

No era una vista deseada cuando se estaba dentro de la habitación de un barco.

—Demasiado tarde —gruñó Quik mientras Gladdring se incorporaba. La Noctia Renewal yacía desplomada, ahora silenciosa, en la esquina de la habitación—. Nos has matado a ambos, Tenet.

—Aún no. Date la vuelta.

Quik maldijo, hizo lo que Gladdring le pidió, permitiendo que el Tenet mirara las cuatro alforjas que Quik sostenía, dos sobre cada hombro. La mano de Gladdring se sumergió en una bolsa, agarró dos piedras y las sacó.

A diferencia de los skars de Noctia, las piedras de Rana

eran más curiosas que asesinas, aunque su emoción aumentó considerablemente cuando el agua de mar se filtró a través de las tablas a los pies de Gladdring.

—Agarra a la Renewal —dijo Gladdring, empujando las piedras hacia donde quería que fueran.

Quik pasó junto a Gladdring mientras el agua de mar se filtraba, pareciendo desaparecer. Gladdring se arrodilló en la pared, la pequeña habitación ahora una prisión volteada de lado. Los skars de Rana escucharon, se extendieron y encontraron lo que necesitaba.

—La tengo —dijo Quik, y la mirada de Gladdring confirmó que el cazador tenía a la Renewal recogida bajo un brazo, firme sobre la misma pared posterior convertida en suelo que Gladdring—. Ahora podemos ahogarnos todos juntos.

—No exactamente.

Los skars Rana respondieron a la pregunta de Gladdring con un impulso, propulsando la habitación hacia arriba y adelante. Las nubes y el cielo desaparecieron cuando lo que antes apuntaba hacia arriba volvió a caer para aterrizar plano contra el mar. Gladdring golpeó el suelo con fuerza sobre su hombro izquierdo. Quik, con una destreza que hizo que Gladdring sintiera envidia, dio un paso con la transición, manteniendo el equilibrio y arrastrando consigo a la Renovación de Noctia.

El enderezamiento forzado tuvo sus consecuencias: los clavos que mantenían unidas las paredes de la habitación fallaron, rompiéndose las tablas. Las paredes se hundieron, el techo, nuevamente sobre sus cabezas, gimió.

Y Gladdring se dio cuenta de que había agarrado los skars equivocados. A pesar de su emoción acuosa, las piedras Rana no podían salvarlos de ser aplastados. Se movió hacia Quik, llamando al cazador para que cogiera un skar Kance de las alforjas de Gladdring.

La Renovación respondió a su petición en su lugar, sus ojos abriéndose con un parpadeo. Sostenida contra el costado de Quik, la Renovación de Noctia tuvo la buena fortuna de estar mirando hacia arriba cuando la consciencia la encontró, la mejor fortuna de tener un skar Kance dentro de su collar, y la mejor fortuna de estar demasiado aturdida para resistir las demandas del skar.

Mientras las paredes se agrietaban, el techo no descendió. En su lugar, como si Gladdring pelara una naranja, la madera de arriba se desprendió, cayendo por el costado y aterrizando, con el mar lavando sobre su balsa improvisada.

Gladdring empezó a reír en medio de los escombros, las olas, los cuerpos flotantes. Estaban vivos, habían sobrevivido, todo gracias a las malditas piedras. Los skars que durante tanto tiempo habían sido ignorados, relegados al maldito Aegis.

—¿De qué te ríes? —espetó Quik, dejando caer a la Renovación en el centro de la balsa—. Aún estamos condenados, Gladdring.

La evaluación del cazador no estaba lejos de la realidad: el barco Kance casi había desaparecido, su existencia solo marcada por el equipaje afortunado, barriles y cuerpos que lograron mantenerse a flote entre las olas. Algunas pocas personas chapoteaban alrededor, pero incluso mientras Gladdring observaba sus frenéticos intentos, la ropa mojada, la armadura o los depredadores marinos que se arremolinaban los arrastraban a las profundidades. Najahn y Kance consumidos sin distinción.

—Mi barco —susurró la Renovación de Noctia desde el

centro de la balsa, donde Gladdring y Quik se unieron a ella
—. Todavía flota.

No se equivocaba. El cúter de Noctia flotaba entre las
olas, un objetivo distante para cualquier balsa normal
sometida al fuerte golpeteo del mar. Pero el naufragio de
Gladdring difícilmente era una balsa normal. Los skars
Rana jugaban en su mente, drenando la energía de Gladdring para mantener sus tablas destrozadas sobre el mar.
Mientras Gladdring pudiera mantenerse despierto, mantenerse vivo, su pequeño parche no se hundiría.

Lo que les daba una oportunidad.

—Quik, dame más —dijo Gladdring.

—¿Más qué?

A pesar de sus palabras, Quik pareció entender lo que
Gladdring quería. Equilibrándose sobre la madera, Quik
volvió a deslizar su espalda hacia Gladdring, quien recogió
varios skars Rana más.

—¿Qué estás haciendo? —preguntó la Renovación de
Noctia, tan agotada que solo yacía en el centro de la balsa.

Sin sus soldados, sin su bravuconería empapada de
skars, la Renovación sonaba como tantas personas inde-
fensas y desamparadas. Gladdring casi sintió simpatía por
la joven. Casi.

Después de todo, ella era la razón por la que estaban en
esta situación.

Con los skars Rana extra uniéndose a sus hermanos y
hermanas, Gladdring les dio dirección, una orden sin palabras para llevar la balsa hacia el cúter Najahn. Jadeó cuando
los skars tomaron sus órdenes, empujando la balsa a lo
largo de las olas primero lentamente, y luego más rápido de
lo que cualquier vela podría lograr. La madera maltratada
apartaba los restos a medida que avanzaba, perdiendo más
de sí misma con cada impacto.

—Podrías intentar dirigir —señaló Quik.

—No estoy seguro de cómo —respondió Gladdring, su voz lo suficientemente tensa como para provocar una mirada de preocupación del cazador—. No te preocupes, no moriré hasta que lleguemos al barco.

Una broma de mal gusto, y una que solo profundizó la preocupación de Quik. La Renovación de Noctia, al menos, parecía haber sucumbido a su anterior paliza, desapareciendo de nuevo en la inconsciencia.

La mejor manera, quizás, de ahogarse, si ese destino aún la esperaba.

—¡Alto! —gritó Quik después de que pasaran varios minutos más, con el cúter Najahn y sus cubiertas vacías acercándose—. ¡Es la Reina!

Quik señaló a la izquierda, hacia un parche de restos carbonizados no muy diferente del amasijo sobre el que Gladdring flotaba ahora. Las tablas quemadas sostenían varios cuerpos, ninguno en movimiento, pero las relucientes túnicas de la Reina Kance destacaban, aunque sus plumas se habían fundido y su tela ya no era azul sino un negro ceniciento.

Se presentó una elección, y Gladdring la tomó.

—¿No estás girando? —preguntó Quik mientras su balsa continuaba hacia el cúter.

—Estoy eligiéndonos a nosotros —dijo Gladdring—. O está muerta, lo que significa que nos estamos arriesgando para rescatar nada, o está apenas viva, y perdemos nuestro control.

—¿Control? —La mirada de Quik mezclaba shock e ira tan bien, que Gladdring se preguntó si el lugar del hombre no estaba, verdaderamente, en un escenario de Tamas—. ¿Ahora hablas de control?

—¡Estoy hablando con sentido, Quik! Una vez que ella

tuvo los skars, no le importamos tú y yo. Éramos carne de cañón, prescindibles. —Reunir mucho vigor con los skars Rana succionándolo hizo que la visión de Gladdring se nublara, pero mantuvo su mirada fija en el cazador—. Nos habrían descartado a la primera oportunidad, al igual que a tu amiga, la otra reina.

Quik se estremeció. Un recordatorio de algo que el hombre podría haber elegido olvidar traído a una luz cruda. El cazador sacudió la cabeza, escupió una maldición, pero no dijo nada más mientras la balsa continuaba. Lucharía con su alma ahora, y esa lucha podría continuar para siempre.

O Quik haría como Gladdring había hecho, y elegiría la supervivencia por encima de todo lo demás.

45
ESCENAS EN MOVIMIENTO

Daklin dirigía, dictaba e impulsaba su avance. Eujo y los demás, aún recuperándose lentamente de sus heridas tras la batalla en la posada, tenían pocas opciones más que obedecer al actor enloquecido. El hombre contaba con guardias leales: bufones siniestros sacados de las Ánimas, a quienes se les había entregado una espada, un hacha o un látigo, y se les había encomendado vigilar al grupo, profiriendo amenazas horribles y rimadas si Eujo y Wax se desviaban de la escena asignada.

Los ensayos no tenían lugar en un escenario, sino en un carro en movimiento. Uno grande y robusto destinado a transportar fardos de heno u otras cosechas voluminosas, tirado por un equipo de cuatro ponis y decorado con una única mesa y silla como atrezo. Dos carros más pequeños transportaban provisiones, sus propios ponis liderando la caravana hacia el siguiente pueblo en dirección oeste. Cada noche llegaban a un nuevo alojamiento, cada noche Eujo, Wax, Bliss y Torny se desplomaban en una habitación vigilada solo para despertar y volver a hacerlo todo de nuevo.

Livier, como merecía el asesino, permanecía encadenado. A Daklin no le importaba el asesino de Kance excepto para ordenar su movimiento lánguido del carro a un armario estrecho cuando se detenían. Si Livier recibía agua, comida o cualquier cosa necesaria para sobrevivir, al principio era una curiosidad para Eujo, una que olvidó cuando memorizar líneas y acertar en las marcas llegó a dominar sus días y noches.

En las Animas, los ensayos habían sido igualmente agotadores, pero Eujo había alimentado el sueño de escapar para mantenerse a flote. Ahora, con cortes, quemaduras y un moretón que se extendía por su costado donde la daga había dado en el blanco, los dolores negociaban con el agotamiento por el derecho a arruinar su próxima escena. Wax, que había salido de la pelea en la posada con menos cicatrices, deambulaba por el carro soltando la siguiente línea de su insípida farsa solo para que Eujo perdiera su entrada, balbuceara palabras o repitiera lo que ya había dicho.

Daklin exigía otra toma, y otra más, hasta que el hombre se sumía en una furia silenciosa y ardiente durante el resto del día.

Al quinto amanecer, Eujo se subió al escenario rodante con poco más que una sombría aceptación. El café se mezclaba con pan y caldo —el pueblo de anoche había estado abarrotado, con solo establos de repuesto y paja sucia para dormir— para darle precisamente cero energía. Los skars no ayudaban, los murmullos del Vis siempre presentes mientras las piedras agotaban su fuerza para curar sus heridas.

—Daklin dice que es el último día —dijo Wax, saltando a su lado y luego ofreciendo una mano a Eujo para completar el ascenso. En la parte delantera del carro, el conductor chasqueó las riendas y los ponis se pusieron en marcha—. Solo uno más, Eujo.

—Hasta que realmente importe.

Daklin también intentaba motivar a sus actores con amenazas, con una que se alzaba suprema entre las palabras dispersas y crueles: una actuación final en la ciudad capital de Tamas, Videgaud, un nombre que Daklin pronunciaba con una entonación diferente cada vez que lo decía. Cuando Wax le preguntó por qué, Daklin respondió que así como su isla cambiaba con cada día que pasaba, también debía cambiar el sabor de su nombre.

Dejando de lado ese absurdo, Daklin enfatizaba que la pareja —Torny y Bliss, como Guardianes, no tenían el placer de presentar sus escenas ante un público— tendría que dar su mejor actuación en Videgaud.

—Háganlo bien —repetía Daklin a menudo—, y sus sueños se harán realidad. Fallen, y nunca olvidarán su fracaso.

Lo que eso significaba, Daklin no lo revelaba, aunque no parecía feliz con la idea, dado lo mucho que presionaba a sus actores. Eujo supuso que su actuación podría pesar sobre la propia reputación de Daklin, lo que casi le daba ganas de arruinar la escena. El tirano se lo merecería.

—Vamos, Eujo —dijo Wax, mientras el carro iniciaba su éxodo y el pueblo despertaba—. Un día más para hacerlo bien.

Ella parpadeó. Tomó un respiro helado. La nieve brillaba en las llanuras y arboledas que los rodeaban, Tamas pasando de una naturaleza cubierta de raíces a agradables tierras de cultivo. Postes marcaban los campos de lúpulo primaverales, heraldos de las muy apreciadas cervezas de Tamas.

A Eujo le hubiera encantado más de eso, pero Daklin había retenido el alcohol.

—Para las celebraciones —dijo Daklin—, y ustedes no se han ganado ninguna.

Torny y Bliss se sentaban atrás con Livier en uno de los carros de cola, retenidos no con grilletes sino con amenazas silenciosas. El fuego del bandido se había apagado con la llegada de Daklin, con Bliss aún recuperándose, y los dos a menudo igualaban a Wax y Eujo en sus estados de ánimo sombríos.

—¿Lista? —dijo Wax, posicionándose al lado de la mesa. Eujo se apoyó contra la pared izquierda del carro, frotándose la frente—. Si logramos una ronda antes de que Daklin regrese aquí, tal vez no nos presione tanto.

—Eso lo creeré cuando lo vea.

Pero cuando Wax dio la señal, Eujo pronunció su línea.

Videgaud emergió como un desfile para los sentidos. Al principio una mancha en el horizonte lejano, anunciada por más caminos y tráfico de carros. Los viajeros a pie también sugerían posibles viajes sin necesidad de carros. Aparecieron puestos, agricultores y comerciantes intentando cambiar mercancías más baratas y de menor calidad por mejores trueques sin las multitudes de la ciudad. Sus llamados interrumpían a Eujo y Wax mientras continuaban sus ensayos —Daklin no les daba crédito por su inicio temprano— y Eujo exigió un descanso, un final.

Daklin, que estaba en la cabeza del carro, observándolos desde el asiento del conductor como un señor engreído, se burló.

—Tanto como cualquier actor que haya conocido, ambos necesitan el tiempo y las pruebas —dijo Daklin—. Hay un momento para dejar de lado las lecturas y aceptar lo que viene, pero no es ahora, no con su viaje en juego.

—Entonces mi viaje tendrá que arriesgarse —respondió Eujo, notando que Wax lanzaba miradas entre ambos. Que el Vis se hubiera lanzado a esto con tanto vigor había sido impresionante, ahora era simplemente molesto—. Ya estoy harta, Daklin. Harta de estas líneas, de este carro.

Esperaba otra réplica mordaz. En su lugar, Daklin saltó de vuelta al carro con ellos, pisoteó hacia Eujo sin perder el equilibrio ni una vez en las tablas traqueteantes, y puso su mano en su barbilla. Eujo reprimió un impulso salvaje de morderlo.

—Quizás me equivoque —dijo Daklin, una admisión que Eujo nunca había escuchado hacer al hombre antes—. Estamos tan cerca, un poco de descanso y recuperación podrían hacerte bien. Para algunos, ser llevados al borde de la muerte saca lo mejor de sí. Para alguien como usted, tan mimada, quizás unos cojines, una copa de vino y una siesta sean más apropiados.

—¿Mimada? —gruñó Eujo, reconsiderando su elección de no morder, pero Daklin se apartó, alejándola con un gesto todo el camino.

—La verdad no necesita velo. Usted es una reina, y exige las comodidades de una reina. Así que tómelas, entonces. Disfrute de un último día en la ciudad más grande de las islas.

—Solo si te callas.

Daklin, al menos, hizo exactamente eso. Regresó a su lado del conductor y dejó que los dos Renewals saludaran a Videgaud en sus propios términos.

La arquitectura a lo largo de las islas, en la experiencia de Eujo, tendía a estar impulsada por la necesidad. En Whent, con su tundra arrasada, la piedra gruesa y los techos pesados significaban calor y refugio. Las casas en los árboles de Vis daban refugio de los depredadores merodeadores. Foti y Rana se adaptaban a las características de sus islas, al igual que Kance. Pero ¿Tamas?

Tamas cedía a sus deseos.

Videgaud continuaba su llegada, desplegándose como una maravillosa alfombra ante ellos. Al igual que los Animas, los edificios brotaban del suelo en formas oníricas. Madera, piedra, barro y cosas más extrañas sobresalían en todas direcciones. Puentes, con cuerdas y de otro tipo, se ataban entre los edificios. Las ventanas se ajustaban a los lados curvos, capturando la luz a lo largo de bordes dorados y salpicando reflejos de arcoíris alrededor. Banderas, algunas con símbolos que Eujo reconocía —compañías de actuación, gremios de comerciantes y demás— se mezclaban con algodones estampados o de color sólido que ondeaban al viento. La música chocaba con la conversación burbujeante, instrumentos aleatorios y sus intérpretes desparejados golpeándose unos contra otros mientras el tren de Daklin se paseaba por la ciudad.

Eujo esperaba algún puesto de guardia, tal vez un superior rígido cobrando un impuesto a cualquier viajero que llegara, pero Videgaud no tenía muralla, no tenía ningún tipo de orden. Tamas, aparentemente, operaba libre y en un frenesí.

Incluso en el corazón del invierno, el comercio zumbaba, los tratos declarados estallaban mientras los ponis guiaban el carro a través de una creciente multitud. Eujo escuchó a Daklin captar un precio por el estiércol que dejaban sus criaturas, fertilizante recogido por pilluelos con palas y cubos. Más atractivas eran las frutas, carnes y pescados arrancados de los barcos del sur y entregados a restaurantes y tenderos.

—Fruta estrella de Kance —dijo Eujo mientras ella y Wax se sentaban en el lateral del carro, con las piernas balanceándose libremente. Sus gruesos y cálidos atuendos mantenían las cosas torpes, pero si no estaban pronunciando esas líneas de nuevo, Eujo no se quejaría—. Ha pasado tanto tiempo.

Cosechada de racimos pegajosos en lo alto de las montañas espinosas de Kance, la fruta estrella se parecía mucho a su homónima: moteada de azul y blanco, con un frescor que limpiaba el aliento en cada mordisco. Que estas estuvieran aquí y aún no podridas significaba que los comerciantes debían haberlas movido rápido. Algo sobre bajar de esos altos acantilados hacía que las delicias se marchitaran y se pusieran marrones en solo unos días.

Wax se movió sin previo aviso, empujándose del lado del carro hacia la dura calle de piedra. Mientras Eujo gritaba su nombre, el Vis corrió hacia el puesto que vendía fruta, arrancó una fruta estrella de su cesta y la lanzó hacia Eujo. Ella la atrapó por reflejo, agarró la segunda cuando Wax la envió. El vendedor de fruta comenzó a pedir el pago, entregado cuando Daklin, después de detener el tren, entregó la propia espada de Wax.

—¿Todos los Renewals dan tantos problemas? —dijo Daklin, metiendo varias frutas estrella más en una bolsa para equilibrar el intercambio—. ¿O solo los Vis?

—Definitivamente solo yo —respondió Wax, sin molestarse en mirar dos veces su espada empeñada. Saltó de vuelta al lado de Eujo, extendió una mano—. ¿Compartimos?

La Reina accedió, dejó caer la segunda fruta en la palma de Wax—. Gracias, Wax. —La suave fruta se sentía perfecta en su palma, como mil preciosos recuerdos. Sonrió, puso sus dedos en una de las puntas de la fruta—. Ahora, déjame mostrarte cómo comer esto.

—¿No se muerde simplemente?

—No si intentas ser apropiado.

—Ese soy yo, siempre apropiado.

Eujo se rió—. Recuerda, Wax, estás en presencia de una Reina.

Wax resopló, aunque cualquier comentario murió cuando el tren dio la vuelta a una esquina y puso el centro de Videgaud a la vista. Allí, como una burbuja fundida que se elevaba de la tierra, se encontraba el Gran Escenario de Tamas. En lugar de maravillarse con los diseños pintados en sus paredes arqueadas, Eujo encontró sus líneas corriendo de vuelta por su mente.

El espectáculo estaba a la mano y, según Daklin, el costo del fracaso era algo peor que la muerte.

46
CADENAS ARDIENTES

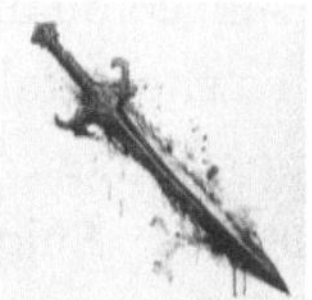

Reth apenas había dado dos zancadas desde el establo cuando un chakram le golpeó en el hombro con armadura, derribando al cazador al suelo. Fuera de su vista. Annalyse permaneció en el centro del establo, planeando lo que vendría después, su mente y cuerpo absortos por las figuras inmóviles y arrodilladas a su alrededor. Aquellos rostros tan plácidos, aquellos ojos tan perdidos, pero aún con vida.

Su atención cambió rápidamente cuando el chakram impactó, el sonido metálico la devolvió a la realidad de la huida y su imposibilidad. En la puerta del establo se encontraba una figura familiar flanqueada por dos individuos con la misma armadura negro púrpura que llevaba Veritrus. Sostenía una voulge en una mano, la lanza curva reflejando la luz del día en un destello cegador. No llevaba chakram, a diferencia de sus dos guardias.

¿Había sido él quien golpeó a Reth?

¿Acaso importaba?

—Unos días más tarde de lo esperado, pero al fin estás aquí —dijo Veritrus, permaneciendo en el umbral.

Sabía tan bien como ella que solo había una salida.

—¿Lo has matado? —preguntó Annalyse, porque ¿qué más podía decir?

¿Preguntarle sobre los prisioneros desvanecidos? ¿Sobre la traición de los Najahn? ¿Sobre lo que todos sus asesinos de púrpura y negro harían con la gente de Vis?

No. Reth primero. El único aliado que le quedaba, primero.

—Si tiene mala suerte —respondió Veritrus, desechando la pregunta con indiferencia casual—. Ya no soy el lanzador de chakram que solía ser, y parecía tener puesta una de nuestras armaduras. Quizás un feo moretón, tal vez un corte malo. —Veritrus sonrió, delgado y seguro —. Tal vez le preste un skar de Vis.

—¿No lo quieres muerto?

—Mira a tu alrededor, Annalyse. Habría pensado que una científica sería más observadora. ¿Te parecen muertos?

Annalyse tragó saliva. Negó con la cabeza. Dejó que su mano se deslizara por su tejido hasta el collar. No es que necesitara tocar los skars para escuchar sus susurros, para recurrir a sus poderes otorgados por los dioses, pero había algo en sostener el hierro negro, aquellas cálidas piedras...

—Noctia y los Najahn no se dedican a matar indiscriminadamente. Es mucho mejor usar los recursos que perderlos. —Veritrus dio un solo paso dentro del establo—. Mira, cada uno de tus amigos aquí es un valioso miembro de nuestro puesto avanzado. Todavía estamos aprendiendo, pero pronto espero que encuentren satisfacción cuidando nuestros campos, limpiando nuestros platos y reparando la empalizada que tan groseramente destruiste.

—¿Cómo?

—Ah, ¿ves? Ahí estás. Haciendo las preguntas correctas. —Veritrus metió la mano en una pequeña bolsa en su cintura, sacó algo que Annalyse no pudo ver pero fácilmente podía imaginar—. Estos skars son realmente maravillosos, ¿no crees?

—¿Cuál de ellos, Veritrus?

—¿Qué tal si te lo muestro?

Antes de que Annalyse pudiera protestar, el líder de Noctia empujó su mano cerrada hacia ella. Como un puñetazo en el aire, solo que a muchos brazos de distancia de conectar. Aun así, Annalyse se tambaleó. No por la fuerza física sino por un ataque contundente a su mente, como un dolor de cabeza abrasador que intentaba abrirse paso. Su visión se nubló, sus oídos pulsaron, y Annalyse cayó de rodillas, con arcadas.

Veritrus se acercó.

—Si crees que esto es malo, deberías haber estado aquí el primer día —dijo Veritrus—. Perdimos a más de unos pocos. Solo los heridos, ya sabes. Los que tenían poco uso restante. Sus mentes estaban demasiado destrozadas para retener. —Veritrus se arrodilló frente a Annalyse, con la cabeza ladeada, en una inspección cercana—. Simplemente se rompieron. Trágico. Pero el siguiente lote fue mejor. Simplemente convulsionaron hasta que sus huesos se quebraron. Mejor que nada. Para el tercero, pudimos mantenerlos con vida.

Los skars gritaban en su mente, Vis y Tamas los más fuertes mientras todos los demás revoloteaban sus curiosas emociones. Como si Annalyse hubiera bebido demasiada cerveza en una habitación abarrotada con cien conversaciones. Ese par más ruidoso, sin embargo, parecía un baluarte contra las olas invasoras, desviando cada ataque en un pico tembloroso por sus piernas, brazos, ojos.

—Algunos duraron más que otros. Requirieron múltiples rondas. —Veritrus extendió la mano, le dio a Annalyse un ligero empujón en el hombro. La científica cayó de espaldas sobre la tierra—. Tuvimos que encadenarlos, cuando todo lo que les quedaba era rabia. Hasta la siguiente sesión, cuando podíamos calmarlos el resto del camino y dejarlos como queríamos. Como te queremos a ti.

El golpe lo logró. El impacto contra el suelo hizo que Annalyse se mordiera la lengua. El dolor crudo, físico, sirvió para amortiguar las lacerantes ondas mentales. Tenía que actuar, tenía que detener esto, tenía que detenerlo todo.

Ahora mismo.

El skar de Foti, su fiel piedra, respondió a la desesperada llamada de Annalyse. El calor brotó del collar, lanzándose por todas partes excepto su propio cuerpo. Veritrus tropezó hacia atrás, protegiéndose los ojos, girando su armadura para bloquear los rayos. La paja seca no tenía tal defensa. El skar de Foti rugió en un triunfo sin palabras mientras el establo se incendiaba, arriba y alrededor de Annalyse en un instante.

Cuando esas llamas estallaron, el asalto mental se desvaneció. Veritrus huyó sin más que una maldición, las brasas y las primeras cenizas cayendo alrededor de Annalyse mientras intentaba recuperar el aliento, ponerse en movimiento. Su cuerpo respondió al desafío lentamente, como si despertara de un sueño profundo.

Sus ojos siguieron las hambrientas llamas mientras se extendían por las vigas del techo, mientras saltaban de un montón de paja al siguiente. Su nariz ardía con el primer humo caliente.

Sus oídos escucharon el comienzo de los gritos.

Crudos, aterrorizados y confusos. Annalyse se levantó tambaleándose, siguió el sonido hasta el compartimento a su derecha, donde una pareja de cazadores retrocedía contra la pared del establo, el fuego estallando al encontrar paja en abundancia para devorar.

Lo que podía ser creado, podía ser transformado.

Annalyse invocó sus skars de nuevo, encontrando a Whent esperando. Como una bestia excavadora enloquecida, la tierra se agitó sobre la paja ardiente, sepultando las llamas en una repentina espuma de tierra. Los cazadores, salvados, la miraron con salvaje confusión.

—Corran —dijo Annalyse, oyendo más gritos que exigían más acción, que chillaban más consecuencias.

El establo ardía. Ningún lanzamiento de tierra salvaría el techo envuelto en llamas, ni mantendría con vida a la científica y a los cautivos. Annalyse necesitaba algo más grande. Más amplio. Desesperado.

Necesitaba a Kance.

La piedra del viento respondió a la invocación de Annalyse con un deleite áspero. Annalyse empujó su petición, extendiendo los brazos y rogando que la piedra del viento hiciera lo que debía hacerse. La piedra comenzó, el aire dentro del establo se arremolinó, presionando el fuego contra la madera, haciendo crujir las paredes.

Y con su fuerza, Kance exigió ayuda.

Annalyse cayó al suelo sin darse cuenta, sus piernas de repente poco más que aire. Sus brazos cayeron a los lados, los músculos demasiado agotados para mantenerlos en alto. Incluso la lengua de Annalyse, sangrando, yacía inmóvil en su boca, sus ojos se cerraban, y la más pequeña respiración llena de humo era una labor.

El establo tembló. El viento aulló. Pero las paredes no se derrumbaron, y el fuego comenzó a contraatacar, comenzó a tomar el aire para sí mismo.

—Mi turno —dijo una voz familiar, una dura, y la mano

de Deshiva agarró el collar de Annalyse, arrancándolo del cuello de la científica.

Los susurros desaparecieron, un vacío singular que Annalyse no había sentido en... ¿semanas? Miró a la cazadora Vis, vestida con poco más que harapos carbonizados, con más ira de la que Annalyse había visto jamás en las sucias facciones de Deshiva. La cazadora sostenía el collar mientras la madera ardiente caía a su alrededor, el viento moría y la muerte se acercaba.

Hasta que no lo hizo. Hasta que las llamas detuvieron su avance y retrocedieron, hasta que Annalyse rodó por el suelo bajo un poder más allá del suyo, hasta que el propio establo, lo que quedaba de él, se partió como una roca de Whent arrojada desde un alto acantilado y se dispersó en todas direcciones.

Entre la paja, las astillas ardientes, los cautivos que volaban y se agitaban, Annalyse vio a Deshiva que seguía de pie en el centro del desastre, dominando su foco y dirigiendo su fuerza. La explosión creada por Kance debería haber agotado tanto a Deshiva, debería haberla derribado igual que a Annalyse, pero la cazadora Kitaye no vaciló, no se doblegó.

¿Cómo?

Ruidos metálicos y gritos cancelaron esa pregunta al igual que habían cancelado demasiadas otras. Annalyse levantó la cara del suelo y vio a Veritrus de pie con sus guardaespaldas. Uno sostenía la forma herida de Reth encorvada, con una espada Najahn cerca de su garganta. En la hierba alrededor, cazadores desnudos o casi desnudos se levantaban, sacudiendo la cabeza y escupiendo maldiciones y preguntas por igual.

Encontraron sus respuestas en el grito de Deshiva. Un aullido gutural, como el que Annalyse había oído en Kitaye, salvo que este llevaba un gruñido salvaje al principio y al final, el aullido de un hanoko antes de saltar sobre alguna presa desafortunada.

Por muy agotadas que estuvieran sus almas, de lo que las hacía humanas, el aullido de Deshiva hablaba a algo más profundo. Algo que Veritrus, evidentemente, no había logrado limpiar.

Los Najahn, con más soldados llegando por la explosión del establo, sumaban entre diez y veinte. La mayoría del puesto avanzado aún estaba ausente, alejada por el demonio que los había distraído. Los que quedaban se encontraron superados en número dos a uno, se encontraron mejor equipados, pero no tan motivados, no tan brutales.

Annalyse se sentó, observó, una fascinación entumecida la mantenía inmóvil mientras los cazadores de Deshiva, alineados en este momento visceral con sus contrapartes Mottilan, se lanzaban sobre los Najahn. Los de púrpura y negro mantuvieron la compostura por un momento, dos, hasta que las uñas encontraron gargantas para desgarrar y tablas ardientes atravesaron los huecos en sus armaduras. Cuerpos, sangre y gritos frescos iluminaron una mañana arruinada.

La carnicería terminó rápido. Veritrus, con su bolsa perdida, su casco arrancado y la mitad de su cara con él, fue arrastrado hasta Deshiva. Annalyse, si hubiera tenido la energía para hablar entonces, podría haber protestado por la vida del hombre, por el conocimiento en su mente. Deshiva, con la propia voulge del Najahn, puso fin a esa posibilidad.

La muerte del líder provocó un despertar diferente, como si los Vis se dieran cuenta de que no eran solo fantasmas vengativos sino que seguían vivos, liberados de sus prisiones mentales. Deshiva emitió un silbido diferente, y los Mottilan que no entendieron tuvieron sus instrucciones aclaradas por los compañeros de Reth, que regresaban de la selva del sur con una escapatoria lista.

—Levántate —dijo Deshiva, su forma manchada de vísceras agarrando el hombro de Annalyse y poniéndola de pie.

—¿Cómo puedes moverte, después de eso? —dijo Annalyse, sus propias rodillas débiles. Los cazadores a su alrededor se tambaleaban, algunos cargando heridos, otros llevando armas robadas. La hierba seguía ardiendo—. Los skars...

—Apenas puedo caminar —murmuró Deshiva, y Annalyse se dio cuenta de que el brazo de la cazadora sobre sus hombros era más para Deshiva que para ella misma—. Pero juntas, podemos correr.

47
CIUDAD SIN VIDA

De toda la gente en Las Siete Islas, pocos causaban más náuseas y enojo que Fassle y Yarvick. El hecho de que estuvieran junto a la persona que inspiraba exactamente lo contrario y mucho más, hizo que Ami buscara una espada que no estaba allí. Ni Flamebreak, su espada bastarda perdida hace mucho, ni el arma forjada por los Whent habían venido con ella a la Herida. Todo parte de la búsqueda de paz de Jochi y Svarde, para presentar un frente diseñado para la diplomacia en lugar de la muerte.

Ami habría optado por lo último en un segundo. En cambio, se conformó con una maldición y un escupitajo por las profundidades de la Herida. Con suerte, la salpicadura caería en la horrible cabeza de Jochi por hacerla ver esto.

—Ami —dijo Svarde—. Recuerda por qué estamos aquí.

No tuvo que esforzarse mucho para eso. Bajo el techo de lona alrededor de la Herida, al pie del trono de la Égida, estaban las armas y quienes las empuñaban, que podrían traer de vuelta a los caminantes de fuego. No solo a los demonios ardientes, sino también a los otros desconocidos detrás de esos portales giratorios. Fassle, con sus adornadas túnicas púrpura y oro de Noctia, y Yarvick, de negro sedoso y plata, con un sombrero ancho que sombreaba el rostro fantasmalmente blanco del hombre, coronaban el séquito. La improbable pareja ocupó lugares a ambos lados de una Catya demasiado frágil, cada uno saludando la brusca bienvenida de Ami con delgados ceños fruncidos.

—Una idealista y un traidor —dijo Fassle—. Veo que el exilio no ha mejorado tu comportamiento. Ojalá hubieras muerto tú en lugar de Masayo.

—Si ella hubiera vivido, tal vez yo no estaría aquí —añadió Yarvick, y luego se quitó el sombrero en una rápida reverencia—. Así que te debo las gracias, Ami, por matar a mi némesis más persistente.

—No son bienvenidos.

Yarvick solo se rió, una carcajada ventosa. Al menos eso hizo que Fassle pareciera aún más molesto, algo que siempre alegraría el ánimo agriado de Ami.

—No estás muerta —dijo Fassle, mirando con el ceño fruncido a Ami— gracias a tu compañero Guardián. —Alzó la mirada hacia Svarde—. Tu reaparición es, francamente, inesperada. La última vez que vi tu desagradable rostro, proclamaste una búsqueda insensata y te fuiste en un viaje que parecía destinado a terminar con tu muerte. Sin embargo, aquí estás, con aspecto de haber pasado por mucho. Explícate.

—Usted no nos da órdenes —dijo Ami, cruzando los brazos mientras Svarde suspiraba.

El sonido la hizo estremecerse, algo que habría superado y continuado con una merecida andanada de insultos si Catya no hubiera respondido al suspiro con uno propio.

Viniendo de la Égida, que no era un año mayor que Ami pero parecía tener más del doble de la edad de la Guardiana, la resignación silbante atrapó el fuego de Ami en su garganta.

Recuerda por qué estaba aquí. Recuerda lo que esto podría significar para Catya.

—Venimos como iguales —terminó Ami—. No para pelear, sino para, de alguna manera, pedir un favor. Como amigos.

Fassle y Yarvick se miraron, añadiendo más preguntas sobre su relación. Que el señor bandido y el líder del Círculo no fueran amigos había sido tan constante como las estaciones de Noctia. Los Dedos Ágiles robaban bolsillos grandes y pequeños, manteniéndose siempre al borde de provocar una acción devastadora de los Najahn, pero cualquier ladrón que tropezara en sus sucias tareas encontraba la horca rápidamente.

Sin embargo, aquí estaban, aparentemente alineados.

—Un favor... —meditó Yarvick, y luego echó una mirada alrededor de la Herida, a los guardias apostados y sus oídos atentos, labios dispuestos a susurrar—. Si no traen un ejército con ustedes, entonces sugiero que llevemos esta discusión a un lugar privado. Las guerras pueden comenzar con rumores, y las vidas pueden terminar con una sola palabra equivocada.

A pesar de que Ami los llamó iguales, ella y Svarde sabían que sus vidas en Noctia continuaban con el permiso de Yarvick y Fassle. Mientras que el bárbaro Foti, con su espada inmortal, podría sobrevivir a un asalto de ballesta, al filo de un chakram, Ami no lo haría. Y sospechaba que la vida interminable de Svarde podría verse comprometida si, digamos, el hacha de un verdugo separara la cabeza del cuello.

Así que siguieron a Yarvick y Fassle desde la Herida, subiendo más allá de las flores de lelune cubiertas de nieve hacia un túnel familiar. Por orden de Fassle, los guardias que los seguían se apostaron en las aberturas, dejando al cuarteto lo suficientemente distante para asegurar la dificultad de escuchar a escondidas, pero lo suficientemente cerca como para que cualquier grito sorpresivo trajera una muerte segura.

Aun así, Ami se preguntaba por la confianza. Svarde se negó a entregar su espada, sin explicar nada, y ambos señores lo aceptaron. Sin discusión, solo un asentimiento de acuerdo.

¿Por qué?

—Les estamos dando este momento porque las islas se han desmoronado —dijo Fassle—. Porque los *Najahn* casi se desmoronaron.

Nadie pasó por alto la mirada fulminante que Fassle le lanzó a Yarvick, menos aún el señor bandido.

—Es un momento de crisis —dijo Yarvick, saltando al vacío—. El secreto de los skars ha sido revelado, y su poder está causando caos en todas las islas. Nuestros soldados están...

—Disculpe —dijo Ami—. ¿Nuestros? ¿Como en, usted y Fassle? ¿Juntos?

—Noctia está unida —dijo Fassle, aunque su tono bajo sugería que esa unidad se había producido bajo cierta coacción—. Rana, Whent, Foti y Tamas también están con nosotros, aunque sus lealtades no son tan sólidas como nos gustaría. Vis y Kance, sin embargo, han rechazado nuestra guía por una guerra abierta. Entre esos desastres y la continua amenaza de los demonios, nos vemos obligados a hacer lo que debe hacerse.

—¿Que es?

—Reunir todos los skars —respondió Yarvick—. Las piedras de los dioses son la clave, como ya deben saber a estas alturas. Su poder nos da la oportunidad de erradicar a los demonios para siempre. Sin embargo, por lo mismo, podría provocar nuestra destrucción absoluta en las manos equivocadas.

El señor bandido parecía luchar contra su propio acento, su propia forma de hablar con cada frase formal. Una torpeza que Yarvick no notó. Aunque, ¿por qué debería hacerlo? El señor bandido desafiaba innumerables órdenes de arresto y ejecución al estar ahí de pie. ¿Qué quedaba cuando derrotabas a la muerte?

—Esperas que podamos ayudarte —dijo Svarde—. ¿Nos dejaste subir porque crees que lucharemos por ti?

—Luchar, inspirar o traer alguna ayuda inesperada —dijo Yarvick—. No hay mucho daño en saber por qué están aquí. Si no es de nuestro agrado, les cortaremos la garganta y arrojaremos sus cuerpos de vuelta a la Herida.

No había duda en esas palabras. La certeza de Yarvick atrapó la respuesta de Ami antes de que siquiera comenzara.

—Ayuda inesperada —murmuró Svarde—. Esa es una forma de verlo.

El bárbaro lo reveló todo entonces, detalló los portales arremolinados en el estanque muy abajo, el Rey Muerto, la banda colonizadora de Jochi y, por último, los caminantes de fuego. Presentó la necesidad de un hogar de la bestia ardiente como algo necesario, no como una pregunta o una exigencia.

—Lo tomarán, si no se lo damos —finalizó Svarde—. Quemarán nuestras ciudades y dejarán todas las islas en ruinas.

Fassle se burló:

—Los skars los derribarían. He visto...

—¿Cuántos de ustedes saben cómo usarlos? —preguntó Ami—. ¿Los skars? ¿Cuatro? ¿Cinco? ¿Una docena? Los caminantes de fuego los arruinarán. —Encontró y desplegó una mueca de desdén—. Tampoco estarán solos. Jochi estará con ellos. Al igual que nosotros.

—¿Contra sus hogares?

—Contra ustedes. —Ami los señaló a ambos por turnos —. Puede que a Foti y las otras islas no les importe luchar contra ustedes ahora, pero estarán felices de dejarlos atrás cuando los caminantes de fuego conviertan Noctia en cenizas.

—¿Amenazas, entonces? —preguntó Fassle—. ¿Han venido todo este camino para declararnos la guerra?

—Apoyen a los caminantes de fuego y a cualquier otro demonio que quiera más que sangre —dijo Svarde, desplazándose hacia la derecha lo suficiente como para interponer su corpulencia entre Ami y el otro par—. Demuestra que quieres paz para las islas, Fassle. Haz eso, y tal vez dejemos tu cabeza sobre tus hombros.

Fassle, con el rostro enrojecido, parecía listo para fanfarronear, pero Yarvick interrumpió al hombre.

—¿Estos demonios lucharán con nosotros? —preguntó Yarvick—. Si nos ayudan a eliminar a esos resistentes en Kance, en Vis, entonces pueden quedarse con esas islas para ellos. Excepto los skars, por supuesto. ¿Un hogar a cambio de unas pocas piedras?

El *Colmillo de Rata* no había cambiado mucho, aunque los compañeros de bebida de Ami esta noche se contaban entre los más extraños. Ella era la única con cerveza frente a sí. Svarde, a su izquierda, miraba la jarra con tal expresión de desesperación en su rostro que ella le ofreció un trago, solo para que Svarde, una vez más, lo rechazara.

—No sabe a nada —dijo Svarde—. No la desperdicies conmigo.

—Los recuerdos no son tan buenos como lo real, ¿verdad? —dijo el tercer cuerpo en la mesa, con una voz tan queda que escapaba de la conversación del *Colmillo de Rata* solo por la hora, la temporada. Un puerto helado hacía de una taberna portuaria un lugar aburrido—. Pero a veces son todo lo que tenemos.

Catya, vistiendo gruesas túnicas najahnianas, estaba sentada en una silla de respaldo alto. El *Colmillo de Rata* no tenía muchas de esas, pero Svarde había asegurado una para la Égida. Los taburetes en los que él y Ami estaban sentados eran demasiado inestables, demasiado propensos a caerse, un riesgo que Ami habría calificado de ridículo no hace mucho, pero que ahora...

Ella estaba aquí. La Égida estaba aquí. Fuera de su trono, lejos de la Herida, y sin el collar de skar. Mejor aún, Catya nunca tendría que ponérselo de nuevo. La primera disposición acordada con Fassle y Yarvick, persuadidos por los caminantes de fuego y las propias fuerzas de Jochi patrullando las cuevas muy abajo.

Svarde debería haberse visto más feliz, considerando que había logrado su objetivo. Ninguna alma más se marchitaría sobre esa horrible grieta. Que Catya permaneciera desvanecida, envejecida de manera antinatural, no era su culpa. Que tuviera la oportunidad de vivir otro año, o diez, sí lo era.

Sin embargo, cada vez que Ami dejaba que sus ojos se posaran en Catya por más de un segundo, se encontraba alcanzando la cerveza, haciendo señas para otra ronda.

—Entonces, esto es lo que digo —anunció Ami en el

silencio empapado alrededor de la mesa—. Revivamos algunos de esos esta noche, al menos hasta que no pueda sentarme más en este taburete. —Ami tocó los skars de Vis incrustados en su placa frontal—. Se necesita mucho más con estos pequeños de mi lado.

Catya soltó una risita. Su propia taza, caliente, con té probablemente nada fresco adentro, se elevó para chocar contra la de Ami, y Svarde se lanzó a la primera de muchas aventuras, pareciendo que la vida volvía poco a poco mientras hablaba.

Sin embargo, Ami solo sintió el más leve zumbido para cuando Catya se desplomó, casi dormida contra la mesa. Svarde atrapó a la Égida con un brazo tierno, y juntos dejaron la taberna, caminaron de vuelta al barrio de Noctia. Después de dejar a Catya en su cama asignada —Fassle pensó que estaba siendo astuto, devolviéndole a Ami y Svarde sus antiguas habitaciones— el par de Guardianes se acomodó afuera en las calles entre la fina nieve restante.

—Estamos dando la bienvenida a estos caminantes de fuego con una guerra, ¿sabes? —dijo Ami, apoyándose contra la torre de piedra.

—Si lo que me dijiste es cierto, han estado luchando una batalla perdida durante mucho tiempo. —Svarde sacó una pipa, una bolsa mohosa de asqueroso tabaco de Kance.

—¿De dónde sacaste eso?

—Lo dejé aquí después de mi última visita —dijo Svarde, sacudiendo el contenido en la pipa, usó una pequeña piedra de pedernal para encenderla—. Maena no me dio mucho tiempo para empacar.

—Las grandes aventuras rara vez lo hacen.

—Creo que ya terminamos con esas.

Ami se rió:

—¿Qué te hace pensar eso?

—Aplastar dos islas con una horda de caminantes de fuego no me parece grandioso, Ami. Se rendirán en unas semanas o arderán en unos meses. Entonces se acabó.

Svarde dio una calada a la pipa una vez, dos veces. Suspiró y la arrojó lejos.

48
REPARAR UN DEFECTO

El valor de un rehén nunca debe subestimarse. Gladdring y Quik no podían dirigir su maltrecha balsa improvisada con mucha precisión, pero el cúter se acercó a ellos en cuanto el cazador Vis levantó a la vista a la exhausta e inconsciente Renewal.

Empapados por el rocío del mar, Gladdring y Quik escalaron la escalera que les bajaron desde el barco, con el Vis cargando a Renewal. Encontraron una cubierta sencilla dispuesta al estilo Najahn: cuerdas recogidas, equipo de emergencia y estantes de chakrams cerca de los camarotes de popa. Una escalera abierta hacia la cubierta inferior conduciría a hamacas y celdas para la tripulación y sus prisioneros. Algunos marineros recibieron su llegada con miradas suspicaces y preguntas preocupadas.

Esas preguntas, sobre si habían visto vivo al capitán del cúter, si vendrían otros soldados, y qué, exactamente qué había en todos esos sacos en la balsa, le dijeron a Gladdring más que suficiente: esta era una tripulación improvisada reunida para una persecución rápida, que ahora carecía de liderazgo y todo lo que de ello se derivaba.

—La Renewal primero —dijo Gladdring, rechazando sus preguntas y dirigiendo a Quik para que llevara a la mujer al antiguo camarote del capitán—. Quik, asegúrate de que esté cómoda. No confíes en nadie más para que se le acerque.

El cazador le dirigió a Gladdring la mirada inquisitiva que merecía ese comentario, pero Gladdring no se explicó, solo asintió hacia el destino ordenado a Quik. Ya lo entendería eventualmente. O no. No importaba.

—Continuamos —dijo Gladdring a continuación a la primera oficial, una mujer morena cuya robusta figura tatuada contrastaba con la preferencia de Najahn por las marcas limpias—. Kance está cerca ahora.

—Disculpe por eso, señor —respondió la primera oficial, su acento cerrado sugiriendo un origen Rana o Foti —, pero ¿quién es usted y qué hace dando órdenes en nuestro barco?

Murmullos de acuerdo insinuaban que los otros cuatro o cinco tripulantes que estaban cerca mientras el cúter se balanceaba entre las olas eran de la misma opinión, pero las mentes eran maleables. Gladdring hundió las manos en sus túnicas mojadas, sintió no una sino varias skars de topacio esperándolo. Lo que para uno equivalía a una sugerencia, podría convertirse en una fuerza con algo más.

Era hora de poner esa teoría a prueba.

—Soy quien mejor sabe lo que realmente está sucediendo —anunció Gladdring—. La Reina de Kance me mantuvo como rehén, me llevó contra mi voluntad para entregar las skars Noctia a Kance para sus propios fines. Vuestra Renewal me rescató y sufrió muchos daños al hacerlo. Cuando digo que navegamos hacia Kance, digo que debemos entregar el edicto del Círculo: la Reina está muerta, y Kance debe rechazar su necia desafío para unirse al púrpura y negro en la destrucción de los demonios.

Mientras hablaba, las skars Tamas transformaron sus palabras en pura emoción, un espeso miasma invisible que cubría a los marineros de conformidad. Las piedras aplastaban los pensamientos cuestionadores de la misma manera que una historia cautivadora disipaba las ensoñaciones, o el deseo anulaba la racionalidad. Los marineros pudieron haber comenzado creyendo que Gladdring era sospechoso, tal vez un enemigo. Terminaron asintiendo con cada una de sus palabras mientras Gladdring les asignaba sus nuevas tareas, recopilaba información sobre sus provisiones de alimentos, los prisioneros de abajo, y se enteraba de cuál había sido su misión.

—Detener a la Reina y conseguir las skars —dijo la primera oficial, su acento cerrado suavizándose a medida que las piedras Tamas asestaban golpes mortales a la emoción, al habla sesgada—. Debemos ayudar a la Renewal en todo lo que pida.

Ah sí, la Renewal. Gladdring despidió a la tripulación para que realizaran sus tareas, para que el cúter volviera al rumbo actual hacia la isla del viento. Algunos gritos llegaron desde el mar, más supervivientes del naufragio exigiendo ayuda, pero la tripulación Najahn no les prestó atención. Los desesperados podrían ser, como sugirió Gladdring, enemigos. Amenazas mortales. Los gritos cada vez más desesperados acompañaron a Gladdring hasta el camarote de la Renewal, la antigua residencia del capitán del barco que se elevaba sobre la cubierta.

A ambos lados del camarote, escaleras conducían al timón. La madera negra revestida con toques púrpura y dorados borraba cualquier marrón natural en el barco, absorbiendo la luz del sol y radiando su calor. Un toque horrible en el verano que derretía cualquier hielo invernal. Las velas se desplegaron arriba, atrapando el viento del día e impulsando el cúter hacia adelante, el constante chapoteo del océano era un consuelo. Demasiados años atrás, el mismo Gladdring había estado en lo alto de uno de estos, midiendo las estrellas y el mar para el púrpura y negro.

Un recuerdo para otro momento.

Estaban en marcha, y Gladdring, una vez más, se erguía por encima de los demás.

Entrar en el camarote amenazó con derribar al antiguo Precepto. Mientras Gladdring cerraba la delgada puerta tras de sí, el precio pagado por esas skars Tamas cobró su mordisco. Le dolía la cabeza, sus rodillas casi se doblaron, y Gladdring tuvo que apoyarse contra la pared del camarote.

—¿Estás bien? —preguntó Quik, levantándose de la cama de la Renewal.

Una mirada confirmó que el Vis había hecho de buen médico, quitando la armadura empapada y envolviendo a la temblorosa y aún inconsciente Renewal en mantas. El propio Quik se había deshecho de su propio atuendo arruinado, y cuando el cazador confirmó que Gladdring no estaba a punto de desplomarse, reanudó su tarea de ponerse unos pantalones de repuesto y una camisa dejada atrás por el presuntamente fallecido capitán.

—Preservar nuestras vidas requirió esfuerzo, más del que quería —dijo Gladdring—. Pero la tripulación es nuestra ahora, al menos por el momento. Navegamos hacia Kance.

—Así lo sugeriste en la balsa. ¿Qué hay allí?

—Una isla por tomar, Quik.

El cazador frunció el ceño.

—No somos su reina. Soy un Vis, Gladdring. En el mejor de los casos, nos arrojarán a otro barco de vuelta a casa.

—No, porque tenemos noticias y una oferta —dijo Gladdring, finalmente confiando en poder separarse de la pared.

El camarote del capitán contenía el surtido habitual dado a un líder marino Najahn: una cama contra la pared del fondo, un escritorio cubierto de mapas, y varios cofres llenos de ropa y equipo para intercambiar si el capitán lo necesitaba. Gladdring se dirigió a ese escritorio ahora, se sentó en la silla y se frotó la frente. Quik terminó de vestirse y esperó.

El Vis sería un buen sirviente. Flexible y leal.

—Kance está en guerra —dijo Gladdring—, aunque puede que aún no lo sepan. Tenemos las armas más poderosas que las islas han visto jamás en este barco. Armas que no sabrán usar ni aunque arranquen las piedras de nuestras manos muertas. Solo con esa oferta, tendremos protección, tendremos aliados.

—Hasta que decidan que ya no somos importantes. Igual que la Reina.

—Nosotros seremos quienes decidamos, Quik. —Gladdring liberó sus manos y colocó los skars de Tamas sobre el escritorio—. Estos skars pueden aplastar sus mentes, convertir a cualquiera en nuestro aliado, al menos por un tiempo. El suficiente para averiguar de quién más hay que deshacerse.

Quik negó con la cabeza.

—Más asesinatos, entonces. ¿Para qué, Gladdring? Me dijiste en Noctia que nuestras acciones salvarían las islas. Lo único que hemos hecho es iniciar una guerra.

—El primer paso, y lo admito, no ha sido tan limpio como me hubiera gustado, pero te pido que confíes en mí, Quik. Juntos, podemos llevar esto a cabo. Infligir a los Najahn una derrota como nunca han visto y ver cómo se desmorona el poder de Fassle. Entonces ofreceremos la salvación, un frente unido contra los demonios y el fin de la división, del caos.

—Contigo en la cima.

—Con nosotros, Quik. Juntos, podemos liderar ejércitos, podemos salvar a tu hermano y detener cualquier sufrimiento adicional en el trono de la Herida.

—Hablas a lo grande, Gladdring. Ojalá pudiera confiar en ti.

—¿Dónde estarías sin mí? ¿Sentado en alguna escuela escuchando una lección de historia Najahn? —Los ojos de Gladdring brillaron—. ¿O tal vez estarías en un barco como este, camino a Vis para reprimir a tu propia gente? ¿Es eso lo que quieres?

Quik solo lo fulminó con la mirada.

—Conmigo —continuó Gladdring, porque nunca podía dejar pasar una oportunidad sin aprovecharla—, tendrás voz y voto. Moverás los hilos, liderarás a los hombres y mujeres de estas islas contra la amenaza interminable y la derrotarás. No es una maldición, Quik, es un honor.

Cuando Quik mantuvo su mirada silenciosa, Gladdring señaló la puerta. Era mejor darle una dirección al hombre antes de que Quik encontrara un curso más peligroso.

—¿Podrías revisar a la tripulación? Me temo que no podré salir de este camarote por un tiempo. No importa lo que sientas por mí, ninguno de nuestros objetivos se cumple si nos ahogamos en las profundidades a manos de ellos.

Quik se puso de pie, se dirigió a la puerta, fulminando a Gladdring con la mirada todo el tiempo.

—No hemos terminado esta conversación, Gladdring. No soy tu mascota. Mi hermano sigue siendo lo que importa. Lo quiero a salvo, que se jodan los skars.

—Fassle es quien lo quiere muerto, no yo.

Quik resopló, pero abrió la puerta y desapareció en la cubierta. Tan pronto como el pestillo se cerró de nuevo, Gladdring se levantó y se tambaleó hacia la cama de la Renewal. Ella yacía allí, efectivamente aún respirando, con los ojos cerrados. Ya había usado tantos skars que Gladdring calculó que dormiría durante horas si la dejaban sola.

Sus ojos se posaron en el collar que aún rodeaba su cuello, de hierro negro y sosteniendo los siete skars. ¿Cuál de ellos le había dado a la Renewal toda esa energía extra, había consumido las vidas de los prisioneros sacrificados?

La respuesta no era difícil de adivinar. Gladdring había sentido el hambre voraz del skar de Noctia. Extendió la mano, levantó la cabeza de la Renewal y su cabello salado y fibroso con una mano. Desabrochó el collar y se lo quitó. Demasiado pequeño para el cuello de Gladdring, lo movió en su mano izquierda hasta que su palma descansó sobre el calor del skar de Noctia.

La piedra burbujeó, curiosa y hambrienta.

Los skars de Tamas podían cambiar las mentes por un tiempo, podían empujar los deseos en la dirección que Gladdring quería. Sin embargo, las personas se corregirían, volverían a lo que sabían que era verdad. La tripulación Najahn sería tratada una vez que guiaran el cúter hasta el puerto. ¿La Renewal?

El skar de Noctia leyó las intenciones de Gladdring, saltó para cumplir su petición.

Yarvick había llamado débil a Gladdring. Demasiado débil.

Ya no más.

49
ÚLTIMAS LÍNEAS

Daklin les dio el trato de guía turístico mientras el cuarteto dejaba el carro; Livier, encadenada de nuevo a los lados de un carro más pequeño, esperaba con un guardia. Calles embarradas rodeaban la cúpula naranja lava, amplias avenidas libres de puestos acosadores aunque no de multitudes errantes. Actores inmortalizados como estatuas de piedra oscura se erguían, bloques grabados con sus grandes obras, aunque Eujo no reconocía ningún nombre ni rostro. Voladizos ondulantes y prismáticos se extendían desde el Gran Escenario: el teatro en sí parecía estar abierto por todos lados, como si las multitudes que vinieran a ver un espectáculo fueran a abalanzarse.

Eujo no escuchó la explicación de Daklin sobre si tales estampidas ocurrirían. En cambio, repasó sus líneas una y otra vez, igualando los pasos de Wax mientras se dirigían al interior de la estructura, cambiando las piedras de pavimento mojadas por suelos de mármol pulido. De dónde venía ese mármol —¿Foti, Whent?— Eujo no lo sabía, pero el simple gasto enfatizaba, una vez más, cuánto peso le daba Tamas a su entretenimiento.

Si el suelo ofrecía un lugar firme para pisar, las paredes proporcionaban grandes lugares para mirar. La mayoría tenía pinturas, algunas pegadas directamente en la piedra beige mientras que otras colgaban en lienzo o tela. Todas representaban escenas fantásticas, con escenarios presentes bajo la acción.

—Podrías ser inmortalizada aquí también —dijo Daklin, rompiendo la concentración de Eujo al reducir la velocidad y hablar justo a su lado—. Como una Renewal, una buena actuación sería una hazaña legendaria. Vale la pena esforzarse por ello.

—Estamos aquí para detener a los demonios, no para ganar tu concurso de actuación.

—No es un concurso, es una forma de vida.

Si Eujo había ofendido a Daklin con su réplica, el hombre no lo mostró en absoluto, sino que continuó con su recorrido. Por cada dos portales exteriores, cada uno un arco acompañado de gruesas puertas dobles, esperaba un embudo más profundo hacia el interior. Entre ellos se extendían espacios para dejar abrigos gruesos o pedir las famosas cervezas de Tamas. En ese momento, pocos otros se apresuraban dentro del teatro, y los que lo hacían saludaban al grupo con miradas confusas.

Confusas hasta que Daklin identificaba su razón de estar allí. Eso inevitablemente provocaba deseos de buena suerte para Wax y Eujo.

—Es algo agradable —murmuró Wax mientras se acercaban al objetivo de Daklin: el backstage—. No todos quieren que fracasemos.

—No creo que nadie lo quiera. Es más que tengamos que hacer esto en absoluto.

—Cada skar tiene una tarea, ¿no? Al menos no estamos luchando contra un demonio o tratando de escapar de una avalancha.

—Preferiría eso.

Wax inclinó la cabeza, entrecerró un solo ojo. —No me tomes el pelo, Reina. Soy bueno detectando mentiras, y sé que estás deseando que llegue este momento.

—¿Por qué pensarías eso?

Wax frunció los labios, guiñó un ojo y se rio cuando Eujo retrocedió.

—Vale —dijo Eujo, sacudiendo la cabeza con una sonrisa—. Cálmate. Concéntrate en las líneas, los pasos. No en que estás besando a una Reina.

—Bastante fácil. Ya te he besado unas cuantas veces.

Otro guiño. Eujo fue a dar un puñetazo juguetón al estómago de Wax, pero el Vis retrocedió bailando, riendo.

—Parece que nuestros actores están de buen humor —anunció Daklin, girando a Bliss y Torny hacia su pareja Renewal. Habían llegado a una puerta más gruesa, adornada con letras doradas en naranja, que indicaba que lo que había más allá era solo para actores y personal del escenario—. Me alegro. A pesar de lo que puedan pensar, no los arrastré hasta aquí para presenciar un fracaso. Espero que nos hagan sentir orgullosos. El Animas, a pesar de su escape, fue su primer maestro, y nuestros esfuerzos se exhiben hoy.

—De nuevo, no estamos haciendo esto por ti —dijo Eujo mientras Torny, de espaldas a Daklin, ponía los ojos en blanco—. No nos importa tu Animas.

Daklin solo sonrió más ampliamente y abrió de un tirón la puerta hacia los pasillos más oscuros del más allá. —Bien. Hoy, preocúpense solo por su escena y sus espíritus.

—¿Sus espíritus? —preguntó Torny mientras se

sentaban en cómodas sillas, masticando un almuerzo tardío que les esperaba en el centro del ondulado camerino —. ¿Qué significa eso incluso? ¿Preocuparse por mi espíritu?

'Eres una bandida', señaló Bliss. 'Ya has perdido el tuyo. Estos dos, sin embargo...'

—Supongo que tendré que robar el tuyo entonces.

Bliss sonrió. Probablemente estaría de acuerdo con eso, dado en lo que se habían convertido las dos. Eujo observó la interacción mientras se sumergía en su propia comida. Pescado real y fresco y zanahorias cocidas. Varias ostras para cada uno también, sacadas del mar esa mañana y preparadas con pimientos de hielo de Tamas. Bocados salados perfectos cuando se acompañaban con cerveza maltosa.

De todas las personas, Daklin había recomendado la bebida y regresó con jarras para todos. Calmante para los nervios, relajante para el escenario, dijo el hombre, y aunque no se aconsejaba realizar una obra completa borracho, hacer una escena con el público un poco borroso podría ser útil para los intérpretes novatos. Después de dejar las bebidas, el hombre se fue, diciendo que volvería en una hora.

Cualquier idea de escape desapareció cuando Torny, curiosa, intentó abrir la puerta y encontró un guardia afuera. El hombre, armado con un garrote de hierro a rayas, preguntó qué quería la bandida, y cuando ella respondió libertad, se rio y volvió a cerrar la puerta de un empujón.

Así que quedaron los cuatro, en medio de percheros de disfraces y paredes decoradas con viejos carteles como los que habían anunciado la actuación original de Eujo y Wax en el Animas. Música brumosa flotaba desde algún lugar, un músico practicando. Un solo espejo, también, colgaba en un extremo.

—¿Quieres repasar nuestras líneas de nuevo? —preguntó Wax, habiendo devorado su comida más rápido que nadie.

Eujo negó con la cabeza, tragó su bocado. —Las tengo tan bien como las voy a tener, Wax. Voto por que encontremos algunos disfraces malos y contemos algunas historias.

'¿Historias?', señaló Bliss.

—Recuerdos, tal vez. Algo que me aleje de aquí. Hemos recorrido un montón de islas, enfrentado todo tipo de cosas horribles, y quizás hasta hemos visto a un bandido enamorarse —Eujo sonrió a Torny, quien se sonrojó y fijó la mirada en su cerveza—. Pase lo que pase en ese escenario, si Wax y yo lo logramos o no, será porque lo hemos hecho juntos. Así que eso es lo que quiero. Vuestros mejores, peores y más divertidos recuerdos. Si voy a subir a ese escenario, quiero hacerlo sabiendo exactamente por quién estoy actuando.

—Bueno, Eujo —dijo Wax—, no puedo decir que esperaba que fueras tan conmovedora, pero te diré esto: ¿quieres volver atrás? Mi voto es para aquellas pocas hogueras en el pantano de Rana. Con Quik. Bromeando, discutiendo, aventurándonos.

—¿Con nuestros zapatos empapados? —se burló Torny—. Dame esas cálidas noches en el Borde de Harrow cualquier día.

Mientras Bliss intervenía, expresando con señas su amor por las luces de la ciudad de Noctia, Eujo sorbió su cerveza, conteniendo una sonrisa. No esperaba encontrar a sus tres mejores amigos durante las pruebas de la Renovación, pero ahora que los tenía, la Reina Kance no podía imaginarse en ningún otro lugar.

Eujo sí podía, sin embargo, imaginarse en cualquier otro lugar que no fuera el Gran Escenario. Estaba de pie, vestida con una endeble túnica granate, un sombrero de borla presionando sus orejas. Esperaba entre bastidores a la izquierda, acechando detrás de una cortina mientras Daklin presentaba la escena a lo que parecía ser una pared oscura. Las linternas en lo alto enfocaban su luz caliente sobre el escenario, haciendo inútil cualquier vista más allá de su mundo de madera. A su derecha, un telón de fondo destinado al evento principal de la noche mostraba árboles delgados y hojas cayendo, en desacuerdo con la escena de romance veraniego que ella y Wax estaban a punto de representar.

Actuar. Vivir. Abrazar.

Eujo repitió el mantra silencioso mientras su corazón latía con fuerza, Daklin llegando a su conclusión. Wax estaba al otro lado, vestido con ropas blancas y finas, igualmente ridículo. Le hizo un gesto con la cabeza, una sonrisa confiada. Siempre creyendo en sus amigos, ese, incluso si no creía lo suficiente en sí mismo.

Daklin hizo una profunda reverencia, retrocediendo mientras lo hacía, antes de girarse hacia Eujo y pasar a su lado. Puso una mano, muy ligera, sobre su hombro.

—Como respirar —susurró Daklin—. Sé tú misma.

Más allá, una trompeta entonó una alegre melodía —posiblemente el mismo músico que había amenizado sus recuerdos en el camerino con su interpretación azarosa— y Wax se adentró en el escenario, con los brazos extendidos y una amplia sonrisa mientras se enfrentaba al público, pronunciando las líneas que establecían la escena. Al concluir, Eujo haría su propia entrada, revelando su sorpresa al encontrarlo allí, tan lejos de su sobreprotectora familia.

¿Y al final?

No. Aún no. La siguiente línea, y solo esa.

Wax terminó, suspirando ante la aparente belleza del día de verano. Torny, metida en algún lugar de ese público oculto, silbó. Bliss, quizás, aplaudió.

Eujo hizo su entrada.

50
LA GUERRA QUE SE AVECINA

El pequeño bote resultó ser de tamaño suficiente para los pocos que huían del puesto avanzado de Najahn. No todos los prisioneros con la mente borrada sobrevivieron al incendio del establo, y algunos de los que lo hicieron se desplomaron a pocos pasos, pues las torturas de Veritrus habían sido demasiado para ellos. Deshiva tomó la decisión de dejarlos atrás, de llevar a Reth y a algunos otros cuyas heridas les permitían avanzar tambaleándose con los brazos sobre los hombros.

Esperar más tiempo, construir camillas o curar lo que aquejaba a aquellas mentes confundidas habría costado al grupo todo lo que habían ganado. Aun así, Annalyse, tambaleándose al borde de su propio agotamiento, se alegró de que Deshiva tomara la decisión.

El trayecto hacia el sur cambió el césped cultivado por helechos de la jungla y enredaderas trepadoras, una caminata de horas que continuó hasta el anochecer, hasta que improvisaron un campamento en la playa sur de Vis. La balandra los encontró cuando encendieron las fogatas, trayendo comida, vendajes y esperanza. Annalyse se desplomó en la arena y durmió hasta que Deshiva la despertó de un empujón, con el sol de la mañana ya alto en el cielo.

Si los Najahn querían contraatacar, atrapar a los fugitivos, habían perdido su oportunidad.

—Como una fiebre —dijo Deshiva más tarde, mientras hablaba con Annalyse en el mar—. Una repentina. Desafiante, enojada, yo era todas esas cosas y luego fue como si nada importara. No tenía necesidades, ni deseos, ni preocupaciones sobre mí misma o lo que me rodeaba.

—¿Entonces lo recuerdas?

Estaban sentadas en la cubierta superior, apoyadas en la barandilla de estribor mirando hacia el océano abierto y reluciente. Los marineros de Mottilan se movían ágilmente a su alrededor, manteniendo el barco deslizándose entre las olas.

—Por supuesto. —Deshiva resopló—. No estaba muerta. No estaba inconsciente. Veía todo, oía todo, simplemente *no me importaba*. El skar que usó Veritrus... ¿sabes cuál era?

—Tamas, si tuviera que adivinar. Los otros son más contundentes en sus acciones.

—El de Tamas, entonces. Aniquiló quien era yo.

—Lo ocultó, más bien.

Deshiva frunció el ceño.

—¿Porque volví?

—El fuego debe haberte liberado. Como a la mayoría de los otros. Arrancó cualquier velo que el skar hubiera puesto sobre tus ojos.

—Entonces, gracias por casi matarme.

—No fue planeado.

Deshiva se rió. No era un sonido feliz.

—Lo sé. Ninguna mente militar habría hecho lo que tú hiciste.

—No fue todo idea mía —protestó Annalyse—. Los ancianos de Mottilan, y...

—Como dije, ninguna mente militar habría seguido tu plan.

Annalyse dejó morir el argumento con un suspiro. Deshiva había vuelto.

Mottilan continuaba transformándose, cambiando de un pueblo pesquero inundado de pesar a una desesperada oportunidad de supervivencia. A pesar de que el invierno aún mantenía las cosas frescas y los mares turbulentos, los armazones de nuevos botes yacían en la playa. Ballestas y virotes, lanzas y hojas de piedra recién envueltas en filas o colgando de estantes frente a la playa. Las casas en los acantilados habían completado sus conversiones, con picas plantadas en el camino principal y plataformas de tiro anidadas entre las copas de los árboles. Cestas y barriles llenos de pescado salado y fruta seca encontraron su camino hacia escondites en cuevas a lo largo de la costa, reservas de emergencia en caso de un asalto implacable.

Porque eso, según los cazadores que se infiltraban desde Kitaye, que se hacían llamar Lira, vendría. A pesar de la interrupción en el puesto avanzado de Najahn, los de púrpura y negro continuaban imponiendo su voluntad. Kitaye permanecía bajo ocupación militar, con más fuerzas del Norte desembarcando cada día. A medida que los mares comenzaran a descongelarse, llegarían aún más, con mercenarios de Rana y Foti entre ellos. Los Najahn barrerían el sur a través de Vis, fortificarían el Gran Sana y le dirían a Mottilan que se sometiera.

—Lo cual no haremos —dijo Deshiva, bastante recuperada (el skar de Vis de Annalyse podía ser agradecido por eso) y liderando el sombrío consejo de guerra de Mottilan. Se sentaron alrededor de la misma mesa de piedra, bajo el mismo techo de paja, y se sumergieron en detalles que a Annalyse ya no le interesaba escuchar—. Tenemos emisarios camino a Kance. Serán nuestros mejores aliados en esta lucha.

—Nuestros únicos aliados —murmuró un anciano.

—Hasta que volvamos a las otras islas contra los Najahn —dijo Deshiva—. A medida que el invierno amaine, enviaremos por ayuda, describiremos lo que los Najahn están haciendo. Foti, Rana y Whent podrían cambiar de opinión.

—¿Por nosotros? ¿Qué les importa Vis?

Deshiva comenzó de nuevo y Annalyse retrocedió, se escabulló hacia el sol de la tarde. Seguirían así durante horas, alternando entre discusiones cara a cara y minucias militares. Annalyse no había pasado mucho tiempo alrededor de los señores de la guerra de Whent y sus conferencias de conquista, pero parecía tanto hablar, esperar a que sucediera algo horrible.

Mucho más interesante, mucho más lo que ella prefería, esperaba a Annalyse cerca del puerto. Dos cazadores de Mottilan estaban listos, con lanzas apuntando al cielo, fuera de la puerta. Uno incluso la abrió cuando ella se acercó, dándole a Annalyse fácil acceso a las lamentables reservas de skar en el interior. Materiales, desde tejidos hasta cueros y las armaduras y armas que Mottilan podía prescindir, se amontonaban por el lugar. Ideas y opciones, como si Annalyse pudiera usar los diez skars que aún tenían —incluyendo el de Tamas tomado del cadáver de Veritrus — para igualar las probabilidades.

Y tal vez pudiera. Esas pequeñas piedras podían hacer cosas asombrosas en las manos adecuadas, y un golpe dado en el momento preciso, en el instante correcto podría cambiar una batalla, alterar una guerra. La científica colocó las piedras en una línea, contándolas, escuchando cómo sus susurros se avivaban en su mente al más mínimo toque. ¿Cuál sería la clave?

Sus ojos encontraron el único skar de Noctia, su belleza opalina absorbiendo la luz del fuego de la única lámpara de globo de la cabaña.

La puerta se abrió de golpe. Annalyse agarró el skar negro y giró, con los nervios volando, un deseo hambriento exigiendo ser liberado.

Lo fue: dejado caer, para rebotar en el suelo de piedra.

Ante Annalyse se alzaba alguien que debería estar muerto y que, en cierto modo, lo parecía. Sawi no llevaba sus túnicas Najahn ni su tejido Vis, sino que estaba de pie, con el rostro serio, vistiendo pieles y cueros Whent desgastados. Su atuendo mostraba arañazos, al igual que la propia Sawi, y la espada Whent en su costado llevaba manchas de sangre derramada hace tiempo.

Sin embargo, allí estaba. Viva.

El abrazo fue fuerte, intenso y prolongado. Antes de ese momento, Annalyse no las habría considerado cercanas, las habría llamado compañeras, como mucho. Pero la guerra, la muerte y la desesperación fortalecen los lazos frágiles.

—¿Cómo? —preguntó Annalyse, entre lágrimas de alegría—. ¿Cómo es que estás aquí?

Sawi, sonriendo a través de sus propias lágrimas, dio un paso atrás.

—Es una larga historia, y he caminado un largo trecho a través de cuevas muy oscuras para llegar aquí. Hay una buena posada cerca, con cerveza y un fuego cálido. ¿Te apetece acompañarme a mí y a mis amigos?

—¿Amigos?

Sawi se hizo a un lado y asintió hacia un grupo Whent que estaba de pie afuera, con un aspecto igualmente desgastado, como si hubieran estado luchando contra la naturaleza salvaje durante días.

—Se avecina una invasión, Annalyse —dijo Sawi—, y si no estamos preparados, no quedará nada.

51
YA NO ES UNA TRAIDORA

Ami ahuyentó a los asistentes y se permitió mirarse en el espejo por primera vez desde que había desaparecido de Noctia con la marca de traidora. A la luz cálida de las linternas, la cota de malla púrpura y negra se perdía contra su careta dorada y su cabello rojo, solo destacándose aquí y allá donde los rizos debajo revelaban huecos para ajustar. El peso de la armadura por sí solo casi hizo que Ami se doblara de rodillas, un recordatorio de que la vida escarbando por comida en las Profundidades Oscuras había hecho poco por su salud. Sin embargo, junto con la espada bastarda en su cadera, la presión se sentía como en casa, como lo que solía llevar cuando la misión de Catya las llevaba al conflicto, cuando Ami necesitaba mantener el protocolo por su Égida.

La careta, sin embargo, robaba su atención. Era difícil ignorar el brillo, las dos cicatrices de Vis incrustadas cerca de su mejilla izquierda. Suaves, picantes, omnipresentes. Antes de la huida a las cuevas, Ami solía quitársela por la noche. Después, quitársela se volvió demasiado arriesgado, ya que las heridas constantes requerían la presencia de las cicatrices. Había aprendido a ignorar la sensación.

Al menos hasta que los ojos abiertos de alguien se centraban en ella.

—Algunos ajustes, pero estará lista por la mañana —dijo un asistente del herrero, uno de los ayudantes, interrumpiendo sus segundos de silencio—. Si se queda quieta...

Ami no dijo nada, y eso sirvió como señal para los demás, cuyas manos aparecieron de todos lados para desabrochar cierres, tomar más notas y marcas para ajustar, aflojar y adaptar para hacer de la Guardiana una máquina de matar lo más protegida posible. Que esta armadura de metal la derretiría en una batalla contra los caminantes de fuego quedó sin mencionar: Ami guiaría a los demonios ardientes desde la distancia.

Sus verdaderos enemigos serían otros humanos, y contra los espadachines de Kance, la armadura de Noctia la haría prácticamente invencible. El conjunto la estaría esperando a su llegada a Kance, ya que el próximo asalto marítimo de los Najahn apuntaba a reclamar la playa cerca de las cuevas que se sabía conducían a las Profundidades Oscuras. Jochi tendría a sus exploradores marcando las rutas, manteniéndolas libres de cualquier demonio sigiloso.

Yarvick había preguntado qué harían si los caminantes de fuego no podían pasar por los túneles estrechos. Ante esa pregunta, Ami se había reído.

Los caminantes de fuego habían abierto su camino a golpes desde un mundo moribundo. Ninguna simple roca se interpondría en su camino.

Catya estaba sentada en su balcón, desafiando el frío con un abrigo grueso y té caliente. Ami se unió a ella allí, llevando dos platos. Uno, cubierto de pan, huevos y fruta Vis saqueada, y otro con un simple queso de cabra Whent untado sobre dos obleas finas. Ami puso el segundo frente a Catya y tomó su propio asiento en una silla de madera dura.

—Svarde me dice que ambos se van hoy —dijo Catya mientras Ami se frotaba la frente—. Justo después de que llegaron.

Las cicatrices de Vis eliminarían la resaca, pero llevaban tiempo.

—Hay gente que me necesita —murmuró Ami, atacando el desayuno entre palabras—. Bueno, no exactamente gente, pero entiendes lo que quiero decir.

—Eso es lo que me dije a mí misma todos estos años. La gente me necesita. Ahora no estoy segura.

—¿Qué significa eso? Eras la Égida. Mantuviste estas islas a salvo.

—De los mismos demonios que ahora intentas salvar, si lo entiendo bien.

Ami se lanzó a una defensa ensayada, el mismo argumento que ella y Svarde habían presentado al Círculo, con la bendición de Fassle, dos días antes. Aunque muchos demonios eran monstruos salvajes, algunos parecían ser inteligentes, dignos de trabajar con ellos e incluso de salvarlos. No había culpa que repartir aquí: sin aventuras profundas en las Profundidades Oscuras, nadie podría haber sabido que la red de la Égida era tan peligrosa para criaturas que, de otro modo, necesitaban ayuda.

—Dices que hay un portal allá abajo, uno para cada uno de los dioses —dijo Catya. Debajo de ellas, eruditos y vendedores anunciaban las noticias de la mañana, ofertas o recordatorios de clases a las que había que asistir—. Y que crees que se están colapsando. ¿Por qué ahora, después de tanto tiempo?

El líquido plateado que lamía el mundo de los caminantes de fuego vino con demasiada facilidad a la mente.

—Porque algo tan enorme tarda tiempo en morir —respondió Ami.

—Entonces tengo mala suerte. Otros diez años y no habría tenido que sufrir así.

—Nos compraste diez años de paz. Eso no es poca cosa.

Catya soltó una risa ahogada antes de volver a sumirse en una mirada perdida hacia el horizonte. —¿Crees que hay demonios como estos caminantes de fuego a través de todas estas puertas?

—¿Te refieres a los inteligentes?

—Me refiero a los que vale la pena proteger.

—Aún no los he visto —dijo Ami, con el contenido de su plato agotándose y dejando su estómago aún gruñendo. Los chefs Najahn siempre eran tacaños con sus porciones —. Tampoco voy a entrar a buscarlos. Demasiado peligroso.

—¿No deberíamos hacerlo, sin embargo? —preguntó Catya—. Si estas puertas son realmente tan pequeñas como sugieres, entonces parece una casualidad que cualquier demonio pueda sobrevivir.

—Catya, si estás tratando de convencerme de que entre en cada una de estas cosas y vaya a cazar algún monstruo que entienda que no voy a matarlo, o que no debería matarme, estás...

—¿Sabes cómo hice la red?

—¿Qué?

—Con las siete cicatrices —dijo Catya—. La antigua Égida me enseñó. Dijo que el anterior a él le enseñó, remontándose hasta Demion.

—¿De acuerdo?

—Lo que quiero decir es que esas piedras pueden hacer cosas increíbles, pero no tuve la oportunidad de ver qué más podían hacer trabajando juntas. Desde la primera hora, hice la red, y durante diez años, no hice nada más que mantenerla —Catya lanzó una mirada arrugada y descolorida a Ami—. Si logras juntar esas siete piedras...

—He visto lo que pueden hacer los skars, Catya. Si haces algo mal con tantos, si te equivocas, no estamos hablando de incendiar una casa o derribar una silla. Podrías destrozar estas islas —Ami se tocó la placa facial, los dos skars de Vis gemelos—. Con estos dos tengo suficiente. Si esos demonios quieren ayuda, tendrán que ganársela.

Svarde rechazó su propio conjunto de armadura, prefiriendo mantener sus cueros de Foti.

—¿De qué sirve ser inmortal si tengo que llevar esas cosas tan aparatosas? —dijo Svarde cuando Ami, con su propia armadura empacada y lista para un descenso con cuerdas—. Voy a moverme rápido, matar cosas. Y me reiré cuando me apuñalen de vuelta.

El esgrimidor esperó a Ami en la Herida a la mañana siguiente, varios días después de que llegaran a Noctia. El corto viaje había visto su agenda acelerada por necesidad, con la resistencia en Kance y Vis empujando a Fassle y Yarvick a una acción expedita. Habían aprobado la entrada de los caminantes de fuego en las islas, declarado una victoria como condición para un hogar permanente, y pasado la responsabilidad de ambos a Ami y Svarde.

No es que los dos Guardianes fueran a regresar solos al campamento de Jochi. Varios eruditos, guardias y diplomáticos de Noctia se estaban preparando alrededor de la Herida. Ingenieros, también, pululaban por la brecha, sacados de otros proyectos civiles para construir, tan rápido como fuera posible, un elevador por el enorme pozo. Poleas, cuerdas y listones de madera listos para servir como plataformas se amontonaban alrededor de la entrada.

Esos serían para los seguidores, los Najahn. Ami, Svarde

y Kivi regresarían de la misma manera que habían subido: con agarres y determinación.

—El objetivo no es matarlos a todos, Svarde —dijo Ami, estirándose, dejando que los skars de Vis eliminaran su inminente resaca. Había sido otra larga noche en una taberna, con Svarde observando, envidioso, de principio a fin—. Si los asustamos lo suficiente, se rendirán.

—¿Y qué, Ami? ¿Decidirán entregar su isla a los caminantes de fuego?

—¿Entonces tú los masacrarías a todos?

—Kance siempre ha sido presumida, necesitada de una paliza —Svarde sonrió—. ¿Por qué crees que me fui a Vis? Esos amantes de la selva nunca me molestaron en absoluto.

—¿Dónde crees que iremos después?

Svarde optó por no responder a esa pregunta con la mirada, volviéndose en cambio hacia la Herida, donde las primeras cuerdas esperaban para su descenso.

—Habrán perdido para entonces —concedió Svarde—. Vis nunca luchó contra nada organizado.

—Son más tercos de lo que crees.

Svarde asintió.

—Pero no tan tercos como tú.

Ami estaba a punto de responder afirmativamente, pero el rostro de Sawi pasó fugazmente por su mente. Ya estaría en casa ahora, si los exploradores de Jochi tenían razón en sus rutas. ¿Qué elegiría la recolectora? ¿Tomaría una lanza contra los Najahn?

¿Qué haría Ami si Foti fuera invadida por otra isla?

—Tal vez tengamos suerte, como dices —respondió Ami, finalmente.

Sin embargo, ninguno de los dos habló durante mucho tiempo mientras comenzaban su descenso, siguiendo los resoplidos de Kivi, y escuchando el ocasional mensaje o paquete envuelto que caía detrás de ellos, para rebotar y aterrizar en las manos de Jochi. Las respuestas volverían por medio de la hurona de Svarde, que podía escalar toda la distancia en menos de un día cuando no estaba atada a sus perezosos compañeros humanos.

Una guerra para salvar a los demonios, para aplastar la resistencia, estaba comenzando, y Ami estaría en medio de ella.

Detrás de ella, marchitándose en su cama, estaba Catya. Liberada, por fin, de su tormento, y aún así sola.

52
EL PODER AL FIN

El deber proporcionaba una amplia distracción, y Gladdring mantuvo a Quik ocupado. El cazador Vis tomó el skar Kance ofrecido, la orden de enviar más viento a las velas del cúter, como un buen consejo, y pronto el cazador pasaba su tiempo cerca del primer oficial, haciendo que el barco Najahn volara hacia Kance en un día.

Gladdring enlistó a un par de marineros deformados por Tamas para arrojar el cuerpo de la Renovación por la borda, desestimando cualquier pregunta sobre su muerte como una trágica consecuencia del uso excesivo de los skars. El propio Gladdring proporcionó evidencia del peligro, ya que depender de las piedras Tamas lo mantuvo sentado en una silla de cubierta, con dolores de cabeza palpitantes y los ojos entrecerrados.

Sin embargo, vivían. El cúter navegaba.

La tripulación, no obstante, refunfuñaba cada vez que Gladdring relajaba su influencia skar, como si despertaran de una siesta colectiva. Quik le lanzaba a Gladdring una mirada de advertencia cuando un marinero o el primer oficial preguntaban qué quería Noctia, por qué estaban escuchando a un Vis y a un traidor. Gladdring se acercaba a grandes zancadas, reunía alguna historia divagante sobre sus menguantes provisiones, sobre una misión secreta que la Renovación le había susurrado antes de sucumbir, o cualquier cosa que pudiera improvisar en el momento.

Nunca ver una isla había traído tanto alivio.

Kance causó una impresionante primera impresión, con picos grises elevándose con el amanecer en el horizonte. Las gaviotas se arremolinaban, seguidas por los Daibens más grandes, o los halcones del cielo, como los llamaban en Kance. Esos rapaces parecían errores mientras volaban, con aparentes huecos en sus alas que en realidad eran plumas filamentosas que resplandecían durante un ataque en picada, cegando al pobre pez o roedor hasta que exhalaba su último aliento entre garras mortales. Los barcos pesqueros de Kance proporcionaban comida fácil, sus velas enviando a los dardos a toda velocidad sobre las olas mientras sus finas redes encontraban presa tras presa, y los Daiben atacaban cualquier pez que se agitara libre. En lo alto, los planeadores se sumaban al desorden aéreo, atravesando largas y arácnidas semillas desechadas por plantas anidadas en lo alto de aquellos picos. Atrapar una semilla en el momento adecuado, Gladdring lo sabía, permitía raspar las fibras protectoras y convertirlas en el reluciente encaje tejido en tanta ropa de Kance, sus velas.

Los destellos, el blanco vibrante, la suavidad esculpida por el viento.

Gladdring dejó que su mirada se hundiera, más allá de la proa del barco hacia los muelles que se acercaban. La armada de Kance, siempre impresionante ya que a menudo se mantenía cerca de casa, se percató de los colores de Gladdring, y dos clíperes se apresuraban a interceptarlos.

—Podrían dispararnos a la vista —dijo el primer oficial

—. No creo que tengamos mucho para persuadirlos de que no lo hagan.

—No —respondió Gladdring, poniendo una mano estabilizadora cerca del poste del timón, como si su palma pudiera calmar la ansiedad de todo el barco con un toque—. ¿Qué tonto pensaría que una invasión comienza con un solo barco pequeño? Nos preguntarán a qué hemos venido, y luego nos escoltarán.

—¿A qué hemos venido, Gladdring?

—A traer noticias de desastre y salvación.

Los muelles de Kance aullaban. Sudarios como cristales rotos rodeaban cada muelle, tomando el viento arremolinado y enviándolo en ángulos perfectos para evitar que el tráfico de barcos se volcara y que la gente fuera arrastrada al mar. Las banderas que declaraban esta y aquella compañía mercante crepitaban, y Gladdring encontró que sus ropas cobraban vida, arrastrándolo hacia el lado de estribor del barco, como si su propio guardarropa hubiera decidido que el hombre merecía pudrirse bajo las olas. Aun así, Gladdring mantuvo su concentración, conservó su ceño serio mientras desembarcaba para encontrarse con los soldados de Kance que esperaban.

Un clíper de Kance se había adelantado al cúter, corriendo para compartir los deseos del inminente visitante, y los de Kance estaban listos. Armados y relucientes, sin parecer en lo más mínimo molestados por los interminables vendavales, al menos quince soldados y personal de apoyo estaban listos para recibir al navío Najahn.

—Asesinaron a vuestra Reina —fueron las primeras palabras de Gladdring, con Quik pisándole los talones, mientras los marineros Najahn aseguraban su barco—. Estábamos con ella al final. Usaron skars robados, los mismos que encontraréis dentro de este barco, para matarla a ella y a todos los que la acompañaban.

El soldado que escuchaba las acusaciones, un hombre de complexión ligera que parecía tragado por su armadura, pero que no obstante mantenía a Gladdring bajo una mirada implacable, no mostró expresión alguna ante las palabras. Si se hubiera dejado llevar por sus propias impresiones, Gladdring se habría perdido.

El skar Tamas le dijo lo contrario, dijo que la furia y la alarma hervían bajo el rostro estrecho del hombre.

—La historia completa —comenzó Gladdring, hizo una mueca cuando su propio cabello le golpeó los ojos con una ráfaga repentina— no es para contarla aquí. Encontraréis todas las pruebas a bordo. Prisioneros para alimentar su plan engendrado por los dioses, marineros más que dispuestos a quebrarse bajo interrogatorio, y sacos de skars, traídos para devastar primero a la Reina, y luego a vuestra isla.

—Pero no a vos —respondió el soldado—. ¿O a este? Este... —el hombre entrecerró los ojos mirando a Quik, captando la tinta que se asomaba más allá del cuello cubierto del hombre—. ¿Vis?

Quik, por su parte, interpretó al guardaespaldas silencioso con maravillosa perfección. Gladdring tuvo que admirar al cazador: a pesar de todas sus bruscas protestas, el hombre entendía cómo poner el objetivo por encima de sus sentimientos personales. Un rasgo poco común.

—Seríamos prisioneros nosotros mismos, si no fuera por la suerte y la desesperación —respondió Gladdring—. La Reina no se fue en silencio, sino que destruyó a su capitán y soldados. Los persuadimos para que vinieran aquí, que sus vidas serían perdonadas.

—Si lo que decís es cierto, sus vidas están más que perdidas.

—Como deberían estarlo —asintió Gladdring—. Pero, amigo mío, el tiempo apremia. ¿Dónde está la segunda Reina de Kance? La guerra se acerca a vuestra isla, y aunque traemos armas, vuestra gente necesitará un líder que las comande, y nuestro conocimiento para manejarlas. Necesitáis enviar voladores y encontrarla, inmediatamente.

Ante esa petición, al fin, Gladdring vio una ceja temblar, la mirada del soldado se desplazó más allá del cúter hacia lugares desconocidos. El futuro, el pasado y mil preocupaciones entre medio. Cuando el hombre se calmó, hizo un gesto con la mano hacia su izquierda, por el muelle.

—Sígueme —dijo, y mientras Gladdring, con Quik a su lado, comenzaba a caminar, los soldados Kance restantes subieron rápidamente a la embarcación.

Las islas necesitaban ser salvadas, y Gladdring, ahora, por fin tenía el verdadero poder para hacerlo. Tales acontecimientos tenían la capacidad de mantener la atención de Gladdring, por lo que no oyó, no vio la orden dada, y el viento aullante se aseguró de que no escuchara los gritos.

53
EL GIRO DEL ASESINO

Las líneas fluían con suavidad y facilidad, el diálogo natural en un escenario tan brillantemente iluminado que todo lo demás se desvanecía. Solo ella y Wax, con ropas elegantes falsas, bailando alrededor de un romance peligroso. Claro, Eujo podría haber perdido una cadencia aquí y allá mientras se concentraba en sus pasos, y sí, olvidó una última línea sobre algún pariente que estaría tan enojado de verlos juntos, pero ¿qué importaba eso?

La escena principal continuó, y en unos minutos, tanto ella como Wax se encontraban en el centro del escenario. El clímax, una inevitabilidad muy postergada y negada, que habían ensayado una y otra vez —Eujo ya ni siquiera se sonrojaba— pero en este momento, aquí, con nada más que sus voces haciendo eco en el inmenso teatro, el tiempo se ralentizó. Wax pronunció su última línea, desvaneciendo las sílabas mientras se sumergía en los ojos de Eujo, sus brazos encontrando la espalda de ella, atrayéndola hacia sí.

Un bandido no conoce más amor que el próximo botín, la próxima comida. Los romances robados por los niños en sus horas tranquilas nunca fueron suyos, usados en cambio para aprender un nuevo truco o engañar a una nueva víctima. Tiempo perdido para siempre cuando Eujo se unió a la carrera equivocada, la correcta, y correteó por los jardines flotantes con demasiada rapidez. Se ganó una nueva vida y renunció a la oportunidad de cosas como esta, de un beso como este.

Wax retrocedió, la soltó, la escena exigía una repentina recriminación, que Eujo balbuceó. Las líneas se rompieron. Las palabras desaparecieron durante tres largos segundos mientras observaba a Wax, su sonrisa siempre arrogante desvaneciéndose en preocupación. ¿De dónde había salido este Vis Renewal, para amenazar su vida de una manera tan diferente a sus guardias traidores, a las caídas mortales que un paso en falso podría provocar en las islas del cielo?

Esto debería haber sido más fácil.

—¿Demasiado? —dijo Wax, improvisando, y sirviendo para devolver a Eujo al presente, a sus suaves plantas en las tablas de madera, las linternas brillantes, el...

—Nunca es suficiente —murmuró Eujo, recordando su línea—, pero imposible continuar. Esto fue un error.

—¿Realmente crees eso?

—No importa lo que yo crea, importa lo que nuestro mundo permitirá.

Se giró, Wax pronunciando su nombre, declarando algún amor loco, algún engaño que les daría las vidas que deseaban. En la obra, esa artimaña fracasaría. ¿Fuera? ¿Sin las cadenas del Renewal?

Eujo dio sus pasos con tiempo medido, abandonando la escena incluso mientras dejaba el teatro en su mente. Un regreso a Kance, una declaración de que la Reina había encontrado un consorte. Wax saltaría entre los acantilados con ella, planearía en los planeadores con ella, contemplaría los amaneceres y atardeceres resplandecientes en los picos más altos a su lado. No habría Aegis, solo un viaje, brillante y hermoso juntos. Torny y Bliss podrían conseguir papeles en el palacio, el bandido liderando la seguridad de Eujo, y—

Aplausos. El telón barriendo el lado izquierdo de Eujo para cerrar el escenario y el público más allá.

Eujo se giró, encontró a Wax acercándose hacia ella, sin la sonrisa que esperaba ver en su rostro.

—¿Qué pasó? —preguntó Wax, alcanzando a Eujo, pero sin tocarla, sin ofrecer más que preocupación.

Una ladrona sabe lo que es ser traicionada, sabe cómo levantar muros para protegerse.

—¿A qué te refieres? —respondió Eujo, cruzando los brazos.

—¿Las líneas? ¿Tu salida? ¿Nunca miraste atrás?

—¿A quién le importa? Lo hicimos bien. ¿Qué podrían esperar?

Antes de que pudiera reprochar más a Wax, los telones se abrieron de nuevo. Esta vez, sin embargo, los focos de las linternas se habían apagado. Las únicas luces que quedaban rodeaban el suelo del escenario, creando menos un brillante destaque y más un suave anillo. Detrás de ellos, un tramoyista bloqueaba la salida hacia el camerino. La mujer, que vestía la túnica y pantalones limpios del teatro, hizo un gesto a la pareja Renewal para que volvieran al centro del escenario. Wax, aún frunciendo el ceño, lideró. Eujo caminó también, repasando la escena, descartando los errores uno por uno.

Tamas skar o no, no se podía convertir a una persona cualquiera en actor. Eujo dirigió esa mirada desafiante hacia la oscuridad, las sombras revelando más a medida que sus ojos se adaptaban.

Y ese desafío se rompió.

Asientos altos rodeaban el escenario, cinco filas hacia afuera y otro trío en un balcón superior. Los asientos en sí eran como tronos con sus respaldos anchos y amplios reposabrazos. Terciopelo acolchado rojo y púrpura corría a lo largo de sus tablones, mucho más bonito que cualquier teatro que Eujo hubiera visto antes. Ciertamente, el Animas se veía eclipsado por las comodidades aquí, aunque esas mismas amenidades restringían cualquier multitud.

Sin embargo, los reunidos para ver a la pareja Renewal parecían lo suficientemente numerosos. Habían abandonado sus asientos, atascando los pasillos y el espacio entre el escenario y la primera fila. Todos vestían túnicas de un rojo profundo, todos llevaban una máscara facial dorada, una máscara que cubría desde la frente hasta el mentón, con agujeros oscuros en los ojos y la boca. Las máscaras también mostraban diferentes expresiones, desde sonrisas hasta ceños fruncidos, jadeos y sonrisas salvajes. Bastante inquietante, pero lo que hizo que Wax y Eujo dieran un respingo hacia la izquierda vino de la lucha en ese lado.

Torny, Bliss, ambos sujetados por varios Tamas enmascarados cada uno. Los dos luchaban, pero brazos fuertes sujetaban los suyos, mientras otros presionaban a los Guardianes contra sus asientos y cubrían sus bocas.

—La actuación no ha terminado —anunció una voz retumbante detrás de una de las máscaras, una que Eujo no reconoció, aunque la clara oratoria daba pistas de una carrera teatral—. Queda el final, el juicio. Quédense en sus lugares, por favor, y no se hará daño a sus amigos.

—Wax —dijo Eujo cuando el Vis parecía a punto de saltar tras su hermana—, haz lo que está diciendo. No tenemos armas, y todos los Renewal tienen que hacer esto, ¿recuerdas? No nos van a matar.

—Los otros skars podrían haberlo hecho —espetó Wax,

con los puños apretados a los costados—. Cada una de las islas quiere matar a sus héroes.

—No deseamos matar a ninguno de los dos —respondió la voz, y Eujo rastreó su sonido hasta el centro del escenario, justo más allá de aquellas linternas. Una máscara lisa, sin expresión real—. De hecho, deseamos felicitarlos.

Mientras hablaba, las figuras enmascaradas y con túnicas subieron por las pequeñas escaleras a los lados del escenario, sus pasos tan suaves que parecían flotar mientras rodeaban a Wax y Eujo en un círculo suelto.

—A ti, Vis —habló de nuevo la voz profunda—, te ofrecemos un pase y uno de los preciados skars de nuestra isla. Pusiste corazón en tu actuación, cumpliste con tus marcas, dijiste tus líneas con sentimiento. Por eso, te has ganado nuestro respeto y nuestro deseo de tu éxito, Renovación o no.

Una de las figuras con túnica cerca de Wax sacó una tableta de oro, igual a las que Eujo y Torny habían robado, y se la entregó a Wax, quien la sostuvo como si el pase fuera alguna criatura extraña.

—¿Ves? —susurró Eujo—. Nada malo.

—Lamentablemente —retumbó la voz, ahogando la respuesta de Wax—, no se puede decir lo mismo de tu contraparte. Se cometieron errores, debidos menos a la complejidad de la escena y más a una falta de preparación, una falta de orgullo, una falta de enfoque. Te negamos, Renovación, un pase y un skar. En su lugar, para recordarte tu falta de compromiso, llevarás tus errores por el resto de tu vida.

Las túnicas carmesí ondearon, manos enguantadas de negro sacando agujas doradas del largo de un dedo. Las puntas atraparon la luz de las linternas, centelleando como estrellas mientras avanzaban hacia Eujo.

—¿Qué? —dijo Eujo, girándose, buscando su brazalete con los skars, solo para descubrir que faltaba. Les habían quitado las cosas —a Wax su collar, a ella el brazalete— para la escena, y ambos esperaban en una caja de seguridad en el camerino—. No entiendo...

Una primera mano libre, en absoluto silencio, agarró el brazo de Eujo. La Reina lo apartó de un tirón, dio una patada en las espinillas a la figura con túnica, y la hizo caer de cuclillas, fuera hombre o mujer. Otra mano atrapó su muñeca izquierda y, maldiciendo, Eujo se movió para apartarla de un manotazo, pero Wax lo hizo por ella, el Vis arrancando la mano y empujando al agresor hacia atrás. Eujo aprovechó la oportunidad, siguiendo el tropiezo para atacar al mismo encapuchado, agarrando la mano que sostenía la aguja y arrancándole la herramienta. El pequeño rasguño que se ganó en el proceso valió la pena, ya que blandió la aguja como una espada, apuntándola hacia la multitud vacilante que los rodeaba.

Estos eran todos actores, ¿verdad? ¿No luchadores? ¿Qué tan valientes podían ser?

—Deténganse —habló de nuevo la voz retumbante, no tan calmada como antes—. Si quieres el skar, pagas el precio. Honras nuestras tradiciones o aprendes por tu falta de respeto. Esto no es una elección. Ataca de nuevo y les quitaremos a sus Guardianes.

Era obvio que lo último parecía una amenaza improvisada, y Eujo se abalanzó sobre ella, retrocediendo junto a Wax.

—No parecen del tipo asesino —gruñó Eujo en respuesta—. ¿Qué tal si lo dejamos en empate? Prometo pensar en mi mala actuación y ustedes nos dejan ir a todos libres, conservando sus ojos en el trato.

—Oh —dijo la voz, divertida—. No los mataremos. Tamas tiene otros usos para sus prisioneros. Tantos disfraces que tejer, tanta cerveza que elaborar. Sus vidas pertenecerán a la isla, sí, pero aún las vivirán.

—Y yo que pensaba que Tamas iba a ser la fácil —murmuró Wax.

—Ninguna de ellas es fácil —respondió Eujo, y luego, alzando la voz, se dirigió a las túnicas—. Mantengan sus malditas manos alejadas de mí y de mis Guardianes.

Desafiando sus palabras, las túnicas se abalanzaron hacia adelante. Wax maldijo, Eujo apuntó la aguja hacia una máscara que se acercaba y apuñaló, solo para que la placa facial inclinada desviara el golpe. Brazos agarraron los hombros de Eujo, sus muñecas, sus tobillos, su cuello. Una mano le tapó la boca. Intentó patear mientras le subían las mangas y los pantalones, su cuerpo presionado contra las tablas del escenario. Esas placas faciales doradas se cernían sobre ella, las agujas descendiendo para hacer las primeras marcas.

Quería gritar, pero el grito que resonó por el teatro no vino de Eujo.

—Déjenla —llamó Livier, la dicción formal del hombre subrayada por una certeza mortal—, o los desmembraré a todos, miembro por miembro.

El asalto vaciló, aunque los agarres aún sujetaban a Eujo.

—Llegan noticias de Kance —continuó Livier, su voz acercándose dejaba claro que el asesino caminaba por el pasillo central del teatro—. La isla del cielo ha perdido a una de sus reinas. La que queda yace ante ustedes, y cualquier daño hacia ella traerá nuestra venganza.

Ahora las manos la soltaron. Se apartaron y alejaron, despejando hacia un lado del escenario. Eujo se sentó, vio al demacrado asesino de Kance acercarse cojeando, Daklin a su lado, apoyándolo con un rostro sombrío. Livier se arrodilló sobre una rodilla, asintió hacia Eujo.

—Kance es solo tuya, mi Reina, y la guerra está en sus costas.

———

Las Siete Islas están en guerra.

Wax y Eujo, perseguidos por asesinos y soldados por igual, se dirigen a la isla de la aguja de Kance para prepararse para la invasión. Esperan una embestida de metal y magia, pero la verdad es algo mucho, mucho peor. Bajo la tierra, un ejército que las islas nunca han visto marcha hacia Kance, con su propia supervivencia en juego. Si ganan, los demonios podrán salvarse de su hogar que se derrumba.

No pueden, no van a perder.

Continúa la serie de Las Siete Islas con *La Guerra de los Vientos*:

AGRADECIMIENTOS

Existe la idea de que escribir es un acto solitario, pero nada podría estar más lejos de la verdad. Cada escritor depende de amigos, familia y, sí, de los lectores para seguir tejiendo sus historias.

En particular, me gustaría agradecer a mi esposa, Nicole, cuyo amor y aliento infinitos hacen que cada día sea más brillante. A mis hermanos, Jonathan, Justin y Matthew, y a mis padres, Bob y Mary, que me ayudan a mantener una sonrisa en el rostro.

Y, por supuesto, a todos vosotros, lectores, que hacéis posible esta vida.

Gracias.

SOBRE EL AUTOR

A.R. Knight escribe ciencia ficción y fantasía en el gélido norte de Wisconsin. Acompañado por un par de gatos, disfruta sumergiéndose en aventuras que tratan tanto sobre el villano como sobre el héroe.

Después de obtener un título en periodismo y recorrer el país instalando software de atención médica, A.R. Knight pensó que sería bueno volver a lo que amaba. Así que ahora tiene una pequeña oficina y madrugadas para hilvanar las historias que surgen de su imaginación.

Cuando no está escribiendo, A.R. Knight tiende a viajar a cualquier lugar que pueda, ya sea a islas frente a la costa de Ecuador, a la selva tropical, a practicar snowboard en las Montañas Rocosas o a degustar whisky en Edimburgo. Esa es la ventaja de la vida de escritor, puedes llevarla a cualquier parte.

Para contactarlo o ver en qué anda, visita www.blackkeybooks.com

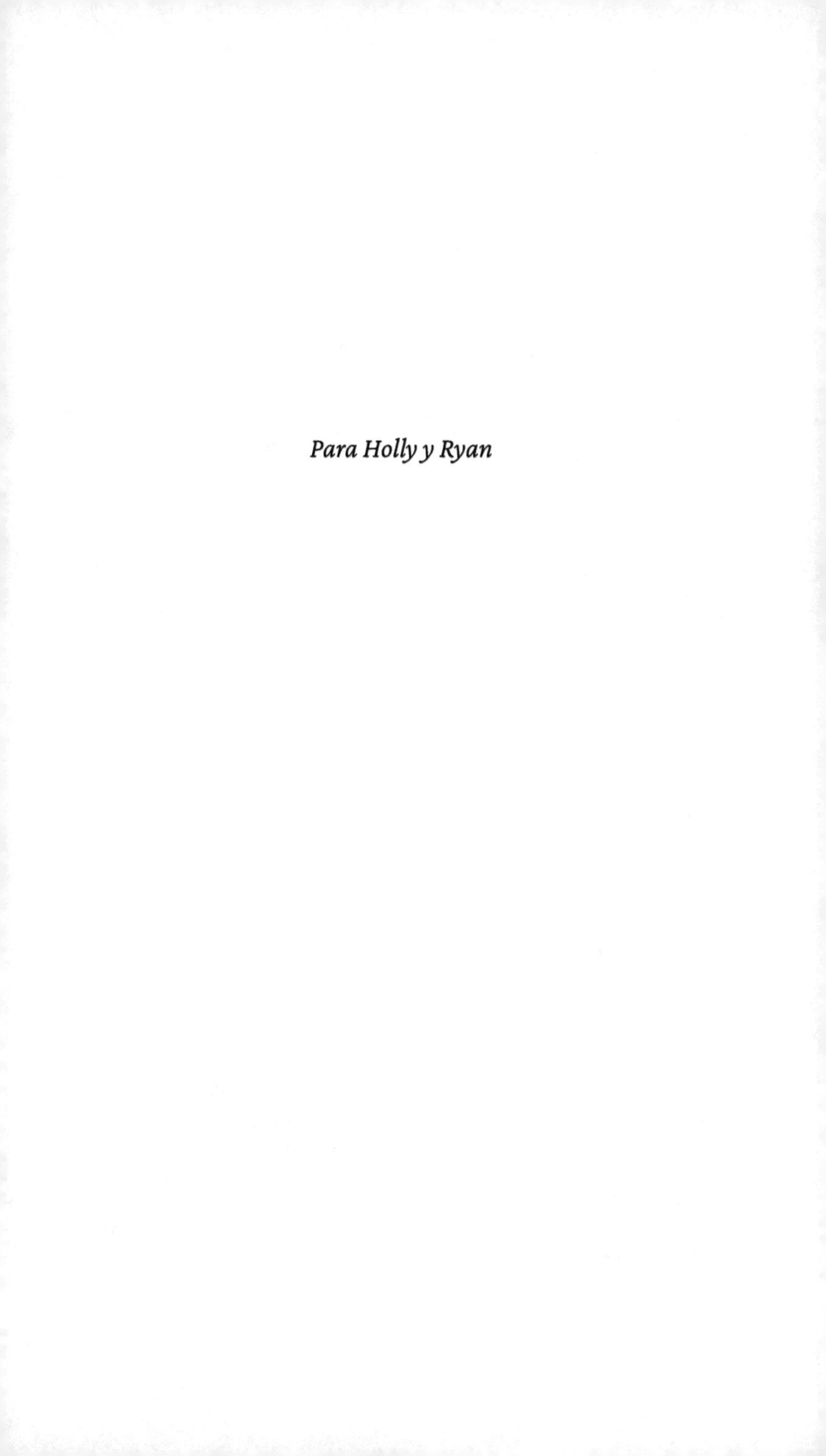

Para Holly y Ryan